A Faint Cold Fear Thrills Through My Veins · William Shakespeare

Zu diesem Buch

De Gier ließ sich fallen, rollte seitlich weg und weiter fort, bis er hinter einem Felsbrocken Deckung fand. Der Knall war vom Wald her gekommen. Gar kein schlechter Schuß. Die Kugel hatte knapp seinen Kopf verfehlt.

Er nahm die Mütze ab. Der Waschbärenschwanz fehlte. Er bemühte sich zu grinsen, aber statt dessen klapperten seine Zähne.

De Gier ist eben auf dem Weg zu einem Rendezvous mit der bildhübschen Madelin, aber er will bei dieser Gelegenheit auch mehr über die Bande erfahren, die das kleine Städtchen Jameson im US-Staat Maine in Aufruhr und Schrecken versetzt. Und jetzt hat jemand auf ihn geschossen... Kein freundlicher Auftakt zu einem Tête-à-tête. Gehört der unbekannte Schütze der Bande an?

Er und der Commissaris, der Chef der Amsterdamer Mordkommission, sind eigentlich aus völlig harmlosen Gründen nach Amerika gekommen: de Gier dienstlich, als Austauschpolizist, und der Commissaris privat, um seiner Schwester bei der Haushaltsauflösung zu helfen. Ihr Mann, Pete Opdijk, ist tödlich verunglückt, als er einen Baum fällen wollte. So lautet jedenfalls der offizielle Befund. Er ist auf dem Eis ausgerutscht und abgestürzt, die Klippen am Cape Orca hinunter.

Früher gab es in dieser Bucht von Cape Orca die berüchtigten Mörderwale, die Orcas, wie der Commissaris erfährt. Aber sie kommen schon lange nicht mehr in die Bucht. Statt dessen scheint sich eine neue Spezies von Mörderwalen hier herumzutreiben. Menschliche Mörderwale, die blitzschnell und todbringend zuschlagen. Pete Opdijk ist nämlich, wie sich herausstellt, vermutlich schon das fünfte Opfer. Die anderen wurden erschossen, erfroren, ertrunken und alkoholvergiftet aufgefunden. In einem Abstand von drei Jahren, so daß sich bisher niemand ernstlich darüber Gedanken gemacht hat. Auch nicht der alte Sheriff, der Gott und die Welt kannte. Und der neue Sheriff ist erst seit drei Monaten in Jameson. Doch er bekommt unerwartet Hilfe: der Commissaris und de Gier sind viel zu neugierig, um dieses Rätsel ungelöst zu lassen. Auch wenn ihnen jemand an den Kragen will. Welcher «Unfall» ist für sie geplant?

JANWILLEM VAN DE WETERING, 1931 in Rotterdam geboren, reiste fünfzehn Jahre durch die Welt und verbrachte achtzehn Monate in einem buddhistischen Kloster. Jetzt lebt er mit seiner Familie in den USA. In der Reihe rororo-thriller liegen vor: Outsider in Amsterdam (Nr. 2414), Eine Tote gibt Auskunft (Nr. 2442), Der Tote am Deich (Nr. 2451), Tod eines Straßenhändlers (Nr. 2464), Ticket nach Tokio (Nr. 2483) und Der blonde Affe (Nr. 2495).

Janwillem van de Wetering

Massaker in Maine

Kriminalroman

Deutsch von
Hubert Deymann

Rowohlt

rororo thriller
Herausgegeben von Richard K. Flesch

1.–20. Tausend November 1979
21.–28. Tausend November 1980

Deutsche Erstausgabe
Veröffentlicht im Rowohlt Taschenbuch Verlag GmbH,
Reinbek bei Hamburg, November 1979
Die Originalausgabe erschien bei
Houghton Mifflin Company, Boston 1979,
unter dem Titel «The Maine Massacre»
Redaktion Jutta Schmidt-Walk
Umschlagentwurf Manfred Waller

Satz Aldus (Linotron 404)
Gesamtherstellung Clausen & Bosse, Leck
Printed in Germany
480-ISBN 3 499 42503 3

Die Hauptpersonen

Pete Opdijk	stürzt von einer Klippe.
Suzanne Opdijk	braucht Hilfe beim Kofferpacken.
Jeremy	liebt Rätsel und überlebt.
Michael Astrinsky	spielt als Strohmann nicht gern mit dem Feuer.
Madelin Der Fuchs Albert	entwickeln recht eigenwillige Vorstellungen vom Zusammenleben der Menschen.
Janet Wash	hält nichts von Holländern.
James D. Symons	gilt als Schwarzes Schaf.
Reggie Tammart	schießt gern und sammelt Kleintierschädel.
Der Sheriff	ist neu am Ort und kennt sich nicht aus.
De Gier Der Commissaris	kommen erst in die USA und dann in Teufels Küche.

1

Der Telefonanruf unterbrach ein zwangloses Gespräch, das zu nichts geführt hatte. Aber abgesehen davon konnten die drei Männer, die sich zur Zeremonie des Kaffeetrinkens um zehn Uhr im stattlichen Büro des Commissaris in der ersten Etage des Amsterdamer Polizeipräsidiums versammelt hatten, an diesem Morgen gemeinsam und nicht jeder für sich der trübsten Zeit des Jahres in den ersten Dezembertagen entgegensehen.

Das irritierende Klingeln des Telefons zerschnitt die umständliche Erklärung des Brigadiers, wie man eine Begonie dazu bringen kann, mitten im Winter zu blühen. Der Commissaris zeigte sich interessiert, und der Adjudant in den Tiefen seines bequemen, samtgepolsterten Sessels war höflich genug gewesen, nicht zu gähnen oder zu husten oder geräuschvoll an seinem feuchten Zigarrenstummel zu nuckeln, während der Brigadier sprach. Aber jetzt hatte sich das Telefon gemeldet, und die beiden Kriminalbeamten lauschten mit einem gewissen Interesse den Worten des Commissaris. Es könnte ja sein, daß es etwas zu tun gab, aber das war unwahrscheinlich. Seit Wochen hatte es nichts zu tun gegeben, abgesehen von Verkehrsunfällen und familiären Streitereien und dem üblichen Kleinkram. Vorfälle, die weit außerhalb des Zuständigkeitsbereichs der Mordkommission oder der Kriminalpolizei lagen, bei der sie schon länger dienten, als ihnen lieb war. Der heftige Dauerregen, der sich gelegentlich mit eisigen Hagelschauern ablöste, dämpfte die Stimmung in der Stadt. Die Menschen arbeiteten tagsüber und verbrachten ihre Abende zu Hause. Die öffentliche Ordnung konnte nicht ungestörter sein. Es gab nichts zu tun, bis auf Akten zu lesen und mit dem nicht als Polizeifahrzeug gekennzeichneten, verbeulten grauen Volkswagen auf nassen Straßen zu fahren. Es gab nichts zu tun, man konnte nur die kalten, gelangweilten Gesichter der Fußgänger anstarren. Und die Fußgänger starrten dann zurück. Sie sahen nur einen Wagen, und zwar erst dann, wenn er ihnen in die Quere kam. Und selbst wenn er ihnen in die Quere kam, würden sie Einzelheiten von ihm oder seinen Insassen nicht erfassen. Die Gesichter hinter den ruhelosen und quietschenden Scheibenwischern des Volkswagens waren für sie nur graue Flecken. Aber die Gesichter gehörten Menschen: dem massigen, ruhigen Adjudant Grijpstra, der die Welt mit leichten Zweifeln unter der grauen Brüste seiner ungekämmten, metallisch glänzenden Haare akzeptierte, und dem drahtigen Brigadier de Gier, dessen sanfte, große braune Augen über den hohen Wangenknochen, überschattet von sorgfältig gekämmten, dichten Locken, alles beobachteten, was geschah und was nicht geschah. Seine Frisur war vielleicht ein bißchen zu kunstvoll. Ein Fußgänger, der gegen den Wagen läuft und den Fahrer verflucht und sich bückt, um das Objekt seiner Wut näher zu betrachten, könnte den Brigadier für eine Frau halten – selbstverständlich vorausgesetzt, daß dieser sich gerade die Nase putzt. Der breite, nach oben gebürstete Schnurrbart wies den Brigadier eindeutig als Mann aus. Und das war er auch, ein athletischer Abenteurer mit dem Ruf, ein Widersacher zu sein, nicht so sehr für die Welt des Verbrechens, sondern eher für die verschiedenen Autoritätssysteme, die sich störend in seinen individualistischen Tagesablauf einmischten. Aber der Brigadier war auch ein vernünftiger Mann, der es zuließ, daß seine nicht immer glückliche Neigung, eigene Wege zu gehen, durch das abgeklärte Verhalten des Adjudant und die klugen und sanften Ermahnungen des Commissaris in Schach gehalten wurde.

Der Blick des Brigadiers ruhte auf der mageren, blaugeäderten Hand des Commissaris, die mit einem Bleistift auf der blanken Schreibtischplatte zu spielen begonnen hatte.

«Ja, Suzanne», sagte der Commissaris sanft. «Es tut mir sehr leid, die traurige Nachricht zu erfahren. Wann ist es passiert?»

Ein undeutliches Murmeln kam aus dem Telefon, Worte und Schluchzen. Dann ein fast feuchtes Flüstern, das auch ein Weinanfall sein konnte.

«Freitag? Aber das ist ja schon vier Tage her! Warum hast du mich nicht früher benachrichtigt? Vielleicht hätte ich zur Beisetzung kommen können. Du hattest immer schlechte Telefonverbindungen? Du Arme.»

Der Commissaris legte die Hand auf die Sprechmuschel und schaute den Adjudant an. «Meine Schwester, sie wohnt in Amerika. Ihr Mann ist gestorben.» Der Commissaris blätterte in seinem Notizbuch auf dem Schreibtisch. «Ja, Schwesterherz, ich habe deine Adresse. Selbstverständlich werde ich kommen. Bald. Ja. Vielleicht morgen oder übermorgen. Ich werde dich anrufen. Meinst du, daß du mich am Flughafen abholen kannst?»

Die murmelnde Stimme schwieg, schluchzte und sprach weiter.

«Aha. Macht nichts, Kleines. Ich kann mir ein Taxi suchen. Ja. Warme Kleidung? Ich werde nachsehen, was ich im Schrank habe. Dreißig Grad minus? Ja, ich werde daran denken. Rheuma? Nein, nein, Suzanne, ich bin ganz gesund. Ich werde kommen. Ich werde dir die Flugnummer telegrafieren, damit du weißt, wann du mich erwarten kannst.»

Er legte den Hörer auf.

«Dreißig minus», sagte der Brigadier. «Das ist sehr kalt, Mijnheer. Wo wohnt Ihre Schwester?»

«An der amerikanischen Ostküste, nahe bei Kanada, aber noch in den Vereinigten Staaten. Sie hat mich oft eingeladen, dort einen Urlaub zu verbringen, aber ich bin nie hingereist, leider. Sie wohnt jetzt etwa zehn Jahre dort, seit nämlich ihr Mann pensioniert worden ist. Er hat bei einer unserer Banken in New York gearbeitet und sich ein Ferienhaus an der Küste gekauft, ein ganz hübsches, glaube ich. Sie hat mir mal Fotos geschickt. Aber ich kann mir nicht vorstellen, daß meiner Schwester das Haus oder die Gegend gefallen haben. Und ich glaube, sie war sehr unglücklich, als ihr Mann beschloß, dort das ganze Jahr über zu leben. Vielleicht bin ich deshalb nie hingereist; ihre Briefe klangen nicht besonders begeistert. Und dann selbstverständlich die Kälte. Und im Sommer haben wir hier immer viel zu tun.»

«Wie ist ihr Mann gestorben, Mijnheer?»

«Durch einen Unfall. Er ist auf Eis ausgerutscht. Er hat versucht, einen Baum zu fällen, hat den Halt verloren und ist abgestürzt. Sie wohnen direkt an der Küste, und er ist auf die Felsen gefallen. Jetzt will sie wieder hier leben, aber der Nachlaß muß aufgelöst werden. Sie ist nicht sehr praktisch, eher verträumt. Und schwermütig. Und sie hat keine Kinder. Sie muß sich jetzt sehr einsam fühlen.» Der Commissaris lächelte. «Ich kenne sie kaum, obwohl wir nur wenige Jahre auseinander sind. Sie war immer in ihrem Zimmer.» Er imitierte die Stimme eines kleinen Jungen. «Wo ist Suzanne, Mama?»

«In ihrem Zimmer, Jan.»

«Was tut sie da, Mama?»

«Sie weint, Jan.»

Er schob seine Kaffeetasse an den Rand der Schreibtischplatte. Der Brigadier sprang auf, lief in eine Zimmerecke und kam mit einer Silberkanne wieder. Der Adjudant brachte ein Tablett mit Milchkännchen und Zuckertopf. «Danke. Und jetzt weint sie wieder. Aber diesmal hat sie einen Grund. Es muß ein trauriges Erlebnis gewesen sein. In der Nähe stehen noch andere Häuser. Vielleicht war sie nicht allein, als sie die Leiche gefunden und sich bemüht hat, sie ins Haus zu bringen.» Er stand auf und rieb sich munter die Hände. «Nun, Herrschaften, wie es scheint, werde ich reisen. Ich gehe am besten zum Hoofdcommissaris und beantrage Sonderurlaub. Dann bringe ich die arme traurige Frau her und bringe sie angemessen unter. Ich hoffe, mein Schwager hatte eine gute Pension und eine vernünftige Lebensversicherung. Heutzutage ist das Leben in Amsterdam teuer, und ich muß eine hübsche Wohnung für Suzanne suchen.»

«Mijnheer», sagte der Brigadier.

«Ja?»

«Meinen Sie, daß Sie reisen sollten? Ihre Gesundheit . . .»

«Ist schlecht», sagte der Commissaris. «Eine Tatsache, deren ich mir bewußt bin.»

Der Adjudant räusperte sich. «Dreißig Grad minus, Mijnheer, das ist kalt. Sie leiden an Rheuma. Wird sich die Krankheit nicht verschlimmern . . .»

«Wenn es kalt ist? Ja. Aber ich kann mich warm anziehen. Und das Haus wird zweifellos geheizt sein. Sie lebt in Amerika, Adjudant, nicht am Nordpol. Amerika ist ein reiches Land und voller Komfort. Ich bin sicher, daß ich dort ganz gut aufgehoben sein werde.»

«Ihr Bruder, Mijnheer . . .», sagte der Brigadier.

Der Commissaris setzte sich wieder und rieb sich mit beiden Händen das faltige Gesicht. Er schob die Brille hoch und betrachtete mit blaßgrünen Augen den Brigadier. «Ja, mein Bruder, aber er wohnt jetzt in Österreich und führt in den Bergen ein sehr ruhiges Leben. Ich glaube nicht, daß er belästigt werden möchte.» Die Brille rutschte wieder auf die kleine gerade Nase, und der Commissaris stand auf. «Nein, schließlich hat sie *mich* angerufen, nicht wahr? Ich bin verpflichtet zu reisen. Eine Schwester ist eine sehr nahe Verwandte, und soviel Mühe wird es auch nicht machen. Ein Flugzeug überquert den Ozean innerhalb von Stunden. Ich werde wahrscheinlich hier frühstücken können und zum Abendessen schon in Amerika sein. Und was gibt es dort zu tun? Sie trösten, ihr das Gefühl geben, daß es noch Menschen gibt, die sich um sie kümmern, einige Papiere ordnen, ein paar Telefongespräche führen, einen oder zwei Briefe schreiben, ihr Haus verkaufen, beim Packen helfen und mit ihr in die Heimat zurückfliegen. Da ist doch nichts dabei.» Er war auf dem Wege zur Tür.

«Mijnheer?»

Der Commissaris blieb stehen und drehte sich um. «Brigadier?»

«Kann ich mitkommen, Mijnheer? Sie waren vorige Woche krank, Mijnheer. Ich bin sicher, Ihre Frau möchte nicht, daß Sie allein reisen. Ich habe noch Resturlaub und würde gern nach Amerika fliegen.»

Das hätte er besser nicht gesagt. Der Commissaris runzelte die Stirn. «Meine Frau? Ich werde dir mal was sagen, Brigadier, meine Frau *wird* sich aufregen, weißt du. Wenn es nach ihr ginge, würde ich überhaupt nicht mehr aus dem Bett oder der Badewanne herauskommen. Und weißt du, was das für mich bedeuten würde?» Der Commissaris zeigte mit dem Finger auf die modische Jeansjacke des Brigadiers. «Es würde mich umbringen. Untätigkeit ebenso wie Aktivität. Was ich auch tun mag, ich stehe vor einer Katastrophe.»

Adjudant Grijpstra hob seinen massigen Körper aus dem niedrigen Sessel und setzte gemächlich einen Fuß vor den anderen, bis er vor der zerbrechlichen Gestalt des Commissaris stand. «Aber vielleicht sollten Sie nicht allein reisen, Mijnheer.» Die tiefe Stimme des Adjudant war höflich, sanft, beruhigend. «Ich würde auch gern mitkommen, aber mein Englisch ist schlecht. Der Brigadier beherrscht die Sprache gut. Er könnte die Wege erledigen, während Sie die Angelegenheit ordnen.»

Der Commissaris ging rückwärts, bis er mit dem Rücken an der Wand stand. «Ja?»

«Ja, Mijnheer.»

«Nein», sagte der Commissaris. «Nein, nein. Auf gar keinen Fall. Der Brigadier sollte seinen Urlaub irgendwo unter der Sonne verbringen. Diese Angelegenheit ist privat und obendrein unangenehm. Eine jammernde alte Frau und ein Schneesturm um das Haus. Und was ist mit dem Geld? Die Reise kostet ein paar tausend pro Person, eine Verschwendung von gutem Geld, wenn wir zu zweit sind. Nein, Adjudant. Das ist sehr lieb gemeint, was ich zu schätzen weiß.»

Die Tür wurde geschlossen. Der Brigadier hatte sich auf seinem Stuhl vor dem Schreibtisch des Commissaris nicht gerührt. Grijpstra seufzte und schaute zum Fenster hinaus. Eine Straßenbahn fuhr spritzend durch eine Pfütze auf der anderen Straßenseite. Zwei Radfahrer, eingehüllt in gelbe Plastikmäntel, bekamen den trüben Wasserschwall ab und wären fast umgefallen.

«Schau dir das an», sagte Grijpstra. «Ich würde lieber Schnee sehen. Schnee ist hübsch und weiß, aber ich habe seit Wochen nur graues Wasser und braunen Schlamm gesehen. Vielleicht solltest du dennoch reisen. Er kann dich davon nicht abhalten, weißt du. Es wäre eine private Reise. Mein junger Vetter hat seine Ferien in Amerika verbracht. Er sagte, er habe sich gut amüsiert, und es sei auch gar nicht teuer gewesen, aber er hatte eine Art von Rabatt, einen Flugschein für Studenten. Du müßtest vermutlich den vollen Preis bezahlen. Hast du Geld?»

«Nein», sagte de Gier und betrachtete seine neuen Wildlederstiefel. «Ich könnte aber einen Bankkredit bekommen.»

«Das wird vielleicht nicht reichen. Die werden dir auf dein Gehalt nicht viel geben. Ich habe auch kein Bargeld. Hmm.»

In dem «hmm» lag eine gewisse Fröhlichkeit, de Gier hob den Blick. «Was heißt hier ‹hmm›?»

«Eine Idee», sagte Grijpstra. «Eine gute Idee. Ich werde mit dem Hoofdcommissaris sprechen.»

«Mit dem hohen Tier?»

«Genau», sagte Grijpstra, als er aus dem Zimmer ging. «Die Spitze. Höher als bis zur Spitze kann man kaum gehen.»

De Gier ging ebenfalls und durchstreifte das Gebäude. Er machte Halt in der Kantine, wo ihm ein Brigadier von der Garage zeigte, wie man gratis einen Becher Kaffee bekommt, wenn man an einem seit kurzem installierten Automaten bestimmte Knöpfe in einer bestimmten Reihenfolge drückt. Dann ging er zum Büro der Stenotypistinnen, wo seine Anwesenheit einiges Lächeln und mindestens einen sehnsuchtsvollen Seufzer hervorrief. Er traf nach einer Stunde wieder in seinem Büro ein und fand Grijpstra, der auf seinem Schreibtisch saß. Der Adjudant strahlte.

«Ja?» fragte de Gier mißtrauisch.

«Mach dich auf den Weg.» Der Adjudant lächelte triumphierend.

«Auf welchen Weg?»

«Zum amerikanischen Konsulat. Die warten dort auf dich. Ich gebe dir einen Namen, frage nach ihm, dann wirst du gleich vorgelassen und kriegst deinen Stempel sofort in den Paß. Ohne Gebühren.»

«Ein Visum?»

«Ja. Der Hoofdcommissaris war sehr beeindruckt.»

Der Adjudant lächelte jetzt sowohl triumphierend als auch geheimnisvoll. De Gier setzte sich auf den Besucherstuhl, streckte die langen Beine aus und legte die Füße auf den Schreibtisch. «Erzähl», sagte er geduldig. «Ich werde nicht gehen, wenn du mir nichts erzählst.»

«Was gibt es da zu erzählen? Du reist nach Amerika. Ich habe die Adresse der Schwester des Commissaris in seinem Notizbuch gesehen. Der Ort heißt Jameson, County Woodcock, Bundesstaat Maine, USA. Wir sind mit der amerikanischen Polizei befreundet, seit die Rauschgifthändler hier auftauchten. Erst vorige Woche mußte ich einen Lieutenant von der New Yorker Polizei hier herumführen, erinnerst du dich? Zwei Tage habe ich dafür gebraucht.»

«Ja. Du hast ihn in Restaurants geführt.»

«Dahin wollte er auch. Ich tue, was man mir sagt. Aber es funktioniert in beiden Richtungen. Wir können nach drüben – irgendwo in Den Haag gibt es einen Fonds mit amerikanischem und niederländischem Geld. Wenn die von drüben kommen, zahlt der Fonds ihre Ausgaben, und wenn wir nach drüben gehen, kommt der Fonds für unsere Ausgaben auf, nur reisen wir nicht nach drüben.»

«Das Geld ist für Verbrechensermittlung bestimmt, Grijpstra, nicht für private Abenteuer. Für die Ermittlung von Verbrechen und das Ergreifen von Verbrechern. Ich habe darüber etwas im Polizeiorgan gelesen.»

Grijpstra wedelte mit einer Zeitschrift. «Du hast den Text nicht richtig gelesen. Es steht auch darin, daß der Fonds zum beiderseitigen Nutzen der jeweiligen Polizeiorganisationen gegründet wurde. Wir können die Methoden gegenseitig studieren. Der Lieutenant der Polizei, mit dem ich zum Abendessen gehen mußte, wollte wissen, wir wir es schaffen, Verdächtige zu ergreifen, ohne ihnen Schaden zuzufügen. Wie es scheint, bluten die meisten Verbrecher, die in seine Revierwache eingeliefert werden. Und er kann Blut nicht ertragen. Er hat sich in einer unserer Wachen in der Innenstadt aufgehalten und festgestellt, daß unsere Verdächtigen einfach so hereinkamen. Die meisten trugen nicht einmal Handschellen. Dort drüben muß man die Leute hineintragen.»

«Hast du ihm gesagt, daß wir versuchen, höflich zu sein?»

«Ja. Aber er sorgt sich um die Sicherheit der Polizeibeamten. Ich habe ihm von dem Konstabel erzählt, der voriges Jahr von einem bewaffneten Räuber erschossen wurde, weil er ihn zufällig bei einer routinemäßigen Verkehrskontrolle angehalten hatte. Der Lieutenant sagte, das hätte in Amerika nicht passieren können. Dort sind sie sehr vorsichtig, sogar bei Routinekontrollen. Sie nähern sich dem Fahrer von hinten und haben ihre Pistole bereit. Das ist eine gute Methode, habe ich mir überlegt. Wenn du an einen Fahrer von hinten herantrittst, kann er nicht so leicht eine Schußwaffe ziehen und auf dich richten. Vielleicht können wir da etwas lernen.»

«Warte mal», sagte de Gier und nahm die Beine vom Schreibtisch. «Du meinst, der Fonds . . .»

«Ja. Geh zum Konsulat. Sobald du deinen Paß gestempelt hast, kannst du abreisen. Du kannst heute abend reisen. Der Commissaris fliegt ebenfalls heute abend, aber du kannst eine andere Maschine nehmen. Ich habe seine Flugnummer.»

«Er weiß von nichts?»

«Nein. Ich habe dem Hoofdcommissaris gesagt, der Commissaris wolle nicht, daß du mitkommst, aber auch der Chef ist der Meinung, der Commissaris solle nicht allein reisen. Erstaunlich, das ganze Ding war innerhalb einer halben Stunde gedreht. Er hat in Den Haag angerufen, um dir beim Fondsverwalter grünes Licht zu verschaffen. Das hat nur eine Minute gedauert. Du kannst dir in der Kasse hier Geld holen, bis zu dreitausend, den Rest und einen Haufen Quittungen mußt du bei der Rückkehr wieder abliefern. Der Fonds ist ein Zapfhahn. Wenn du weißt, wie du ihn aufdrehen mußt, wird er dich mit Geld überfluten. Und dann hat er in New York angerufen. Er nannte den Mann ‹General› – vielleicht war er Polizeigeneral. Dieser General sagte, er werde zurückrufen. Er tat es innerhalb von zwanzig Minuten. Du bist eingeladen, unter dem Sheriff von County Woodcock, Maine, Dienst zu machen. Der General hat mit dem Sheriff gesprochen. Der Sheriff wird dich vom Flugzeug abholen, wenn du ihm mitteilst, wann es eintrifft.»

«Scheiße», sagte de Gier.

«Wie bitte?»

«Scheiße. Du nimmst mich auf den Arm, nicht wahr, Adjudant? Welche Aufgabe weist mir der Chef für drüben zu? Wilddiebe fassen? In Amsterdam haben wir keine Wilderer – das Kaninchen, das im Park hinter meiner Wohnung lebte, ist in der vorigen Woche überfahren worden, und Reiher will keiner schießen, die schmecken nach Fisch.»

Grijpstra rutschte vom Schreibtisch, zog de Gier an den Aufschlägen der maßgeschneiderten Jacke hoch und schob ihn zur Tür.

«Ab mit dir, Kleiner. Niemand kümmert sich darum, was du drüben tust, wenn du nur den Commissaris lebend zurückbringst. Der Fonds ist zum Verschwenden da, verschwende ihn auf angenehme Art. Ab mit dir.»

«Danke», sagte de Gier an der Türschwelle.

«Es war mir ein Vergnügen. Sorge dafür, daß der Commissaris nichts merkt, bis es zu spät ist.»

«Was soll ich ihm sagen, wenn er es feststellt?»

«Gib mir die Schuld», sagte der Adjudant. De Gier war im Korridor. Die Tür schloß sich langsam.

De Gier grinste.

2

Die Räder des Flugzeugs würden vermutlich die Spitzen der hohen Kiefern am Rande der kleinen Landebahn berühren, und der Commissaris mußte sich zwingen, die Augen offenzuhalten. Seine Vorstellungen von Amerika hatten sich geändert, seit die Stewardess mit ihm durch die große Halle des Bostoner Flughafens gegangen war und auf eine zweimotorige Maschine gezeigt hatte. Das Flugzeug sah alt aus und hatte bauchige Konturen aus der Zeit von vor etwa dreißig Jahren. Ein junger Mann in einem dickgepolsterten Blouson und einer ölbefleckten Mütze mit Ohrenschützern schob auf einer Karre einen Koffer durch den Schnee.

«Ist das meine Maschine?»

«Ja, Sir», sagte die Stewardess freundlich. «*Prestige Airlines*, ein kleines Privatunternehmen. Es fliegt die meisten der kleinen Flugplätze in Maine an. Es besteht schon seit Jahren. Ich bin sicher, die Leute sind sehr zuverlässig.»

Der junge Mann war mit seiner Schiebkarre steckengeblieben und schob mit aller Kraft. Er rief etwas, aber seine Worte drangen nicht durch die Fensterwände des Flughafengebäudes. Die Stewardess kicherte. «Das ist Ihr Pilot, Sir. Er wird gleich zurück sein; er kümmert sich auch um die Abfertigung hier.»

«Gütiger Gott», murmelte der Commissaris. Die Stewardess musterte das müde, verzerrte Gesicht des kleinen alten Mannes, der sich auf seinen Bambusstock stützte. «Alles in Ordnung, Sir?»

«Ja, Miss, ich bin nur müde. Ich konnte nicht schlafen, weil während der Atlantiküberquerung ein Film gezeigt wurde.»

«Wohin wollten Sie noch mal, Sir?»

«Nach Jameson, Maine.»

«Jameson», sagte sie. «Eine hübsche Stadt. Ich habe dort mal einen Urlaub verbracht. Sie liegt an der Küste und ist im Sommer ein beliebter Ausflugsort, aber niemand dürfte zu dieser Jahreszeit dorthin wollen. Nur Schnee und Eis, stelle ich mir vor.»

Der Pilot kam zurück und nahm dem Commissaris Flugschein und Koffer ab. «Jameson?» fragte er. «Das sind etwa drei, vielleicht dreieinhalb Stunden, schwer zu sagen bei diesem Wetter, und vielleicht haben sie die Landebahn nicht geräumt. Das letzte Mal hatten sie es nicht, so daß ich für eine Weile kreisen mußte, während sie mit dem alten Schneepflug herumschoben. Ich nehme an, sie dachten, ich würde nicht kommen, und ihr Funkgerät war wieder mal kaputt.»

Der Commissaris drückte seinen Stock in den Auslegeteppich in der Halle, die Spitze versank im dichten gelben Flor.

Ein anderer junger Mann in Overall, Gummistiefeln und Schirmmütze war gekommen. «Ist die alte Kiste bereit, Bob?»

«Klar», sagte der erste Pilot. «So bereit wie immer. Es war schwierig, sie zu starten, und wir sollten uns wirklich mal neue Trossen besorgen. Noch so ein Sturm – und sie weht einfach weg. Die linke Trosse ist böse zerscheuert, hast du das gesehen?»

«Wirklich?» fragte der Commissaris.

Der mit Bob angesprochene Mann lachte. «Nur die Verankerungstrosse, Sir. Der Zustand der Maschine ist einwandfrei genug, aus alten Heeresbeständen, und wir haben sie gepflegt. Wir werden in einer Minute bereit sein. Möchten Sie noch zum Waschraum, bevor wir starten? An Bord ist keine Toilette.»

Aber der Flug war gar nicht so schlecht gewesen. Die beiden anderen Passagiere, untersetzte Männer in mittleren Jahren mit leuchtendroten Hüten und Schrotflinten im Lederfutteral, hatten eine Flasche mit starkem, unausgereift schmeckendem Whiskey herumgehen lassen, und gegen die würzigen Zigarillos des Commissaris hatte niemand etwas einzuwenden. Die Maschine flog tief; und der Commissaris war beeindruckt von der Landschaft und dem Anblick des Meeres, denn sie folgten einem zerklüfteten Küstenstrich mit vielen verstreuten Inseln in der kalten wilden See. Die Piloten hatten nach unten gezeigt und Namen gerufen und ihm eine Karte gegeben, auf die er schaute, während die Jäger ihm den Kurs zeigten, der bei einem kleinen Punkt und den Kursivbuchstaben *Jameson* endete.

«Da», riefen die Piloten. Die Maschine ging in den Landeanflug. Der Commissaris hatte einige Sekunden gebraucht, ehe er die Landepiste entdeckte, ein braunes Kreuz im alles durchdringenden Weiß.

«Holt Sie jemand ab?» fragten die Jäger, als sie ihre Segeltuchsäcke mit

Tritten zur kleinen Tür hinausbeförderten. «Wir haben einen Lastwagen hier und können Sie mitnehmen.»

Aber der Commissaris dankte ihnen und lehnte ab. Er winkte der eingemummten Gestalt zu, die bei einem hölzernen Schuppen stand – einer alten Frau, gebeugt, beladen mit einem Pelzmantel unter einer Wollmütze und eingehüllt in einen Schal. Das konnte nur Suzanne sein, stellte er fest, als die Gestalt auf ihn zu schlurfte und mit hoher Stimme Willkommensworte stammelte.

«Oh, Jan, hattest du einen schlechten Flug?»

Er mußte in die andere Richtung schauen, weil ihm der eisige Wind ins Gesicht schnitt. «Ja», hörte er sich sagen, «oder nein, es war ein guter Flug. Ich habe die Küste gesehen, sehr schön. Wie geht es dir, Liebe?»

Sie weinte. Der Pilot reichte ihm den Koffer herunter, und seine Finger schmerzten im dünnen Lederhandschuh, als er den Griff anfaßte.

«Lassen Sie mich den nehmen.» Er schaute dankbar auf. Er war seinen Koffer los. Ein breitschultriger Mann mit langem Mantel und Kapuze trug ihn davon. Er nahm den Arm seiner Schwester und wurde zu einem langen, schimmernden Wagen geführt.

«Du konntest also doch noch kommen?» fragte er munter. «Das ist gut. Ist das Opdijks Wagen?»

«Nein, das ist einer von Janets Wagen. Sie ist meine Nachbarin. Ich kann nicht fahren, Jan.»

«Und der Mann, ist er ebenfalls dein Nachbar?»

«Das ist Reggie, er arbeitet bei Janet. Er ist sehr nett, sie sind alle sehr nett. Oh, Jan, bringst du mich wirklich von hier fort? Nach Holland? Gehen wir nach Holland, Jan?»

Der Weg war vereist, er hatte Mühe, sich auf den Beinen zu halten.

«Gewiß.»

«Ich kann es nicht glauben, Jan. Opdijk sagte immer, wir würden hier ewig bleiben. Es ist so kalt, Jan, und die Sommer . . . die vielen Insekten. Wir leben hinter Doppelfenstern im Winter und hinter Fliegendraht im Sommer. Es ist hier draußen so *grausam*, Jan.»

«Grausam?» Das Wort schien ihm fehl am Platze zu sein. Er war bis jetzt sehr gut behandelt worden. Von der Besatzung der Linienmaschine, vom Flughafenpersonal, von den beiden Piloten und den Jägern. Er wäre beinahe wieder ausgerutscht und blieb stehen. Das weiße Schweigen tröstete seinen müden Geist. Riesige Kiefern türmten sich über ihm; zwei schwarze Vögel flatterten von einem Ast, breiteten die Flügel aus und segelten davon. Krähen nein, das konnten keine sein. Zu groß. Kolkraben! *«Kolkraben!»* Er hatte das Wort laut gerufen. Eine Spezies, die in Holland längst ausgestorben war, aber in Geschichten und Legenden weiterlebte. Und hier flogen sie herum. Erstaunlich. Einer der Vögel beantwortete anscheinend seinen Ruf und krächzte. Er dachte an die Krähen im vernachlässigten Garten hinter seinem Haus in Amsterdam. Sie kakelten immer. Dieses Krächzen war ganz anders, ein mächtiges und majestätisches Rufen, ein Versprechen. «Das sind Kolkraben, Suzanne.»

Seine Schwester drehte sich um und blinzelte. «Was hast du gesagt, Jan?»

«Kolkraben, die Vögel!»

«So?»

«Weißt du das nicht? Wie lange lebst du schon hier?»

Sie schob an seinem Arm und geleitete ihn zum sicheren Wagen. Der Mann namens Reggie kam zurück.

«Ich bin nicht viel spazierengegangen, Jan. Opdijk ist gern rausgegangen.»

Reggie hatte einen Fäustling ausgezogen und bot ihm die Hand. Der Commissaris schüttelte sie, eine harte Hand mit tiefem Schmutz in den Falten und starken, eckigen Fingernägeln. Die Kapuze war dem Mann vom Kopf gerutscht. Das Gesicht paßte nicht zu den Händen. Das Gesicht ist empfindsam, dachte der Commissaris, aber zurückhaltend. Ein Mensch, der oft verletzt worden, aber standhaft ist. Ein einsamer Mensch, der eine Möglichkeit gefunden hat, mit seiner Einsamkeit zu leben. Der Commissaris wurde an de Gier erinnert. Auch de Gier war ein harter und gleichzeitig empfindsamer Mensch. Aber diesem Mann fehlten die leuchtenden Augen, die de Giers Gesicht lebendig machten. Der Commissaris war sich seiner Gedanken bewußt, als er Reggie die Hand gab und dessen vollen Namen hörte. «Reggie Tammart, zu Ihren Diensten.» Eine altmodische Begrüßung, ein großmütiger Gruß. Ja, Großmut. Er erinnerte sich an amerikanische Großmut, denn er hatte einige Offiziere der Befreiungstruppen kennengelernt, die am Ende des Krieges in Holland einmarschiert waren. Die Offiziere hatten ihm erzählt, daß sie aus dem Süden seien – vielleicht war Reggie Tammart ein Südstaatler.

«Sind Sie aus dem Süden, Sir?»

«Aus New Orleans, Louisiana, Sir. Freut mich, Sie kennenzulernen.»

Der Commissaris versuchte, den Ortsnamen auf einer Karte einzuordnen. Eine Stadt an der Küste, ein Hafen. Und im Süden, er hatte recht gehabt. Zufrieden mit sich ging er weiter. Eine neue Umgebung, aber er hatte bestimmte Kenntnisse, auf die er sich beziehen konnte – die neuen Tatsachen fügten sich vielleicht in das Schema ein.

«Sie haben ein schönes Land hier, Mr. Tammart.»

«Ja, Sir. Sie können mich Reggie nennen, wenn Sie wollen. Wirklich ein schönes Land, Sir, aber wenn der Schnee den Boden bedeckt, gibt es nicht viel zu tun, außer jagen und klaftern.»

«Ist das Ihre Beschäftigung?»

«Ich bin Gärtner bei Janet Wash, Sir, unter anderem. Ich jage nur Waldmurmeltiere, weil sie die Gärten ruinieren, aber jetzt schlafen sie in ihren Erdhöhlen.»

«Sie ‹klaftern› also?» Der Commissaris konnte sich darunter nichts vorstellen, aber er dachte bei sich, der Mann werde es ihm sagen. Man hatte ihm beigebracht, sein Unwissen nicht zu zeigen, sondern durch klug gestellte Fragen zusätzliche Informationen von anderen zu bekommen.

«Ja, Janet verbrennt Holz in den Öfen, sie hält nichts von Öl. Die Öfen im Haus verbrauchen täglich einen viertel Klafter, und dann stehen in der Garage und den Hütten noch Kanonenöfen. Ich habe schon zwanzig Klafter Holz gesägt, aber wir werden noch viel mehr gebrauchen, wenn der Winter so anhält.»

«Machen Sie das alles allein?»

«Nein, Sir, ich habe Hilfe.»

Reggie sprach langsam und schleppend und überlegte seine Worte. Seine Freundlichkeit war eher eine Art Höflichkeit und nicht so offen und herzlich wie die Einstellung der Piloten und Jäger. Kein einfacher Gegner, dachte der Commissaris, als er sich auf den Rücksitz des Wagens schob. Aber selbstverständlich war der Mann kein Gegner. Ihm fiel der Zweck seiner Reise nach Amerika ein. Er brauchte nur den Besitz seines Schwagers zu verkaufen. Das Gesicht von Suzannes totem Mann erstand in seiner Erinnerung. Er hatte ihn nicht gut gekannt, aber sie waren sich einige Male begegnet, wenn Opdijk auf Urlaub oder geschäftlich in Amsterdam war. Ein ungeschliffener Mensch mit rotem Gesicht, ganz und gar nicht der glatte Bankier, der er sein sollte. Ein Mann, der viel trank und schmutzige, aber komische Witze erzählte. Der Commissaris hatte sich, wie er glaubte, nie bemüht festzustellen, welche Stellung Opdijk in der Bank einnahm. Ah, jetzt fiel es ihm ein, Opdijk war Rechnungsführer mit Universitätsdiplom gewesen. Ein Experte für Finanzierungsstrategie. Höchstwahrscheinlich war es eine Aufgabe im inneren Führungskreis, das Prüfen von Computertabellen in einem Zimmer im obersten Stockwerk irgendeines New Yorker Wolkenkratzers. Für die traurige Suzanne ein ungeeigneter Ehepartner. Er erinnerte sich auch, was Suzanne während ihrer kurzen Aufenthalte in Amsterdam getan hatte. Sie hatte in kleinen Läden antikes Porzellan gekauft, nach endlosen Überlegungen jeweils ein Stück. Opdijk hatte sie offenbar knapp gehalten. Na, jedenfalls war der Mann jetzt tot. Er fragte sich, ob es Suzanne sehr viel ausmachte. Sie schien darauf versessen zu sein, wieder nach Holland zu kommen. Vielleicht war Opdijks Tod für sie eine Erlösung.

Er hatte das undeutliche Etwas auf dem Rücksitz in der Ecke für einen Haufen Decken gehalten, so daß ihn die leise Stimme hinter ihm überraschte.

«Es freut mich zu sehen, daß Sie noch heil sind. In dem kleinen Flugzeug werden einem die Knochen ganz schön durcheinandergerüttelt, nicht wahr?» Eine behutsame, angenehm modulierte Stimme, kühl und fest wie die Hand, die sich ihm entgegenstreckte und die er für einen Augenblick hielt, während er sich auf seinem Sitz niederließ und einen Platz für seinen Stock fand.

«Ganz und gar nicht, Madam. Mir gefiel das Flugzeug, und die Piloten verstanden ihre Arbeit.»

«Gut. Und Sie hatten einen klaren Himmel.»

«Ja, und eine wunderschöne Sicht. Es war sehr nett von Ihnen, meine Schwester zum Flugplatz zu fahren und mich hier abzuholen, aber Sie hätten sich die Mühe nicht machen müssen. In der Maschine waren Herren, die mir angeboten haben, mich in die Stadt mitzunehmen.»

Die lange schlanke Hand berührte Reggies Schulter. «Freunde von uns, mein Lieber?»

Reggie hatte den Gang eingelegt. Der Commissaris sah, wie die Kiefern vorbeiglitten, als der Wagen in eine holprige Landstraße einbog. Suzanne saß neben dem Fahrer, sie drehte sich um und betrachtete den Commissaris. Er lächelte ermutigend.

«Keine Freunde, Janet, Bekannte. Die beiden Geschäftsleute aus Boston, die den Lagerplatz an Bartlett's Bay gekauft haben. Sie sind wieder wegen der Hirsche gekommen.»

Die vornehme Stimme nahm einen eisigen Ton an. «Wegen der Hirsche, natürlich, wir haben ja wieder Jagdzeit. Jedes Jahr vergesse ich es, und in jedem Jahr sind sie wieder da mit ihren schrecklichen roten Hüten und orangefarbenen Jacken und groben Gesichtern und schmutzigen Händen und Bierkartons und ihrer großen Kanone, mit der sie auf die armen Tiere ballern. Wie viele haben sie voriges Jahr erwischt, Reggie?»

«Ich glaube, es waren Tausende, Janet.»

Janet seufzte. «Tausende herrlicher Geschöpfe, es ist unglaublich, und dennoch sterben sie nicht aus. Früher wurden sie von den Raubtieren geschnappt, nehme ich an, von den Bären, Luchsen und Berglöwen. Aber von denen gibt es nicht mehr sehr viele, so daß wir schrecklichen Menschen das übernehmen müssen. Na ja. Oje, ich habe mich noch nicht einmal vorgestellt. Ich bin Janet Wash, die Nachbarin Ihrer Schwester. Wir waren alle sehr traurig, als wir die furchtbare Nachricht von Pete Opdijks Unfall hörten. Jeder Nachbar hätte Suzanne zum Flugplatz gefahren, um Sie abzuholen, aber da ich am nächsten wohne, habe ich die ehrenvolle Aufgabe übernommen. Wir sind so froh, daß Sie die Zeit hatten, nach hier zu kommen.»

Der Commissaris überlegte, ob er sich einen Zigarillo anstecken konnte. Der Aschbecher in der Armlehne war leer und sauber, also besser nicht. Er nahm die Einzelheiten des Wagens wahr. Er war alt, aber in einem ausgezeichneten Zustand. Er hatte die Fabrikmarke erkannt, als er eingestiegen war. Ein Cadillac des Modells, das vor vielen Jahren die Bürgermeister von Amsterdam gefahren hatten, bevor sie auf Mittelklassewagen umgestiegen waren, um Sparsamkeit zu dokumentieren. Ein ausgezeichneter Wagen, gut gebaut und mit großen Scheinwerfern an den schnittig geschwungenen Kotflügeln. Er klopfte leicht auf das Leder der Armlehne.

«Ich hätte schon eher mal kommen sollen.» Über die Rückenlehne des Vordersitzes kam Suzannes Hand gekrochen, die er liebevoll festhielt. «Suzanne hat mich oft genug eingeladen, aber damals schien Amerika so weit zu sein.»

«Es *ist* weit», sagte Janet, «und hier draußen sind wir wirklich sehr weit entfernt. Die kanadische Grenze ist in der Nähe. Wir gehören schon fast nicht mehr zu Amerika. Werden Sie eine Weile bleiben?»

«So lange wie nötig. In Amsterdam wartet Arbeit auf mich. Ich würde gern eine Weile bleiben, aber . . .»

«Das dürfte nicht lange dauern. Opdijk war immer peinlich genau mit seinen Angelegenheiten, und wir alle werden Ihnen gern helfen. Mein Haus ist in der Nähe, und Sie können Opdijks Wagen benutzen, da bin ich sicher, wenn Sie nichts dagegen haben, auf glatten Straßen zu fahren, und dann ist ja immer noch das Telefon da.»

Er drückte die Hand seiner Schwester. «Du wirst bald wieder in der alten Heimat sein. Ich frage mich, ob dein Haus leicht zu verkaufen sein wird. Weißt du, ob es mit Hypotheken belastet ist, Liebes?»

Suzannes feuchte Augen blinzelten über der kleinen Nase, die genau der des Commissaris glich. «Ich, ich weiß es wirklich nicht, Jan, über solche Dinge hat er nie mit mir gesprochen, aber ich weiß, wo er seine Papiere aufbewahrte. Da sind einige Schachteln und Aktenordner – vielleicht kannst du es feststellen.»

«Ja», sagte der Commissaris. Der Wagen war oben auf einem Hügel angelangt und stehengeblieben, um ein entgegenkommendes Auto vorbeizulassen. Unterhalb des Hügels erstreckte sich der Wald bis ans Meer. Der Commissaris kannte einige der Bäume. Nackte weiße Birkenstämme scharten sich um hohe Ahornbäume, die in riesigem Freudentaumel erstarrt zu sein schienen, und überall standen die seltsamen Kiefern – die er auch schon am Flugplatz gesehen hatte – und streckten ihre Äste mit den zarten langen Nadeln wie die Ärmel einer orientalischen Tänzerin mitten in einer überschwenglichen Bewegung aus. Der andere Wagen hatte neben ihnen gehalten. Reggie drückte auf einen Knopf, so daß sich das Fenster auf Suzannes Seite senkte. Das Fenster auf der Fahrerseite des anderen Wagens öffnete sich ebenfalls.

«Wie geht's?»

«Gut», rief Reggie. «Und was machen Sie, Sheriff?»

Der Commissaris starrte den langen Straßenkreuzer an, der fleckenlos glänzte und an einer Stange auf dem Dach eine Reihe von Blaulichtern befestigt hatte. Ein sehr hübsch und sehr gefährlich aussehender Wagen, der ihn an einen Hecht in einem holländischen Wassergraben erinnerte, an einen schweren Fisch, der aber sehr schnell angriff und seine Beute verschlang. Der junge Mann am Steuer trug eine Uniform wie die eines Pfadfinders; er war schlank und klein, aber seine Autorität wirkte natürlich. Dem Commissaris fielen der gestutzte Schnurrbart, die klaren, kantigen Gesichtszüge und ruhigen, klaren Augen auf.

«Ich bin auf dem Wege zum Flugplatz», sagte der Sheriff.

«Die Maschine ist gekommen und schon wieder weg.»

«Ich will nicht zur regulären Maschine. Die hohen Tiere in New York schicken mir einen holländischen Polizeibeamten; die Polizei des Bundesstaats fliegt ihn her. Da sind sie schon.» Er zeigte nach oben. Der Commissaris öffnete sein Fenster und schaute hinauf. Ein blaues Flugzeug kreiste in einer Höhe von etwa dreihundert Metern.

«Ein Mini-Jet», sagte Reggie. «Erstaunlich, die Polizei muß heutzutage Geld wie Heu haben.»

Janet sprach mit leiser Stimme ins Ohr des Commissaris. «Hat der Sheriff gesagt, ein *holländischer* Polizeibeamter?»

«Ja.»

«Sind *Sie* nicht holländischer Polizeibeamter? Ich glaube, Suzanne hat es mir gestern gesagt.»

«Ich bin einer», sagte der Commissaris.

«Aber Sie sind doch bereits eingetroffen.»

«Stimmt.»

Das war für einen Zufall zuviel. Der Commissaris fragte sich, wieviel Personen in den verschiedenen Diensten der niederländischen Polizei stehen mochten. Fünfzigtausend? Mehr? Aber was sollte einer von denen in County Woodcock, Maine, USA, wollen? Er lächelte. Ihm fiel ein, daß er Grijpstra in dem Korridor gesehen hatte, wo der Hoofdcommissaris sein Büro hatte. Welchen Gefallen mochte Grijpstra sich wohl vom Hoofdcommissaris erbeten haben? Wenn Grijpstra sich an die Spitze wenden wollte, würde er normalerweise den Dienstweg über den Chef seiner eigenen Abteilung einhalten. Dieser Chef war er, der Commissaris. Warum hatte Grijpstra ihn also übergangen?

Er schaute sich um. Das Flugzeug landete anmutig. Eine elegante Maschine.

«Wenn Sie wollen, können wir umkehren», sagte Janet Wash. «Wer der Mann auch sein mag, Sie werden ihn sicherlich kennen, meinen Sie nicht? Wäre es nicht nett, wenn sich zwei holländische Polizeibeamte mitten im Nichts begegnen?»

«Ja», sagte der Commissaris, «aber ich werde Sie nicht aufhalten. Zweifellos werde ich meinen Kollegen später noch treffen.»

Sie flogen also Brigadier de Gier hierher. Er überlegte weiter. Der Hoofdcommissaris kannte eine Anzahl hoher Amsterdamer Polizeioffiziere. Amsterdam war eine interessante Stadt geworden, seit sie als Umschlaghafen für Rauschgift diente. Der Hoofdcommissaris kannte auch den Chef des amerikanischen CIA in Amsterdam. Ein einziger Anruf vom Schreibtisch des Hoofdcommissaris aus würde für eine vorübergehende Versetzung des Brigadiers sorgen. Er runzelte die Stirn. Irgend etwas stimmte da nicht. Er würde eine offizielle Anerkennung seiner Invalidität nicht hinnehmen, selbst wenn er ein Invalide war, selbst wenn ihn sein Rheuma lähmte. Er brauchte keine Leibwache oder ein Kindermädchen. Er reiste auf eigene Kosten in seiner Freizeit. Er spürte, daß er beinahe einschlief, und kämpfte gegen die Müdigkeit.

«Wir schicken Sie bald zu Bett», sagte Janet mit tiefer Stimme, «mit einer guten, starken Tasse Tee. Sie müssen erschöpft sein, Sie Ärmster.»

«Ich bin ein wenig müde», sagte er und schlief ein. Sein letzter Gedanke war, daß er eine Möglichkeit finden werde, mit dem Brigadier auszukommen. Es hatte keinen Zweck, de Gier zu enttäuschen, aber er würde ihn auch bestimmt nicht ermutigen.

3

Die Düsen der blauen Maschine brüllten, während die Räder auf der nachlässig vom Schnee geräumten und schlecht planierten Landebahn kreischend stehenblieben. Die Hände des Piloten in der tadellosen Uniform fuhren über die Kontrollhebel, nach einem Aufheulen schwiegen die Antriebsmaschinen.

«Jameson», sagte der Pilot mürrisch und zeigte auf ein verwittertes Schild, das an einem langen rostigen Nagel baumelte. «Einer dieser Orte am Arsch der Welt. Sind Sie sicher, daß Sie hierher wollten, Sergeant?»

«Jameson, Maine», sagte de Gier. «Ja, das hat man mir gesagt.»

«Und da sind Sie nun auch.»

Der Straßenkreuzer des Sheriffs zeigte seinen Bug zwischen einem Wellblechhangar und einem Schuppen, in dem sich die Maschinerie und das Büro des Flugplatzes befand. Ein alter Mann in einem unförmigen Mantel, eine alte lederne Pilotenkappe mit Ohrenklappen auf dem Kopf, überlegte zögernd, ob er zum Flugzeug gehen oder den hohen Rang des Sheriffs anerkennen solle, indem er die Tür des Straßenkreuzers öffnete.

Er entschloß sich schließlich, an Ort und Stelle zu bleiben und die Dinge ihren Lauf nehmen zu lassen. Der Straßenkreuzer schob sich vor, sprang dann plötzlich davon und kam bei der kleinen Aluminiumleiter, die der Pilot aus dem Flugzeug schob, abrupt zum Halten. Der Pilot sprang herunter und gab dem Sheriff die Hand.

«Hier ist er, heil und gesund.»

Der Sheriff zeigte seine gleichmäßigen weißen Zähne. «Bleibt ihr Burschen über Nacht hier?»

«Können Sie uns unterbringen?»

«Ich habe nur das Gefängnis.»

Der Pilot lachte. «Nein, danke, Gefängnisse haben wir selbst, und morgen wird es Sturm geben. Wir fliegen zurück, solange wir noch können.»

De Gier winkte dem Kopiloten zu und bemühte sich, mit der freien Hand den kurzen modischen Mantel vorn geschlossen zu halten. Sein Koffer lehnte an seinem Bein.

«Sind Sie sicher, daß Sie bleiben wollen?» fragte der Pilot und ging zurück zum Flugzeug.

«Klar.»

«Okay, das ist Ihr Bier. Geben Sie uns Nachricht, wenn Sie die Nase voll haben, dann kommen wir und retten Sie – falls das Wetter es zuläßt.»

«Steigen Sie ein in den Straßenkreuzer», sagte der Sheriff und schnappte sich de Giers Koffer. «Hier ist es zu kalt – im Wind ist mehr Eis als Luft. Wollen Sie *den* Mantel hier tragen?»

De Gier tat einen Schritt, glitt aus und wurde durch den drahtigen Arm des Sheriffs wieder aufrecht auf die Beine gestellt.

«Was haben Sie unter den Schuhen?»

«Leder.»

Der Sheriff grinste und schob seinen Gast um den Wagen herum und hielt ihn fest, während er die Tür öffnete. Als der Wagen anfuhr, sah de Gier, daß der Schnurrbart des Sheriffs weiß geworden war und sich an den Enden der Haare Eis gebildet hatte. Er befühlte seinen eigenen. Die Eiszäpfchen klingelten. Er versuchte, sie abzuziehen. Der Sheriff schüttelte den Kopf. «Lassen Sie das lieber. Die gehen von selbst ab. Eis schmilzt. Wie rede ich Sie an? Mit Sergeant? Der General sagte, das sei Ihr Dienstgrad. Wie kommt es, daß mir ein General einen Sergeant schickt?»

«Ja, ich bin Sergeant. Sergeant Rinus de Gier.»

Er mußte es noch einmal sagen, da der Sheriff Mühe mit dem scharfen *G* des Familiennamens hatte. «Das hört sich an, als hätte man eine Fliege im Hals stecken, die man rausbefördern will. Gibt es in Ihrer Sprache noch mehr solcher Laute?»

«Einige.»

Der Ton des Sheriffs war kühl, aber de Gier merkte es kaum. Er war in

Gedanken noch in der Luft. Die kleine Düsenmaschine war geflogen wie eine Libelle, eine Wasserjungfer. Und der Pilot hatte ihm den Gefallen getan, tiefer zu gehen, als de Gier auf eine der Hunderte von Inseln zeigte. Er hatte die Ansammlung überwachsener Felsen, gesprenkelt mit ein paar weißen Holzhäusern, umkreist und war so tief geflogen, daß sie die weißen Kämme der Wellen sehen konnten, die schäumend über die gezackte Küste rollten. Der Übergang von der gleichmäßigen Routine in Amsterdams häßlichem Polizeipräsidium und dem ewigen grauen Regen des schlammigen Winters in Holland, die seinen Verstand aufgeweicht und schwerfällig gemacht hatten, zur plötzlichen Explosion klarer Farben an der amerikanischen Küste war zu schnell gewesen, und er fühlte sich in gehobener Stimmung, aber zugleich wie betäubt. Gestern noch lediglich die Aussicht, in einem Aktenordner lange Berichte über Ereignisse durchzublättern, die es kaum wert sind, notiert zu werden, und am nächsten Tag dies hier. Er murmelte undeutliche Worte, die sich auf das gleichmäßige Schnurren des Straßenkreuzermotors legten.

«Wie bitte?» Aber der Sheriff vergaß seine Frage in dem Augenblick, als er sie stellte. Sie waren von der zum Flugplatz führenden Straße abgebogen und befanden sich auf einer schmalen Landstraße, die einigermaßen von Schnee geräumt worden war. Ein Wagen, der die gelbe Doppellinie auf der Straßenmitte überfuhr, kam auf sie zugebraust.

«Aufgepaßt!» Aber de Gier hatte den Wagen gesehen, die Beine auf den Boden gestemmt und sich am Armaturenbrett festgehalten. Ein Zusammenstoß war möglich, aber der andere Wagen wich aus. «Das war knapp», sagte der Sheriff, bremste und wendete.

«Macht Ihnen das was aus?»

«Nein», sagte de Gier.

«Gut.»

Der Sheriff hatte nach dem Mikrofon gegriffen, das an der Steuersäule steckte. «Route Eins, Richtung Süden, verfolgen Person in schwarzem Oldsmobile, überhöhte Geschwindigkeit, möglicherweise berauscht, hat soeben Billys Farm passiert.»

Aus dem Funkgerät kam sofort eine Antwort. «Brauchst du Hilfe, Jim?»

«Noch nicht, zehn vier.»

«Eine kleine Verfolgungsjagd, Sergeant. Ich blase sie ab, wenn Sie müde sind. Haben Sie Schlaf gehabt in letzter Zeit?»

«Genug», sagte de Gier. Die Sirene des Straßenkreuzers kläffte unmittelbar über seinem Kopf in kurzen drängenden Stößen, bedrohlich wie das Heulen eines Wolfsrudels.

«Motherfucker», sagte der Sheriff.

«Wie bitte?»

«Ein Motherfucker, er muß über achtzig gefahren sein. Wir haben hier eine Geschwindigkeitsbegrenzung von fünfzig Meilen.»

De Gier dachte über das Wort nach, während er sah, wie die Tachonadel die Hundert erreichte. Die niedrigen Bäume neben der Fernstraße waren ein endloser graugrüner Randsaum, durchsetzt mit Weiß, wo der Schnee an den Nadelbäumen klebte. Das Schnurren des Straßenkreuzers ging in ein beherrschtes Donnern über. Die dunklen Augen im schmalen Gesicht des Sheriffs verrieten keine Erregung. Auf der Fernstraße herrschte kein Verkehr, das einzige andere fahrende Objekt war der Oldsmobile. Das zerbeulte Heckteil des schwarzen Wagens wurde größer. De Gier konnte das Nummernschild des Wagens erkennen, aber die Zahlen waren undeutlich, zum Teil von Dreck und Rost verdeckt.

Der Straßenkreuzer erhöhte die Geschwindigkeit, die Kotflügel des flüchtenden Wagens kamen näher. Das Mikrofon glitt wieder in die Hand des Sheriffs.

«Bist du da?»

«Ja, Jim.»

«Hast du die gestrige Anzeige wegen des verschwundenen Olds?»

«Hier auf dem Schreibtisch, Jim.»

«Nummer?»

«Vier–fünf–zwo, sieben–vier–sechs.»

«Das könnte er sein, dies Nummernschild beginnt mit vier-fünf. Ein neunundsechziger schwarzer Olds, stimmt's?»

«Stimmt, Jim. Willst du wirklich keine Hilfe? Bobs Wagen ist ebenfalls auf Fernstraße Eins. Ich kann ihn rufen.»

«Gut, ruf ihn. Zehn vier.»

Der Motor des Straßenkreuzers ließ die Türen vibrieren, als beide Wagen Seite an Seite dahinrasten. Der Sheriff trat das Gaspedal durch und steuerte allmählich zur Seite, Bremsen quietschten. De Gier schaute sich um. Der Oldsmobile geriet ins Schleudern und war anscheinend dabei, sich zu überschlagen, aber er traf auf eine Schneewehe und grub sich darin ein, die Hinterräder drehten sich wie rasend.

«Okay», sagte der Sheriff und öffnete seine Tür. De Gier stieg ebenfalls aus. «Vorsicht, Sergeant. Sie stehen nicht sehr fest auf den Beinen.»

Als de Gier beim Oldsmobile war, stand der Fahrer vor dem Sheriff und ließ dessen aufrechte, auf dem glänzenden Asphalt wie angenagelte Gestalt zum Zwerg werden. Sehr hübsch, dachte de Gier, ein Verdächtiger von dreihundertfünfzig Pfund. Wie so viele große und starke Männer war er anscheinend freundlich, beinahe fröhlich.

«Sie lochen mich nicht ein, Sheriff.» Die Stimme kam dröhnend aus einem rosa Schlitz in dem dichten Bart, der bis zu den tiefliegenden Augen des Mannes reichte. De Gier blieb stehen, die Beine leicht gespreizt, die Arme baumelnd. Der Riese wandte sich ihm zu.

«Wer sind Sie?»

«Ein Mitfahrer», sagte der Sheriff.

«Wozu ist er denn hier?»

«Er ist ein neugieriger Mitfahrer. Ich werde Sie mitnehmen, Leroux. Wegen Geschwindigkeitsüberschreitung.»

«Neugier hat die Katze umgebracht.» Eine starke Whiskeyfahne traf de Giers Nasenlöcher. Und die des Sheriffs.

«Sie haben getrunken, Leroux. Das ist ein weiterer Anklagepunkt. Und ich habe einen dritten. Sie haben den Wagen gestohlen.»

Der rosa Schlitz im Bart kräuselte sich verächtlich. «Nein, Sheriff. Der Wagen gehört meinem Kumpel. Sie kennen ihn – Charlie, der junge Charlie Bouchier. Charlie hat sich meine Motorsäge geliehen, aber sie nicht zurückgegeben. Er hat ein paar Teile zurückgegeben, aber nicht die Motorsäge. Er schuldet mir ein paar Hunderter, um sie reparieren zu lassen, aber Charlie hat kein Geld.»

Der Sheriff ging zum Oldsmobile und schaute hinein. Er kehrte zurück. «Im Wagen steckt kein Schlüssel. Wie haben Sie ihn gestartet, Leroux?»

«Ich kann ohne Schlüssel einen Wagen starten.»

«Also haben Sie ihn gestohlen. Charlie hat Ihnen den Schlüssel nicht gegeben, stimmt's?»

«Sie werden mich nicht festnehmen, Sheriff.» Leroux hatte die Stimme nicht erhoben, aber er schloß halb die Augen und schwang die rechte Faust einige Zentimeter nach vorn und ließ sie dann wieder fallen.

«Doch, Leroux. Steigen Sie in den Straßenkreuzer ein.»

«Nur wenn Sie Ihr Schießeisen ziehen.»

De Gier schaute die Waffe an. Sie steckte obszön in einem schmalen Halfter am Gürtel des Sheriffs, nur gesichert durch einen dünnen Lederriemen, der sich öffnen würde, wenn er ihn mit dem Finger berührte. Eine üble Waffe, ein riesiger Revolver, dessen Holzgriff im Schein der tiefstehenden Sonne schimmerte.

«Ich werde keine Waffe gegen Sie ziehen, Leroux.»

Leroux' heiseres Lachen rasselte am Sheriff vorbei. «Wollen Sie sich mit mir schlagen, Sheriff?»

«Steigen Sie ein.»

Leroux hob langsam die Hand und streckte den Zeigefinger aus der Faust. Der Finger berührte die Nase des Sheriffs und drückte zu. Die Nase wurde platt. Der Sheriff hatte sich nicht gerührt.

De Gier reagierte unbewußt. Er hatte die Lage überdacht und sie als gefährlich eingeschätzt. Der Verdächtige war groß und zweifellos stark. Er war außerdem «gepanzert», denn die dicke, mit Daunen oder Plastikflocken gefütterte Jacke würde jeden Schlag absorbieren. Der einzige entblößte Körperteil des Verdächtigen war das Gesicht, aber Leroux hatte das Kinn gesenkt und den linken Arm frei, um den Faustschlag des Sheriffs abzublocken. Der Sheriff wog nicht genug, um dem Druck der Hand des Verdächtigen standzuhalten. Leroux' Verhalten stellte eine strafbare Handlung dar: Widerstand gegen einen Beamten. Der Sheriff konnte kaum mehr tun, als sich bemühen, seine Stellung zu halten, aber de Gier konnte angreifen. Leroux' Hals war unbedeckt. De Gier ging leicht in die Knie, hob die linke Hand und schlug mit der Kante auf Leroux' Arm, einen Zentimeter unterhalb des Ellbogengelenks. Ruckartig zuckte Leroux' linker Unterarm nach oben, er drehte leicht das bärtige Gesicht, aber die Bewegung wurde durch einen zweiten Schlag aufgehalten, als de Giers rechte Hand den großen Mann seitlich am Hals traf. Im zweiten Hieb lag weniger Kraft, aber sie genügte, um den Blutfluß in Leroux' Arterie zu unterbrechen. Leroux schloß die Augen und fiel langsam zu Boden. Er rollte noch einmal um die eigene Achse, als versuchte er, eine bequemere Lage auf der kalten Straße zu finden. Dann seufzte er.

«Aus», sagte der Sheriff. «Danke. Gut gemacht. Ich hoffe, Sie haben ihn nicht umgebracht.»

«Nein.»

«Haben Sie früher schon mal bei Verdächtigen so zugeschlagen?»

«Nicht zu oft.»

«Ich schlage meistens mit meinem Handscheinwerfer zu.» Der Sheriff zeigte seinen Scheinwerfer. Der Griff war dreißig Zentimeter lang. «Ich versetze ihnen einen Schlag an die Schläfe. Der macht sie bewußtlos und tut meiner Hand nicht weh. Schaffen wir ihn weg.»

Sie schleppten die Gestalt zum Straßenkreuzer und bugsierten sie auf den Rücksitz. Leroux stöhnte und schmatzte. Er hatte die Augen noch geschlossen, als er sich mit der Hand den schmerzenden Hals rieb.

«Hat der Beifahrer mich ausgeknockt?»

«Er hat. Wie fühlen Sie sich?»

«Schlimm.»

«Werden Sie sich jetzt benehmen?»

Leroux' Stöhnen wurde zum Bellen. «Nein! Ich bringe Sie beide um.»

«Handschellen», sagte der Sheriff und riß die Metallringe von seinem Gürtel. «Halten Sie ihn, Sergeant.»

Leroux' Hände waren wieder Fäuste, aber ohne Kraft. De Gier öffnete die Fäuste mit seinen langen, muskulösen Fingern und übte einen drehenden Druck aus, so daß die Gestalt auf dem Rücksitz sich halb umdrehte und die Hände auf dem Rücken zusammenkamen. Die Handschellen legten sich um die haarigen Gelenke und rasteten ein. Leroux ließ sich zurücksinken.

«Passen Sie auf ihn auf, Sergeant. Ich werde den Oldsmobile starten und zum Gefängnis fahren. Werden Sie mit dem Straßenkreuzer fertig?»

De Gier betrachtete die Armaturen. «Vielleicht.»

«Haben Sie schon mal einen Wagen mit automatischem Getriebe gefahren? Die gibt es in Europa auch, nicht wahr?»

«Ja, habe ich. Nicht oft. Das P heißt Parken, nicht wahr? Was bedeutet N?»

«Neutral, Leerlauf. Zum Fahren rasten Sie den Hebel beim D ein, und gehen Sie sanft mit dem Gaspedal um. Wenn Sie bremsen müssen, sollten Sie pumpen – nur mit dem Zeh berühren. Schaffen Sie das?»

«Ja.»

Der Sheriff ging zum Oldsmobile, öffnete die Motorhaube und fummelte am Kabel, mit dem Leroux gestartet hatte. Als der Motor ansprang, fuhr er den Wagen vorsichtig rückwärts aus der Wehe, mit geringer Drehzahl, damit die Räder nicht durchdrehten. De Gier setzte den Straßenkreuzer langsam hinter den Oldsmobile. Das Funkgerät knatterte. Er fummelte am Mikrofon herum, wobei er Mühe hatte, den Knopf zu finden.

«Hast du ihn, Sheriff?»

«Der Sheriff ist im Wagen des Verdächtigen. Wir sind auf dem Rückweg.»

«Wer sind Sie?»

«Sergeant Rinus de Gier, Amsterdamer Stadtpolizei.»

Im Funkgerät knackte es nur.

«Bitte noch einmal.»

De Gier wiederholte es.

«Sind Sie der Mann, den der Sheriff vom Flughafen holen wollte?»

«Ja.»

«Sie haben den Verdächtigen?»

«Ja, der Mann heißt Leroux.»

«Leroux. Er ist groß und stark. Hat er sich gewehrt?»

«Ein wenig.»

«Okay, zehn vier.»

De Gier steckte das Mikrofon an seinen Platz. «Zehn vier», murmelte er.

«Das heißt, ‹ich bestätige›», sagte Leroux. «Zehn drei bedeutet ‹sprich weiter›. Sheriffssprache. Ich habe auch einen Empfänger. Hier hat jeder einen. Manchmal macht es Spaß mitzuhören, nicht immer. Die reden auch viel Scheiß. Sind Sie wirklich von der Amsterdamer Polizei?»

De Gier stellte seinen Rückspiegel so ein, daß er Leroux' Gesicht sehen konnte. Die kleinen glänzenden Augen zwinkerten ihm zu.

«Ja.»

«Das ist in der Nähe von Frankreich. Wie kommt es, daß Sie hier sind?»

«Das ist ein Austausch. Ich lerne.»

Leroux lachte. «An mir, wie? Ich hätte den kleinen Bastard umgebracht.»

«Vielleicht auch nicht. Wie fühlen Sie sich?»

«Mies. Nehmen Sie mir die Handschellen ab, dann wird es mir besser gehen.»

«Nein.»

Traue nie einem Verdächtigen, der soeben festgenommen worden ist. Eine goldene Polizeiregel. Ein festgenommener Verdächtiger fühlt sich bedroht, er ist drauf und dran, die Nerven zu verlieren, sein Denkvermögen ist beeinträchtigt. Besser ist es, ihn aufzumuntern.

«Sind Sie Franzose?» fragte de Gier.

«Kein französischer Franzose, ein einheimischer.»

«Ein Amerikaner?»

«Ja, alle sind Amerikaner. Aber ich bin Franzose. Man mag uns hier nicht; die sagen, wir seien Nigger, aber man habe uns sandstrahlgeblasen, so daß man die Farbe nicht sehe.»

«Was ist so schlimm daran, schwarz zu sein?»

«Schwarz ist nicht weiß», sagte Leroux. «Nehmen Sie mir die Handschellen ab. Der Bastard hat sie zu stramm angelegt.»

«Bald.»

Leroux beugte sich vor. Der Sheriff hatte die Trennscheibe offengelassen. Leroux' Kinn ruhte auf dem Lauf der Schrotflinte, die an den beiden Vordersitzen befestigt war.

«Ich kann Ihnen den Hals abbeißen.»

«Beißen Sie ihn nicht ab», sagte de Gier. «Das wäre noch ein Anklagepunkt. Sie haben schon genug. Haben Sie den Wagen gestohlen?»

«Geliehen.»

«Wird der Eigentümer sagen, daß sie ihn geliehen haben?»

«Klar. Charlie will nur seinen Wagen wiederhaben, und ich werde ihn nicht zurückgeben, es sei denn, er läßt meine Motorsäge reparieren.»

«Jetzt werden Sie ihn zurückgeben. Sind Sie betrunken?»

Leroux grinste hinterhältig. Der Oldsmobile war noch vor ihnen. An beiden Seiten der Straße standen jetzt Häuser, und der zierliche Turm einer schindelgedeckten Kirche zeigte zum klaren, blaßblauen Himmel empor. Große Ulmen umsäumten die Straße. Ein Ladenschild glitt vorüber: ROBERT'S MARKT. Zwei Lieferwagen hielten zum Tanken unter dem Vordach. Eine alte Frau schob einen rostigen Supermarktkarren durch den verharschten Schnee auf dem Bürgersteig. Ein dicker schwarzer Hund hinkte hinter der Frau her.

«Jameson», sagte Leroux. «Das gute alte Jameson, nichts als Ärger hat man hier. Ich habe kein Geld verdient, nicht einmal im Sommer. Ich habe mir das Bein gebrochen und die Krankenhausrechnung auf die lange Bank geschoben. Demnächst werden sie mir das Haus unter dem Hintern wegnehmen. Nur gut, daß die Kinder in der Schule essen, sonst hätte ich sie greinend am Hals. Für die Ferien ist ein Hirsch in der Gefriertruhe, aber den verspeisen sie innerhalb einer Woche, und danach folgt eine weitere Woche. Wenn der Richter mir eine hohe Geldstrafe verpaßt, wird alles aus sein.»

Der Straßenkreuzer bog scharf ab, dem Oldsmobile folgend. Auf einem kleinen Schild, überschattet von einer krummen Kiefer, stand GEFÄNGNIS. Der Sheriff stellte sich neben den Straßenkreuzer.

«Was macht unser Freund? Ist er jetzt ruhig?»

«Ich bin ruhig, Sheriff.»

Der Sheriff öffnete die hintere Tür. Leroux rührte sich nicht.

«Ich werde ganz ruhig sein, Sheriff. Nehmen Sie die ab.»

Die Handschellen schnappten auf.

«Gehen Sie.»

«Ja, Sheriff.»

«Bernie McDougal», sagte ein dicker Mann und gab de Gier die Hand. «Nett, daß ich Sie kennenlerne. Sie haben eine Arbeit erledigt, das ist gut, Faulpelzen wird es hier sehr kalt. Soll ich ihn übernehmen, Jim? Ich konnte Bobs Straßenkreuzer nicht auftreiben, aber du hattest genug Hilfe.»

«Er gehört dir.»

Leroux wurde zum hinteren Teil des Gebäudes abgeführt. Er rieb sich die Handgelenke. Sie hörten eine Metalltür zuschlagen, dann kam Bernie zurück. Er trug die gleiche Uniform wie der Sheriff, aber über der linken Brusttasche hatte er eine Plastikplakette: *Chief Deputy*.

«Wirst du ihm etwas anhängen, Jim?»

«Geschwindigkeitsüberschreitung», sagte der Sheriff. «Innerhalb der Begrenzung auf fünfzig Meilen fuhr er achtzig, aber vielleicht gehen wir auf fünfundsechzig herunter. Das macht eine Strafe von zwanzig Dollar. Viel mehr wird er nicht haben.»

«Trunkenheit?»

«Er war nicht zu betrunken.»

«Wagendiebstahl?»

«Ruf Charlie an. Sag ihm, daß wir seinen Wagen gefunden haben und er den Schlüssel mitbringen soll. Leroux hat einen blöden Draht benutzt. Damit könnte er das System kurzgeschlossen haben. Charlie wird nicht auf Strafverfolgung bestehen, aber wir sollten mit ihm über Leroux' Motorsäge reden. Leroux ist im Winter Holzfäller. Er braucht die Säge. Wenn Charlie sie kaputtgemacht hat, sollte er deswegen etwas unternehmen.»

«Kaffee?»

«Ja gern», sagte de Gier.» Kann man hier in der Nähe etwas essen?»

«Seien Sie mein Gast», sagte der Sheriff. «Im Gefängnis sitzt ein Koch. Was hat er zu bieten, Bernie?»

«Erbsensuppe und Brot im Backofen. Keine Eier, aber Speck ist da. Vier erfrorene Pfefferschoten aus dem Treibhaus, aber Kopfsalat genug. Tomaten. Muschelsuppe.»

Der Sheriff nickte. Bernie ging wieder ins Gefänfnis und kam mit einem barfüßigen jungen Mann mit langem, glänzend braunem Haar zurück.

«Haben Sie gebadet?»

«Ja, Sheriff.»

«Wir wollen keinen schmutzigen Koch. Ist der Brotteig gegangen?»

«Ja, Sheriff. Aber Sie haben die falsche Hefe mitgebracht. Ich will die kleinen Klumpen nicht, sondern die kleinen Beutel.»

«Klumpen sind billiger. Ich darf Ihnen den Sergeant vorstellen.»

De Gier und der junge Mann nickten einander zu.

«Der Sergeant ist unser Gast. Er ist ein Polizist aus dem Ausland. Reden Sie ihn mit ‹Sergeant› an. Von seinem Namen kriegen Sie nur eine wunde Kehle. Sergeant, das ist Albert, der zweite Mann der BMF-Bande. Er wird morgen entlassen, aber wir haben einen anderen Koch. Wie macht er sich, Albert?»

«Seine Suppen sind besser als seine Schmorgerichte.»

«Er muß noch lernen.»

Das Essen wurde auf dem einzigen Tisch im Zimmer serviert. Das Zimmer war groß, an allen Seiten mit Kiefernholz getäfelt, und hatte eine hohe Decke, die von dunkelbraunen rohbehauenen Balken getragen wurde. Ein halbes Dutzend Gewehre und Schrotflinten lehnten angekettet in einem Gestell an der Wand. Ein modernes Sende- und Empfangsgerät stand neben zwei alten schwarzen Telefonapparaten auf einem Regal. Uniformjacken und steife hohe Filzhüte hingen an Haken neben der Tür zum Gefängnis. Der Sheriff schnallte seinen Revolvergürtel ab und ließ ihn vorsichtig in eine Schublade unter dem Tisch gleiten.

«Wollen Sie eine Schußwaffe, Sergeant? Ich kann Ihnen eine geben, aber Sie müssen sie sichtbar tragen. Hier gibt es ein Gesetz gegen verborgen getragene Schußwaffen, und zum Deputy kann ich Sie nicht ernennen. Nur Amerikaner dürfen bei einem Sheriff dienen. Ich kann den General anrufen – vielleicht gibt es für diese Regel eine Ausnahme, die ich nicht kenne.»

«Nein, ich möchte keine Schußwaffe.»

«Gut, Sie sollten auch keine brauchen. Ich rühre meine kaum jemals an. Die Leute hier sind dagegen. Sie haben ebenfalls alle Schußwaffen.

Wenn ich meine ziehe, könnten sie auf dumme Gedanken kommen. Was waren das für Schläge, die Sie gegen Leroux angewendet haben? Karate?»

«Ja.»

«Sind Sie gut in Karate?»

«Nein, ich bin in Judo ausgebildet. Die Methode ist sanfter, aber der Verdächtige war groß, und ich dachte, ich könnte den Halt auf den Beinen verlieren, wenn ich um ihn herumtanze.»

«Ja», sagte der Sheriff, schnitt Brot und schob eine dampfende Suppenschüssel über den Tisch. «Ich dachte wirklich, Sie hätten den Motherfukker umgebracht.»

«Motherfucker», wiederholte de Gier und hielt seinen Teller hoch, damit Albert ihm den Salat servieren konnte. «Ist der Verdächtige pervers?»

«Nicht daß ich wüßte. Das ist nur so ein Ausdruck. Wir haben es mit zwei Typen zu tun: Personen und Motherfuckers. Jedermann ist eine Person, bis wir gegen sie einen Anklagepunkt haben, der standhält. Anklagepunkte machen aus der Person einen Motherfucker. Und der Richter ändert ihren Status vielleicht wieder. Wenn er die Anklage bestätigt, werden sie Gefangene.»

«Ich bin Gefangener», sagte Albert. «Nehmen Sie diese Pfefferschote, Sergeant. Sie sieht zwar am Rand ein wenig schwarz aus, aber sie ist in Ordnung.»

«Was haben Sie ausgefressen?»

Der Sheriff hörte auf zu essen. «Ich werde Ihnen sagen, was er angestellt hat, weil er es Ihnen nicht erzählen wird. Er hat das sehr gut gedreht. Der alte Bernie liebt eine ordentliche Verfolgungsjagd und läßt den Straßenkreuzer gern abdampfen, und Albert hier weiß das. Also unternimmt Albert eine ganze Menge. Zuerst kommt er ganz sanftmütig und freundlich zu uns und sagt, sein Motorrad sei gestohlen worden. Einfach verschwunden. Es habe ganz friedlich vor Robert's Markt in der Sonne gestanden und sei von einer Minute zur andern weg gewesen. Sehr seltsam, denn Alberts Motorrad ist eine technische Neuheit aus dem Ausland, und keiner außer ihm weiß, wie man es startet. Aber es ist jedenfalls weg, und Albert sucht uns auf. Es ist ein rotes Motorrad, leicht zu erkennen. Dann geht Albert wieder und besorgt sich einen großen Bart aus Schnüren oder sowas und hängt ihn vor das Gesicht, und er besorgt sich komische Klamotten und zieht sie an, und er holt das Motorrad aus seinem Versteck und rast die Hauptstraße hinunter, genau in dem Augenblick, als Bernie aus Beth's Restaurant kommt. Bernie springt zu seinem Straßenkreuzer und versucht, die Tür aufzureißen. Die Tür klemmt. Bernie stemmt den Fuß gegen den Straßenkreuzer und zieht mit einem mächtigen Ruck. Die ganze Tür kommt heraus und auf Bernie drauf, der auf dem Fußweg sitzt. Okay. Bernie steht auf und setzt sich in den Wagen. Er startet den Motor. Prima.

Aber der Hebel ist in der Parkstellung blockiert. Bernie wird wütend und versucht, den Hebel gewaltsam zu bewegen, während er den Fuß auf dem Gaspedal hat. Der Hebel funktioniert nach einer Weile, und der Straßenkreuzer springt los und in ein geparktes Auto. Okay. Bernie fährt rückwärts und dann davon. Aber aus allen vier Reifen entweicht langsam die Luft, so daß Bernie nicht weit kommt. Ich habe es nicht gesehen, aber mir haben es Leute erzählt, die dabei waren. Die haben noch Stunden danach gelacht. Es war wie ein Film mit Laurel und Hardy, nur besser. Ganz in Farbe und dreidimensional. Und Albert war weg. Wie, Albert?»

«Das sagen *Sie*», sagte Albert.

«Ich und alle sagen das. Der Straßenkreuzer kostet eine Menge Geld vom County und einige Wochen für die Reparatur. Das Büro des Sheriffs zahlt für den Wagen, den Bernie angefahren hat. Sie und alle Ihre Kumpel lachen darüber.»

«Gibt es keine Beweise?» fragte de Gier.

«Keine Beweise.»

«Aber am nächsten Tag ruft Albert an und sagt, sein Motorrad sei wieder aufgetaucht. Wir sagen, das sei sehr nett. Albert sagt ja und legt auf. Dann fährt er los. Die komischen Klamotten oder den Bart trägt er nicht. Und er fährt in einer Kurve mit einer Geschwindigkeit von hundertzehn Meilen in der Stunde an einem Staatspolizisten vorbei, der auf dem kiesbedeckten Seitenstreifen steht. Als er sieht, daß er mit einem Polizeiwagen spielt, ist es zu spät, nicht wahr, Albert? Sie sind entkommen, aber kurz darauf haben wir Sie geschnappt, und dem Richter gefiel der Anklagepunkt. Gefährliches Fahren. Zehn Tage Haft. Dreißig Tage zur Bewährung ausgesetzt. Sie sind ein guter Koch, Albert, wir werden Sie vermissen, aber Sie werden wiederkommen.»

Albert lächelte. «Das werde ich nicht, Sheriff.»

«Sie können nicht mit einer Stundengeschwindigkeit von fünfundfünfzig Meilen fahren, das schaffen Sie nicht, Albert. Nur brave Bürger schaffen das, und Sie sind kein braver Bürger. Sie werden die Geschwindigkeit überschreiten, und wir werden Sie dabei erwischen. Das ist keine Wahrscheinlichkeit, sondern eine Tatsache.»

«Ich verkaufe das Motorrad.»

Der Sheriff hob seine Schüssel. «Falls Sie das tun, erreichen wir etwas, Albert, aber jetzt ist Winter und Ihr Motorrad damit nutzlos. Wenn der Frühling kommt, werden Sie alles vergessen haben. Aber wir haben noch dreißig Tage für Sie in Reserve.»

«Noch Suppe?», fragte Albert.

«Er ist ein Motherfucker», sagte der Sheriff, «aber er gibt es zu. Er ist ein *bad* Motherfucker. Das ist der Name seines Haufens. Die *BMF*-Bande. Wie geht es dem Fuchs denn so, Albert?»

«Dem Fuchs geht es gut. Er hat mich besucht.»

«Den kriegen wir hier auch noch», sagte der Sheriff. «Sag ihm, er soll seine Kochkünste auffrischen. Ich habe die Tiefkühltruhe voller Pilze, und ich hätte sie gern in Butter gebraten. Dazu in Essig eingelegtes Gemüse und viel Soße. Ich habe Sie bis jetzt noch nicht darum gebeten, weil Sie noch ein wenig ungeübt sind, aber der Fuchs sollte es besser können. Denken Sie daran, es ihm zu sagen.»

«Ja, Sheriff.» Das junge Gesicht lächelte wieder. De Gier musterte es. Ein intelligentes Gesicht mit mehr Tiefe, als von einem Dorfrüpel erwartet werden konnte. Die klaren blauen Augen funkelten über einem starken Kiefer.

«Das wäre dann alles, Albert. Um den Kaffee kümmern wir uns selbst.»

Alberts nackte Füße schlurften über die Dielenbretter, die Metalltür knallte zu.

«Sie verschließen die Tür nicht, Sheriff?»

«Nein. Nennen Sie mich Jim. Die Tür ist offen, aber die Zellen drinnen sind verschlossen. Albert ist zuverlässig, er darf sich frei bewegen. Leroux ist jetzt in einer Zelle, aber er wird in einer Stunde wieder draußen sein, wenn wir die Sache mit der Motorsäge mit Charlie regeln können. Er wird Kaution stellen.»

Bernie hatte seinen Anruf beendet. «Charlie ist auf dem Wege, Jim. Er leiht sich einen Wagen.»

«Gut.»

«Diese BMF-Bande», fragte de Gier, «macht die nur Spaß oder ist sie gefährlich?»

«Die Leute sind gefährlich, aber wir halten sie in Schach. Der Fuchs ist gewitzt und kriegt manchmal Langeweile. Der Fuchs ist der Boss – er sieht auch aus wie ein Fuchs, haarige Ohren und so. Wenn er nach New York ginge, könnte er die Mafia übertreffen, aber ihm gefällt es hier draußen, deshalb bemüht er sich mit seiner Bande, uns aufs Kreuz zu legen. Wir sind die einzige andere Macht hier.»

«Meinen Straßenkreuzer haben sie erwischt», sagte Bernie. «Das war schlimm. Es erforderte eine Menge Arschkriecherei, um das bei den Behörden in Ordnung zu bringen.»

«Ich werde Ihnen Ihr Zimmer zeigen», sagte der Sheriff. «Es ist oben neben meinem. Das Motel hat im Winter geschlossen. Der General sagte, wir sollten es Ihnen bequem machen, aber Bequemlichkeit ist hier schwer zu bekommen, wenn wir uns auch gelegentlich darum bemühen. Und Sie werden Kleidung benötigen. Ich weiß nur nicht, woher wir sie nehmen sollen. Sie haben nicht meine Größe, Bernie ist dick, Bob und Bert sind irgendwie breiter. Einen Wagen werden Sie auch brauchen. Was ist mit dem Dodge, Bernie?»

«Klar. Der Dogde war für einen Kriminalbeamten bestimmt, aber der hat sich hier nie sehen lassen.»

«Ein Dodge Dart, himmelblau, fast neu, hat Empfänger und Sender und ist nicht als Polizeifahrzeug gekennzeichnet. Wir können eine Schrotflinte darin anbringen. Wird das reichen, Sergeant?»

«Ja, vielen Dank. Aber bitte ohne die Schrotflinte.»

«Dann bringen wir sie gar nicht erst an. Nichts zu danken, Sergeant.»

Das Zimmer oben hatte ein Dachfenster, von dem aus man das Gefängnisgelände und die Stadt überblickte, die sich unter ihnen zu der Bucht hin senkte. Auf dem Bett lagen dicke Patchwork-Decken; die weißgestrichene Zimmerdecke kontrastierte angenehm mit den Wänden aus rohen Brettern. Der Sheriff saß auf dem Bett und de Gier auf dem einzigen Stuhl im Zimmer. Er stand auf und suchte in seinem Koffer. Er nahm einen Käse heraus und gab ihn dem Sheriff.

«Mit besten Empfehlungen von der Amsterdamer Städtischen Kriminalpolizei.»

«Der Käse ist aber groß. Was ist es für einer? Edamer?»

«Ja.»

«Gut. Das ist ein guter Käse. Wir müssen ihn von den Gefangenen fernhalten. Die klauen, wissen Sie. Mir haben sie mal eine Salami geklaut. Sie saßen schmatzend in den Zellen und wußten nicht, was mit der Salami geschehen war. Und es war auch noch eine große Salami. Lassen Sie uns jetzt ein Stück Käse essen. Ich hole die Beilagen.»

De Gier schnitt zwei dicke Scheiben mit dem Messer ab, das der Sheriff auf dem Tisch zurückgelassen hatte.

«Da sind wir wieder. Ich bewahre ihn in einer Geldkassette in meinem Zimmer auf. Bourbon. Trinken Sie drüben auch Bourbon?»

«Nicht sehr häufig, aber gern.»

Der Sheriff schenkte ein. «Probieren Sie, es wird Ihnen schmecken, wie die Rauschgifthändler zu den Süchtigen sagen. Aber die geben denen Scheiße. Dies ist der wahre Stoff, fünfzig Prozent Alkohol, ein Geschenk von einem dankbaren Menschen, weil wir einen anderen Menschen mit Antiquitäten im Wert von zwanzigtausend Dollar erwischt haben, die aus dem Haus des ersteren gestohlen worden waren. Ich habe die Flasche gehütet wie meinen Augapfel, aber jetzt ist sie dran.»

Sie tranken.

«Na?»

«Oh, ja.» De Giers Augen glänzten.

Der Sheriff lächelte. «Das ist besser. Ich dachte schon, Sie würden das gute Zeug nicht mögen, dann würde es mir schwerfallen, Sie kennenzulernen. Gut. Nun erzählen Sie mir mal, was Sie hergebracht hat, Sergeant.»

De Gier erzählte ihm von dem Fonds, mit dem der Austausch von amerikanischen und niederländischen Polizeibeamten finanziert wird.

Der Sheriff nippte, senkte sein Glas, hob es wieder und nahm noch einen Schluck.

«Ja», sagte er zögernd, «aber das kaufe ich Ihnen nicht ab. Sie müssen mir schon zutrauen, daß ich über eine gewisse Intelligenz verfüge, auch wenn Sie mich in Jameson, Maine, aufgespürt haben. Warum sollte man einen Beamten der Amsterdamer Mordkommission hierher schicken? Es gibt Städte wie New York oder Chicago und auch einen Ort namens Los Angeles. Dort werden Verbrechen verübt, die Sie mit denen in Amsterdam vergleichen können. Aber in Jameson – nein, Sergeant. Diese Stadt steht kaum auf der Landkarte. Also erzählen Sie schon, wenn Sie es mir überhaupt erzählen wollen. Was haben wir hier, das Sie interessiert, und zwar so interessiert, daß sich ein General die Mühe macht, aus seinem feudalen Büro in der vierundachtzigsten Etage seines Plastikpalastes in Manhattan den Sheriff von Woodcock anzurufen?»

Der Bourbon rann in de Giers Magen und wärmte sein Blut auf dem Wege nach unten. Er war versucht, die Wahrheit zu sagen. Die Wahrheit ist die beste Lüge. Er holte tief Atem und erzählte die Wahrheit.

«Ich verstehe», sagte der Sheriff nach einigen Minuten, stand auf und schenkte die Gläser wieder voll. «Und dieser *Commissaris*, dieser goldbetreßte Herr mit Schmerzen in den Beinen, soll bald eintreffen, wie?»

«Er sollte eigentlich schon hier sein.»

«Ein kleiner alter Mann mit schütterem grauen Haar und Opabrille?»

«Stimmt.»

«Ich habe ihn gesehen. Er ist mit der Linienmaschine gekommen, bevor die Staatspolizisten Sie mit ihrem Raumflugkörper abgesetzt haben. Wohnt er bei einer Dame namens Janet Wash?»

«Den Namen kenne ich nicht. Er wird bei seiner Schwester wohnen, bei Mrs. Opdijk. Ihr Mann ist vor einigen Tagen gestorben. Sie haben ein Haus auf Cape Orca.»

«Ah», sagte der Sheriff. «Am Ende rücken Sie doch noch damit heraus. Auf Ihre eigene Art und Weise selbstverständlich. Mein Vorgänger hat eine Akte über Cape Orca zurückgelassen; jetzt gehört sie mir. Cape-Unfälle sollte man es nennen, denn er hat alle als Unfallopfer abgeschrieben. Der alte Sheriff hielt nicht viel von Arbeit, glaube ich, obwohl ich diese Vermutung nicht verbreiten würde, selbst wenn er jetzt in Boston wohnt.»

«Der alte Sheriff?» fragte de Gier. «Sind Sie der neue Sheriff?»

«Oh, ja, Sergeant, noch sehr neu. Seit drei Monaten, und ich kenne das County überhaupt noch nicht. Geboren und aufgewachsen bin ich in der Hauptstadt, weit von hier entfernt. Aber ich kenne Cape Orca, weil ich die

Akte gelesen habe. Und Pete Opdijk ist sozusagen unter meiner Obhut gestorben. Ein Unfall. Der fünfte. Schwartz ist einfach davongelaufen, aber er hätte das nächste Opfer sein können, wenn er geblieben wäre.»

«Schwartz?»

«Captain Schwartz. Ist Ihnen der Name nicht bekannt?»

«Nein.»

«Vielleicht nicht, ganz wie Sie wollen. Vielleicht sind Sie wegen Opdijk gekommen. Opdijk war Holländer und Captain Schwartz Amerikaner, wenn er sich auch als Nazi bekannte. Die anderen waren ebenfalls Amerikaner, aber ihr Tod verbindet sie mit Opdijk, Ihrem Kunden.»

«Kunde», wiederholte de Gier.

«Ich werde Ihnen erzählen, was ich weiß. Die Akte können Sie später lesen. Ein drittes und letztes Glas?»

Das dritte Glas wurde eingeschenkt und getrunken, während der Sheriff seine Geschichte erzählte.

Die Geschichte ist nicht schlecht, dachte de Gier, mit einigen guten offenen Spuren. Aber sein Interesse war rein akademisch, eine ausländische Geschichte, erzählt in einem fremden Land. Er würde daran nicht beteiligt sein. Er würde den Commissaris wieder nach Amsterdam bringen und in der Zwischenzeit sehen, was zu sehen war.

Ja, dachte de Gier, während die Fußleistenheizung im warmen Zimmer gluckerte und knatterte, der Schnee auf der Fichte draußen unter der sanften Berührung der untergehenden Sonne tiefrot glühte und der Bourbon durch seinen langen Körper rann, die Geschichte ist gut. Cape Orca.

«Was ist ein Orca?» fragte er, als der Sheriff zu Ende erzählt hatte und aufgestanden war, um ihm das Bad zu zeigen.

«Orcas sind Schwertwale», sagte der Sheriff. «Intelligente und geschickte Tiere, intelligent und geschickt wie die Berufskiller in New York. Sie kennen nur ein Ziel: töten. Orcas jagen in Gruppen und treiben ihre Beute in die Enge und zerfleischen sie. Früher kamen sie in die Bucht hier, aber die Küstenwache hat sie bekämpft, so daß sie jetzt selten geworden sind. Die Bucht und das Cape sind nach ihnen benannt. Sie sind still und schnell und immer tödlich. Ja, Sergeant, Orcas sind tödlich. Und verdammt schwer zu fangen. Vor allem, wenn sich der Sheriff in der Gegend nicht auskennt, der Chief Deputy dick ist und die beiden anderen Deputies ungefähr so eifrig sind wie Spürhunde, die man mit Knochenleim und Sägemehl aufgezogen hat. Nehmen Sie noch einen Schluck?»

«Ja», sagte de Gier, «gern.»

4

Der Commissaris war wach, aber nicht völlig. Er bemühte sich, im Zwischenstadium des Bewußtseins zu bleiben, in dem die Gedanken scharf, bestimmt, rein abstrakt sind und erfahren und genossen werden können, ohne sich der Anstrengung unterziehen zu müssen, sie in die trügerische Welt der Aktivität zu übersetzen. Er wackelte mit den Zehen und spannte und lockerte die Hüft- und Rückenmuskeln. Die Steppdecke fiel zurück, ein warmer Luftstrom wehte über seinen Körper. Er hatte keine Schmerzen, nicht einmal das leichteste Stechen in den Nervenenden seiner Beine, dem Kern und der immer produktiven Quelle seines Rheumas. Aber das Glück kann per Definition nicht ewig anhalten, und er wußte, seine Hand würde die Decke heben, sein Gehirn würde dem Körper befehlen aufzustehen, und vor diesem Augenblick fürchtete er sich.

Die Tür wurde geöffnet.

«Jan?»

«Ja, Suzanne, ich bin wach.»

«Ich bringe dir Kaffee und Orangensaft.»

«Fein.»

«Ich stelle es hier ab. Sobald du so weit bist, um nach unten zu kommen, können wir essen. Ich habe *Hutspot* eingefroren, der schnell aufgewärmt werden kann.»

Er schüttelte sich. Hutspot, ein Gericht aus zerstampften Karotten, Zwiebeln und Kartoffeln mit gekochtem Rindfleisch in Scheiben, erinnerte ihn immer an Erbrochenes, das auf den Pflastersteinen einer Amsterdamer Gasse trocknet.

Die kleine Gestalt huschte über den Teppich. Er hörte das Tablett klappern, als es auf dem Nachttisch abgesetzt wurde.

«Du hast acht Stunden geschlafen, Jan, aber die Reise war ja auch so lang. Warum schläfst du nicht weiter?»

Er setzte sich hin. «Nein. Ich denke, ich mach mich an die Papiere deines Mannes. Du hast gesagt, du hättest alles beisammen. Würdest du sie mir bringen?»

Sie kam mit einer Aktentasche voller verschiedenfarbiger Aktenordner und -hefter zurück, die er öffnete und deren Inhalt er prüfte. Er brummte traurig. Alles war so einfach und klar, und Suzanne hatte sich noch nicht einmal die Policen angesehen. Er addierte die monatlichen Zahlungen aus dem Pensionsfonds und den Versicherungen und zog die Augenbrauen hoch. Suzanne würde nobel davon leben können. Er prüfte den letzten Bankauszug und die Abschnitte eines Scheckbuchs. Ein Saldo von einigen hundert Dollar, aber er zog die Augenbrauen noch einmal hoch, als er die Summe von Opdijks Sparkonto sah. Wirklich sehr hübsch. Da gab es keine Sorgen.

«Suzanne?»

Sie beantwortete seinen Ruf und kam wieder ins Zimmer.

«Weißt du, ob der Arzt einen Totenschein geschickt hat? Ich brauche mehrere Kopien, damit ich die Versicherungen veranlassen kann, die Policen auszuzahlen.»

Suzanne begann leise zu weinen.

Der Commissaris räusperte sich. Er hatte vergessen, daß er Mitleid empfinden sollte. «Tut mir leid, mein Liebes, aber ich brauche die Bescheinigungen.»

«Ja, Jan. ich verstehe. Ich hole sie. Sie waren an mich adressiert und sind in meinem Schrank. Nur einen Augenblick, Jan. Brauchst du auch Papier, Umschläge und Briefmarken? Um an die Versicherungen zu schreiben?»

«Ja, bitte.»

Er stand auf, zog Morgenmantel und Hausschuhe an und zwinkerte sich im Spiegel zu. Suzanne hatte noch alle Sinne beisammen. Sie würde weinen, aber auch ihr Geld bekommen. Nun, ja. Er nahm einen Schluck Kaffee und rannte aus dem Zimmer. Er spuckte den Kaffee in die Toilette. Gekocht, dünn, zuviel Milch. Er kam zurück und probierte den Orangensaft. Der war gut. Vielleicht konnte er für einige Tage von Orangensaft leben. Wenn nur das Haus schnell zu verkaufen wäre. Er hoffte, daß die Möbel versteigert werden konnten. Dann war da auch noch das Auto, das er bei seiner Ankunft gesehen hatte, ein großer Wagen mit Vierradantrieb, ein Kombi, in gutem Zustand, aber vermutlich schwer zu verkaufen. Alle hier würden schon einen Wagen haben. Er würde sie zu einigen Opfern überreden müssen, aber er konnte immer noch mit ihrer Furcht vor dem Bleiben arbeiten. Furcht und Habgier, zwei starke Triebe, die er vielleicht zum besten aller manipulieren konnte.

Sie brachte das Schreibmaterial. Er setzte sich, schrieb die Briefe und beleckte die Marken. Er würde sie vielleicht nach dem Abendessen einwerfen, wenn sie ihm ihren Wagen überließ. Er steckte sich einen Zigarillo an und schlenderte durch das Zimmer. Ein hübsches Zimmer, aber die Tapete war ein bißchen zu nostalgisch. Suzanne dürfte sie in den Niederlanden gekauft haben. Ein Bauer tanzte mit seiner Frau in ländlicher Tracht und Holzschuhen eine Gigue vor einer Windmühle. Gütiger Gott. Er wandte sich ab, aber das Muster wiederholte sich. Die Gigue setzte sich an allen Wänden des Zimmers fort. Der Commissaris starrte voller Entsetzen auf die Tapete. Der Bauer und seine Frau lächelten albern, tausendmal, viele tausendmal. Er würde sich bemühen müssen, sich von diesen Wänden fernzuhalten. Aber was konnte er sonst noch anschauen? Die Fenster. Er zog an den Rollos und seufzte erleichtert, als das undurchsichtige Leinen hochfuhr und sich um eine Stange rollte.

Der Ausblick löschte die Gique des schwachsinnigen Paares aus. Er seufzte vor Erstaunen, als er die Bucht unten bewunderte, das Eis, in dem sich die Sterne spiegelten. Eine eisige, unermeßliche Öde von reiner Schönheit erstreckte sich bis an den Strand einer Insel, die anscheinend rundum mit Nadelhölzern bewachsen war. Auf der Insel erhob sich ein Hügel. Lichter gab es dort nicht, nur eine hohe Mole erstreckte sich in die Bucht. Er schaute nach oben, als gerade eine vorüberziehende Wolke den Halbmond enthüllte. Als er den Blick wieder senkte, hatte das Eis in der Bucht eine sanfte Färbung angenommen. Aber welche? Malve? Ein sehr lichtes Blau? Die Farbe war anscheinend schwer zu bestimmen. Er vergaß die Frage. Warum die Farbe nennen? Er blieb vor dem Fenster stehen, bis seine Schwester ihn rief; er hatte noch Zeit, die schmale Rinne im Eis zwischen der Insel und der Küste zu sehen. Die Rinne würde bis hinaus zum Ozean reichen. Er sah auch die Grate und Kuppeln vereister Riffe und Felsen, die sich erhoben hatten, als die Ebbe einsetzte. Er schüttelte den Kopf, als er sich an die einfachen Strände der Niederlande erinnerte, mehr als hundert Kilometer gelben Sandes, auf der einen Seite durch eintönige Dünen geschützt und auf der anderen ständig von Brechern attackiert. Er hatte die niederländischen Strände immer gemocht, aber diese Schönheit war anders, beinahe entstellt, eine Schönheit noch aus der Zeit, als dieser Planet entstand, als die ersten Formen aus dem Chaos erschaffen wurden.

«Jan?»

Selbst in dieser einen Silbe lag ein Schluchzen. Er sagte sich, daß er sich nicht über die Gabe seiner Schwester ärgern wollte, in allem ein persönliches Leid zu sehen. Er erinnerte sich an Suzanne als Kind, als Mädchen, als junge Frau. Damals hatte er eine Möglichkeit gefunden, ihre Trübsal zu erdulden. Er brauchte sich jetzt nur an das Rezept zu erinnern und diese Leistung zu wiederholen.

«Ja, ich komme gleich, mein Liebes. Ich will mich nur noch eben rasieren und anziehen. Es wird nicht lange dauern.»

«Das Essen steht auf dem Tisch, Jan.»

«Sehr gut.» Sie würde ihren Willen bekommen. Er fragte sich, wie Opdijk ihr schniefendes Gehabe ertragen hatte. Ob er sie ab und zu wohl geschlagen hatte? Aber Suzanne sah nicht verprügelt aus. Vielleicht hatte Opdijk Möglichkeiten gefunden, sich anderweitig zu beschäftigen.

«Was hat Opdijk hier getan, Suzanne?»

«Alles, Jan. Er hat Holz gehackt und im Garten gearbeitet und ist oft in die Stadt gegangen. Er war der Präsident des Clubs – das hat viel Zeit beansprucht. Da gibt's Boote und alles mögliche, und sie haben Diners und Parties gegeben. Ich bin nicht immer hingegangen.»

«Club? Was für ein Club?»

«*The Blue Crustaceans*. Opdijk war immer sehr gesellig. Der Arzt sagte, er sollte vorsichtiger sein, sein Herz . . . Aber er ist auf den Felsen ausgerutscht.»

«Hatte er getrunken?»

«Nein, er trank nur nach fünf Uhr. Es passierte morgens. Er war hinausgegangen, um einen abgestorbenen Baum zu fällen. Als er nicht zum Kaffeetrinken kam, ging ich nachschauen. Die Motorsäge lief noch. Ich konnte das nicht verstehen. Die Säge steckte halb im Baumstamm, aber er war nicht da. Und als ich hinunterschaute, sah ich ihn, weit unten auf den Felsen. Er schaute mich an, aber sein Blick war tot. Oh, Jan . . .»

«Ja. Wir werden uns die Stelle morgen mal ansehen. Dort unten ist es vermutlich glatt.»

«Ja, Jan.»

Er sah nach dem Essen die restlichen Akten durch und prüfte Opdijks Buchführung, die bis zum Tag vor seinem Tod auf dem laufenden war. Er fand die Eigentumsübertragungsurkunde, in der stand, daß der gesamte Grundbesitz knapp drei Morgen umfaßte. In den ordentlich geführten Unterlagen befanden sich keine Hypothekenzahlungen. Opdijks Besitz war also schuldenfrei. Das würde den Verkauf erleichtern.

«Gibt es in der Stadt einen Grundstücksmakler, Suzanne?»

Sie hob den Blick von der Socke, die sie strickte. «Ja, Jan. Mr. Astrinsky.»

«Ich werde ihn morgen aufsuchen.»

«Er ist ein netter Mann, Jan. ebenfalls Clubmitglied. Opdijk kannte ihn gut. Sie haben manchmal zusammen getrunken, zuviel, fürchte ich. Ich habe mir oft Sorgen gemacht, wenn er spät heimkam, aber er ist langsam gefahren und hat es immer geschafft.»

«Gibt es noch andere Grundstücksmakler?»

«Nein, nur Mr. Astrinsky.»

«Aha. Also ist niemand da, der den anderen überbieten könnte. Na, es eilt ja nicht, Liebes. Du bist gut situiert. Wir können das Haus inventarisieren lassen und es später verkaufen.»

«Aber ich möchte in Amsterdam eine Wohnung, Jan, nicht nur ein Zimmer. Bleibt genug übrig, um eine Wohnung zu kaufen?»

«Auf dem Sparkonto ist viel Geld.»

«Kann ich mir dafür eine hübsche Wohnung kaufen?»

Er überlegte, wobei er mit dem Bleistift an seine Zähne klopfte. «Ja, es reicht für eine Anzahlung. Der Rest kann leicht durch eine Hypothek abgedeckt werden.»

«Ich will keine Schulden machen, Jan. Ich habe Schulden immer gehaßt und möchte eine Dreizimmerwohnung.»

«Dafür ist nicht genug Bargeld da.»

«Kannst du dies Haus nicht sofort verkaufen?»

«Ja», sagte er. «Ich werde sehen, was sich tun läßt, und es dann in die Wege leiten.»

«Ich bin so froh, daß du gekommen bist, Jan.»

Er hatte seine Zweifel. Ein beschleunigter Verkauf würde den Wert mindern, aber es wäre sinnlos, wenn er sich bemühte, ihr zu raten. Hinter der Trauer steckte ein eiserner, wenn auch irregeleiteter Wille, aber das war nicht seine Sache. Er hatte sich verpflichtet, ihr zu helfen, und zwar so, wie sie es wünschte. Die Wohnung, die sie im Sinn hatte, könnte mehr als fünfzigtausend kosten. Dennoch würde er ihr Geld nicht verschleudern, es sei denn, sie zwang ihn dazu. Außerdem war es noch eine Zeitfrage – er konnte nicht zu lange bleiben. Er seufzte, stand auf, um aus dem Wohnzimmerfenster zu schauen, und seufzte noch einmal. Der Mond stand jetzt höher, und die Bucht sah verändert aus. Er zeigte auf die Insel und fragte nach dem Namen, und sie trat zu ihm ans Fenster.

«Das ist Jeremy's Insel. Ich bin nie dort gewesen. Opdijk ist einige Male hinübergefahren, aber er mochte Jeremy nicht; er nannte ihn einen drekkigen alten Kerl.»

«Ist er das?»

«Ja, in gewisser Weise. Er lebt dort allein und hat vermutlich weder Bad noch Elektrizität oder so was. Aber er ist sehr höflich. Er winkt immer, wenn er mit seinem Boot vorbeikommt.»

«Kennst du ihn überhaupt?»

«Nicht besonders, Jan. Ich kenne niemand außer Janet. Sie kommt zum Teetrinken, und ich war auch schon in ihrem Haus, aber selten.»

Zögernd trat er vom Fenster weg. «Kann ich den Kombi haben, Suzanne? Ich will die Briefe einwerfen. Ich habe die Leute von der Altersversorgung und der Versicherung gebeten, das Geld über meine Amsterdamer Adresse an dich zu schicken. Sobald du deine Wohnung hast, kannst du dich mit ihnen in Verbindung setzen, oder ich tue das für dich.»

«Ja», sagte sie. «Sehr lieb von dir. In Amsterdam. Ich hatte solches Heimweh, Jan.»

Er betrachtete die Stapel niederländischer Zeitschriften, die Gemäldeproduktionen von Grachten, Brücken, Deichen, Ansichten von Amsterdamer Straßen, die in ihren Plastikrahmen billig aussahen. Er hatte die Küche und die Regale voller niederländischer Kannen, Krüge, Töpfe gesehen. Sie hatte sich nicht einmal an andere Lebensmittel gewöhnt, nach so vielen Jahren in anderer Umgebung, in Amerika, dem Land des Überflusses. Eine teure Haushaltsführung, wenn alles importiert werden muß. Es überraschte ihn, daß Opdijk ihr gestattet hatte, das Geld so zu verschwenden. Vielleicht war der Mann gar nicht so unnachgiebig gewesen wie er ihn sich vorgestellt hatte.

Sie ging mit ihm zur Garage und wartete, bis der Motor des Kombi ansprang, dann öffnete sie das Tor. Er fuhr zuerst zu schnell, so daß die Räder durchdrehten, aber er legte einen niedrigeren Gang ein, wobei er mit einem Rad in den Graben neben dem Weg geriet und der Wagen dann wieder knatternd auf festen Boden fuhr. Der Briefkasten befand sich am Ende der Straße. Er nahm sich vor, morgens noch einmal herumzufahren, um einen Überblick über die Lage des Grundstücks zu bekommen. Es wäre dumm, ohne jede Vorstellung vor dem Makler zu stehen. Der Mann mochte ehrlich sein, aber selbst ein ehrlicher Mensch gerät in Versuchung, wenn ihm ein Idiot gegenübersteht.

Als er zurückkam, saß Suzanne vor dem Kamin und rang die Hände. Ihre unvermeidliche Trübsinnigkeit schien neue Nahrung bekommen zu haben. Sie war der Hysterie nahe. Er setzte sich neben sie und hielt ihre Hand.

«Was ist los, mein Liebes?»

«Sie sind alle gestorben, Jan, alle. Ich *muß* hier weg. Sie sind jetzt alle tot. Nur ich bin noch übriggeblieben, nur ich.»

«Alle?»

Sie erzählte ihm bruchstückhaft ihre Geschichte, schweifte hin und wieder ab, bis er sie geduldig wieder auf das Thema zurückbrachte. Er fragte so wenig wie möglich, sondern wartete, ob die Informationen zueinander paßten. Allmählich vervollständigte sich das Muster, es wurde ein definitiver Bericht mit einem Anfang und einem Ende. Das Ende war Opdijks Tod. Aber dies Ereignis war anscheinend mit anderen Ereignissen verbunden. Als sie sich zwei Stunden später beruhigt hatte und sie beide den von ihm zubereiteten Kaffee getrunken hatten, brachte er sie in ihr Zimmer und ging in seins und machte sich einige Notizen. Die Notizen hatten sechs Überschriften: je ein Name. Er las die Notizen, zündete einen neuen Zigarillo an, paffte und unterstrich hier und da ein Wort. Dann schrieb er alles noch einmal nieder, langsam und sorgfältig.

Sechs Häuser an der Südküste von Cape Orca, deren Grundstücke in einer Reihe aneinandergrenzten. Das war selbstverständlich der wichtigste Anhaltspunkt, die Verbindung, der rote Faden. *Nur ein Haus ist jetzt bewohnt: das von Opdijk. Die anderen stehen leer, zwei davon niedergebrannt.* Seltsam, nicht wahr? Wertvolles Eigentum verlassen, damit es verrottet, damit die Stürme hindurchblasen, damit Vandalen darin hausen und es schließlich zerstören, verbrennen. Verbrennen, das war das letzte, von selbst würden sie nicht in Brand geraten. Stimmt. Jetzt die früheren Bewohner.

Fall Nummer eins. Mr. Jones. Er konnte sich von dem Mann kein Bild machen. Suzanne hatte Jones kaum gekannt, aber sie hatte immer nur sich selbst gekannt, ihr armes leidendes Ich. Der Commissaris fragte sich, ob Suzanne ihren Mann gekannt hatte. Sie hatten getrennte Schlafzimmer; möglicherweise von Anfang an. Warum hatte Opdijk sich wohl mit Suzanne abgefunden? Brauchte er eine Haushälterin und sonst nichts? Aber Suzanne war auch als Haushälterin nichts Besonderes. Das Haus war selbstverständlich sauber und ziemlich luxuriös eingerichtet, aber sonst – ein Höllenloch des schlechten Geschmacks. Na, egal. Mr. Jones war tot. Ein alter Mann, der allein in einem kleinen, hübschen Bungalow am Ende des Cape wohnte, mit dem gleichen Ausblick auf das Wasser wie auch die anderen Häuser. Ein Mann, der für sich lebte. Tot aufgefunden in seinem eigenen Wald, Kopfschuß. Vor zwei Jahren. Während der Jagdsaison. Das Geschoß stammte aus einer Büchse für die Hirschjagd. Unfall, schade. Laut Suzanne wurde das Haus nicht verkauft. Kein anderer zog ein, schließlich brannte es nieder.

Fall Nummer zwei. Der Tod von *Mary Brewer*, einer Frau von etwa sechzig, ebenfalls im Ruhestand. Miss Brewer segelte gern und fuhr mit ihrem drei Meter dreißig langen Boot hinaus in die Bucht. Die Küstenwache hatte sie mehrmals verwarnt und mit Geldbußen belegt, weil sie keine Schwimmweste trug oder keine richtigen Sicherheitsvorkehrungen traf, aber sie segelte weiter bis zum Horizont und kam eines Tages nicht zurück. Später tauchte ihre Leiche auf, von Wellen und Felsen zerschmettert und von Haien oder Waschbären angefressen. Waschbären, sagte der Commissaris, wobei ihm einfiel, wie Suzanne das Wort ausgesprochen hatte. Offensichtlich empfand sie heftigen Ekel gegenüber diesen Tieren. Der Commissaris hatte im Amsterdamer Zoo Waschbären gesehen. Sehr liebenswert, hatte er gedacht, kleine niedliche Bären mit flinken Pfoten. Aber sie hatten an Marys Leiche gefressen. Na und, warum sollten sie nicht? Die Dame war tot. Wieder ein Unfall. Und wiederum fand das Haus keine neuen Bewohner. Es stand noch. Möbel und Einrichtung hatten die Erben geholt, aber die leere Hülle war geblieben.

Fall Nummer drei. Das Verschwinden des *Captain Schwartz.* Aber hier gab es einen Unterschied zu dem bisherigen Muster, außerdem war über ihn mehr bekannt. Schwartz, ein echter Captain der US-Army, nahm seinen Abschied, wurde Nazi und marschierte auf seinem Grund und Boden gern mit einer Hakenkreuzbinde am Arm herum. Er trug auch eine Mütze nach deutschem Vorbild. Andere Nazis gab es im County Woodcock nicht, aber der Captain reiste gelegentlich nach New York, um Freunde zu treffen. Er schrieb auch Artikel für die Monatsschrift der Partei, in denen er den Nazismus als Lösung für Verbrechen und Korruption in Amerika propagierte und seine Landsleute aufforderte, die Welt zu erobern und die Juden zu ermorden. Ein böser Mensch, aber – soweit der Commissaris es dem unzusammenhängenden, abschweifenden Gerede Suzannes entnehmen konnte – vermutlich verrückt und nicht in der Lage, sein Predigen irgendwie zu verwirklichen, außer in Schriften, die andere Verrückte lasen. Seine Nachbarn wollten keinen Kontakt mit ihm haben, und der Laden im Ort wollte ihn nicht bedienen, aber er machte sich nichts daraus und tätigte seine Einkäufe im angrenzenden County. Wenn er sich unterhalten wollte, sprach er mit einem Porträt Adolf Hitlers, das in der Diele seines Hauses hing. Aber seine Aktivitäten riefen Feindseligkeiten seitens der Raufbolde von Jameson hervor. Suzanne sprach von einer Bande. Sie hatte sogar einen Namen für die Rebellen von Jameson: die BMF-Bande. Der Commissaris wußte nicht, was die Buchstaben bedeuteten. Eine Bande von Motorradfahrern, falls er Suzannes Informationen richtig interpretierte. Und der Anführer der Bande, ein junger Mann, genannt der Fuchs, laut Suzanne ein besonders mieser Charakter, hatte dem Vernehmen nach Schwartz aufgesucht und ihn möglicherweise bedroht, denn der Nazi hatte sich plötzlich davongemacht und war nie mehr gesehen worden. Angeblich wohnte der Captain jetzt in New York. Ein Verwandter war gekommen und hatte das Haus vielleicht verkauft, aber es stand immer noch leer. Suzanne hatte sich nicht klar ausgedrückt über den Zeitpunkt, als Captain Schwartz seinen Ärger hatte und dann geflüchtet war. Vor einigen Jahren, hatte sie gesagt.

Fall Nummer vier. Ein Mann namens *Carl Davidson*, der allein lebte, seit seine Frau im Krankenhaus an einem Herzinfarkt gestorben war. Davidson ging gern in den Wäldern spazieren und mochte wohl auch für einige Tage draußen kampieren. Weil er kaum Kontakte zu anderen pflegte, wurde er nicht vermißt, bis wandernde Menschen aus dem Ort seine gefrorene Leiche fanden. Es hatte stark geschneit, so daß es keine Spuren gab.

Fall Nummer fünf. Noch ein alter Mann namens *Paul Rance*. Zum Unterschied von den anderen, die alle aus New York oder Washington, D. C., gekommen waren, stammte Rance aus dem Ort, ein pensionierter Zimmermann, der sein eigenes Blockhaus zwischen den Bungalows der Nachbarn errichtet hatte. Er war Alkoholiker gewesen, aber er hatte es geschafft, davon loszukommen. Der Arzt hatte es ihm geraten. Rance kränkelte viel und hielt sich gern auf seinem eigenen Grund und Boden auf. Er war ständig in Geldnot. Nachdem er einige Jahre keinen Schnaps getrunken hatte, starb er plötzlich an Alkoholvergiftung. Ein paar Monate nach seinem Tod brannte das Blockhaus nieder.

Fall Nummer sechs. Pete Opdijk, der einen abgestorbenen Baum fällt, ausrutscht, von den Klippen fällt, sich das Rückgrat und den Schädel bricht.

Der Commissaris las die Notizen noch einmal durch und fügte einige Punkte und Kommata ein. Dann pfiff er, stieß einen Rauchring aus, steckte einen Finger hindurch und gab einige fröhliche, unartikulierte Laute von sich. Aber dann veränderte sich sein Ausdruck, eine Mischung von

Trauer und Gleichgültigkeit überzog sein Gesicht. Ihm fiel ein, daß er nicht in Amsterdam war und die Beamten der Mordkommission nicht greifbar, um sie zu einer Besprechung bei sich zusammenzurufen. Diese Kette von Todesfällen ging ihn nichts an. Sie könnte die örtlichen Behörden interessieren, die sicherlich nicht ganz blöd sein würden. Er erinnerte sich an das Gesicht des kleinen Sheriffs, teilnahmslos im schnittigen Straßenkreuzer. Gute Augen, ruhig und durchdringend. Bestimmt würde der Mann nicht einfach im Symbol seiner Macht umherflitzen, während sich in einem Haus nach dem anderen an der Küste einer Halbinsel in seinem Amtsbereich vorsätzliche Tötungen ereigneten. Oder konnten sich Unfälle wirklich in einer so alarmierend wiederholten Art und Weise ereignen? Die Opfer waren alle ältere Menschen.

Er betrachtete aufmerksam seinen Zigarillo. Ältere Menschen. Statistiken beweisen, daß häufig ältere Menschen sterben möchten und damit zu Unfällen neigen oder tatsächlich Selbstmord verüben. Selbstmord erfordert einen Willensakt. Einfacher ist es, unvorsichtig zu werden. Und im County Woodcock unvorsichtig zu sein, konnte sehr gefährlich sein. Warum in aller Welt hätte Pete Opdijk sich einen kalten Tag aussuchen sollen, um einen abgestorbenen Baum zu fällen, auf das glatte Eis zu gehen, um zu ihm zu gelangen, und daran zu arbeiten, während er am Rande eines Abgrunds balancierte? Und warum sollte ein alter Mann wie Carl Davidson in den Wäldern umherwandern? Wollte er, daß ihn der Schneesturm überfällt und zu Tode küßt?

Er steckte den Zigarillo zwischen die dünnen Lippen. Nein, nein. Opdijk hätte kein Vermögen für einen komfortablen Bungalow ausgegeben, wenn er darauf aus gewesen wäre, einen Unfall zu erleiden. Und was war mit den anderen Häusern? Warum wollte niemand dort einziehen? Warum blieben sie alle leer, bis sie niederbrannten? Und wer hat sie in Brand gesteckt? Vandalen?

Er drückte seinen Zigarillo aus. «Bah.»

«Ja, Jan? Stimmt etwas nicht?»

«Doch, Liebes, ich sehe nur mal meine Notizen durch.»

«Es gibt doch wohl keine Komplikationen, nicht wahr, Jan? Oh, ich wollte, wir könnten schon morgen abreisen. Und ich wollte, wir könnten mit dem Schiff fahren. Vor Flugzeugen habe ich Angst.»

«Möchtest du deine Möbel mitnehmen, Suzanne?»

Er sah, wie es in ihrem Gesicht kämpfte, aber er mischte sich nicht ein.

«Das wird teuer sein, nicht wahr, Jan?»

«Ja, sie müssen in Kisten verpackt und mit Lastwagen zu einem Hafen geschafft werden, und du mußt zahlen, um sie durch den niederländischen Zoll zu bringen. Fracht, Zollgebühren – es läppert sich zusammen.»

«Ich kann sie nicht einfach zurücklassen.»

«Nein. Du könntest zwar, aber wer das Haus kauft, wird eigene Möbel haben.»

Sie schluckte. «Meinst du, ich sollte sie versteigern lassen, Jan?»

«Ja, die größeren Stücke. Die kleinen Sachen kannst du bestimmt mitnehmen.»

«Das Porzellan?»

«Ja.» Er nahm den Kopf eines Fischers vom Kaminsims. Ein Pfeife rauchender alter Mann, rauh, aber ehrlich. Schwer arbeitend und geheimnisvoll. Warum nicht. Die Reinheit des Meeres spiegelte sich in den klarblauen Augen. Starkes Kinn, gerade Nase, alles aus Porzellan. Aber dennoch Kitsch. Er stellte den Fischer weg und nahm einen rosa Hund, einen Pekinesen mit vorstehenden Augen. Er stellte ihn schnell wieder weg. Auf dem Kaminsims standen noch andere Stücke. Ein Affe, der mit dem Schwanz an einer Palme hing. Eine spanische Tänzerin mit weißen Brüsten, die sich aus einer Spitzenbluse schoben. «Ja, du kannst deine Sammlung mitnehmen, aber du mußt dir viel Seidenpapier besorgen.»

«Ich habe Seidenpapier, Jan.»

«Gut. Ich gehe jetzt ins Bett. Vielleicht hast du recht. Es war eine lange Reise. Kann ich in Amsterdam anrufen, Suzanne?»

Sie zögerte.

«Ich bezahle das Gespräch, Suzanne. Ich werde die Vermittlung nach den Gebühren fragen.»

«Nein, nein, schon gut, Jan. In deinem Zimmer ist ein Telefon.»

Er grinste, als er die Treppe hinaufstieg. Dies war eine Ermittlung, die er hier selbst vornehmen durfte.

Es dauerte eine Weile, bis die verschlafene Stimme von Adjudant Grijpstra gähnte, Hallo sagte und wieder gähnte.

«Verzeihung, Grijpstra, ich bin's. Ich wußte, daß du schläfst, aber es wird nicht lange dauern.»

«Sind Sie nicht in Amerika, Mijnheer?»

«Doch, Adjudant, aber es gibt auch in Amerika Telefone. Das Land ist ziemlich fortschrittlich, glaube ich. Sag mal, was ist mit de Gier?»

«Ist er nicht bei Ihnen, Mijnheer?»

«A-*ha*.»

«Haben Sie ihn noch nicht getroffen, Mijnheer?»

«A-*ha*.»

Grijpstra war jetzt hellwach. «Tut mir leid, Mijnheer. Aber er wollte einfach gehen, und wir haben uns alle um Ihre Gesundheit gesorgt, und weil Sie ganz allein dort draußen sind, und die Kälte und so, Mijnheer, und der Hoofdcommissaris . . .»

«Was ist mit dem Hoofdcommissaris, Grijpstra? Hat er dem Brigadier befohlen, hierher zu fliegen?»

«Nein, Mijnheer.»

«Und wer bezahlt diese persönliche Extravaganz?»

«Oh, das geht schon in Ordnung, Mijnheer. In Den Haag gibt es einen Fonds. Er wurde eingerichtet, um den Austausch von Polizeibeamten zu finanzieren.»

«Von Polizeibeamten, Adjudant, nicht von Kindermädchen.»

«Ja, Mijnheer.»

«Ich bin erstaunt, Adjudant, sehr erstaunt.»

«Tut mir leid, Mijnheer. Wir werden es irgendwie zurückzahlen.»

«Das ist auch besser für euch, es sei denn, wir können für den Brigadier hier irgendeine Beschäftigung finden, eine, die ihn so in Trab hält, daß er keine Zeit haben wird, mich im Kinderwagen herumzufahren.»

«Ja, Mijnheer», sagte Grijpstra. «Ich bin sicher, Sie werden etwas für ihn finden.»

«Schlaf gut, Adjudant. Tut mir leid, daß ich dich geweckt habe.»

«Ja, Mijnheer, danke, Mijnheer. Auf Wiedersehen, Mijnheer.»

Grijpstra legte den Hörer vorsichtig auf und streckte die Zunge heraus.

«Was war das?» fragte seine Frau. «Mußt du jetzt noch raus? War das der Commissaris? Was wollte er?»

«Er wollte mich zum besten haben.»

«Um fünf Uhr morgens? War er betrunken?»

«Nein, Schatz, nur sarkastisch.»

«Die setzen dich immer herab, und dabei arbeitest du wie ein Pferd und bist schon so lange in der Abteilung.»

«Übertreib's nicht», sagte Grijpstra. «Geh schlafen. Seit wann bist *du* auf meiner Seite?»

5

Der Brigadier hatte Kopfschmerzen und einen trockenen Mund, als er aufwachte, aber er hätte sich schlechter fühlen können. Es war zehn Uhr morgens. Er war sich nicht ganz sicher, wo er war, doch dann fiel es ihm wieder ein. Amerika, Jameson, Sheriff, Gefängnis. Weitere Einzelheiten kamen ihm ins Gedächtnis, und er erinnerte sich, wo das Bad war. Er duschte ausgiebig und rasierte sich. Er zog den Jeansanzug an und fand das richtige Halstuch, passend zu dem neuen blaßblauen Hemd. Er schloß den Reißverschluß der knöchelhohen Wildlederstiefel. Er lächelte und verbeugte sich vor dem Spiegel, aber die Verbeugung brachte die Kopfschmerzen zurück.

Amerika, dachte er. Der Commissaris. Der Commissaris auf Cape Orca. Cape Unfall. Ein Mordfall. Er setzte sich auf das Bett und hielt seinen

Kopf. Es konnte nicht sein. Es war ganz unmöglich, daß er zufällig auf einen Mordfall gestoßen war. Aber dann fiel ihm ein, daß Grijpstra ebenfalls einmal über einen Mordfall gestolpert war. Der Adjudant hatte Ferien gemacht, irgendwo hinten in der Provinz, an der deutschen Grenze. Er hatte in der Ecke der Bar eines drittklassigen Hotels Kaffee getrunken, und zwei Männer aus dem Ort waren hereingekommen und hatten miteinander geflüstert. Grijpstra hatte hinter vorgehaltener Zeitung gelauscht. Der Adjudant hatte seine Ferien genossen. Er und die Ortspolizei hatten zusammengearbeitet und einen Fall gelöst, der bis dahin noch gar keiner gewesen war. Das Opfer war schon Monate vor Grijpstras Urlaubsbeginn beigesetzt worden. Die Frau war angeblich an Asthma gestorben. Nur stimmte das nicht. Verwandte hatten sie langsam vergiftet. Cleverer Grijpstra.

Cleverer Brigadier de Gier. Aber wollte er clever sein? Die Frage schoß ihm durch den pochenden Schädel. Die Antwort kam zurückgeschossen. Er wollte *nicht* clever sein. Er wollte sicherstellen, daß der Commissaris seinen Auftrag überlebte, und er wollte Amerika sehen. Er stand auf und schaute zum Fenster hinaus. Er sah Schnee auf den Ästen einiger Bäume, auf dem Boden, auf Dächern und auf dem Eis der Bucht dort unten. Na schön. Amerikanischer Schnee. Und in den Niederlanden schneit es nicht; das Klima hat sich verändert. Früher hat es mal geschneit, aber jetzt nicht mehr. Eine Neuheit. Exotisch ferner Schnee, und er war mittendrin.

Unten im Raum traf er den Sheriff. Seine Stiefel ruhten auf dem Regal zwischen dem Funkgerät und den Telefonen.

«Wie fühlen Sie sich? Kopfschmerzen?»

«Ein bißchen.»

«Sie haben eine halbe Flasche Bourbon geschafft. Wenn Sie eine halbe Flasche von einem anderen Zeug getrunken hätten, dann hätten Sie überhaupt keinen Kopf mehr, sondern nur noch eine große wunde Stelle. Kaffee?»

Albert kam herein, um den Kaffee einzuschenken.

«Frühstück, Sergeant?»

«Ja», sagte de Gier, «Frühstück wäre gut.»

«Was möchten Sie?»

De Gier versuchte zu überlegen.

«Wir haben keine Eier», sagte der Sheriff zu Albert. «Aber frisches Brot und ein Stück Speck und darauf Petersilie und außerdem eine Tomate. Und noch Kaffee. – Davon werden Sie einen klaren Kopf bekommen, Sergeant.»

Das Frühstück kam wie bestellt; de Gier aß und fühlte sich besser.

«Erinnern Sie sich an unser Gespräch von gestern abend?»

«Ja.»

«An Cape Orca?»

«Ja.»

«Sind Sie noch interessiert?»

De Gier säuberte den Teller mit dem letzten Stück Toast. «War ich gestern abend interessiert?»

«Ja, wir beide. Ich bin es noch, aber ich bin etwas mehr an den Bourbon gewöhnt als Sie, so daß Sie aussteigen können.»

De Gier überlegte. «Gut», sagte er. «Ich möchte zuerst den Commissaris aufsuchen. Sie sagten, ich könne einen Wagen benutzen, einen Dodge, glaube ich. Ich meine, ich sollte den Fall mit ihm besprechen. Er könnte Ideen haben. Er wird mit seiner Schwester gesprochen haben. Wenn wir recht haben, wenn unser Gespräch gestern abend zu etwas geführt hat, bestätigt er vielleicht unsere, äh . . .»

Der Sheriff grinste. «Unsere, äh . . . Träume, wie? Oder unsere, äh . . .. Tatsachen?»

«Sie haben Tatsachen, Jim. Ich bin nicht von hier. Was weiß ich schon?»

«Sie wissen, was Sie wissen. Ich kann brauchen, was Sie wissen. Aber gehen Sie zum – wie haben Sie ihn noch genannt?»

«Commissaris.»

«Gehen Sie zu ihm. Der Schlüssel steckt im Dodge. Seien Sie vorsichtig. Wir hatten über Nacht Tauwetter, aber es hat wieder gefroren. Auf den Straßen sollte eigentlich gestreut sein, aber der Stadt fehlt es an Sand, er soll jedoch auf dem Weg hierher sein.»

«Ja», sagte de Gier, aber er hatte nicht mehr zugehört.

Er fand den Dodge, startete ihn und wartete, daß der Motor warm wurde. Er fragte sich, was der Commissaris sagen würde, wenn er seinen vertrauten Brigadier im Schnee auftauchen sah. Was in Amsterdam wie eine gute Idee geklungen hatte, könnte sich hier in Amerika als schlechter Gedanke erweisen. Vielleicht war der Commissaris sehr wohl in der Lage, auf sich aufzupassen, auch wenn er vor einer Woche so krank gewesen war, daß der Arzt absolute Ruhe angeordnet hatte.

Der Dodge glitt vom Parkplatz auf die Straße. De Gier drehte das Steuer, aber der Wagen reagierte nicht. Er reagierte etwas später, aber da zu heftig und rutschte bis zur anderen Straßenseite. Dann schleuderte er herum, so daß de Gier sich für einen Augenblick wieder gegenüber dem Gefängnis befand. Er sah ein Stoppschild und bremste, aber das Auto fuhr weiter und wich nur knapp einem Lastwagen aus. Der Dodge schleuderte noch einmal herum, stellte sich schräg auf zwei Räder, knallte gegen eine Schneewehe und sank wieder zu Boden. De Gier legte den Rückwärtsgang ein und berührte das Gaspedal, aber die Hinterräder wollten nicht greifen. Er versuchte es noch einmal. Der Motor heulte, die Räder drehten durch. Er stellte den Motor ab, stieg aus, rutschte und fiel aufs Eis. Er bemühte sich, wieder auf die Beine zu kommen, als ein roter Kombi hinter dem Dodge hielt. Ein kleiner alter Mann in einem zu großen, pelzgefütterten Mantel und mit einer Waschbärenfellmütze, einschließlich Schwanz, stieg aus dem Kombi und schlurfte auf riesigen, mit leuchtendgelben Senkeln geschnürten Gummistiefeln auf den Dodge zu. Die Mütze war dem alten Mann in die Augen gerutscht, und er versuchte, sie mit einer Hand hochzuschieben, die in einem bis zum Ellbogen reichenden Fäustling steckte.

De Gier stemmte sich hoch. Er starrte auf den kleinen alten Mann in Mantel, Mütze, Stiefeln und Fausthandschuhen. Seine Augen wurden größer, bis sie ganz rund waren. Er legte die Hände vors Gesicht und holte tief Luft. Er ließ die Hände fallen.

«Brauchst du Hilfe?» fragte der alte Mann. «Vielleicht kann ich dich mit Opdijks Kombi rausziehen. Er hat Vierradantrieb. Ich habe soeben herausgefunden, wie die zusätzlichen Gänge zu betätigen sind.» Der alte Mann sprach niederländisch.

«Guten Morgen, Mijnheer», sagte de Gier. «Ja, das wäre nett. Ich stekke mit diesem Wagen fest. Es ist zu glatt.»

«In Opdijks Wagen ist eine Kette. Ich hole sie.»

Der Brigadier versuchte, dem Commissaris zu helfen, aber mit seinen Ledersohlen hatte er keinen Halt auf dem Eis und glitt aus und geriet dem Commissaris in den Weg, so daß dieser ihm sagte, er solle sich in den Dodge setzen. Der Kombi zog, und der Dodge machte schwache Versuche, sich aus der Schneewehe zu befreien. Als der Commissaris Gas gab, riß die Kette. Er setzte den Kombi zurück, stieg aus und verknotete die Kette. Der zweite Versuch ließ die Kette wieder reißen, und der Kombi steckte ebenfalls in der Schneewehe.

Der Commissaris und der Brigadier kamen aus ihren Fahrzeugen, standen auf dem Eis, die Arme untergehakt, und prüften die Lage.

«Es ist sehr nett von dir, Brigadier, herzukommen und mir zu helfen.»

«Ist das Ihr Ernst, Mijnheer?»

«Nein», sagte der Commissaris. «Das ist nicht mein Ernst, aber manchmal bin ich höflich und versuche, die richtigen Worte zu finden. Hinter dir stehen der Hoofdcommissaris und, Gott weiß welche, amerikanische Superstars. Grijpstra hat mir gestern abend ein bißchen erzählt. Er hat Himmel und Erde in Bewegung gesetzt, um dich herzubringen. Meinst du, daß er auch mit der Königin gesprochen hat?»

«Nein, Mijnheer.»

«Du hilfst mir also. Das ist nett. Aber jetzt steckt auch der Wagen von Opdijk fest. Ich bin auf dem Weg zu einem Grundstücksmakler namens Michael Astrinsky, um Opdijks Haus zu verkaufen. Weißt du, wo Astrinskys Büro ist?»

«Ja, Mijnheer.»

«Wirklich?»

«In Jameson gibt es nur eine wichtige Straße, die Hauptstraße. Astrinskys Büro wird in der Hauptstraße sein. Sie ist dort drüben, Mijnheer.»

De Gier ließ den Commissaris los und zeigte hinüber. Er glitt aus und fiel und zog den Commissaris mit zu Boden.

Ein Jeep hielt an, ein junger Mann mit magerem Gesicht sprang heraus, ein schmächtiger junger Mann in kurzer Lederjacke, dünnem Baumwollhemd mit offenem Kragen und ohne Mütze. Sein hellbraunes lockiges Haar war eigenartig geschnitten, und von den Ohren ragten steife Haarbüschel nach oben.

«Kommen Sie aus Kalifornien?»

«Nein», sagte der Commissaris. «Wir kommen aus Holland, aus den Niederlanden. Von dort drüben.» Er zeigte hinaus auf die Bucht.

«Wirklich? Gibt es dort kein Eis?»

«Nicht viel.»

«So? Soll ich Sie rausziehen?»

«Gern. Wenn es nicht zuviel Mühe macht.»

«Mühe macht es schon», sagte der junge Mann, ging zu seinem Jeep und fuhr rückwärts an den Kombi heran. Es dauerte etwas über eine Minute, den Kombi freizubekommen, und ein wenig mehr als fünf Minuten, den Dodge zu befreien. Der junge Mann legte Spaten, Ascheimer und Abschleppseil wieder in seinen Jeep, winkte abwehrend, als der Commissaris sich bedankte, und fuhr davon. De Gier fiel das Zulassungschild des Jeep auf: BMF EINS. Nur Buchstaben, keine Ziffern. Der Commissaris hatte es ebenfalls gelesen.

«BMF», sagte der Commissaris. «Suzanne sagte etwas von BMF, von irgendeiner Bande. Unruhestifter. Wie hat der hilfreiche junge Mann wohl sein Zulassungsschild gekriegt? Werden die hier nach Wunsch ausgestellt?»

Ein kleiner roter Mittelklassewagen fuhr vorbei. Auf dem Zulassungsschild stand NETT. Am Steuer saß eine übermäßig geschminkte Frau in mittleren Jahren.

«Nach Wunsch», sagte der Commissaris. «Kaum zu glauben, aber wahr. BMF.»

«BMF EINS, Mijnheer. Der junge Mann war die Nummer Eins. Der Boss. Der Boss der Bande. Der Sheriff hat mir von der Bande erzählt.»

«Was hat er dir noch erzählt?»

«Viel, Mijnheer. Er ließ mich erzählen, was ich hier will, und ich dachte, die Wahrheit könnte alle seine Fragen sofort beantworten. Er hat mir nicht geglaubt. Er hat eine Akte über Cape Orca. Ihr Schwager ist die fünfte Leiche, und ein sechstes Opfer ist geflüchtet.»

«Unternimmt der Sheriff etwas wegen dieser Akte?»

«Er ist hier neu, Mijnheer. Erst seit drei Monaten im Amt. Der alte Sheriff hat sich vielleicht nicht darum gekümmert. Er ist pensioniert. Er wohnt jetzt in Boston.»

«Nein», sagte der Commissaris.

De Gier nickte nachdrücklich. «Doch, Mijnheer.»

«Nein, Brigadier. Ich habe den Papierkram für meine Schwester erledigt. Die Briefe sind eingeworfen. Ich werde ihr Haus verkaufen und hier verschwinden. Wir sind eingestellt worden, damit wir uns um eine Stadt mit einer Million friedlicher Bürger kümmern, in unserem traulichen kleinen Land, neuntausend Kilometer entfernt. Ich habe noch nie zuvor von einer Stadt namens Jameson etwas gehört. Ich bin zufällig hier und verkaufe zufällig ein Haus, aber das ist alles höchst unwirklich, substanzlos. Gehen wir zu diesem Astrinsky. Die Wagen können wir stehenlassen. Aber vorher möchte ich einen Kaffee. Ob es in dieser Stadt Kaffee gibt?»

Sie überquerten mühsam die Straße und fragten in Robert's Markt. Ein junger Mann mit freundlich-zuvorkommendem Lächeln beschrieb ihnen den Weg zum einzigen Restaurant der Stadt. «Beth's Speiselokal. Ländliche Kost, mehr haben wir nicht.»

«Und ein Geschäft, wo wir Kleidung kaufen können?»

«Nebenan, der einzige andere Laden in der Stadt.»

«Gut», sagte der Commissaris, als sie wieder auf dem Bürgersteig waren. «Ich hasse Einkaufsbummel. Keine Auswahl zu haben, erleichtert das Leben. Du kannst diese Sachen tragen, Brigadier. Dir werden sie auch nicht passen, aber sie stehen dir besser als mir, vor allem die Mütze. Opdijk hatte einen dicken Kopf, und du hast viele Haare. Vielleicht sitzt sie auf deinen Haaren.»

Um des besseren Gleichgewichts willen hielten sie sich an den Händen und gelangten so zu dem Geschäft und wurden von einem jungen Mädchen bedient. «Einen Mantel», sagte der Commissaris. «Aber warm muß er sein, und Stiefel bitte, Miss.»

«Würden Sie sich bitte umsehen, Sir? Mäntel hängen an den Kleiderständern. Und Stiefel stehen unter den Ständern. Ich kümmere mich um den Laden. Über den Warenbestand weiß ich nicht so gut Bescheid, aber alles ist mit Preisschildern ausgezeichnet.»

«Hier, zieh meinen Mantel an, Brigadier. Da, setz auch die Mütze auf.» Die Mütze drehte sich, so daß de Gier der Waschbärenschwanz ins Gesicht hing. «Andersrum, Brigadier. Irgendwie paßt sie. Nimm die Stiefel.»

Der Commissaris stieg aus seinen Stiefeln und begann zu stöbern. Es dauerte nicht lange. Er kam wieder. «Diese Stiefel passen. Was hältst du von dem Mantel, Brigadier? Nicht etwa, daß es wichtig ist. Ich nehme ihn so oder so.»

«Ja», sagte der Brigadier. «Sehr hübsch.» Es war ein dickgefütterter

Marinemantel mit Kapuze. Das kleine magere Gesicht des Commissaris guckte aus der Kapuze. Der Brigadier sah weg.

«Also gut. Wie sehe ich aus? Ich war vorhin nicht sehr nett zu dir. Du kannst mir die Wahrheit sagen, Rinus. Wie sehe ich aus? Du darfst auch lachen, wenn du möchtest. Ich bin sicher, daß ich einfach lächerlich aussehe.»

«Sie sehen aus wie ein Filmstar, Mijnheer.»

«Wie ein Komiker. Einer von den Marx-Brothers? Chaplin? Mein Lieblingsschauspieler? Buster Keaton?»

«Nein, Mijnheer.»

«Wie wer denn? Sei ehrlich, Rinus. Vielleicht hast du für eine Weile keine Möglichkeit mehr dazu.»

«Wie eine Gestalt von Walt Disney. Aus *Schneewittchen.*»

«Ein Zwerg? Smily? Grumpy? Der Bursche, der niest?»

«Dopey, Mijnheer.»

Der Commissaris klatschte in die Hände. Nur sie beide befanden sich zwischen den Kleiderständern. Das Mädchen stand hinter dem Ladentisch und wartete, bis sie kamen.

«Genau. Gut beobachtet, Brigadier. Ich fühle mich genauso und sehe zweifellos auch so aus. Wir sind immer die Projektion unseres eigenen Denkens. Dopey. Hier bin ich, vor mir das Puzzle eines lebenslangen Problems. Wieviel Leichen? Ich habe mir gestern abend Notizen gemacht. Wenn ich sie lese, wird es mir wieder einfallen. Fünf, glaube ich. Dies ist Amerika. Weißt du, daß wir in Amsterdam nur alle zwei Monate ein echtes Mordopfer haben? Die anderen sind Opfer von Unfällen, von Selbstmorden. Die Leichen hier dagegen sind Teil eines Gewebes, eines Spinnengewebes, dessen Fäden sich in alle Richtungen erstrecken, vermutlich sogar bis in diesen Laden. Aber obwohl transparent und dünn, dessen bin ich mir sicher, sind sie dennoch nicht ganz unsichtbar. Wir werden sie finden, wenn wir die üblichen erprobten Methoden anwenden und beharrlich sind. Und dann diese unglaublich schöne Szenerie hier. Ich rede nicht nur von der Landschaft. Dazu gehört viel mehr. Du hättest den Wagen sehen sollen, der mich gestern abgeholt hat, ein elegantes Auto. Wer sagt, daß es in Amerika keine Eleganz gibt? Wir sind falsch informiert worden. Jedenfalls ich. Vielleicht weißt du mehr, du liest ja soviel. Was erzähle ich dir da überhaupt. *Dich* haben sie schließlich mit einem Sonderjet hergeflogen. Hast du die beiden Männer gesehen, die vorhin auf der Straße an uns vorbeigingen? Die trugen Waffen am Gürtel, große Revolver. Hier ist es legal, Waffen zu tragen. In Amsterdam zeigt nicht einmal die Polizei noch ihre Waffen. Unsere Pistolen sind unter Uniformröcken und Mänteln verborgen. Wenn du deine Schußwaffe anfaßt, Brigadier, wird von dir ein schriftlicher Bericht erwartet, den ich gegenzeichnen muß.»

«Ja, Mijnheer.»

«Das ist selbstverständlich alles sehr schön. Unsere Gesellschaft funktioniert irgendwie. Aber ich habe über andere Gesellschaften und deren Möglichkeiten nachgedacht, und hier haben wir anscheinend ein prächtiges Beispiel für all das, was wir nicht haben. Eine Bucht. Hügel. Sogar Berge. Waffenträger. Leichen. Gesetzeshüter in altmodischen Uniformen. Und du, von allen Menschen tauchst ausgerechnet du hier mit *der* Mütze auf.»

«Ja, Mijnheer.»

«Und ich muß ein Haus verkaufen. Ich kann hier nichts tun, Brigadier, und ich will hier auch nichts tun. Ich werde das Haus verkaufen und abreisen und sehen, was Grijpstra gemacht hat. Zweifellos war da eine Leiche in der Gracht, ein junger Mann, der Drogen nahm und Streit mit einem Freund hatte und sich mit ihm eine Messerstecherei geliefert hat. Keine Identifizierung, also werden wir etwa eine Woche lang suchen und ein Dutzend gutausgebildete Kriminalbeamte daransetzen und mit allen möglichen anderen Verbrechen zum Vorschein kommen, für die sich andere Spezialisten interessieren. Und inzwischen ist dies hier passiert. Fünf Leichen. Oder sechs? Ich hab's vergessen.»

«Eine davon ist Ihr Schwager, Mijnheer.»

Der Commissaris hörte auf, mit den Armen zu wedeln. «Ja, Brigadier, danke. Selbstverständlich kannte ich den Mann kaum, und ich vermute, daß meine Schwester eigentlich recht froh über die ganze Sache ist, weil sie jetzt in die Niederlande zurückreisen kann. Falls ich das Haus verkaufen kann. Ich werde die Rechnung bei der jungen Dame bezahlen, dann gehen wir Kaffee trinken und den Makler aufsuchen. Du mußt deinen Mantel anziehen. Hast du überhaupt keine warme Kleidung mitgebracht?»

«Nein, Mijnheer. Ich habe keine. Nur einen kurzen Mantel. Eine Mütze hatte ich nie.»

«Ich auch nicht. Ich habe den Wintersport immer gehaßt, aber dies ist etwas anderes.»

Der Commissaris zahlte Das Mädchen nahm de Gier den kurzen Mantel ab. «Ich werde ihn auf dem Heimweg im Gefängnis abgeben.»

«Sie wissen, daß ich dort untergebracht bin, Miss?»

Sie lächelte. «Wohnen Sie nicht beim Sheriff?»

«Ja.»

«Sind Sie Kanadier? Ich dachte, ich hätte gehört, daß Sie soeben kanadisch sprachen, als Sie zwischen den Kleiderständern waren.»

«Nein, Miss, wir haben holländisch gesprochen. Wir kommen aus den Niederlanden in Europa.»

«Ich kann Sprachen nicht unterscheiden. Wir hören hier nur kanadisch.»

«Sprechen die Kanadier denn nicht englisch?»

«Einige wohl, glaube ich, aber die hier nicht.»

«Frankokanadier», sagte der Commissaris, als sie in *Beth's Diner* neben einem großen viereckigen Küchenherd in der Mitte des kleinen Restaurants Sahnetorte aßen.

«Stimmt, Mijnheer. Ich habe gestern bei der Festnahme eines Frankokanadiers geholfen, auf dem Weg vom Flugplatz. Geschwindigkeitsübertretung, Trunkenheit am Steuer, Autodiebstahl. Der Verdächtige hat den Sheriff angegriffen, aber er ist nur der Geschwindigkeitsübertretung beschuldigt worden. Die anderen Beschuldigungen sind irgendwie verschwunden. Der Sheriff sagte, der Verdächtige könne die Geldbußen nicht bezahlen, deshalb hat er ihn gegen Kaution entlassen.»

«Kommt man hier wegen Autodiebstahls nicht ins Gefängnis?»

«Es könnte eine Spritztour gewesen sein. Der Wagen gehört einem Freund.»

Der Commissaris war anscheinend nicht erpicht darauf, den warmen Raum zu verlassen, und bestellte noch mehr Torte und Kaffee.

«Dieser Sheriff, Brigadier. Erzähle mir von ihm. Seid ihr euch nähergekommen? Er hat dir die Akte gezeigt. Das ist ein Zeichen des Vertrauens. Hast du Kontakt zu ihm bekommen?»

«Er hat die Initiative ergriffen, Mijnheer. Er wollte wissen, was ich hier tue, und er hat mir mit Schnaps die Lippen geöffnet. Ich hatte nichts einzuwenden – der Schnaps war Whiskey, eine sehr gute Marke, und ich habe nichts zu verbergen. Ich glaube nicht, daß ich ihn überzeugt habe; ich bin sicher, er glaubt immer noch, ich sei wegen der Orca-Sache gekommen. Er muß annehmen, Ihre Schwester habe Ihnen erzählt, sie glaube, ihr Mann sei ermordet worden, und Sie hätten die zuständigen Behörden hinter sich. Ich sei als Leibwächter gekommen und um vielleicht zu helfen, als Verbindungsmann zwischen Ihnen und ihm. Er stellte mir Fragen, die ich wahrheitsgemäß beantwortete. Er weiß, daß ich bei der Amsterdamer Kripo bin und Sie Abteilungsleiter sind, spezialisiert auf Mord und mein direkter Vorgesetzter. Also . . .»

«Also hat er auch geredet. Na, erzähl mal, was er dir gesagt hat, jede Einzelheit, alles. Mein Interesse ist selbstverständlich nur theoretischer Natur. Habt ihr euch beide betrunken?»

«Ja, Mijnheer.»

«Tja», sagte der Commissaris nach einer Stunde, «für *dich* gibt es vielleicht etwas zu tun, aber ich sehe nicht, wie ich da hineinpasse. Ich habe keinen General, der sich meinetwegen ans Telefon hängt. Ist der Name Astrinsky gefallen?»

«Gestern abend nicht, Mijnheer, aber heute früh habe ich gesehen, wie ein Flugzeug landete, eine sehr kleine Maschine, auf einer Insel direkt vor

Cape Orca. Das Gefängnis steht auf einem Hügel und bietet einen guten Ausblick auf die Bucht. Ich fragte nach dem Flugzeug, und der Sheriff sagte, es gehöre Michael Astrinsky, dem Grundstücksmakler hier, und seine Tochter Madelin fliege oft damit. Sie ist mit einem Mann befreundet, der auf der Insel wohnt. Der Mann, ein ehemaliger New Yorker Geschäftsmann, ist alt und wohnt dort seit zwanzig Jahren. Madelin fliegt manchmal Vorräte zu ihm. Der Mann auf der Insel heißt Jeremy; die Insel ist nach ihm benannt. Er lebt wie ein Einsiedler, aber er hat Verbindungen zur Stadt.»

«Ich habe die Insel gesehen, Brigadier, von meinem Schlafzimmerfenster aus. Sehr schön, vor allem nachts. Lichter habe ich nicht gesehen, aber es gibt dort eine Mole. Ein Einsiedler, sagst du. Ich wollte schon immer mal einen Einsiedler kennenlernen. Ich könnte ihn besuchen. Versuchen, ihn zu sprechen. Aber vielleicht will er keine Besucher.»

Der Commissaris bat um die Rechnung, woraufhin Beth noch mehr Kaffee brachte. Die beiden Jäger, die mit dem Commissaris geflogen waren, kamen herein, setzten sich zu ihm an den Tisch und redeten. Beth setzte sich und redete ebenfalls. Der Commissaris sagte ein paar freundliche Worte über den großen holzbeheizten Herd, und Beth, eine vollbusige Frau in engem Pullover, nahm ihn bei der Hand und zeigte ihm den Ofen und erläuterte seine verschiedenen Funktionen. Nicht nur, daß er heizte und Essen kochte, sondern er backte auch Brot, trocknete Socken und hatte, wie Beth es nannte, eine Wartestelle, auf der Suppen am Sieden und Wasser am Kochen gehalten wurde. Die Jäger kamen dazu, und alle erfuhren, welches Holz man zum Feuern verwendet und welches nicht. Kiefer knistert, sagte Beth, und Fichte knallt und Erle verbrennt zu schnell und gibt zuviel Hitze ab, so daß der Herd kaputtgehen kann. Birke sollte man nehmen und Ahorn. Eiche? fragten die Jäger. Eiche, ja, aber Eiche ist teuer. Buche ist noch teurer. Wieder gab es Kaffee, und endlich durfte der Commissaris zahlen.

«Warum bleiben wir nicht hier?» fragte der Commissaris, als sie wieder auf der Hauptstraße waren. «Das machte nur die Hälfte von dem, was jedes Amsterdamer Restaurant verlangt hätte, und ein schlampiger Kellner hätte mir die Rechnung vor die Nase gehalten, ehe ich mit der Torte fertig gewesen wäre. Überdies eine gute Torte. Sie muß sie selbst in dem Museumsstück gebacken haben.»

«Aber die scheinen ein bißchen langsam zu sein. Wir haben Stunden hier verbracht.»

«Was bedeutet Zeit, Brigadier? Hier müssen sie viel Zeit haben; zu Hause gibt es das nicht mehr. Das Telefon klingelt einem die Zeit weg, und Leute wie du rauben sie einem. Mit Fragen und Papierfetzen. Grijpstra nimmt mir ebenfalls die Zeit. Mit seinem Pläneschmieden und stillschweigenden Gewährenlassen.»

«Er meinte es gut, Mijnheer.»

«Ja. Wir sind da, Brigadier. Ich habe meine Brille nicht auf. Was steht auf den Karten? Hier, sie stecken an der Tür.»

De Gier las. Die erste besagte «Bin in zehn Minuten zurück» und die zweite «Im Winter geschlossen».

Der Commissaris probierte die Tür und fand sie unverschlossen. Ein Mädchen öffnete ihnen die zweite Tür. «Kommen Sie herein, meine Herren. Draußen ist es kalt. Mir ist es endlich gelungen, dies Büro warmzubekommen. Nehmen Sie bitte Platz. Womit kann ich Ihnen dienen?»

De Gier starrte das Mädchen an, während der Commissaris seine Angelegenheit darlegte. Er kannte das Mädchen, er kannte es sehr gut, er wußte zwar, sie befand sich nicht in seinem augenblicklichen Bewußtsein, aber er war bereits tiefer gegangen. In seine Träume, die aber lange zurücklagen. Madelins Gesicht schien ganz aus Augen zu bestehen, großen dunklen Augen. Er hatte die Augen schon mal gesehen. Und auch den kleinen schlanken Körper in engen Cordjeans und einem weichen Pullover, so geschmeidig, daß er sicher war, er würde schrumpfen, wenn er kräftig darauf hauchte. Er schätzte sie auf vielleicht fünfundzwanzig Jahre. Er bewunderte die glatte Haut, die sich über schmalen Wangenknochen und einem zierlichen, aber festen Kiefer spannte, und das spitze Kinn, einer idealen Basis für das dreieckige Gesicht. Er schaute wieder auf die Augen und erkannte das Mädchen: die Prinzessin, die der Drache gefangen und festgehalten hatte. Er hatte das Buch verloren, aber die Seite kam ihm mit jeder Einzelheit wieder ins Gedächtnis. Das Mädchen befand sich in einer Höhle, an einen Felsen gekettet, und der Drache hauchte es mit übelriechenden Dämpfen an. Es starrte dem Drachen tapfer ins Gesicht. Als er das Buch besaß, konnte er noch nicht lesen – er mußte vier oder fünf Jahre alt gewesen sein. Seine Mutter und die ältere Schwester hatten ihm die Geschichte so oft vorgelesen, daß er sie auswendig kannte, aber er trug das Buch dennoch mit sich herum und ließ sie das Märchen lesen. Der Drache wurde von einem Ritter mit langem schwarzem Haar erschlagen. Er hatte den Ritter fast so sehr gehaßt wie den Drachen und schließlich beide vernichtet, indem er die Seite geduldig mit einem nassen Finger rieb, bis die Bilder verschwanden. Aber Madelin hatte er nicht ausgelöscht.

Sie war damals anders gekleidet, in ein halbdurchsichtiges Gewand. Damals hatte sie ihn erregt. Jetzt erregte sie ihn immer noch.

Jetzt war sie nicht in einer Höhle. Er sah sich um. Das Büro hätte sich überall befinden können. Schreibtische aus dem besten und teuersten Metall und imitiertem Holz. Ein dicker Auslegeteppich. Nagelneue Büromaschinen. Die Wände lackgetäfelt. An einer Wand eine Karte vom County Woodcock, eine antike Karte, an einigen Stellen gesprungen, reich an Einzelheiten und handgeschriebenen Ortsnamen. Er stand auf und fand Cape

Orca und die Bucht und betrachtete das in die Wellen der Bucht gezeichnete fischähnliche Tier. Ein großer Schwertwal, oben schwarz, unten weiß. Glatt, geschmeidig, mit boshaftem Maul voller grinsender Zähne, gemächlich unterwegs, um von der schnell näherkommenden Küste einen weiteren leckeren Brocken abzubeißen.

«Das Haus der Opdijks», sagte Madelin nachdenklich. «Und Sie sind Pete Opdijks Schwager. Was für ein schrecklicher Unfall. Wir waren alle sehr bestürzt. Vater ist bei der Beisetzung gewesen. Ich habe Pete nicht so gut gekannt und wollte seine Frau nicht weinen sehen. Ich bin sicher, daß mein Vater an dem Haus interessiert ist. Ich werde ihn anrufen. Wir wohnen in dem Haus direkt hinter diesem Büro. Einen Augenblick, bitte.»

Sie legte den Hörer auf. «Er ist auf dem Wege. Suzanne möchte also nach Amsterdam zurück, wie? Ich habe von Amsterdam gehört, es ist eine märchenhafte Stadt, glaube ich. Kommen Sie und Ihr Freund aus Amsterdam, Sir?»

«Ja, Miss.»

«Betreiben Sie drüben Geschäfte?»

«Nein, Miss Astrinsky, ich bin Polizeibeamter und Sergeant de Gier ebenfalls.»

Madelins Stimme war unverändert höflich. «Polizisten? Wie aufregend! Bei welchem Zweig der Polizei, Sir?»

«Mordkommission, Miss Astrinsky.»

Madelin lächelte de Gier an, der das Lächeln gerade erwidern wollte, als die Hintertür des Zimmers aufging.

Ein Schreihals, dachte de Gier, als er dem schweren Mann die Hand gab. Der Makler hatte eine laute, tiefe Stimme, die klangvoll trompetete, als hätte er ein Alphorn verschluckt. Michael Astrinsky sagte die passenden Worte. Er bedaure den Unfall sehr. Opdijk sei ein guter Freund gewesen. Der gute alte Pete. Mitglied des Blue Crustacean Club. Die Freundschaft gründe sich auf viele Jahre gegenseitigen Verstehens. Er werde ihn gewiß vermissen. Arme Suzanne. Sehr erfreut, ihren Bruder kennenzulernen. Suzanne habe oft von ihrem Bruder gesprochen. Jetzt sei er hier und habe den weiten Weg über den Ozean gemacht. Das Haus sei zu verkaufen. Schade, daß auch Suzanne gehe, aber unter den Umständen zu verstehen. Ja.

«Hast du gewußt, Dad, daß Suzannes Bruder Polizist ist?»

Astrinsky steckte sich eine Zigarette an. Er ließ sie sinken. «Nein, wirklich?»

«Ja, Mr. Astrinsky. Aus Amsterdam.»

Madelin richtete den Blick auf de Gier. «Mordkommission, Dad. Mr. de . . .»

«Gier», sagte de Gier.

«Der Sergeant ist ebenfalls Polizist, Dad.»

Astrinsky hatte die Zigarette am falschen Ende angezündet. Madelin nahm sie ihm aus dem Mund und drückte sie im Aschbecher auf dem Schreibtisch aus.

«Der Sergeant volontiert bei der Polizei hier, um die amerikanischen Methoden kennenzulernen, Mr. Astrinsky, und ich bin gekommen, um Suzanne behilflich zu sein. Das Haus soll so schnell wie möglich verkauft werden. Suzanne hat mich gebeten, Sie aufzusuchen.»

Astrinsky steckte sich eine neue Zigarette an und machte ein trauriges Gesicht. «Ein Eilverkauf, ja, das sollte sich machen lassen. Ich könnte mich selbst dafür interessieren, aber leider ist der Wert nicht mehr so wie noch vor einigen Jahren. Dieser Winkel des Landes ist kalt und hat nur einen sehr kurzen Sommer. Früher haben viele Menschen hier den Sommer verbracht, aber das ist aus der Mode gekommen. Sie ziehen anscheinend die wärmeren Staaten im Süden vor, Florida, Kalifornien. In den sonnigen Staaten kann man das ganze Jahr über Urlaub machen, und hier, na, Sie sehen es ja selbst. Das Klima ist so grimmig, daß es anscheinend darauf aus ist, uns irgendwann alle umzubringen. Einfach zu verdammt kalt.»

«Ich verstehe.»

«Ich könnte das Haus selbstverständlich registrieren und versuchen, es im Sommer zu verkaufen.»

«Nein, Suzanne möchte in Amsterdam eine Wohnung kaufen und braucht dafür jetzt Geld.»

Astrinsky ging um seinen Schreibtisch herum, die Hände in den Taschen einer tadellosen Tweedjacke. Ein teuer aber salopp-schlampig gekleideter Mann.

«Ich könnte ihr das Haus abnehmen gegen bar, aber ich könnte ihr nicht mehr als, sagen wir mal, dreißigtausend dafür zahlen.»

«Dreißigtausend», sagte der Commissaris.

«Im Sommer könnte ich vielleicht ein bißchen mehr dafür bekommen, aber nicht in bar. Das Schlimme an den Eigentumsrechten auf Cape Orca ist, daß sich da anscheinend nichts rührt. Es gibt eine Reihe von leeren Häusern auf dem Cape. Wir haben da ein Problem mit dem Wegerecht. Der Rest vom Cape gehört Janet Wash, und praktisch ist sie auch die Eigentümerin der Straßen. Sie werden von der Stadt unterhalten, aber Janet bekommt die Rechnung. Sie hat anderen Bewohnern nie Schwierigkeiten bei der Benutzung der Straßen gemacht, aber Neuankömmlinge haben nicht gern das Gefühl, eingeschränkt zu sein.»

«Ich verstehe.»

Astrinsky wurde freundlicher. «Aber ich möchte für Suzanne gern etwas tun. Den Kombi wird sie sicher auch verkaufen wollen, und ich kann einen guten Preis dafür zahlen. Mein eigener Wagen ist reif für den Schrottplatz. Ich würde entsprechend seinem Wert zahlen. Der Wagen ist ein Jahr alt. Ich würde, sagen wir mal, sechzig Prozent des Kaufpreises dafür ausgeben.»

«Vielen Dank. Sehr gut. Selbstverständlich kann ich nichts entscheiden, ohne meine Schwester zu fragen, aber ich werde Sie bald benachrichtigen.»

Madelin begleitete sie zur Tür. Als de Gier sich umdrehte, sah er, daß Astrinsky die Karte an der Wand betrachtete. Die Muskeln im großen Gesicht des Maklers arbeiteten.

«Als Sie sagten, womit wir unsere Brötchen verdienen, war er sichtlich mitgenommen, Mijnheer, aber er hat sich schnell erholt.»

Der Commissaris marschierte weiter, eingehüllt in seinen Mantel.

«Na und, Brigadier?» sagte der Commissaris, als sie wieder bei ihren Wagen waren. «Astrinsky hat also ein schlechtes Gewissen. Aber das haben wir doch alle. Kannst du dich nicht erinnern, daß es dir als kleiner Junge kalt den Rücken runtergelaufen ist, wenn ein Konstabel auf dem Fahrrad vorbeifuhr? Du hattest ihn nicht bemerkt, aber plötzlich ist er da. Es nieselt, die Straße ist naß, die Fahrradreifen geben dieses leise, widerliche Zischen von sich. Und dann die Uniform und die Augen des Mannes, die dich beobachten . . . Hattest du da kein schlechtes Gewissen?»

«Doch, Mijnheer.»

«Weil du vor langer Zeit mal etwas ausgefressen hattest. Vielleicht hast du mal eine Fensterscheibe zerbrochen und es niemandem gesagt. Oder du hast irgendwas gestohlen. Der Konstabel weiß das nicht, es kümmert ihn nicht. Er fährt nur auf seinem Rad. Und ich verkaufe nur ein Haus.»

De Gier öffnete die Tür des Dodge.

«Was hast du jetzt vor, Brigadier?»

«Nichts Besonderes, Mijnheer. Der Sheriff hat gesagt, ich soll mich hier mit der Szene vertraut machen.»

«Prima. Laß deinen Wagen stehen und komm mit. Eine Dame namens Janet Wash hat meine Schwester und mich für den Nachmittag oder Abend zu einem Drink eingeladen. Da ihr der größte Teil von Cape Orca gehört, sollten wir sie kennenlernen. Ich bin ihr schon einmal begegnet, aber da habe ich halb geschlafen. Ich bin mir sicher, sie wird nichts dagegen haben, wenn ich einen zusätzlichen Gast mitbringe. Sie ist sowieso neugierig auf dich, da sie dein Flugzeug gesehen und der Sheriff etwas über dich gesagt hat.»

«Ah, daher wußten Sie also Bescheid, Mijnheer.»

«Ja, Brigadier, und Grijpstra hat meinen Verdacht bestätigt. Ich habe den armen Mann angerufen.»

«Den armen Mann, der Pläne schmiedet und stillschweigend den Dingen ihren Lauf läßt.»

Der Commissaris legte de Gier die Hand auf den Arm. «Schon gut, Brigadier. Ich weiß, ich bin ein Krüppel, aber ich kann mich noch bewegen. Und ich war froh, dich zu sehen. Es ist nur so, daß ich manchmal etwas niedergeschlagen bin, wie du wohl weißt.»

«Ja, Mijnheer. Ich weiß, Mijnheer. Ich verstehe.»

«Das ist sehr nett von dir. Jetzt wollen wir gehen und diesen Anstandsdrink bei Mrs. Wash nehmen. Wir sollten auch feststellen, wie wir zu der Insel kommen, Jeremy's Insel. Was hältst du von dem Preis, den Astrinsky genannt hat?»

«Die dreißigtausend, Mijnheer?»

«Ja, das hört sich an, als wäre es viel, aber ich bin sicher, daß es nicht so ist. Ich teile Opdijks Geschmack nicht und will bestimmt nichts zu tun haben mit Suzannes völligem Mangel an Geschmack. Aber das Haus ist komfortabel, solide gebaut, geräumig, mit mehreren Badezimmern und Zentralheizung, weiteren Zimmern im Keller sowie eine Garage, ein Holzschuppen und sogar ein Schwimmbecken. Was wollten sie wohl mit einem Schwimmbecken? Am Ende ihres Grundstücks beginnt die Bucht. Nein, dreißigtausend kann nicht stimmen.»

«Sie könnten jemand anders bitten, sich den Besitz anzusehen, Mijnheer. Jim dürfte jemanden kennen, der Sheriff, meine ich.»

«Du hast in deinem Wagen ein Funkgerät. Hast du das nicht vorhin gesagt?»

«Ja, Mijnheer.»

«Sieh mal zu, ob er einen anderen Makler schicken kann. Selbst wenn der Mann nicht kaufen will, können wir eine Vorstellung von einem angemessenen Preis erhalten.»

«Gewiß, Sergeant», sagte der Sheriff. «Ich habe einen Freund im angrenzenden County. Ich werde ihn bitten, morgen vormittag zu kommen.»

«Vielen Dank, wir werden die Schwester des Commissaris bitten, dann auch bestimmt zu Hause zu sein.»

«Okay. Ich bin froh, daß Sie in Gang gekommen sind. Bis jetzt machen Sie sich gut. Ich freue mich, daß Sie Madelin kennengelernt haben. Sie ist die Schönste im Ort, aber sie wäre überall eine Schönheit. Hat sie Ihnen gefallen?»

«Ja, Jim. Wir fahren jetzt zu einem Drink zu Mrs. Wash, und der Commissaris hat vor, irgendwann Jeremy's Insel zu besuchen, vielleicht morgen. Wir haben in Beth's Lokal ein bißchen Zeit verloren.»

Der Sheriff kicherte. «Das Haus ist eine Falle. Sie sind bereits ein echter Deputy. Wenn ich keinen von meinen Männern finden kann, rufe ich

Beth an, bestimmt sind sie dann dort. Sagten Sie Jeremy's Insel?»

«Ja. Wir wollen den Einsiedler besuchen.»

«Falls der alte Nager es zuläßt. Seien Sie vorsichtig, er hält Hunde. Wissen Sie, wie Sie Verbindung mit ihm aufnehmen?»

«Nein.»

«Gehen Sie hinunter zum Strand. Ein Weg führt hinunter in die Nähe des Zugangs zum Kap. Ein Weg, der durch rote Reflektoren an Stangen markiert ist. Am Ende des Weges werden Sie einen Schuppen finden, in dem eine Leuchtpistole ist. Feuern Sie eine grüne Leuchtkugel über die Insel, dann sollte er kommen. Er hat ein Ruderboot, um die Fahrrinne zu überqueren.

«Danke, Jim.»

«Nichts zu danken. Weidmannsheil!»

6

Ein plötzliches Holpern schob de Gier die Waschbärenfellmütze über die Augen. Er nahm sie ab und legte sie auf den leeren Sitz neben sich. Der Kombi zeigte ein gutes Fahrverhalten. Sie fuhren seit einigen Minuten auf einer schmalen Straße von Cape Orca, die den Konturen des Landes in wilden Windungen folgte. Der Commissaris fuhr mit dem Wagen, als säße er in einem Fahrzeug auf einem Planeten in einer anderen Galaxis. Er wechselte immerzu die Gänge und bremste nur, wenn ihm anscheinend keine andere Wahl blieb. De Gier amüsierte sich über den Alten. Suzanne saß neben ihrem Bruder. Ihr kleiner Kopf hüpfte auf und ab wie der Wagen. Von hinten sahen die beiden Köpfe gleich aus. De Gier empfand tiefe Bewunderung für den Commissaris, eine Bewunderung, die in den vielen Jahren gewachsen war, in denen er unter ihm gearbeitet hatte, und es fiel ihm schwer zu akzeptieren, daß seine Schwester stupide war. Aber er konnte kein anderes Wort dafür finden. Die Frau schien – außer an ihren Porzellanfiguren – keine Interessen zu haben. Er war für eine kurze Weile in ihrem Haus gewesen. Der Commissaris hatte ihn vorgestellt. Suzanne hatte gelächelt. Wie nett, noch ein Niederländer. Sie hatte ihm die Hand gegeben, aber sich nicht die Mühe gemacht, seinen Namen zu behalten. Sie hatte über ihre bevorstehende Abreise geschwatzt und sich nach dem Besuch ihres Bruders im Maklerbüro erkundigt. De Gier hatte ihr Wohnzimmer gesehen und das sich darin ausdrückende Bedürfnis nach Behaglichkeit, nach Geborgenheit, dem Bösen fern zu sein und sich an das Gute zu klammern. Alles im Zimmer war nett, nett und warm, nett und bunt, nett und süßlich, nett und gemütlich. Er hatte das verklemmte, faltige Gesicht und die unsteten, glitzernden Augen der Frau betrachtet und sie für verrückt erklärt, ebenso wie hunderttausend andere alte niederländische Frauen zu Hause, die ihr Leben vermuffeln in Supermärkten, Straßenbahnen, Happy-End-Filmen und im ewigen Beieinanderhocken. Aber er konnte die Verrücktheit der Frau nicht mit einem Achselzucken abtun, denn sie ging ihn etwas an, weil sie den Commissaris betraf, seinen Chef, den er unterstützen sollte.

Der Wagen hielt an.

«Schau mal, Brigadier!»

Er atmete schwer. Zwei Hirsche standen auf dem Weg, eine Kuh und ein fast ausgewachsenes Kalb, zwei zarte Gestalten, hoch auf dünnen Beinen. Die Tiere starrten den Wagen an, für einen Augenblick unbeweglich, dann sprangen sie. Ihre Bewegungen waren zu einem einzigen Satz synchronisiert; er sah, wie ihre weißen Schwänze im Unterholz verschwanden.

«Hirsche», sagte Suzanne. «Die Jagdsaison ist wieder da, nicht wahr? Ich habe die Knallerei ganz in der Nähe vom Haus gehört. Aber eigentlich knallt es immer; die Jäger kommen auch außerhalb der Saison. Deshalb gehe ich auch nicht gern aus. Mr. Jones war in der Nähe unseres Hauses, als er erschossen wurde. Reggie sagt, Gewehrkugeln fliegen meilenweit. Es ist genau wie im Krieg, als wir nicht nach draußen gehen konnten, weil Splitter von Flakgeschossen über der ganzen Stadt niedergingen. Erinnerst du dich, Jan?»

«Ja, mein Liebes. Sind wir bald da?»

«Ja, ich denke schon, Jan. Fahr vorsichtig. Hier passieren so viele Unfälle. Ich weiß nicht, ob der Wagen versichert ist. Opdijk hat manchmal was vergessen.»

«Er ist versichert, Suzanne. Ich habe die Police gestern abend bei deinen Papieren in Opdijks Aktentasche gesehen.»

De Gier verzog das Gesicht, tätschelte die Waschbärenfellmütze und streichelte den dicken Schwanz. In den Wäldern dürfte es Waschbären geben. Der Sheriff hatte von den Tieren erzählt und von den Leuten im Ort, die sie jagten. Er fragte sich, wie er einen Waschbären jagen würde, ein wildes Tier, das in den Wäldern heimisch ist. Er stellte sich vor, wie er krachend und stolpernd zwischen den Bäumen herumlief und auf Schatten schoß. Seine Hand verirrte sich zur Achselhöhle, aber die vertraute Ausbuchtung der kleinen Automatik war nicht da. Er konnte einen Menschen in Amsterdam jagen. Er nahm an, daß man hier das gleiche Jagdschema anwendete: die Beute beobachten, ihre Gewohnheiten feststellen, ihre Fährte aufspüren und ihr dann entgegentreten und niederschießen, dabei auf die Beine zielen.

Aber hier waren die Jäger darauf aus zu töten. Sie enthäuteten und entbeinten das Opfer, aßen das Fleisch und verwendeten den Pelz. Eine andere Routine, eine andere Umwelt. Er war nur ein Stadtfrack in den Urwäldern. Er glaubte nicht, daß er dem Sheriff viel helfen konnte. Er dachte an die Herzlichkeit und Gastfreundschaft des Sheriffs. Ein freundlicher, aber auch ein berechnender Mensch. Der Sheriff will bis auf den trüben Grund der Akte Cape Orca vordringen, die man ihm zum Ordnen hinterlassen hat. Nein, nicht, um sie zu ordnen. Um sie in eine Schublade zu legen und zu vergessen. Aber nun war Pete Opdijk gestorben, und zwei ausländische Polizisten waren am Horizont plötzlich aufgetaucht. Der Sheriff hatte vor, seine Besucher auszunutzen. Der Brigadier war bereits zu einem nützlichen Werkzeug geworden, ein Spion, der herumschnüffelt und im Gefängnis berichtet. Wenn etwas schiefging, traf den Sheriff keine Schuld. Wenn alles richtig lief, würde der Sheriff das Lob einheimsen. De Gier erinnerte sich an eine der ersten Lektionen von Adjudant Grijpstra: «Suche immer nach einer Motivation, die so niedrig wie möglich ist, dann hast du meistens recht, Brigadier. Wenn es sich erweist, daß du nicht recht hattest, hast du zu weit oben gesucht.» Eine unangenehme Wahrheit, aber dennoch die Wahrheit.

Der Kombi fuhr langsam weiter. De Gier steckte sich eine Zigarette an. Suzanne hustete und wedelte den Rauch weg. Er drückte die Zigarette aus.

«Da!» sagte der Commissaris.

De Gier war beeindruckt. Das Herrenhaus war groß, zweigeschossig und in L-Form gebaut, ohne plump zu wirken. Die langen weißen Schindeln, die das Gebäude deckten, gaben ihm einen Anflug von Strenge, aber mehrere Kuppeln unterbrachen die langen Reihen, und das Dach des Seitenflügels wurde durch anmutige Bodenfenster aufgelockert. Aus der Hauptkuppel wuchs ein Türmchen, gekrönt von einer Wetterfahne, einem goldenen Vogel, der auf einem Kreuz saß. Der hohe Schnee milderte den Eindruck der Strenge, und Reihen langer Eiszapfen an den Regenrinnen und dem kleinen Dach der Veranda reflektierten den Schein mehrerer Laternen, die die geräumte Zufahrt und den Parkplatz erhellten. Ein zerbeulter Lieferwagen und ein neuer Kombi von der gleichen Marke wie Opdijks Auto standen neben den Feldsteinstufen der Veranda, die zur großen, aus Eiche geschnitzten und mit einfachen Girlanden verzierten zweiflügeligen Eingangstür führten. Von dem Cadillac, der die Phantasie des Commissaris beschäftigt hatte, war nichts zu sehen.

Reggie Tammart öffnete die Tür, Janet Wash erwartete ihre Gäste in der Diele. Der Commissaris erklärte die Anwesenheit des Brigadier oder vielmehr Sergeant und stellte ihn vor. De Gier hielt die lange kühle Hand der alten Dame. Eine anmutige Frau, groß und hoch aufgerichtet, aber ohne jede Steifheit, prächtig in einem langen rosa Wollkleid, das mit dem langen weißen Haar kontrastierte. Sie gefiel de Gier noch mehr, als sie vorausging, durch die Diele glitt und ihre Gäste in ein Zimmer führte, das ein offener Kamin wärmte, in dem über ein Meter lange Scheite zischten und knisterten. Er dachte an Bilder in alten, englischen Country-Zeitschriften. Verblichene, sepiagetönte Bilder einer Welt, die einem unwirklich vorkam und höchstwahrscheinlich nicht mehr existierte, da Schlösser zu staatlichem Eigentum und Lords und Ladies zu öffentlich Bediensteten geworden waren, bezahlt, um zu festgesetzten Zeiten einherzustolzieren, während die Menge wie eine Herde unter den wachsamen Blicken uniformierter Wächter vorbeigetrieben wird. Aber hier war die Szene lebendig. Er fand eine Ecke beim Kamin und ließ sich den Rücken wärmen, während Reggie aus Kristallkaraffen mit Silberschildchen an Kettchen Getränke ausschenkte und in einer Kupferkasserolle über einer Flamme Würstchen wendete.

Der Commissaris stand mitten im Zimmer, den Stock auf ein Bärenfell gestützt, und Suzanne war zwischen Kissen mit Quasten auf einem Diwan versunken, dessen Bezugsstoff aus dem gleichen Material bestand wie die drei mal drei Meter großen Vorhänge, die Fenster an zwei Seiten des Zimmers verhüllten.

«Wunderschön», sagte der Commissaris. «Herrlich, Madam, herrlich wie Ihr Land. Ich hatte vergessen, was Geräumigkeit ist, da ich aus einem Land komme, wo vierzehn Millionen Menschen auf einem Gebiet zusammengedrängt sind, das halb so groß wie dieser Bundesstaat ist.»

Janet Wash neigte den Kopf. «Ich danke Ihnen. Vierzehn Millionen sagten Sie. Wie erschreckend. In Maine gibt es eine Million Menschen, glaube ich, aber als ich vor einigen Wochen mit Michaels Maschine über das Land flog, standen anscheinend überall Häuser. Wir sind sehr vom Glück begünstigt, nehme ich an, aber mit uns geht es auch nicht mehr so weiter. Dies Haus kann nicht mehr in Ordnung gehalten werden. Ich halte den größten Teil verschlossen. Vielleicht könnte mit einem halben Dutzend Angestellter etwas dagegen unternommen werden, aber das ganze Personal besteht aus Reggie und mir, und es gibt eine Grenze für die Energie, vor allem für meine. Und Reggie muß sich um sein eigenes Blockhaus kümmern. Ich kann nicht erwarten, daß er mir hilft, einen Staubsauger zu schieben. Haben alle ihren Drink? Ich heiße Sie willkommen, meine Herren!»

De Gier nippte und verbeugte sich. Janet lächelte ihn an. «Wie rede ich Sie an? Mit Mr. de Gier?»

«Der Sergeant ist Kriminalbeamter bei unserer Polizei, Madam», sagte der Commissaris. «Er ist hier im Rahmen eines Austauschprogramms. Ich wußte, daß seine Reise in die Staaten fällig war, aber ich hatte keine Ahnung, daß wir uns hier treffen, ein erstaunlicher Zufall.»

Janet fand ihre Handtasche, öffnete sie und setzte ihre Brille auf. «Kommen Sie näher, Sergeant. Sie sehen in dem Jeansanzug so gut aus. Ist das letzte europäische Mode? Ich bin seit Jahren nicht in Europa gewesen, und als der General und ich das letzte Mal dorthin gereist sind, waren zweireihige Anzüge in Mode. Dies ist viel besser. Ich war immer der Meinung, Männer sollten Halstücher tragen statt Krawatten. Und Ihre Stiefel! Wie *schick*! Reggie, ich muß Sie wirklich mal nach Boston mitnehmen. Wildlederstiefel würden Ihnen prächtig stehen. Kommen Sie und schauen Sie sich die Stiefel vom Sergeant an. Finden Sie die nicht wunderbar?»

Reggie kam, schaute und versuchte zu lächeln. De Gier wurde verlegen und nahm Zuflucht zu seinem Whiskey; er hob das Glas und grinste Reggie an. Reggie schaute weg. De Gier fand, daß der Mann sehr gut aussah in seinem verblichenen braunen Sportjackett, der Cordhose und dem weißen Hemd. Der Knoten von Reggies Krawatte war um einige Zentimeter nach unten gerutscht, man sah, daß der Kragenknopf fehlte und auf der Brust dichtes krauses Haar wuchs.

«Schon gut, Reggie. Ich scherze nur. Sie haben sogar daran gedacht, eine Krawatte umzubinden. Aber eine Reise nach Boston wäre keine Verschwendung. Sie sind schon so lange nicht mehr hier rausgekommen. Reggie war beim Militär», sagte sie zum Commissaris. «Er ist nach seiner Rückkehr aus Vietnam hierher gekommen und sagt, er ziehe die freie Natur, jede freie Natur, den Städten vor. Ich sollte dankbar sein, Reggie ist ein vollendeter Gärtner und ein ausgezeichneter Holzfäller.»

«Vietnam?» fragte der Commissaris. «Bei welcher Einheit waren Sie, Sir?»

Aber Reggie war wieder zu den brutzelnden Würstchen gegangen. Janet antwortete: «Reggie war bei den Green Berets, einer Elitetruppe. Er kämpfte an brenzligen Orten, wohin die regulären Armee-Einheiten nicht wollten. Es ist so schade, daß der Vietnamkrieg sich als Fehlschlag erwiesen hat. Reggie hätte als Held zurückkommen sollen, aber jetzt sollen wir uns alle wegen der Dinge schämen, die dort geschehen sind. Mein Mann hatte mehr Glück. Er hat im Zweiten Weltkrieg gekämpft und bei der Rückkehr seine Orden zur Schau getragen, aber er ist als Invalide wiedergekommen, der Arme. Es passierte in der letzten Kriegswoche, irgendwo in Deutschland. Eine Kugel an einer sehr unpassenden Stelle. Er war gelähmt. Ich mußte seinen Rollstuhl schieben. So eine Schande. Aber er hat sich sehr gut damit abgefunden und das Leben hier geliebt. Noch einen Drink, Sir.»

Reggie sammelte die leeren Gläser ein und füllte sie. Er servierte die Würstchen auf kleinen Tellern, de Gier half ihm dabei. Als der Brigadier wieder in seiner Ecke am Kamin war, nahm er sich Zeit, um den Mann zu betrachten. Ein Mitglied einer Kommandotruppe, ein professioneller Supermann. De Gier empfand Eifersucht. Er hatte schon oft gedacht, daß er am falschen Ort geboren worden sei. Er sah sich, wie er durch einen tropischen Wald glitt und eine ultraautomatische Waffe trug, eine leichte Bewegung zwischen Blättern, Ranken und Schlingpflanzen. Er versuchte, seiner Phantasie Einhalt zu gebieten, aber sie ging mit ihm durch. De Gier war schon oft gereist, aber noch nie in den Tropen gewesen; im Film hatte er den Dschungel von Indochina gesehen, ein Land voller Zauber. Und dieser Mann hatte tatsächlich dort gelebt. In einem Zelt. Draußen brüllende Tiger und kleine gelbe, überall herumkriechende Männer im schwarzen Baumwollpyjama. Hmm.

«Sie machen hier die Gartenarbeit?»

«Jetzt nicht. Der Schnee wird bis April liegenbleiben. Ich habe den ganzen Tag am Traktor gearbeitet. Ich brauche ihn, um die Baumstämme zu schleppen, aber der Motor wird alt. Ich nehme ihn immer wieder auseinander, aber er ist noch genauso alt, wenn ich ihn wieder zusammensetze.»

«Wie lange waren Sie in Vietnam?»

«Drei Jahre. Bis alles vorbei war.»

Janet kam und bat de Gier, neben ihr auf einer Polsterbank Platz zu nehmen. «Werden Sie mit dem Sheriff auf Streife gehen, Sergeant?»

«Ja, Madam. Den ersten Tag hat er mir freigegeben, aber morgen soll ich arbeiten.»

«Das muß eine interessante Erfahrung sein. Ich frage mich, ob es hier Verbrechen gibt. Reggie, haben wir hier Verbrechen?»

Reggie bückte sich und rückte einen Webteppich auf dem glänzenden Hartholzfußboden ordentlich hin. «Selbstverständlich, Janet. In Jameson haust der größte Haufen von Halsabschneidern diesseits von Manhattan. Ich bin froh, daß ich die meiste Zeit hier auf dem Grundstück sein kann. In der Stadt wäre ich meines Lebens nicht sicher. Das letzte Mal, als ich durch die Hauptstraße ging, trug jeder zweite Mann einen Revolver, und Beth sagte, sie wollte ihr Lokal umbenennen. Der OK-Corral soll es heißen, glaube ich.»

Alle lachten, außer Suzanne.

«Ah, ja», sagte Janet, «das muß ich Sie noch fragen, Sie haben gestern den Verkauf von Opdijks Haus erwähnt. Sind Sie bei meinem alten Freund Michael Astrinsky gewesen? Er ist ein so netter Mensch, und er war ein so guter Freund von Pete. Ich wollte Ihnen Michaels Namen sagen, habe es aber vergessen. Ich bin sicher, er könnte Ihnen helfen.»

Der Commissaris setzte sein Glas ab und schüttelte den Kopf, als Reggie es zum Tisch bringen wollte. «Nein, danke, mehr nicht. Ich muß in diesen Tagen ein wenig darauf achten, daß ich mir nichts angewöhne. Ja, Madam, wir waren bei Mr. Astrinsky, und er machte ein Angebot, aber ich hätte gern noch eine andere Schätzung. Der Sheriff war so freundlich, einen mit ihm befreundeten Fachmann zu bitten, daß er kommt und sich alles mal ansieht. Es ist jemand aus dem angrenzenden County, glaube ich.»

«Darf ich fragen, wieviel Michael geboten hat?»

«Gewiß. Dreißigtausend.»

Sie schüttelte traurig den Kopf. «Ich kenne mich mit den Preisen nicht mehr aus, seitdem die Inflation alles verändert hat. Vor einigen Jahren wäre ein solcher Betrag ein guter Preis gewesen. Das wäre für einen sofortigen Verkauf, nehme ich an, wobei Michael für eigene Rechnung kauft?»

«Ja, Madam.»

«Es wäre vielleicht besser, das Haus registrieren zu lassen, aber ich weiß es nicht. Die anderen Häuser auf dem Cape stehen leer; Michael konnte sie nicht verkaufen, und er ist ein ausgezeichneter Geschäftsmann, der einzige Reiche in der Gegend, wie wir immer sagen. Er hat hier großen Erfolg gehabt. Unser Kummer ist, daß wir zu weit von den Einkaufszentren entfernt sind. Nicht einmal im Sommer sind hier genug Leute für einen eigenen Supermarkt. Robert's Markt hat nur die wichtigsten Nahrungsmittel auf Lager, einige Dosengerichte, örtliche Produkte und Mehl und so weiter. Selbstverständlich haben viele einen eigenen Gemüsegarten und halten Ziegen und Rinder, die sie im Herbst schlachten lassen, um die Tiefkühltruhen aufzufüllen. Und das ganze Jahr über haben wir Hummer und Frischfisch, aber dennoch ist es nicht das bequeme Leben, an das die Stadtmenschen gewöhnt sind. Nur die Unerschrockenen wagen es, sich hier niederzulassen. Meinen Sie nicht auch, Reggie?»

«Gewiß, Janet.» Reggie machte ein höfliches Gesicht.

Armer Kerl, dachte de Gier. Dienstbeflissene Bereitschaft für eine vornehme alte Dame in einem Palast inmitten der Wälder mußte seine Schattenseiten haben.

«Sie verkaufen also vielleicht an den anderen Makler? Ich frage mich, ob er interessiert sein würde. Wenn er im angrenzenden County sitzt, könnte er zu weit entfernt sein.»

«Vielleicht verkaufe ich an ihn», sagte der Commissaris. «Und es kann auch damit enden, daß wir Mr. Astrinskys Angebot annehmen. Er sagte auch, er würde den Wagen zu sechzig Prozent des Kaufpreises nehmen.»

«Aber das ist ein ausgezeichnetes Angebot. Es ist in Amerika am schwersten, einen gebrauchten Wagen loszuwerden. Die Banken leihen jedem Geld, um einen neuen zu kaufen. Sogar Jugendliche, die noch auf der Highschool sind, können heutzutage eine Limousine bekommen. Sechzig Prozent, meine Güte! Das wäre der Versicherungswert. Reggie hat gerade einen ein Jahr alten Kombi schrottreif gefahren; er ist von der

Straße abgekommen und hat sich damit so oft überschlagen, daß der arme Kasten nicht mehr zu reparieren war. Ein Wunder, daß er den Unfall überlebt hat. Sechzig Prozent des Kaufpreises haben wir dafür bekommen. Aber Michael hat der Wagen von Opdijk schon immer gefallen. Er hat ihn sich sogar mehrmals geliehen. Ich würde Ihnen raten, sein Angebot anzunehmen.»

Der Commissaris lächelte. «Ich fürchte, die beiden Angebote sind gekoppelt, Mrs. Wash. Ich glaube kaum, daß er den Wagen nimmt, wenn er das Haus nicht bekommt.»

«Ja», sagte Janet. «Wir Amerikaner sind harte Verhandlungspartner, und Michael ist ein echter Amerikaner, obwohl seine Vorfahren in Polen gediegene Gelehrte waren, wie ich glaube. Der gelehrte Teil ist an ihm vorbeigegangen, aber er ist bei Madelin durchgeschlagen. Sie hat den Magister in Philosophie und arbeitet jetzt an ihrer Dissertation. Deshalb ist sie über den Winter nach Hause gekommen. Haben Sie sie kennengelernt?»

«Ja.» De Giers Bestätigung war etwas zu enthusiastisch, so daß Janet aufschaute und ihn anlächelte.

«Astrinsky ist fort», sagte Reggie. «Als ich vorhin von Robert's Markt gekommen bin, habe ich gesehen, wie er zum Flugplatz fuhr. Wir haben uns kurz unterhalten. Er ist wieder nach den Bahamas geflogen.»

«Ja, er sagte, er würde eine Woche oder so dort verbringen. Es bedrückt ihn, daß der Winter so lange dauert, und er ist drüben in ein großes Geschäft eingestiegen, glaube ich. Oder er benutzt das Geschäft als Vorwand, um sich in der Sonne zu rekeln. Der gute alte Michael. Ich beneide ihn.»

Der Commissaris hustete. «Also werden wir ihn nicht mehr sehen. Kümmert sich jemand während seiner Abwesenheit um das Geschäft?»

«Madelin. Sie ist seine Partnerin im Immobiliengeschäft. Michael wurde vor vielen Jahren geschieden. Er lebt mit seiner Tochter allein.»

«Ich verstehe.»

Sie tranken noch ein letztes Glas, dann begleitete Reggie sie zum Wagen, während Janet von der großen zweiflügeligen Tür aus winkte. Der Commissaris fragte nach dem Cadillac.

«Drinnen», sagte Reggie und zeigte auf ein niedriges Gebäude auf einem Feld, das ans Haus grenzte. «Verschlossen und angekettet. Die BMF-Bande hatte es voriges Jahr geschafft, ihn zu stehlen, jedenfalls glaube ich, daß sie es war. Der Cadillac kam unbeschädigt zurück. Wir fanden ihn morgens auf dem Rasen. Aber Janet hat dafür gesorgt, daß die ihn nicht noch einmal kriegen. Wir haben jetzt sogar ein Alarmsystem mit Klingeln hier im Haus und in meinem Blockhaus. Das Blockhaus steht im Wald, etwa eine halbe Meile von hier.»

«Die BMF-Bande», sagte der Commissaris, als sie auf halbem Wege nach Hause waren. «Erstaunlich, findest du nicht auch, Brigadier? Eine Bande in einer kleinen, freundlichen Stadt wie Jameson. Ich dachte, nur Großstädte bringen Banden hervor.»

«Vielleicht langweilen die sich hier, Mijnheer.»

«Ja, Langeweile. Aber ich habe diesen jungen fuchsgleichen Burschen mit dem Zulassungsschild BMF EINS am Wagen kennengelernt. Ein so tüchtiger und intelligenter junger Mann. Vielleicht ist seine Bande anders als die, mit denen wir es sonst zu tun haben. Weißt du, was BMF bedeutet, Brigadier?»

«B heißt *bad*, Mijnheer. M steht für *mother*.»

«Und F?»

«Ein unanständiges Wort.»

Suzanne rührte sich. Der Commissaris fuhr weiter.

«Ah», sagte der Commissaris. «Ich verstehe.» Er kicherte. «Wie interessant. Das Wort *bad* voranzusetzen. Wirklich höchst interessant. Geschlechtsverkehr mit der Mutter zu haben, wäre das Böseste, was man tun kann, nehme ich an, obgleich mir die geistige Haltung hinter einem solchen Glauben zurückgeblieben vorkommt. Aber vielleicht sind die Amerikaner in gewisser Hinsicht zurückgeblieben, trotz ihres Reichtums und ihrer Druckknopfautomatik. Sie haben sich vielleicht zu schnell entwikkelt, und die viktorianischen Ängste sind hängengeblieben. Ja, das könnte sein. Aber das Schlimmste beim Namen zu nennen und dann *böse* hinzuzufügen.» Er kicherte wieder.

«Ja», sagte er nach einer Weile, «dieser Fuchsmensch könnte eine Art Genie sein, wie es einige amerikanische Karikaturisten sind. Hast du jemals amerikanische Karikaturen betrachtet, Brigadier? Einige sind wirklich komisch, unerhört komisch.»

«*Böse Burschen*», sagte Suzanne.

«Wie bitte, Schatz?»

«Böse Burschen, Jan. Überhaupt nicht komisch. Du würdest es wissen, wenn du länger hier gelebt hättest. Ungeziefer – Opdijk hatte Angst vor ihnen. Im Sommer donnern sie auf ihren Motorrädern herum, und im Winter kommen sie auf Motorschlitten und donnern immer noch herum, als gehörte ihnen das Cape. Nicht einmal Reggie wird mit ihnen fertig, und der Sheriff hat sich nie sehen lassen. Ich habe mehrmals angerufen. Sie kamen in unseren Garten. Sie haben keine Achtung vor dem Privateigentum. Einmal haben sie sogar einen Baum gefällt, und die Stammabschnitte haben sie hinunter zu unserem Strand gerollt, wo ein anderer Bursche wartete und sie wegschaffte.»

«Der Sheriff? Dieser Sheriff?»

«Nein, der alte Sheriff. Immer wenn ich ihn anrief, sagte er, daß er keinen Wagen zur Verfügung habe, und wenn die Deputies kamen, war es immer zu spät. Ein Mädchen ist auch dabei.»

«Ein Mädchen? Auf einem Motorrad?»

«Madelin hat ihr Motorrad verkauft. Sie fliegt jetzt die Maschine ihres Vaters. Sie ist über Opdijk im Tiefflug weggebraust, als er letzten Sommer fischte. Ich wollte ihren Vater anrufen, bin aber nicht durchgekommen. Madelin sollte es eigentlich besser wissen, aber sie ist böse wie die anderen, ob sie den Magistergrad hat oder nicht.»

«Madelin», sagte de Gier, und seine Stimme vibrierte bei jeder Silbe des Namens.»

Suzanne wendete ihm das magere Gesicht zu. Sie schien den Brigadier zum erstenmal zu sehen.

«Pah!» sagte sie. Der Ausruf durchschnitt die Luft im überheizten Wagen wie ein Peitschenhieb.

Der Brigadier machte ein schuldiges Gesicht; der Commissaris hatte gelächelt, nur kurz, denn der Kombi geriet wieder ins Schleudern und verlangte seine Aufmerksamkeit.

7

«Nein», sagte der Commissaris und warf de Gier einen kritischen Blick zu. Der Brigadier hielt sich am untersten Ast einer Kiefer neben dem Weg fest, der zur Anlegestelle hinunterführte. «Das ist lächerlich, Brigadier. Du fällst ja doch immer wieder hin. Hier, laß los und halte dich an mir fest.»

Er steckte seinen Stock in den Schnee und streckte die Hand aus. Der Brigadier rutschte zu ihm hinunter. «So, das ist besser. Wir sind hier im Nachteil, Brigadier, aber wir können die Situation ausnutzen. Es ist gut, wenn man die Dinge nicht als selbstverständlich hinnehmen kann. Setz deine Mütze auf.»

Die Waschbärenfellmütze war in den Schnee gefallen, der Commissaris hob sie mit seinem Stock auf. Sie gingen langsam weiter.

«Erzähle mir mehr über die BMF-Bande, Brigadier. Falls es etwas zu erzählen gibt. Das ist ein weiterer Nachteil. Es ist schwierig, Informationen zu bekommen. Kein Computer, der für dich Tatsachen ausspuckt, keine Informanten in kleinen Kneipen und auf Parkbänken, keine Gefangenen, die sich in ihren Zellen langweilen und Gesellschaft begrüßen, sogar unsere Gesellschaft. Es gibt nur uns, Brigadier. Nur uns beide. Na? Was weißt du?»

«Nicht viel, Mijnheer. Im Gefängnis ist ein junger Mann, er heißt Albert. Verurteilt wegen rücksichtslosen Fahrens, aber der Sheriff behauptet, daß der Gefangene bei anderer Gelegenheit den Streifenwagen vom Chief Deputy vorsätzlich beschädigt hat.»

Der Commissaris setzte sich auf einen Baumstumpf. «Erzähl weiter, Brigadier, Einzelheiten, du mußt Einzelheiten haben.»

Er lauschte. «Ist das alles?»

«Ja, Mijnheer.»

«Gut. Sehr klug. Und dieser Albert ist jetzt Gefängniskoch? Wie kocht er?»

«Ausgezeichnet, Mijnheer. Er backt sogar Brot. Das Abendessen, das er serviert hat, war erstklassig, und sein Frühstück ist sogar noch besser. Und er klatscht das Essen nicht einfach auf den Teller, er arrangiert es.»

Der Commissaris nickte und lächelte. «Und das Mädchen, das uns als weiteres Mitglied bekannt ist, hat einen Magistergrad in Philosophie und arbeitet an ihrer Dissertation. Und sie fliegt eine Maschine. Und sie hatte die Dreistigkeit, im Tiefflug über einen pensionierten Bankmenschen hinwegzubrausen, der vor seinem eigenen Strand fischt. Ha!»

«Sie könnte ihn auch umgebracht haben, Sir.»

«Oh, ja, Brigadier. Aber warum? Damit ihr Vater aus dem Haus Opdijks Profit schlagen kann? Um Suzanne zu helfen, einen Ehemann loszuwerden, der sie hier gegen ihren Willen festgehalten hat? Oder nur so zum Spaß?»

Der Brigadier grinste.

Der Stock des Commissaris schoß nach vorn und traf ihn in den Magen. Der Brigadier fiel, rollte sich wie eine Katze und kam wieder auf die Beine.

«Gut gemacht, Brigadier. Die tausend Stunden auf der Judomatte waren nicht vergebens. Hast du schon darüber nachgedacht, daß Suzanne verdächtig sein könnte?»

De Gier suchte nach einer Stelle, wo er außerhalb der Reichweite des Stocks vom Commissaris sein und nicht auf Eis stehen würde.

«Brigadier?»

«Ja, Mijnheer. Sie könnte ihren Mann hinuntergestoßen haben, aber ich glaube nicht, daß sie die anderen angerührt haben würde.»

«Hältst du sie für intelligent, Brigadier?»

«Nein, Mijnheer.»

«Ich bin deiner Meinung. Aber so stupide ist sie auch wieder nicht. Sie ist nur auf gewissen Gebieten dumm. Ich bin sicher, ihr war bewußt, daß ihr Mann sie hier festhielt und sein Tod sie erlösen würde. Aber mich zu veranlassen, hierher zu kommen – nein. Sie hätte meinen Bruder bitten können. Oder vielleicht ist sie auch ein Genie auf ihre zielstrebige, superb egozentrische Art. Vielleicht denkt sie, ich werde ihr Haus zu einem angemessenen Preis verkaufen. Weißt du, dieser Tod hat vielleicht nichts mit dem der anderen zu tun. Sie sah die Nachbarn sterben und dachte, Opdijk sollte sich ihnen anschließen.»

De Gier dachte über diese These nach.

«Würden Sie Ihre eigene Schwester festnehmen, Mijnheer?»

«Auf dem Territorium der Vereinigten Staaten? Bestimmt nicht, Brigadier. Allein die Idee schon! Vielleicht kann der Sheriff das, aber er dürfte Beweise brauchen. Es gibt keine Beweise, Brigadier. Und ihr Geständnis würde gegenstandslos sein, wenn es nicht durch Indizien gestützt wird. *Falls* sie zu Opdijk gegangen ist, ihn hinuntergestoßen hat und wieder ins Haus gegangen ist und niemand sie gesehen hat . . . äh?»

Der Commissaris lächelte. «Gehen wir weiter, Brigadier. Dort ist die Insel und darauf lebt ein Einsiedler. Die sind gern allein. Die mögen keine lauten Menschen um sich haben. Sehen wir mal, wie er ausschaut.»

Sie gingen den Weg hinunter und hielten sich die Arme frei, falls sie plötzlich ausrutschen sollten. Der Commissaris schlug mit dem Stock auf gefrorene Schneeklumpen, so daß sie zur Bucht hinunterrollten.

«Da ist der Schuppen, den der Sheriff erwähnt hat.»

Der Morgen war klar, der Schnee glitzerte auf den Bäumen und auf dem Packeis, das mehr als hundert Meter weit in die Bucht reichte. Ein flaches Motorboot tuckerte durch die schmale Fahrrinne zwischen dem Anleger beim Schuppen und der Insel hinaus aufs offene Meer. Die Insel erhob sich sanft aus Ansammlungen von Riffen und großen Felsen. Sie sahen ein Ruderboot am Strand der Insel. Der Commissaris wartete, während de Gier in den Schuppen ging. Er kam heraus mit einer Pistole, die ein kurzes offenes Rohr statt eines Laufs hatte. Die Stille über der Bucht war so ungeheuer, daß das Tuckern des Boots wie eine Reihe kleiner schwarzer Punkte auf einem unermeßlich großen weißen Papierbogen wirkte. Ein großer schwarzer Vogel schwebte von der Insel herüber und erschreckte mit seinem Krächzen die beiden Männer, die an der Reling des Anlegers lehnten. Der Kolkrabe interessierte sich eindeutig für die beiden Männer und umkreiste, die großen Flügel schlagend, ihre Köpfe, ehe er plötzlich umkehrte und in Richtung auf den Hügel auf der Insel abdrehte.

«Ein Spion», sagte de Gier. «Hier, Mijnheer. Ich habe sie mit einer Patrone geladen. Der Schuppen ist eine Hütte für Notfälle. Drinnen liegen ein Beiboot mit Riemen, ein Päckchen für die erste Hilfe und andere Ausrüstungen. Wollen Sie die Pistole abfeuern, Mijnheer?»

«Nein, du kannst das erledigen, Brigadier. Aber warte, bis der Kolkrabe wieder drüben ist. Wir wollen den Vogel nicht mit einem Feuerwerk erschrecken. Ich will mir zuerst den Schuppen ansehen.»

Der Brigadier wartete und wog die Pistole in der Hand. Der Commissaris kam zurück. «Eine gut eingerichtete Hütte, Brigadier. Gewöhnlich zerstören Rowdies solche Notbehelfe, vor allem, wenn es von dem Feind, der Stadtverwaltung, zur Verfügung gestellt wird. Man sollte erwarten, daß unsere Bande am Boot, an der Pistole, den Tauen und Haken und so weiter herumpfuscht. Aber nein. Alles ist tipptopp da drinnen.» Er schüttelte den Kopf. «Wir müssen falsch informiert sein oder die falschen Schlüsse gezogen haben.»

Der Brigadier zeigte auf die Fahrrinne. Das Motorboot verschwand hinter der Biegung des Cape. «Dort ist jetzt ein Teil der Bande. Ich glaube, ich habe sie erkannt. Unser Freund, der Fuchs, und Albert. Albert ist heute aus dem Gefängnis entlassen worden.»

«Wirklich? Zu neuen Schandtaten unterwegs, wie? Mach schon, Brigadier, feuere ab.»

De Gier zielte auf einen Punkt etwa dreißig Meter über der Hügelkuppe auf der Insel und zog am schweren Abzugshebel der Pistole. Ein scharfer Rückstoß, dann schwirrte das flammende Projektil davon, langsam genug, um es mit den Blicken verfolgen zu können. Es fiel über dem Hügel in einem hellgrünen Funkenregen auseinander.

Der Commissaris stieß einen leisen Pfiff aus. «Höchst eindrucksvoll, Brigadier. Jetzt warten wir also. Falls der Einsiedler uns nicht sprechen will, braucht er sich nicht zu zeigen, aber ich hoffe, er kommt. Faszinierend, ein Mann lebt ganz allein mitten im Nichts. Wie groß könnte die Insel sein?»

«Zehn Morgen, hat der Sheriff gesagt, Mijnheer.»

«Morgen? Moment. Als ich klein war, wurde nach Morgen gemessen. Neben dem Haus meines Vaters war ein Gemüsegarten, der sollte einen halben Morgen groß gewesen sein. Also zwanzigmal so groß wie der Garten, das ist eine ganz schöne Fläche, und Jeremy hat sie allein für sich. Das muß er jetzt sein, der schwarze Punkt, der auf dem Weg vom Hügel herunterkommt, aber ihm folgt noch etwas. Kannst du erkennen, was es ist? Meine Augen sind auch nicht mehr so gut wie früher.»

«Ein Hund, Mijnheer. Ein großer schwarzer Hund. Und der Kolkrabe ist auch bei ihm, er fliegt ein bißchen seitlich von ihm.»

Der Commissaris spähte zur Insel hinüber, wobei er die Augen mit der Hand beschirmte.

«Das muß ein Dobermann sein, Mijnheer. Gefährliche Hunde.»

«Weil wir sie so erziehen. Die Hunde können nichts dafür, Brigadier. Zigarillo?»

Sie rauchten friedlich, während der Mann auf der Insel sein Boot vom Eis schob und auf sie zugerudert kam. Der Hund blieb zurück, der Kolkrabe schwebte über dem Boot.

«Was sind das wohl für Punkte neben dem Boot, Brigadier?»

Der Brigadier spähte. Zwei runde Objekte, die auf den Wellen hüpften.

«Robben», sagte der Commissaris, als das Boot viel näher gekommen war. «Das müssen Robben sein. Und auch noch mit silbrigem Fell. Die sind besonders schön. Ich habe solche einmal vor der britischen Küste gesehen. Und sie schwimmen neben dem Boot her. Der Einsiedler muß sich sehr gut mit Tieren verstehen. Schau dir mal ihre Schnauzhaare an.»

Die Robben machten abrupt kehrt, als das Boot etwa drei Meter vor dem Anleger stoppte. Der Mann drehte das kleine Boot herum und stützte sich auf die Riemen. Ein Mann von unbestimmbarem Alter mit lächelndem Gesicht. Er trug eine karierte Jacke und eine schwere blaue Hose. Das Gesicht war verwittert, rot und rauh mit einem Netz von Falten, das sich um die Augen herum verdichtete. Er hatte eine Wollmütze vom glänzenden Glatzkopf nach hinten geschoben.

«Ich bin Jeremy, meine Herren, und habe ihr Signal gesehen, ein grünes, also kein Notsignal, was gut ist. Es gibt schon genug Kummer in der Welt. Was kann ich für Sie tun?»

«Ich bin Pete Opdijks Schwager, ein Polizeibeamter aus den Niederlanden, und dies ist mein Assistent, Sergeant de Gier; wir würden Sie gern besuchen.»

«Polizisten», sagte Jeremy, «dieser Art von Menschen auszuweichen, habe ich mich immer bemüht. Sind Sie von Amts wegen hier?»

«Ich bin hier, um mich um meine Schwester zu kümmern, Sir. Sie möchte nach Holland zurück. Der Sergeant ist vorübergehend zum Amt des Sheriffs abgestellt.»

«Sie haben doch nicht etwa einen Durchsuchungsbefehl, oder?»

«Nein, Sir.»

Jeremy lachte. Die starken weißen Zähne schimmerten zwischen den rissigen Lippen des Mannes. «Sehr gut, ich kann mich also weigern. Ich werde mich nicht weigern und bedaure den Tod Ihres Verwandten, wenn ich auch Opdijk nicht gut gekannt habe. Ich kenne nicht sehr viele Leute. Steigen Sie bitte in mein Boot, meine Herren, aber seien Sie vorsichtig, damit wir nicht kentern, denn das Meer ist kalt. Die Robben würden versuchen, uns wieder ins Boot zu stoßen, aber die bringen es glatt fertig, uns dabei wieder unterzutauchen. Das ist mir schon mal passiert, aber damals machte es nichts aus, weil Sommer war. Falls sie ihre Tricks jetzt ausprobieren, werden sie uns umbringen.»

Die Robben hatten sich näher herangewagt und starrten neugierig mit großen glänzenden Augen zwischen den langen glitzernden Haaren, die auf dem glatten ohrlosen Kopf seitwärts wuchsen.

«Sie sind zahm, nicht wahr?» fragte der Commissaris, als er am Bug Platz genommen hatte.

«Nein, sie sind völlig ungezähmt, aber sie kennen mich schon lange. Ich bin jetzt seit zwanzig Jahren hier und habe mich bemüht, die Tiere nicht zu erschrecken, als ich angekommen bin. Die Tiere sind gute Freunde. Das ist mehr, als ich von den meisten Vertretern unserer Spezies sagen kann.»

Jeremy ruderte schweigend zurück. Die Stille wurde nur einmal unterbrochen, als de Gier das kleine Flugzeug erwähnte, das er am Morgen zuvor bei Tagesanbruch vom Gefängnis aus gesehen hatte, und das auf der Insel gelandet war.

«Ja, Madelin. Sie kommt hin und wieder. Sie hat die Post und einen Kuchen gebracht. Wir können ihn nachher bei einer Tasse Tee essen.»

Er ließ das Boot auf das Eis auflaufen. Die Stille war wieder eingekehrt, aber sie wurde durch das Knallen eines Gewehrs in der Ferne gestört.

«Jäger», sagte Jeremy und spuckte aus. «Die Jagdzeit ist da. Die saufen sich dumm und dämlich und knallen mit ihren automatischen Waffen die Hirsche ab.»

Die Robben schwammen am Rande des Eises entlang, drehten ab und tauchten weg, aber ihre glitzernden Seiten wurden vom Licht erfaßt, sie wedelten mit den kurzen, haarigen Flossen. Der Kolkrabe hüpfte Jeremy vor die Füße. Der Hund sprang bei den Felsen im Schnee herum. Jeremy bückte sich und berührte den Kolkraben leicht am Kopf.

«Kluger Vogel. Du hast das grüne Licht gesehen und bist gekommen, um mir davon zu berichten, nicht wahr? Du machst dir immer Sorgen, wenn Fremde in der Gegend sind.»

«Gehört er Ihnen, Sir?»

«Nein. Ich teile die Insel mit ihm. Mir gehört nichts, nur der Grund und Boden hier, aber eigentlich habe ich nur das Nutzungsrecht. Die Indianer hatten die richtige Vorstellung von Grund und Boden. Deshalb konnten sie auch nicht verstehen, warum wir versuchten, ihnen das Land abzukaufen, und haben es einfach verschenkt. Wie kann man Land verkaufen? Aber ich gehe mit der Zeit und habe irgendwo eine Urkunde, die besagt, daß die Insel mir gehört, nur mir. Quatsch, aber ich kann das Papier benutzen, um mir die Idioten vom Leib zu halten.»

Der Commissaris wartete geduldig.

«Sind Sie nicht meiner Meinung?»

«Doch.»

«Aber meine Ideen könnten töricht und heuchlerisch sein. Ich habe das Geld zum Kauf dieser Insel mit Grundstücksgeschäften verdient. Zwanzig Jahre lang habe ich im Staat New York fleißig Geschäfte gemacht. Jeder Cent, den ich ausgebe, stammt aus dem Handel mit Land, und hier predige ich Idealismus und vergessene Einsicht. Für mich kann ich nur sagen, daß ich davon losgekommen bin und versuche, den Gestank zu ignorieren, eine Möglichkeit, wenn ein Mensch für sich allein lebt. Ich hatte mal einen betrunkenen Freund, der Biologe war und behauptete, wir seien ein Irrtum. Die Natur hätte es nie zulassen dürfen, daß Affen zu Menschen und diese zu einer Plage werden. Er war ein logisch denkender Mensch und hat sich eines schönen Nachmittags im Frühling in seinem Garten den Kopf weggeblasen. Mit einer Schrotflinte. Ich habe daran gedacht, seinem Beispiel zu folgen, aber dann den schlauen Ausweg gewählt. Ich hatte die Vorstellung, daß es irgendwo Schönheit geben müsse; dann habe ich mich auf den Weg gemacht, um sie zu suchen. Irgendwie ist es mir gelungen. Hier draußen ist es schön, obwohl es eine Weile dauert, bis man es ganz wahrnimmt, und ich lerne noch.

Nun, meine Herren, würden Sie mir bitte folgen? Meine Hütte ist auf der anderen Seite. Sie hat früher hier gestanden, aber als an der Küste ein Haus nach dem anderen gebaut wurde, habe ich mich entschlossen, meine Unterkunft zu verlegen.»

Der Pfad führte um den Hügel herum, und Jeremy und der Brigadier paßten ihre Schritte dem langsamen Tempo des Commissaris an, der stark hinkte. Der Brigadier hatte gegen die langsame Gangart nichts einzuwenden. Er betrachtete die krummen Linien des Schnees, der die Lichtungen zwischen den Bäumen bedeckte, und schaute hinunter auf die Bucht, die zwischen der Insel und dem Cape schimmerte. Der Hund lief voraus und wartete dann auf dem Pfad. De Gier streckte eine Hand aus, aber Jeremy hielt ihn zurück.

«Trauen Sie den Hunden nicht. Auf der anderen Seite werden Sie noch zwei sehen. Die jungen halten sich gern beim Haus auf. Die müssen Sie erst wirklich gut kennen, bevor Sie mit ihnen spielen können. Jetzt würden sie ohne Warnung angreifen und kräftig zubeißen. Voriges Jahr mußte ich einen Jäger retten. Der Mann war dumm genug gewesen, meine Schilder mit der Aufschrift ZUTRITT UNTERSAGT zu mißachten. Die Bucht war damals ganz zugefroren, so daß er zu Fuß herüberkommen konnte. Die Hunde haben ihn sofort angegriffen und umgeworfen und festgehalten, bis ich kam. Sie haben auch zugebissen, aber zum Glück hatte er dicke Kleidung an und sich umgedreht, so daß sie nicht an sein Gesicht gelangen konnten.»

«Hatte er keine Schußwaffe?»

«Er hätte sie vielleicht erschossen, wenn sie gebellt oder knurrend die Zähne gezeigt hätten, aber ein Dobermann verschwendet darauf keine Zeit, jedenfalls nicht, wenn er richtig ausgebildet worden ist.»

«Haben Sie sie ausgebildet, Sir?»

«Ja. Die Mutter habe ich als Welpen bekommen, und ihre Welpen sind hier geboren.»

Sie mußten eine steile Schlucht überqueren, um zum Haus zu gelangen. Die Zugbrücke über die Schlucht war schmal. Die Hütte stand auf Pfählen in einer großen Lichtung, und eine kleine Halbinsel war planiert worden, so daß sie als Landebahn dienen konnte. Rauch kräuselte aus dem

Schornstein der Hütte und aus einem kleinen Schuppen am Rande der Lichtung.

«Die Hundehütte. Ich habe einen dickbauchigen Ofen hineingestellt, der den ganzen Tag über brennt, wenn ich die Luftklappe schließe. Aber die Tür ist nur angelehnt, damit die Hunde nach draußen können. Sie sind nicht gern eingesperrt.»

Zwei große Hunde, größer als der, dem sie auf dem Pfad begegnet waren, rannten um die Lichtung, wobei sie den gleichen Abstand einhielten. Jeremy pfiff. Sie rannten zu ihm, schnüffelten an seiner Hose und schossen davon. Der erste Hund lief zu ihnen, sie bellten kurz, bedrängten sich gegenseitig und rannten in verschiedene Richtungen, als ob jeder sich für ein bestimmtes Gebiet verantwortlich fühlte.

«Mein Heim, meine Herren. Ich werde vorausgehen, dann können Sie Ihr Glück mit der Leiter versuchen.»

Die Leiter war stabil gebaut, und de Gier stellte fest, daß sie hochgezogen und unter den Fußboden der Hütte geschoben werden konnte. Er drehte sich in der offenen Tür um, weil er den Ausblick in sich aufnehmen wollte. Der Horizont, unterbrochen nur durch einige kleine Inseln, war voller großer Wolken. Das offene Meer erschien ihm wie ein riesiger, ruhiger Teich, nur bewegt von der Dünung, die anstieg und fiel ohne ein Kräuseln der glatten Fläche, die sich bis in die Ewigkeit erstreckte.

Jeremy betrachtete die Wolken. «Noch mehr Schnee heute abend oder morgen. Ich werde noch schaufeln müssen. Einige Wege müssen freigehalten werden. Ich bin schon mal eingeschneit. Es ist kein schlechtes Gefühl, aber von Zeit zu Zeit muß ich Vorräte einkaufen. Ich möchte die schwere Heimsuchung nicht noch einmal erleben, für eine ganze Woche ohne Salz und Tabak zu sein.»

«Kommen Sie oft in die Stadt, Sir?»

«So wenig wie möglich, aber mein alter Körper beherbergt viele Wünsche. Ich pflanze Gemüse und Kartoffeln an und halte im Sommer Ziegen wegen des Fleisches, außerdem fische ich, aber einige Lebensmittel und Luxuswaren muß ich kaufen, und im Winter gehen meine Vorräte zur Neige.»

Er hatte die Jacke ausgezogen und an einen Holzpflock gehängt. Ein offenes Halfter war am Gürtel angeschnallt, ein langläufiger Revolver zeigte auf den Fußboden. Der Commissaris schaute auf die Faustfeuerwaffe und auf ein Gewehr, das an einem Haken über der Tür hing.

«Sie sind gut bewaffnet, Sir.»

Jeremy lächelte.

«Und gut geschützt. Da wäre schon ein amphibischer Angriff mehrerer Männer nötig, um Sie zu vertreiben.»

«Ja, das stimmt. Das Wasser kocht schon, der Kuchen steht auf dem

Tisch. Wenn der Sergeant den Kuchen anschneidet, werde ich mich um den Tee kümmern.»

Der Commissaris bemühte sich nicht mehr um die Fortsetzung des Gesprächs und nahm die Stille der Hütte in sich auf. Der Tee war heiß und stark. Er lehnte sich zurück und brummte vor Vergnügen. Die Hütte war derb gebaut, alle Seiten waren hübsch getäfelt, sie hatte ein hohes, weißgestrichenes Dach, das von handbehauenen Balken aus Pechkiefer getragen wurde. Die Täfelung bestand aus ausgesuchten Brettern, die in Tönung und Farbe zueinander paßten. An den Wänden standen mehrere Bücherregale, weitere Bücher waren auf dem Fußboden gestapelt. Auf einigen Regalen standen Krüge mit Getreide und getrockneten Kräutern. Rauchfleisch und geräucherter Fisch hingen an Schnüren von den Dachbalken.

«Sie sehen, warum ich die Hunde hier nicht hereinlasse. Sie sind gute Springer und möchten von Zeit zu Zeit mal eine Abwechslung in ihrer Kost. Ich füttere sie mit minderwertigem Fisch, mit Seehasen und Alsen, aber das bekommt ihnen gut.»

«Haben Sie das Haus selbst gebaut, Sir?»

«Ja. Ich hatte Hilfe dabei, aber nicht sehr viel. Es hat sehr lange gedauert. Ich war nicht besonders geschickt, als ich hier eintraf. In Wahrheit war ich das genaue Gegenteil, der sprichwörtliche Idiot, der Stadtmensch, der alles weiß und nichts kann. Ich mußte ein, zwei Jahre lang in einem Zelt leben, in einem Armeezelt für die Arktis mit einer Art von Trichter als Eingang. Es war schwer hinein oder heraus zu gelangen, aber es war das einzige, das für die Bedingungen hier geeignet ist. Ich war sehr dankbar, als ich in die Hütte umziehen konnte, obwohl es darin zog. Ich hatte noch nichts über Isolierung gelernt. Ich dachte, ich brauchte nur eine Menge Bretter zusammenzunageln. Ich mußte das Haus zweimal niederreißen und wiederaufbauen und mir Hilfe von der Küste holen, und alles in allem hat es mich fünfmal mehr gekostet, als ich kalkuliert hatte. Und der beste Witz von allem war, daß ich es noch einmal niederreißen mußte, als ich gerade zu dem Schluß gekommen war, es wäre jetzt perfekt. Das war, als die Nachbarn herzogen und das Cape mit ihrem Krach und ihrer Monstrosität verschandelten. Ich habe es abgebaut, Stück für Stück rübergebracht und wieder aufgebaut, zum dritten und letzten Male, wie ich hoffe. Eine monotone Beschäftigung. Ich brauchte dafür den ganzen Frühling und Sommer.»

«Entschuldigen Sie meine Neugier, Sir», sagte der Commissaris, «aber ich bin Polizist und neige dazu, Fragen zu stellen. Haben Sie die Insel von Mr. Astrinsky gekauft, als Sie nach hier gekommen sind?»

«Durch ein anderes Büro, das hier eine Zweigniederlassung hatte. Der Vorbesitzer war ein Spieler, der keine Ahnung hatte, was er da wegwarf.

Dem armen Kerl gefielen die rötlichen verschrumpelten Hügel in der Umgebung von Las Vegas. Ich zahlte einen Preis, der damals als hoch betrachtet wurde, aber ich kann mir vorstellen, daß ich jetzt viel mehr dafür bekommen würde. Inseln sind knapp, und die Sommergäste sind anscheinend alle Millionäre. Sie geben tausend Dollar für einen Felsen mit Baum darauf. Ich habe zehn Morgen Felsen und Bäume.»

«Aber Sie würden nicht verkaufen, nehme ich an.»

«Nein. Hier bleibe ich für den Rest meines Lebens.»

De Gier war aufgestanden und schaute zur Landebahn hinüber.

«Hatten Sie mal ein Flugzeug, Sir?»

«Ich wollte mir eins anschaffen. Ich dachte, es würde mir Spaß machen zu fliegen, aber dann stellte sich heraus, daß es zuviel Mühe machte. Oder vielleicht war ich zu alt, um es zu lernen. Die Fluglehrer gaben auf, als ich von einem Flugzeug das Fahrgestell und von einem anderen die Tragfläche abgebrochen hatte. Macht nichts. Ich habe das Ruderboot, und wenn es wirklich kalt wird, im Januar und Februar, kann ich zu Fuß hinübergehen. Ich habe einen Rucksack, und jeder Wagen wird mich in die Stadt mitnehmen. Aber die Landebahn war fertig und blieb. Michael Astrinsky kam früher heraus und besuchte mich, bis ich ihm sagte, daß mich sein lärmendes Gehabe langweilt. Jetzt kommt Madelin manchmal.»

«Gegen ihre Besuche haben Sie nichts einzuwenden?»

«Im Gegenteil, sie ist eine Ausnahme von meiner Regel. Sie redet nicht viel, und wir essen zusammen und gehen spazieren. Sie kommt gut mit den Tieren aus und bleibt nicht lange. Ich halte die Landebahn für sie frei.»

«Ich verstehe. Und andere Kontakte haben Sie nicht?»

«Sehr wenige. Wenn die Indianer noch hier wären, könnte ich versucht sein, wieder gesellig zu leben, aber was können die Leute hier mich lehren? Ihr Schwager war sehr angesehen bei den Blue Crustaceans, einem Club. Bah. Herumsitzen und sich bemühen, betrunken zu werden, und dann die Anstrengung unternehmen und sich bemühen, heil nach Hause zu kommen. Hier kann ich allein betrunken werden, indem ich nur die Bucht beobachte. Hier werde ich viel betrunkener als früher in New York, und dazu brauche ich jetzt keine Flasche mehr. Das hat seine Zeit gebraucht. Die ersten Jahre waren schwer.»

«Die Indianer», sagte der Commissaris, «sind sie alle fort?»

«Ja, in den Reservaten. Wir haben das Land. Ein Indianer braucht Land, viel Land. Ein Indianer kann nackt in den Wald gehen und nach einer Woche wieder herauskommen mit einem Anzug, guten Schuhen, Bogen und Pfeilen und sogar einem Kanu. Und sie brauchten dazu nur Zweige und Rinde und die Felle von Tieren. Sie brauchten keine Schrotflinten mit fünf Patronen, die alle innerhalb von drei Sekunden abgefeuert werden können.»

«Diese Leute an der Küste», sagte der Commissaris, «die Sie veranlaßt haben, Ihr Haus umzusetzen, die sind nicht mehr da. Mein Schwager ist gefallen und ausgerutscht und gestorben. Seine Nachbarn wurden erschossen, sind ertrunken, wurden verjagt, sind im Wald erfroren, haben sich zu Tode getrunken.» Die Stimme des Commissaris klang leise und verschlafen.

«Ja, das habe ich gehört.»

Jeremy rührte sich in seinem Sessel. Seine knorrigen Hände spielten mit dem Becher.

«Haben Sie eine Ahnung, wie all diese Unfälle passiert sind, Sir?»

«Oh, ja», sagte Jeremy, seine Worte waren gleichmäßig wie das langsame Drehen des Bechers. «Ahnungen habe ich, die Ahnungen eines Schwachsinnigen, der in der Orca Bay herumlungert. Der alte Sheriff hatte vielleicht bessere Ahnungen, und der neue Sheriff hat sie vielleicht jetzt.»

«Mord», sagte der Brigadier leise. «Meinen Sie nicht auch?»

«Aber ich werde nicht sagen, was ich meine», sagte Jeremy, wobei seine Augen glänzten, «obwohl ich Ihnen einen Rat geben könnte, falls der gewünscht wird.»

«Wir sind hier fremd», sagte der Commissaris und stach mit der Gabel in sein Kuchenstück. «So fremd wie Sie einst. Aber wir sind selbstverständlich interessiert und würden Ihren Rat zu schätzen wissen. Wir haben uns vorhin die Motorsäge angesehen, mit der mein Schwager noch unmittelbar vor seinem Tod gearbeitet hat. Ein Werkzeug, mit dem wir nicht vertraut sind. In den Niederlanden gibt es nur noch wenige Wälder, und wir bemühen uns, sie in Ruhe zu lassen. Die Motorsäge steckte in einem Baum.»

«Festgeklemmt. Er hat den Schnitt vermutlich nicht richtig angesetzt, so daß das Gewicht des Baumes auf der Säge liegt und sie nicht bewegt werden kann.»

«Genau. Also hat er gezogen und gezogen und ist abgerutscht und gefallen. Der Schnee war hartgefroren, in Eis verwandelt. Es wären keine Spuren zurückgeblieben, wenn jemand bei ihm gewesen wäre.»

«Er wird Handschuhe getragen haben. Mit Handschuhen rutscht man nicht ab vom Griff der Säge.» Jeremy starrte den Commissaris an. Er war anscheinend fasziniert und amüsiert.

«Er hätte trotzdem abrutschen können. Vielleicht war er für eine Motorsäge zu ungeschickt», sagte der Commissaris.

«Ja, das mag durchaus sein. Aber dennoch, es ist schwierig, etwas zu beweisen, nicht wahr?» Jeremy stand, streckte sich, kramte auf dem Tisch herum und fand seine Pfeife. «Sie könnten, mmpf, mmpf, versuchen, sich mit einem anderen Opfer zu befassen, mmpf, mmpf, anscheinend haben Sie Auswahl genug.»

«Ein anderes Opfer? Welches Opfer würden Sie empfehlen?»

Die Pfeife brannte, süßlicher Rauch kräuselte durch die Hütte. «Wollen mal sehen», sagte Jeremy. «Wen würde ich empfehlen? Mary Brewer, denke ich.»

Am Fenster klopfte es. Jeremy öffnete es und ließ den Kolkraben ein, der nach oben flog, sich auf einen der Dachbalken setzte und auf de Gier herunterspähte.

«Die Frau, die ertrunken ist.»

«Ja. Ich habe gesehen, wie sie an dem Tag hinausfuhr. Der Wind wurde stärker, und sie trug wie üblich keine Schwimmweste.»

Jeremy machte eine Pause und stocherte mit einem Taschenmesser in seiner Pfeife. «Ich kann Ihnen ein bißchen erzählen, aber auch ich bin neugierig. Sie sind Polizisten, sagen Sie, aus den Niederlanden. Arbeiten Sie mit dem Sheriff hier zusammen?»

«Der Sergeant ist hier im Rahmen eines Austauschprogramms, Sir. Ich bin mit einem der Opfer von Cape Orca verwandt.»

«Aber auch Sie sind Polizist?»

«Ja.»

«Ich verstehe. Wie ich schon sagte, ich war nur neugierig. Nun, dies ist meine Geschichte. Mary segelte gern aus der Bucht heraus, was bei nicht zu starkem Wind schön ist. Aber an dem Tag wußte der Wind nicht, was er wollte, mal kam er aus dieser Richtung, mal aus der und gelegentlich in plötzlichen Böen. Katzenpfoten nennen wir die hier, wie eine Katze, die zuschlägt, schnell wie der Blitz, und die Maus ist gefangen. Aber Mary war die Maus – ich nehme das an. Ich habe nicht gesehen, wie Mary ertrunken ist, aber ich habe die Katzenpfoten auf der Bucht gesehen. Ich war ein wenig besorgt um sie, aber nicht zu sehr. Sie hatte es immer geschafft zurückzukommen.»

«Erzählen Sie nur weiter, Sir.»

«Ja, wenn Sie die Geschichte interessiert, gewiß. Da ist noch etwas, das ich Ihnen erzählen sollte. Mary ist einmal gekentert und ihr Boot gesunken. Sie hatte ein blödes Boot, ungeeignet für diese Gewässer. Ich sah sie umkippen und bin hinausgerudert. Sie war in der Nähe der Insel. Ich zog sie an Bord, das Boot haben wir später gehoben. Es war an einer seichten Stelle gesunken. Aber Mary bekam damals Angst und ließ Heck und Bug mit Plastikschaum ausfüllen. Der Zimmermann fertigte ein paar hübsche Schotten aus Holz an, um den Schaum zu verbergen.»

«Also wurde das Boot unsinkbar?»

«Oh, ja, völlig unsinkbar.»

«Und ist das Boot zurückgekommen, Sir?»

«Genau», sagte Jeremy. «Genau das ist der springende Punkt. Das Boot hätte zurückkommen müssen. Alles treibt hier wieder an. Die Strömung geht landeinwärts. Sie sollten den Dreck sehen, den ich an den Stränden dieser Insel aufsammele. Und Marys Boot war leuchtend orange, eine schrecklich grelle Farbe.»

De Gier versuchte, den Kolkraben so anzustarren, daß dieser den Blick abwendete, aber der Vogel zwinkerte nicht einmal mit den Augen.

«Ich verstehe», sagte der Commissaris. «Sie sagen, das Boot hätte nicht sinken dürfen, aber offenbar ist genau das geschehen. Gab es keine Suche?»

«Keine richtige. Vielleicht hat die Küstenwache nach dem Boot gesucht, aber sie kann nicht sehr gründlich gewesen sein. Die Leiche ist aufgetaucht, wissen Sie, und alle wußten, daß Mary nie eine Schwimmweste trug. Und sie wurde erst Tage nach dem Unfall vermißt. Ich habe gesehen, wie sie hinausgefahren ist, aber nicht aufgepaßt, ob sie wiederkam. Sie wohnte allein. Ich nehme an, der Postbote hat den Sheriff alarmiert, als er sah, daß sie ihren Briefkasten nicht geleert hatte.»

«Sie sind sicher, daß das Boot nicht gefunden wurde.»

«Ja.»

«Wenn es also jetzt gefunden und das Verschwinden des Plastikschaums festgestellt würde . . .»

«Ja.»

De Gier gab das Spiel mit dem Kolkraben auf und wandte den Blick Jeremy zu. «Es könnte also Mord gewesen sein, Sir. Dem Sheriff haben Sie von Ihrer Theorie nichts gesagt?»

«Ich? Niemals. Vielleicht hätte ich, wenn er zu mir gekommen wäre, aber ich würde nie in sein Büro hereinplatzen. Wir führen hier unser eigenes Leben. Jedenfalls ich tue es.»

Der Kolkrabe war heruntergehüpft und zauste de Giers Mütze. Jeremy stand auf, nahm dem Vogel die Mütze weg und gab sie dem Brigadier.

«Danke. Meine schöne Waschbärenmütze. Sie gehörte Mr. Opdijk.»

Der Commissaris war ebenfalls aufgestanden und schaute zum Fenster hinaus. Das Motorboot kam zurückgetuckert, im Schlepp ein paar lange Baumstämme. Jeremy trat zu ihm ans Fenster.

«Ah, sie sind wieder zurück, wie? Sie haben gute Ernte gemacht.»

«Holzfäller aus dem Ort?»

«Gewissermaßen. Der Fuchs und der junge Albert. Sie fällen oft abgestorbene Kiefern auf dem Cape.»

Der Commissaris kratzte sich die Nase. «Ist das Cape nicht in Privatbesitz?»

Jeremy grinste. «Klar, aber den Fuchs kümmert das nicht. Er hat sein

Leben lang keine Schranken gekannt. Aber es ist nicht schlimm. Abgestorbene Kiefern sind wertlos, sie werden vom Sturm umgeweht und verrotten.»

«Aber wozu will er sie dann haben?»

«Er hat sich vor einigen Jahren mit einer kleinen Sägemühle selbständig gemacht, nachdem er vom College gekommen ist. Die Mühle war gebraucht, veraltet, sie gehörte einem alten Mann. Der Fuchs bekam sie zum Schrottpreis, und der Alte hat ihm gezeigt, wie man damit umgeht. Aber der Fuchs ist originell. Er wollte nicht mit den großen automatisierten Sägemühlen konkurrieren und sich wegen eines kleinen Gewinns bis auf die Knochen abschuften. Er entdeckte, daß von Holzameisen befallene Kiefern eine sehr interessante Maserung bekommen, und er lernte, das tote Holz so vorsichtig zu schneiden, daß es nicht auseinanderfällt. Ich habe ihm dabei zugesehen. Der Junge ist ein Künstler.»

«Und er verkauft sein Produkt?»

«Zu einem guten Preis. Er fährt es selbst mit einem Lastwagen nach Boston und verkauft es an Innenarchitekten. Ich würde sagen, er verdient gut, obwohl es ihm besser gehen könnte, wenn er seine Bildung nutzte und in die Stadt gehen würde. Er könnte leicht Karriere machen.»

«Vielleicht macht er sie auf seine Art.»

Jeremy blies Rauch hinauf zum Kolkraben, der krächzend protestierte und zum nächsten Dachbalken hüpfte. «Ja, das sind einige von den Brettern, die er geschnitten hat. Er hat sie mir voriges Jahr geschenkt. Er ist auch eine Ausnahme von meiner Regel. Er kommt mich von Zeit zu Zeit besuchen.»

Der Commissaris bewunderte einen Teil der Rückwand. Die Bretter waren sehr leicht, beinahe bröckelig, und wiesen dunkle Linien auf. Jeremy kratzte mit dem Fingernagel an der Täfelung. «Sehen Sie, es hält zusammen. Die dunklen Linien stammen von den Ameisen. Das waren ihre Laufgänge.»

«Was hat er uns nun eigentlich erzählt?» fragte der Commissaris und blieb stehen. De Gier stand hinter ihm, eine Hand ausgestreckt, bereit, den alten Mann festzuhalten, falls er auf dem steilen Weg ausrutschen sollte. Sie waren fast bei Opdijks Haus, und Suzanne beobachtete sie durch das Wohnzimmerfenster. Der Commissaris drehte sich um und zeigte auf die Insel. «Dort lebt er in seiner Inselfestung, wo ein Kolkrabe den Himmel patrouilliert und drei Hunde den Grund und Boden bewachen. Er trägt eine Faustfeuerwaffe und hat über der Tür ein Gewehr, aber offensichtlich haßt er die Jagd. Er hat sein Haus hoch auf dem Hügel errichtet und die Bäume ringsum gefällt, was das letzte ist, was man von ihm erwartet. Vielleicht einige Bäume, die seine Aussicht behinderten, aber er hat sie alle gefällt. Der ganze Teil der Insel ist kahl.»

«Eine Schlucht», sagte de Gier, «mit einer Zugbrücke und einer Leiter, die er nach oben holt, wenn er in der Hütte ist.»

«Er fühlt sich also bedroht, nicht wahr? Wodurch?»

«Er schien überhaupt nicht nervös oder ängstlich zu sein, Mijnheer. Seine Augen lachten sogar, wenn er versuchte, ernst zu sein.»

Der Commissaris kratzte wütend mit dem Stock im Schnee. «Ja, er kam mir ziemlich keck vor. Aber was er uns über die unglückliche Frau erzählt hat, könnte stimmen. Falls ja, hat er uns geholfen. Aber er hat uns nicht bis zum Ende geholfen. Ich bin sicher, er weiß, was hier vorgeht. Nicht wenige Leute wissen es, aber sie werden es uns nicht sagen. Und kennst du den Grund, Brigadier?»

Der Commissaris schaute auf den kleinen Teil von de Giers Gesicht, der nicht durch seine Mütze und den hochgeschlagenen Mantelkragen verdeckt war.

«Weil es ihnen völlig egal ist. Diese Menschen wurden ermordet, und die anderen haben zugesehen, wie sie umgebracht wurden, einer nach dem andern, auf verschiedene Art und Weise, aber der Rest hat sich nicht bei seinen Beschäftigungen stören lassen.»

«Wie die Bandenkriege in New York, Mijnheer? Ich habe einen Artikel über die Morde auf den Straßen dort gelesen. Die Passanten gehen einfach vorbei.»

«Nein, Brigadier. Vielleicht, aber ich glaube es nicht. Wir sind auf etwas anderes gestoßen. Wie ich schon sagte, dies ist eine andere Gesellschaft. Eine Kleinstadt in einem verlassenen Winkel. Sie erwacht vielleicht im Sommer, aber die Sommergäste haben keine Ahnung, was los ist. Sie machen Urlaub und reisen wieder nach Hause. Die Ortsbewohner bleiben, und das sind nicht alles Bauerntölpel. Nein, nein, ganz und gar nicht.»

«Welches Spiel spielen sie also, Mijnheer?»

«Jan», jammerte Suzannes Stimme durch das Fenster.

«Ja, Liebes», rief der Commissaris. «Wir kommen.»

«Selbstverständlich könnte er das Blaue vom Himmel heruntergelogen haben, Brigadier», sagte der Commissaris eine Minute später, als er in der blitzblanken Diele die Stiefel auszog. «Und jetzt schwatzt er mit seinem Kolkraben über den Spaß, den sie mit uns gehabt haben. Jeremy von Jeremy's Insel. Er könnte ein sehr unheilvoller Mensch sein. Und intelligent, ungewöhnlich intelligent. Aber was er auch ist, er weiß genau, was er tut und sagt.»

«Jan!»

«Ja, Suzanne. Ich will mir nur noch die Hände waschen.»

Sie setzten sich. Suzanne kam mit einer großen Schüssel voll dampfender Suppe herein.

«Erbsensuppe, Jan. Wie Mutter sie immer gekocht hat, mit Speck und Schweinsfüßchen. Hinterher gibt es Götterspeise.»

Der Commissaris schaute auf die Suppe.

«Der Mann ist wegen des Hauses gekommen, Jan.»

«So? Hat er gesagt, was es nach seiner Meinung wert ist?»

«Ja, Jan. Neunzigtausend Dollar.»

Der Commissaris versuchte, mit dem Löffel durch die Suppe zu fahren. Neben seinem Teller lagen dünne Scheiben Weißbrot.

«Backst du jemals selbst Brot, Suzanne?»

«Nein. Opdijk wollte das immer, aber es macht soviel Arbeit und ist wirklich ziemlich teuer. Als wir das letzte Mal zur Stadt gefahren sind, habe ich vierzig Laibe gekauft und eingefroren. Es schmeckt sehr gut, denke ich.»

«Neunzigtausend, sagte der Mann?»

«Ja. Ich war sehr froh. Bestimmt kann ich mir mit soviel Geld eine schöne Wohnung in Amsterdam kaufen. Ich möchte gern im Süden der Stadt wohnen, in einem der großen Wohnungsblocks. Ich bin sicher, ich kann es mir jetzt leisten.»

«Das Haus ist noch nicht verkauft, mein Liebes.»

«Ich bin sicher, daß du es bald verkaufen wirst, Jan. Oh, ich bin so froh, daß du hier bist. Ich habe mich so gesorgt. Aber das ist jetzt alles vorbei. Morgen werde ich Porzellan einpacken, aber dafür brauche ich Kisten. Meinst du, daß du mir einige Kisten besorgen kannst, Jan?»

Der Commissaris gähnte und sah auf seine Uhr, die er aus der Westentasche zog. Sie zeigte auf acht. Er runzelte die Stirn und schüttelte gereizt die Uhr. «Wie spät *ist* es eigentlich, Rinus?»

De Gier gähnte ebenfalls. «Zwei Uhr, Mijnheer. Haben Sie noch Amsterdamer Zeit? Mich hat das auch durcheinandergebracht. Als wir gestern abend von Mrs. Wash kamen, ging ich zum Gefängnis und legte mich zu einem Nickerchen hin. Ich habe bis heute morgen geschlafen. Der Sheriff sagte, er habe versucht, mich zu wecken, aber er habe es aufgeben müssen.»

«Du siehst aus, als könntest du jetzt wieder ein Nickerchen brauchen. Ich werde jedenfalls eins machen.»

«Hör mal, Rinus», sagte der Commissaris, als er den Brigadier zur Zufahrt begleitete, «tu mir einen Gefallen. Kauf mir in dem Laden in der Stadt etwas Käse und ein paar Cracker und Erdnüsse oder so was. Nachdem du dein Nickerchen gemacht hast. Du kannst es mir morgen früh geben. Schokolade, irgendwas. Irgendwas, Brigadier. Wo steht dein Wagen?»

Der Brigadier schaute sich müde um. «Weiß nicht, Mijnheer. Ach, ja, ich habe ihn oben an der Straße stehen lassen und bin zu Fuß heruntergegangen. Ich hatte gehofft, etwas Wild zu sehen, aber das muß sich versteckt haben. Ich habe nur Spuren gesehen.»

«Willst du zu Fuß gehen oder soll ich dich mit dem Kombi hinbringen?»

«Es ist schon in Ordnung, Mijnheer.» Der Brigadier ging davon und verschwand hinter einer großen Fichte, deren Äste unter der schweren Schneelast herabhingen.

Suzannes magere Hand klopfte an das Fenster in der Haustür.

«Ja», rief der Commissaris. «Ich komme, Liebes.»

«Du mußt vorsichtig sein, Jan», sagte Suzanne, als er in der Diele war. «Du wirst dich erkälten. Du könntest sogar die Grippe bekommen. Ich hatte im letzten Winter die Grippe und habe wochenlang im Bett gelegen.»

«Ich bekomme nie die Grippe», sagte der Commissaris und nieste.

8

De Gier ging länger als eine Stunde, kalt bis auf die Knochen. Er hatte mit seiner Mütze zu kämpfen und mit den Zweigen, die ihm ins Gesicht peitschten. Meistens ging es bergauf. Eine eisige Brise wehte ihm Schneeflocken in die Augen und ließ die Haare seines Schnurrbarts und der Augenbrauen erstarren. An seinem Dodge war das Türschloß eingefroren, so daß er es mit seinem Feuerzeug erwärmen mußte. Er rauchte, während er wartete, daß sich der Motor warmlief.

Die Straße nach Jameson schien noch schlechter zu sein als vorher. Er fuhr so langsam wie möglich und steuerte in die Richtung, die der Wagen einschlug; wenn er mit der Entscheidung des Wagens nicht einverstanden war, trat er pumpend auf die Bremse. Die Oberfläche der Straße erinnerte ihn an einige Landschaften, die er durch das Fenster der Interkontinentalmaschine gesehen hatte, als sie den Himmel über Grönland und Neufundland durchbohrte – eine leuchtende Ewigkeit gefrorenen Schweigens, ohne jedes menschliche Leben, eine schöne, aber erschreckende Öde, beherrscht von weißen oder mattgelben Bergen und durchschnitten von Schluchten, violett in ihrem tiefen Schatten. Die Straße, richtig fotografiert, könnte als Cover für ein Science-fiction-Taschenbuch dienen und das unheimliche Wunder einer anderen Realität suggerieren. Die plötzliche Veränderung hatte sein Wahrnehmungsvermögen geschärft, und die kürzliche Langeweile der grauen Tage in Amsterdam war nicht mehr als die Erinnerung an einen uninteressanten und fast vergessenen Traum. Er grinste, vergaß seine Vorsicht und beschleunigte den Wagen, der sich prompt um hundertachtzig Grad drehte. «Nein», sagte de Gier leise, «nicht in die Richtung, in *die*!» Er wendete den Wagen und fuhr sehr vorsichtig, bis er beim Gefängnis war. Auf dem Grundstück war es ruhig. Im Büro nickte Chief Deputy Bernie träge und schien verstört zu sein, als eines der Telefone schrillte. De Gier lauschte, während er den Mantel auszog und die Mütze abnahm. Es ging um Eier. Bert, ein anderer Deputy, hatte keine Hühnereier, und Bernie meinte, er müsse welche haben. De Gier ging nach oben, fand sein Bett, legte sich hin und steckte eine Zigarette an. Er machte sie einige Minuten später aus, schloß die Augen und sagte sich, er solle über Cape Orca nachdenken. Als er aufwachte, war es im Zimmer dunkel. Er fand den Sheriff im Büro und bekam einen Kaffee angeboten. Die beiden Männer hatten keine Möglichkeit, miteinander zu sprechen, denn eine plötzliche Unruhe im Gefängnis verlangte die sofortige Aufmerksamkeit des Sheriffs. De Gier ging und sagte zu Bernie, der immer noch Dienst am Tisch tat, daß er in Robert's Markt einkaufen wolle und bald zurück sein werde.

«Sie haben das Abendessen verpaßt», sagte Bernie.

«Macht nichts. Ich kaufe mir im Laden etwas zu essen.»

Bernie grinste. «Wir werden etwas für Sie zubereiten, wenn Sie zurückkommen. Die Gefangenen haben Dienst rund um die Uhr.»

De Gier grinste zurück. Er hörte, wie der Sheriff mit seiner stahlharten Stimme hinter der schweren Gefängnistür jemanden verwarnte. Der Wortschatz des Sheriffs war sehr eindrucksvoll, obwohl er sich irgendwie ständig wiederholte.

Der Dodge ließ sich diesmal besser fahren, weil die Straßen in der Stadt gut gestreut waren. Das Licht der wenigen Straßenlaternen wurde von Schneebänken reflektiert, ein bleicher, grünlicher Schein, unterbrochen von tiefen, düsteren Schatten. Er bog ab und hielt unter dem vorstehenden Dach von Robert's Markt.

Unter dem Dach brannte ein grelles Licht, das die Aufmerksamkeit auf etwa zehn, zum Teil übereinanderhängende Schilder lenkte, so daß es schwer war zu erkennen, zu welchen Käufen sie den Kunden anregen sollten. Drei Schilder nannten Bier, ein anderes Eis. Wozu sollten die Leute wohl Eis kaufen? Das Schild hatte einen Pfeil, der auf einen Metallbehälter zeigte. Er stieg aus dem Wagen und öffnete den Behälter. Plastikbeutel mit Eiswürfeln. Er verstand noch immer nicht. Mit Eis gekühlte Getränke. Aber gewiß hatten alle Amerikaner Kühlschränke, jeder mit mindestens zwei Behältern zur Zubereitung von Eiswürfeln. Wozu brauchten die Leute also noch mehr? Ein Mann kam aus dem Laden, öffnete den Behälter und nahm zwei Beutel mit Eis heraus. «Entschuldigen Sie», sagte der Brigadier. «Wozu brauchen

Sie das Eis?» Der Mann starrte ihn an. De Gier wiederholte seine Frage. «Für eine Party», sagte der Mann. «Für eine Party heute abend. Wozu sonst?» Der Mann schüttelte den Kopf und ging. De Gier nickte. Natürlich. Ein Land des modernen Trinkens.

Die Lichter des Ladens waren anscheinend für draußen reserviert, denn drinnen war der große Raum dunkel und düster. Ein junger Mann mit rotem rundem Gesicht unter einer dichten Masse kleiner weißlicher Löckchen schenkte Bier an drei Kunden aus, die auf hohen Hockern saßen. Sie drehten sich nicht um, aber de Gier erkannte sie und lächelte. An seinem dritten Tag kannte er bereits jedermann. Der Fuchs, Madelin und Albert. Er sagte guten Abend, aber die Gäste drehten sich nicht um.

«Womit kann ich Ihnen dienen?» fragte der Mann mit den weißlichen Löckchen. In seiner Frage lag keine Wärme.

«Etwas Käse», sagte de Gier, «ein paar Cracker, Konfekt, Erdnüsse, Zigaretten, eine Taschenlampe und Batterien.»

«Bedienen Sie sich.»

De Gier schlenderte durch den Laden und betrachtete die ungewohnten Etiketts auf Dosen und Plastikbeuteln. Die Anordnung der Waren war zufällig. Offenbar wurden neue Bestände untergebracht, wo gerade Platz war. Als er etwas nicht finden konnte, wollte er den Ladeninhaber fragen, aber die vier Köpfe steckten in der anderen Ecke eng beieinander. Sie hatten seine Anwesenheit offenbar vergessen. Er stolperte weiter und entdeckte endlich die gewünschten Waren und brachte sie zur Theke, wo der Ladenbesitzer einen Bleistiftstummel nahm, Zahlen niederschrieb und zur Summe addierte.

De Gier zahlte und bat um eine Tüte.

«Tut mir leid, keine Tüte da.»

Aber da waren Tüten vorhanden. Der Brigadier sah einen Stapel plattgedrückter brauner Papiertüten auf einem Regal an der Wand hinter der Theke.

«Geben Sie mir eine von denen. Ich zahle, wenn Sie wollen. Ich kann das nicht alles mit der Hand wegtragen.»

Er bekam keine Antwort, aber der Fuchs glitt vom Hocker, ging zur Tür und schloß ab. Er zog den Schlüssel heraus, ließ ihn in die Tasche seiner kurzen schweren Jacke gleiten und ging wieder zu seinem Hocker.

«Drei Bier, Tom.»

«Drei Bier, sind schon unterwegs.»

«Bring vier. Eins für dich.»

«Vier Bier, kommen sofort.»

Der Kühlschrank hinter der Theke wurde geöffnet. Vier Dosenbier rutschten über die Theke. Das Bier wurde langsam getrunken, direkt aus der Dose. Niemand sah de Gier an.

Die Waren des Brigadiers lagen noch auf der Theke. Er betrachtete seine Kollektion. Falls er die Waren an sich nahm, konnte er sie zur Tür tragen, aber diese nicht öffnen, selbst wenn sie unverschlossen war. Er würde jemanden bitten müssen, sie für ihn zu öffnen. Er könnte versuchen, sich eine der Tüten zu greifen, aber er mußte dazu über die Theke langen, um an das Regal zu reichen, auf dem sie lagen. Tom könnte Einwände haben, wenn er über die Theke kletterte. Er würde mit Tom fertigwerden, aber der Fuchs und Albert würden auf dessen Seite stehen, und Madelin hatte noch kein Zeichen gegeben, daß sie mit dem Verhalten ihrer Freunde nicht einverstanden war. Jede Unruhe, die entstehen würde, wenn er einen Beutel ergriff, könnte als gerechtfertigter Beginn einer Schlägerei erklärt werden, wobei der Gegner das Recht auf seiner Seite hätte.

Herrlich.

Die verschlossene Tür bot ein anderes interessantes Problem für jedes weitere Vorgehen. Offensichtlich ist es illegal, einen Kunden einzuschließen. Freiheitsberaubung eines Menschen. Aber er würde beweisen müssen, daß die Tür verschlossen war.

Er ging alle Möglichkeiten noch einmal durch, als er sich auf den letzten Hocker an der Theke setzte, Ja, er konnte nichts tun. Die Tür aus den Angeln zu treten, würde als absichtliche Sachbeschädigung durch einen verantwortungslosen ausländischen Besucher hingestellt werden, denn sie würden die Tür hinterher aufschließen und behaupten, sie sei nicht verschlossen gewesen. Selbstverständlich könnte er den Schlüssel aus der Tasche vom Fuchs holen. Aber dem Fuchs würde das nicht gefallen. Also zum Ausgangspunkt zurück. Eine Schlägerei, vier gegen einen. Nein.

De Gier nahm eine Zigarette und steckte sie an. Er dachte daran, um ein Bier zu bitten, aber Tom würde ihn vielleicht nicht hören. Tom stocherte in seinen Zähnen mit einem Streichholz, das er mit einem langen Messer angespitzt hatte. Er hatte das Messer auf die Theke gelegt, in bequemer Reichweite. De Gier betrachtete die Haut auf Toms Handrücken, weiche Haut mit winzigen, sehr blonden Härchen. Ein gutes Messer mit einer dünnen, üblen Klinge. Er hatte auch vorher schon mit Männern gekämpft, die ein Messer hatten. Gegen einen Mann zu kämpfen, der ein Messer in der Hand hält, erfordert jedoch Konzentration, und er würde nicht beobachten können, was die anderen taten. Tom warf das Streichholz in einen Karton voller Abfälle und griff nach seiner Dose Bier. Er trank, wobei er stur geradeaus schaute. Der Fuchs fuhr mit dem Zeigefinger einen Riß in der Theke entlang. Albert hatte die Augen geschlossen und pfiff. Madelin las die Aufschrift auf ihrer Bierdose. De Gier rauchte und ordnete seine Einkäufe neu; den Schmelzkäse vor die Cracker, die Konfektriegel stapelte er übereinander, legte darauf die Stange Zigaretten und oben drauf die Erdnüsse. Er schraubte die Plastiktaschenlampe auseinander und steckte die beiden Batterien hinein. Er knipste sie an. Sie funktionierte. Er knipste sie wieder aus. Die Zigarette war zu Ende geraucht, er ließ den Stummel fallen und trat ihn mit dem Stiefelabsatz aus. In den nächsten zehn Minuten passierte nichts. Albert pfiff sein Lied immer wieder von neuem. Ein monotones Thema, aber ganz exakt. De Gier lauschte jeder Wiederholung. Er war nicht besonders besorgt. Er hatte die Antwort auf das Rätsel gefunden. Er konnte nichts anderes tun als zu warten. Auch der Gegner konnte nichts anderes tun als zu warten. Beide Seiten würden aufeinander warten müssen. Aber der Gegner war ihm einige Schritte voraus. Die vier konnten Bier trinken und beisammen sein, er konnte nichts tun und war allein. Und der Gegner konnte bestimmen, wann das Spiel aus war.

Was jetzt? Noch eine Zigarette? Aber er hatte soeben erst eine ausgemacht. Er steckte seine Hand in die Seitentasche seiner Jacke und kam mit einem Amsterdamer Busfahrschein wieder heraus. Er hielt den Fahrschein auf Armeslänge vor sich und las: *Dieser Fahrschein gilt am Tag der Ausgabe für jede Strecke in einer Amsterdamer Straßenbahn oder einem Bus, einschließlich der Berechtigung zum Umsteigen, vorausgesetzt . . .* Er zerknüllte den Fahrschein und warf ihn in den Abfallkarton. Nicht sehr interessant, keine Handlung, keine Mitwirkenden. Er warf einen Blick auf den Gegner. Der tat nichts Besonderes, aber Albert pfiff noch immer. Dennoch hatte es eine subtile Veränderung gegeben. Albert pfiff mit gespitzten Lippen eine Variation des Themas und klopfte zweimal mit dem Fuß auf. Das Klopfen brachte anscheinend den Fuchs in Bewegung, er stand auf und ging zu einer Stelle, die mitten zwischen Tür und Theke lag, wo er mit den Fingern zu schnippen begann. Madelin hatte die rechte Hand zur Faust geballt und klopfte mit den Knöcheln auf die unebene und fleckige Theke. Auch Tom tat etwas. Er nahm das Messer mit der Klinge in die Hand und schlug mehrmals mit dem Griff leicht auf die Bierdose. Anfangs harmonierten die Geräusche noch nicht miteinander, aber Albert pfiff ein wenig lauter, hielt eine Note, brach ab und hielt sie wieder. Der Rhythmus stimmte jetzt.

De Gier stieg von seinem Hocker und knöpfte die Jacke auf. Der Gegner wandte sich seinem Opfer zu, aber das Pfeifen, Fingerschnippen, Klopfen und Pochen hörte nicht auf. De Giers Hand fuhr in die Brusttasche und kam mit einem flachen schwarzen Lederetui wieder heraus. Das Pfeifen wurde unterbrochen und setzte dann wieder ein. Er öffnete das Etui, nahm eine kleine Metallflöte heraus und schraubte die beiden glänzenden Teile zusammen. Er blies seinen ersten Ton. Er fügte sich in einen Taktschlag ein, in dem das Klopfen und Fingerschnippen ausgefallen war. Der Brigadier holte tief Luft, hielt den Atem über vier Takte an und blies dann einen höheren, viel längeren Ton. Als er abbrach, fiel Alberts Pfeifen ein und dehnte sich aus, und de Gier ging mit dem Ton herunter und machte die Flöte zum Schatten des Pfeifens. Er wollte den Gegner nicht beherrschen, sondern sich damit zufriedengeben, ihm zu folgen. Er kannte die Melodie. «Straight, No Chaser.» Ein sehr schönes Lied, geschrieben und gespielt von den besten Musikern an der Küste und in der Stadt New York. Er hatte das Lied auf mindestens zwölf Platten. Er hatte es oft mit Adjudant Grijpstra gespielt, der ihn auf seinem alten Schlagzeug begleitete. Aber vielleicht war die gegenwärtige Rhythmusgruppe eine größere Herausforderung als das methodische Herangehen, das der Adjudant, der weit entfernte Adjudant, bei früheren Gelegenheiten geboten hatte. Er kannte den Stil des Adjudant gut und paßte sich gern der Art und Weise Grijpstras an, aber der Gegner war neu und würde Überraschungen bringen, plötzliche Änderungen, eine ganz neue Art, die sich von der Melodie her bietenden Möglichkeiten auszunutzen.

Er blies noch einmal den hohen Ton, zerhackte ihn aber und kam wieder auf das Thema zurück, das er wiederholte, um den anderen die Möglichkeit zu geben, sich einzufügen. Madelin war die erste, die den Sing-Sang anstimmte. Er bestand aus einem Wort: *Cannonball.* Tom stimmte mit ein, wobei er die einzelnen Silben benutzte, um das Hauptthema der Melodie hervorzuheben. Madelins Stimme erinnerte den Brigadier an die vereiste Landschaft, die er auf der Straße von Cape Orca gesehen hatte, aber die Leere war nicht mehr unbelebt. Jetzt befanden sich darin Wesen, durchsichtig und schwebend. Die heisere, dünne Stimme des Fuchses gab den Wesen mehr Gestalt, und de Gier begann am Rande seines Bewußtseins einige der Geschöpfe zu erkennen, aber nicht völlig, denn sie waren in seinen Träumen und wollten keine tatsächliche, feststellbare Existenz annehmen. *Can-non-ball.* Das Wort schien logisch zu sein, das einzige Wort, das für diesen Sing-Sang zu gebrauchen war. Ihm fiel ein, daß er folgen sollte und nicht führen, und Alberts Pfeifen erfüllte den Laden wieder bis in die dunklen Ecken. Tom hatte seinen geschützten Winkel mit einem Sprung über die Theke verlassen. Er hatte das Messer und die Bierdose zurückgelassen. Der Fuchs schnippte nicht mehr mit den Fingern. Der Sing-Sang war kräftig geworden. Sogar der ruhige Albert hatte mit eingestimmt. Madelins Stimme hob sich und durchbrach die Grenzen des Raums. Sie sang die letzte Silbe des Worts. *Ball.* Hoch und unirdisch, aber auch wohltuend melodiös. Ein heiliger Klang, dachte de Gier, aber wahrhaft heilig, befreit von der Güte, die Engeln und Heiligen anhängt, sich der Reinheit nähernd, die mit Worten nicht mehr zu beschreiben ist.

Er schaute zur Tür, als sie sich öffnete und der Sheriff und der Chief Deputy hereinkamen und sich zwischen die Regale mit den großen Colaflaschen stellten, die einen Korridor in den Laden bildeten. Das dürftige Licht im Laden wurde vom metallischen Blau ihrer Schußwaffen und den silbernen Dienstmarken auf den Pfadfinderjacken reflektiert. Die Melodie brach abrupt ab, als de Gier die Flöte von den Lippen nahm und Tom wieder an seinen Platz hinter der Theke sprang. Er schaute die Kunden an und lächelte.

«Womit kann ich den Hütern des Gesetzes heute abend dienen?»

«Sind noch Sandwiches da, Tom?»

«Ja, Sheriff. Mit Pute oder Salami? Hier essen oder mitnehmen?»

«Pute. Was möchtest du, Bernie?»

«Pute.»

«Zweimal Pute zum Mitnehmen.»

Die Sandwiches kamen aus den Tiefen des Kühlschranks und sahen frisch und lecker aus. Tom wickelte sie in Plastik ein, das er mit einer einzigen Bewegung aus einem Schlitz in der Theke zog und abschnitt. Der Sheriff zahlte, und beide Männer machten kehrt und gingen zum Streifenwagen, der unter der Markise stand und zum Teil durch das Türglas zu erkennen war. Der Straßenkreuzer stand mit dem Kühler neben den geduckten Umrissen von de Giers Dodge.

«Guten Abend, Sergeant», sagte der Sheriff, als er an de Gier vorbeiglitt. «Wir sehen uns nachher im Gefängnis. Ich habe noch eine Stunde Streifenfahrt vor mir.»

De Gier nickte. Die Tür wurde geschlossen. Eine Hand berührte sein Handgelenk. Er schaute auf und sah dem Fuchs in die gelbbraunen Augen. Der Türschlüssel lag auf der ausgestreckten Hand des Fuchses. De Gier nahm den Schlüssel, ging zur Tür, steckte ihn ins Schloß und drehte. Es gab ein Knacken, aber kein Riegel kam aus dem Schloß.

«Ein Patentschloß?»

«Nein, nur alt.»

«Machen Sie das öfter?»

Der Fuchs lächelte, angenehm lässig. «Nicht zu oft. Es regt die Leute zu sehr auf.»

«Sergeant?»

Tom war zu ihnen gekommen. Er hielt eine braune Papiertüte. «Ihre Sachen. Die Tüte ist gratis. Ihre Flöte gefällt mir, schauen Sie mal wieder rein.»

Der Fuchs lachte. «Das brauchst du nicht zu sagen, Tom. Du hast hier den einzigen Lebensmittelladen.»

De Gier trug seine Tüte zur Tür. Das Mädchen huschte an ihm vorbei und öffnete sie.

«Danke.»

«Erinnern Sie sich, wo ich wohne, Brigadier?»

Er erinnerte sich. Im Haus hinter dem Maklerbüro. Ihm fiel auch ein, daß ihr Vater nach den Bahamas geflogen war.

«Ja.»

«Ich werde auf Sie warten.»

Ihre Füße schienen kaum den Schnee zu berühren, als ihre schlanke Gestalt, eingehüllt in einen engen Pelzmantel, zu einem großen Wagen eilte, der auf einem Hof seitlich vom Laden stand.

Als er im Dodge das Funkgerät einschaltete, sprach der Sheriff mit Deputy Bert. «Aber wir müssen Eier haben, Bert. Du weißt, daß der Lieferwagen mit den Eiern umgekippt ist. Robert's Markt wird für eine Woche keine Eier haben. Die Gefangenen wollen Eier zum Frühstück.»

«Ich kann keine bekommen, Jim. Ich hab's versucht. Keiner hat Eier übrig, wir haben Winter. Die meisten Hühner sind geschlachtet.» Das Funkgerät knackte.

«Ich könnte in Smithtown vielleicht ein paar Enteneier bekommen. Würden die Gefangenen Enteneier essen, Jim?»

«Besorge Enteneier, Bert. Noch heute abend. Zehn vier.»

«Sheriff», sagte Bert, «Jim, bitte. Das sind dreißig Meilen hin und dreißig zurück, und die Straßen sind schlecht. Vielleicht gibt es dort auch keine Eier mehr. Der Mann hat kein Telefon. Du willst doch wohl nicht, daß ich vergebens hinfahre, Jim.»

«Zehn vier, Bert.»

«Jim!»

«Zehn vier, verdammt noch mal!» Die Stimme des Sheriffs war leise, fast liebevoll, aber sie war von einer beißenden Schärfe.

De Gier drückte die Sprechtaste am Mikrofon. «Sheriff?»

«Zehn drei, Sergeant.»

«Ich werde mich vielleicht verspäten, Jim. Madelin Astrinsky hat mich zu einem Drink eingeladen. Ich bin jetzt auf dem Weg zu ihr.»

Im Funkgerät kicherte es. «Schön für Sie. Sind Sie noch in der Hauptstraße?»

«Ja.»

«Ich möchte Sie noch kurz sprechen. Fahren Sie noch nicht gleich zu ihr. Fahren Sie die Hauptstraße hinunter und dann immer weiter. Auf der rechten Seite stehen dann Ulmen. Wissen Sie, wie Ulmen aussehen?»

«Ich glaube schon.»

«Hohe, gerade Stämme, die sich nach oben gabeln. Sie sind vor einigen Jahren abgestorben, aber die Stadt hat noch kein Geld bewilligt, um sie zu fällen. Sie sind an Ihrer holländischen Ulmenkrankheit eingegangen. Dort halten Sie an. Lassen Sie den Motor laufen. Ich bin jetzt außerhalb der Stadt, komme aber zurück.»

Die Ulmen reckten sich mit großen wogenden Gebärden. Die Rinde schälte ab und bewegte sich leicht in der abnehmenden Brise. Die nackten Geisterbäume beeindruckten den Brigadier. Leichen, fast schon Skelette, aber dennoch Ausdruck für die Lebenskraft, die sie hatte wachsen lassen zu gewaltigen Symbolen für den Drang der Planeten, sich mit dem Himmel zu vereinigen. Der kleine blaue Wagen war rutschend zum Halten gekommen und stand vor vertrocknetem Unkraut, das Schatten auf den Schnee warf, ein sich bewegendes Gewirr scharfer schwarzer Linien. Die Fenster vereisten, de Gier kratzte sie ab. Er sah den weißen Schimmer der Landschaft, die sich beiderseits der verlassenen Straßen erstreckte. Vorn an der Kurve tauchten die Scheinwerfer des Streifenwagens auf und näherten sich schnell. Die wachsende Masse kam ihm boshaft vor, ein beunruhigendes Wesen, das dabei war, sein Glücksgefühl zu beeinträchtigen. Er stieg aus dem Wagen und wurde vom Frost ins Gesicht gebissen. Ungeduldig rückte er die Waschbärenfellmütze zurecht, aber der Schwanz baumelte ihm immer noch ins Gesicht. Die Mütze hatte ihn auch im Wagen gestört, aber er hatte sich nicht getraut, die Hände vom Steuer zu nehmen. Und jetzt konnte er sie nicht abnehmen, weil sie seine Ohren schützte.

Der Sheriff winkte einladend. De Gier stolperte zur hinteren Tür, die sich geöffnet hatte. Der Rücksitz war eine einfache Holzbank, die Fenster auf beiden Seiten waren vergittert. Innen fehlten die Türgriffe.

«Ich hoffe, es macht Ihnen nichts aus, im Gefangenenabteil zu sitzen, aber wir werden Sie nicht lange aufhalten. Wir wollten Ihnen nur noch einige Informationen geben.»

Der Sheriff hatte die dicke Trennscheibe hinter dem Fahrersitz geöffnet. Der Chief Deputy füllte den Beifahrersitz ganz aus. Er aß sein Sandwich mit Putenfleisch.

«Die haben bei Ihnen den Trick mit der Tür gemacht, stimmt's?»

«Ja.»

«Das haben sie schon mal gemacht, es ist eine perfekte Falle, Ich habe Sie gebeten, mich zu treffen, weil im Laden ein Sprechfunkgerät ist mit unserem Kanal. War es eingeschaltet, als Sie dort waren?»

«Nein.»

«Es wird jetzt eingeschaltet sein. Ich habe einen Zerhacker beantragt, aber der Staat kann ihn sich nicht leisten. Alles war wir über Funk sagen, ist der Öffentlichkeit bekannt. Der Türtrick hat nicht geklappt, nicht wahr? Sie waren anscheinend alle ganz fröhlich, als wir hereinkamen. Was ist passiert?»

De Gier erzählte es ihm.

«Ja, ich dachte zuerst, ich hätte Musik gehört, aber im Laden ist es so dunkel, daß man nicht erkennen kann, was vor sich geht. Gut, die erste Runde ist also gewonnen. Aber der Gong wird wieder ertönen. Jetzt will Madelin Sie, stimmt's? Das ist ebenfalls gut. Es sollte Ihnen möglich sein, einige Informationen zu erhalten.»

«Seit wann ist sie bei dieser Bande, Jim?»

«Ich weiß es nicht genau. Bernie ist Experte in lokaler Geschichte. Sag's ihm, Bernie.»

Der dicke Deputy schluckte und drehte sich um. «Seit die Bande gegründet wurde, Sergeant, vor etwa zehn Jahren. Damals waren sie noch Jugendliche, wir haben sie festgenommen, weil sie Reifen aufschlitzten und Fensterscheiben einwarfen. Damals waren sie ein öffentliches Ärgernis, aber das waren unbedeutende Sachen. Heute sind sie anders.»

«Haben sie ein Strafregister?»

Bernie schaute, ob von seinem Sandwich noch etwas übriggeblieben war. Nichts. Er faltete die Plastikfolie, ließ die Krumen in seine Hand rinnen und aß sie. «Nein, eigentlich nicht. Die frühen Sachen wurden gelöscht, weil sie minderjährig waren, und danach gab es nur noch Geschwindigkeitsüberschreitungen und Trinken in einem auf öffentlicher Straße geparkten Wagen.» Er gähnte und schaute auf seine Uhr. «Noch eine halbe Stunde, Jim.»

«Ich habe heute ein bißchen gearbeitet, Sergeant», sagte der Sheriff. «Ich bin beim Stadtsekretär gewesen. Cape Orca hat gegenwärtig drei Eigentümer. Zunächst selbstverständlich Mrs. Wash, ihr gehört der größte Teil des Landes. Dann Michael Astrinsky, der die geräumten Besitzungen gekauft hat. Und Suzanne besitzt ja noch ihr Haus und Grundstück. Sie könnten Jeremy als vierten Eigentümer dazuzählen, weil ihm die Insel gehört und sie in der Orca-Bucht liegt und von Cape Orca eingeschlossen wird.»

«Astrinsky? Hat Ihnen Ihr Freund, der Makler, gesagt, wieviel Mrs. Opdijks Haus wirklich wert ist?»

«Ja, neunzigtausend. Und Astrinsky hat dreißig geboten, sagten Sie.»

«Astrinsky spielt also Monopoly und versucht, eine ganze Straße an sich zu bringen. Was könnte er aus der Straße machen?»

«Vielleicht einen Yachthafen», sagte der Sheriff. «Er könnte einen Anleger bauen mit einem kleinen Hafenbecken für Vergnügungsboote. Das wäre kein schlechter Plan.»

Der Brigadier betrachtete die Metallstange, die ihn vom Fahrersitz trennte. Sie war von hin und her gleitenden Handschellen ganz glänzend geworden. «Ja. Und Astrinsky ist auf die Bahamas geflogen. Besteht die Möglichkeit, ihn zu einem Verhör zurückzurufen?»

Bernie lachte, «Astrinsky? Er ist ein großes Tier, Sergeant. Er ist mit dem Gouverneur bekannt. Er ist Stadtrat. Er ist Präsident der Blue Crustaceans. Jedermann schuldet ihm einen Gefallen. Astrinsky ist ein großer Fisch in einem kleinen Teich.»

Der Sheriff nickte. «Ich könnte ihn zum Zurückkommen veranlassen, wenn ich die Staatspolizisten bitte, offizielle Ermittlungen aufzunehmen, aber was sage ich denen? Nein, Sergeant, das müssen wir selbst austüfteln. Sie haben heute schon etwas getüftelt. Wie geht es denn Jeremy jetzt?»

Der Brigadier berichtete über den Besuch am Vormittag. Das Funkgerät meldete sich, Bernie antwortete.

«Hier ist der Wildhüter», tönte es aus dem Gerät. «Bist du es, Bernie?»

«Ja.»

«Hast du den Hund?»

«Ich dachte, *du* wolltest den Hund töten.»

«Nein», tönte es aus dem Gerät. «Und das weißt du genau. Wir haben uns zweimal geeinigt, du würdest das erledigen, und dies ist das drittemal, daß wir uns darin einig sind. Gib uns Nachricht, wenn du den Hund hast. Gib uns besser morgen schon Bescheid.»

«Zehn vier», sagte Bernie. Er steckte das Mikrofon in die Halterung und fluchte.

«Wieder dieselbe zehn vierundsechzig, Bernie?» fragte der Sheriff.

«Ja, Jim, dieselbe alte zehn vierundsechzig. Die schieben mir den Schwarzen Peter zu, und ich gebe ihn wieder zurück.»

«Diesmal nicht, wie mir scheint», sagte der Sheriff.

«Was ist eine zehn vierundsechzig?» fragte de Gier.

Bernie betrachtete das Armaturenbrett. Sein Gesicht war teilnahmslos, aber die Fettrollen im Nacken bewegten sich. «Eine Anzeige wegen Hund und Hirsch, Sergeant.»

«Ein Hund, der Hirsche wildert?»

«Ja, Sergeant», sagte der Sheriff. «Die Hunde jagen die Hirsche, aber das tun Touristen auch. Wir verkaufen ihnen gern Jagderlaubnisscheine und Hütten und Lebensmittel und alles andere, was sie zu brauchen glauben. Das ist ein Teil des Wirtschaftslebens im County. Die Wildhüter sollen eigentlich die Wälder durchstreifen, aber sie benutzen Hubschrauber. Die arbeiten nicht gern am Boden; sie denken, daß wir das tun können. Wenn sie einen Hund sehen, der Hirschen nachstellt, verfolgen sie ihn und stellen fest, wem er gehört, und dann geben sie dem Besitzer eine einmalige Verwarnung. Beim zweitenmal erschießen sie den Hund vom Hubschrauber aus. Aber die Hunde werden schlau und verstecken sich, wenn der Hubschrauber in der Nähe ist, so daß wir kommen und die Aufgabe erledigen müssen.»

«Stimmt», sagte Bernie. «Und wir haben zu tun. Jeder hier hat einen Hund und bindet ihn nicht an. Die Hunde jagen alles, was sie sehen, und Hirsche sind das größte, was sie sehen. Und sie töten die Hirsche nicht, sondern machen sie zu Krüppeln. Ein Hund kann an einem Tag ein Dutzend Hirsche zu Krüppeln beißen.»

«Also erschießen Sie die Hunde?»

«Manchmal. Die Leute aus dem Ort haben es nicht gern, wenn wir ihre Hunde erschießen; sie möchten, daß wir sie verwarnen. Und das tun wir dann. Wir gehen herum und verwarnen die Hundehalter. Den Besitzer dieses speziellen Hundes habe ich ein dutzendmal verwarnt. Und jedesmal sagt der alte Bill: ‹Klar, Bernie, kommt nicht wieder vor. Ich werde ihn anbinden.› Aber das tut er nicht. Und den Hund sehe ich nie. Bill versteckt ihn, wenn er den Streifenwagen sieht. Bill hat sein ganzes Leben hier verbracht. Ein ganz raffinierter Mann, der alte Bill Thompson, zu raffiniert für mich. Aber die Wildhüter wollen nichts davon wissen. Einen um den andern Tag reden sie mit mir.»

«Ja», sagte de Gier. «Was halten Sie von unseren Morden, Bernie?»

Der Deputy zerknüllte die Plastikfolie von seinem Brot zu einem kleinen Ball, öffnete das Fenster und warf ihn hinaus. Er drückte auf den Fensterknopf, woraufhin die Scheibe nach oben glitt. «Abfälle wegwerfen, hundert Dollar Buße. Alle tun es immer wieder. Wenn man ihnen sagt, es sei ungesetzlich, lachen sie. Schreibt man ihnen einen Bußbescheid aus, zerschnlitzen sie einem die Reifen. Morde? Was für Morde? Mir scheint, die müssen Sie erst mal beweisen. Nur einer würde genügen. Dann könnten wir die Staatspolizei rufen. Mord ist keine Angelegenheit für den Sheriff. Er kann ihn entdecken, aber nicht viel daran arbeiten.»

Der Sheriff langweilte sich anscheinend. Er fuhr mit seiner kleinen, schmalen Hand über die Bedienungsknöpfe am Armaturenbrett und berührte einen. Die Sirene bellte einmal auf und zerriß die Stille draußen. «Du hast gehört, was der Sergeant sagt, Bernie. Mary Brewers Leiche wurde gefunden, aber nicht ihr Boot. Vielleicht können wir das Boot finden.»

Bernie zeigte hinaus auf die Bucht. «Das Boot ist dort draußen, Jim. Die Bucht friert zu. Wir können nicht unter das Eis gucken.»

«Das Boot ist orange. Das ist eine gute Farbe. Wenn es nicht gesunken ist, wird es aus der Höhe zu sehen sein.»

«Wir haben kein Flugzeug, Jim.»

«Wir haben vieles nicht, aber andere. Ich habe einen Freund bei der Küstenwache, einen Offizier. Die Küstenwache hat Dutzende von Hubschraubern. Vielleicht brauchen die Übung. Ich kann um einen Gefallen bitten, die haben uns auch schon mal um Gefälligkeiten gebeten. Ich brauche keine offiziellen Ermittlungen, um ein paar Hubschrauber herumfliegen zu lassen.»

Bernie rülpste.

«Meinst du, ich sollte die Küstenwache nicht bitten?»

«Doch, Jim, nur zu. Vielleicht wird das Boot auftauchen. Vielleicht können wir eine Beziehung zwischen dem Boot und der Bande herstellen. Mit der Bande ist nicht zu spaßen, Jim. Denk daran, was sie mit meinem

Streifenwagen gemacht haben. Denk daran, was sie mit dem armen Captain Schwartz gemacht haben. Sicher, der Kerl ist ein Nazi, und natürlich sind Nazis schlimm, aber Schwartz war bekloppt, einfach bekloppt, harmlos. Er lief in der verrückten Uniform herum und zog über Neger und Juden her, aber das war alles nur Geschwätz. Er hat keinem etwas zuleide getan. Er war ein ruhiger alter Kerl, aber dann besucht ihn der Fuchs, und als nächstes sehen wir, wie Schwartz eilends die Stadt verläßt. Sein Sohn oder Neffe oder wer kommt her, verkauft das Haus, macht an Ort und Stelle eine Versteigerung und verscherbelt die Schätze des Captain für einen Apfel und ein Ei.»

«Der Fuchs», sagte de Gier. «Hat er einen besonderen Grund, die Nazis zu verabscheuen?»

Bernie zuckte die Achseln. «Haben wir das nicht alle? Der Alte vom Fuchst ist im Krieg umgekommen, gefallen in Frankreich. Ein paar hunderttausend andere G.I.'s sind ebenfalls gefallen. Warum soll man das Schwartz vorwerfen? Ich sage Ihnen, der Fuchs ist schlecht. Die sind alle schlecht. Die lungern herum und lächeln und kriegen ihren akademischen Grad und schneiden Bretter aus gestohlenem Holz, aber wenn sie die Möglichkeit sehen, sich so richtig boshaft auszulassen, dann nehmen sie sie auch wahr. Denken Sie daran, was Ihnen heute abend passiert ist. Okay, sie haben es bei Ihnen nicht geschafft, aber sie haben viele andere so erschreckt, daß die sich in die Hose gemacht haben. Sie haben Leute in dem Laden stundenlang festgehalten, eingeschlossen hinter einer nicht verschlossenen Tür.»

«Stimmt», sagte der Sheriff. «Vielleicht ist es besser, wenn Sie jetzt gehen, Sergeant. Auf Sie wartet eine erfreuliche Verabredung, aber nehmen Sie sich in acht. Madelin hat etwas von einem Vampir. Sie könnte Ihnen das Blut aussaugen, wenn Sie einnicken. Ich öffne Ihnen die Tür.»

Er zwinkerte de Gier zu, als dieser aus dem Wagen stieg. «Viel Spaß, Sergeant. Nehmen Sie Ihre Chance wahr, wenn ich auch vermute, daß sich Ihnen in Amsterdam genug Gelegenheiten bieten. Stimmt's?»

«Sie kommen und gehen», sagte de Gier. Er fühlte sich zu müde, um auf das Augenzwinkern zu reagieren. Die Waschbärenfellmütze hatte sich wieder mal herumgedreht, er bekam den flauschigen Schwanz in den Mund.

9

De Gier ließ sich fallen, rollte seitlich weg und weiter fort, bis er hinter einem Felsbrocken Deckung fand. Er wußte, daß er dahinter in Sicherheit war. Der Gewehrknall war vom Wald her gekommen. Gar kein schlechter

Schuß. Die Kugel hatte seinen Kopf knapp verfehlt. Er nahm die Mütze ab und spähte über den Felsen. Er sah etwas Dunkles unter den Bäumen, das sich entfernte. Der Schütze war anscheinend in seinen Bewegungen behindert. Da war etwas mit seinen Füßen. Ja, Schneeschuhe. Er lehnte sich zurück und überlegte. Der Schütze war vollkommen sicher. Es hatte keinen Zweck, den Mann zu verfolgen. Er selbst war nicht bewaffnet.

Er stand auf und schaute hinüber zur Zufahrt vom Haus von Astrinsky. An der Stelle, an der er gestanden hatte, als die Kugel vorbeipfiff, lag etwas. Er fand einen Stock und stocherte nach dem Gegenstand. Der Waschbärenschwanz. Er schaute auf seine Mütze. Der Schwanz fehlte. Er bemühte sich zu grinsen, aber statt dessen klapperten seine Zähne. Ein leichter Schock. Er war auch früher schon beschossen worden und hatte die gleiche Erfahrung erlebt. Klappernde Zähne. Höchst ärgerlich, aber das würde nach einer Weile aufhören.

Das Licht auf der Veranda brannte. Er hatte im Licht gestanden, als der Schütze abdrückte. Wieder auf dem Präsentierteller, genau wie in Robert's Markt. Sie schufen sich ihre Situationen. Er bekämpfte die kleine Woge des Selbstmitleids, das seinen Verstand zu überfluten drohte. Also gut, er war hier, auf ihrem Territorium, und sie spielten ihr eigenes Spiel. Er würde sich ihrer Taktik anpassen müssen. Er schaute hinüber zum Dodge, der ein Stückchen weiter auf der Zufahrt stand. Er könnte zum Wagen gehen, einsteigen, zum Gefängnis fahren, baden, Kaffee trinken und zu Bett gehen. Oder er könnte das Mädchen besuchen, das ihn eingeladen hatte.

Die Tür ging auf. Madelins Stimme drang bis zum Felsen.

«Sergeant?»

«Hier bin ich.»

«War das ein Schuß?»

«Ja.»

«Warum kommen Sie nicht herein?»

Er sprintete über die Zufahrt und hob auf dem Weg den Waschbärschwanz auf. Sie trat zurück, um ihn durch den Eingang springen zu lassen, und schloß die Tür. Er zeigte ihr den Schwanz.

«Der ist von meiner Mütze.»

Sie spitzte die Lippen. «Das war knapp, Sergeant.»

Er zog den Mantel aus, und sie bat ihn, die Stiefel auszuziehen und in Mokassins aus Schafsleder zu schlüpfen. Sie stand so nahe, daß er die Rundung ihrer Brust und den Druck ihres Schenkels spürte. Das war entweder Absicht oder purer Zufall. Es war noch ein bißchen zu früh, um das zu beurteilen.

Sie führte ihn in ein Zimmer mit offenem Kamin. Er setzte sich auf ein kleines Sofa und streckte die Hände nach den brennenden Scheiten aus.

«Haben Sie schon zu Abend gegessen, Sergeant?»
«Nein, aber ich bin nicht sehr hungrig.»
«Bekommen Sie im Gefängnis nichts zu essen?»
«Doch, aber ich war nicht zur rechten Zeit am rechten Ort.»
«Sind Sie überhaupt nicht hungrig?»
«Ein bißchen.»
«Ich mache Ihnen einen Drink und ein Sandwich. Möchten Sie ein Sandwich? Mit Steak?»
«Ja, gern.»
Sie schenkte ihm aus einer großen braunen Flasche mit orangefarbenem Etikett ein und hob ihr halbvolles Glas. «Ihr Wohl, Sergeant.» Sie tranken. «Ich bin gleich wieder da.»
Er betrachtete die Flammen und versuchte sich zu erinnern, was er über Amerikaner wußte. Er hatte Dutzende festgenommen, alle wegen der gleichen Sache: Rauschgift. Ihm fielen die nichtssagenden jungen Männer ein, bärtig, zerlumpt, und ihre weiblichen Gegenstücke, in langen, schmutzigen Kleidern, oft barfuß. Sie lungerten im Sommer im Zentrum von Amsterdam herum. Traurige Unschuldsengel. Versager, gewöhnlich am Rande des Verhungerns, oft dem Tode nahe. Sie wurden eingesperrt, vor Gericht gestellt, verurteilt und in die Vereinigten Staaten zurückgeflogen, begleitet von niederländischen Militärpolizisten. Er hatte auch mit anderen Amerikanern zu tun gehabt, den Touristen in mittleren Jahren, die täglich scharenweise mit Uralt-Jets eingeflogen wurden. Die Touristen verliefen sich meistens, verloren etwas und wurden manchmal ausgeraubt.
Er hatte auch Kontakt zu Deserteuren der amerikanischen Besatzungsarmee in Deutschland gehabt. Und er hatte Bücher gelesen und Filme gesehen. Aber die tatsächlichen Begegnungen und die Phantasien in Geschichten und auf der Leinwand hatten ihn nicht darauf vorbereitet, Amerikaner auf ihrem Heimatboden kennenzulernen. Eine amerikanische Kugel hatte ihn vor wenigen Minuten verfehlt. Die nächste würde ihn vielleicht treffen.
Er schüttelte den Kopf und sah sich im Zimmer um, ohne Einzelheiten wahrzunehmen. «Straight, No Chaser». Die BMF-Bande. Ein Schütze, der auf Schneeschuhen ruhig in den dunklen Wald stapft.
Er nippte an seinem Drink, setzte ihn ab, reckte sich und begann durch das Zimmer zu schlendern, die Hände in den Hosentaschen. Die gleiche Eleganz wie im Haus von Mrs. Wash, aber in kleinerem Maßstab. Irgendwie ein kahles Zimmer, aber jedes Möbel anscheinend ein Sammlerstück. Das Sofa und die dazu passenden Sessel, der Eßtisch an der gegenüberliegenden Wand und der Bücherschrank stammten offenbar alle aus der Zeit des amerikanischen Bürgerkriegs. Er bewunderte die strengen, festen

Konturen und die ausgezeichnete Arbeit, mit der nicht nur die Möbel, sondern auch das Zimmer selbst gestaltet worden waren. Rohe, schwere Balken, getünchte Wände, Hartholzfußboden. Die Ziegel des Kamins kamen ihm so alt vor, daß er glaubte, sie würden zerbröckeln. Er betrachtete die einzige Dekoration im Zimmer, ein ziemlich großes Gemälde, das über dem Kaminsims hing. Er trat einen Schritt zurück und brummte beifällig. Kein gewöhnliches Kunstwerk und höchst makaber. Er ging noch ein wenig zurück, um den Gesamteindruck der Szene in sich aufzunehmen. Der Tod. Ein großes Skelett auf einem Rappen. Das Skelett trug ein wehendes Cape, ein purpurnes Cape im gleichen Farbton wie der lange Rock, den Madelin trug. Das Pferd galoppierte. Roß und Reiter waren auf dem Weg, vielleicht zu einem Schlachtfeld oder in eine Stadt, wo die Pest wütete. Er ging näher an das Bild heran. Das Pferd galoppierte über eine Blumenwiese. Im Hintergrund bewaldete Hügel und ein fahler Himmel, Flammen loderten empor.

Wieder schüttelte er den Kopf. Dies müßte das Zimmer sein, in dem Astrinsky aß und behaglich vor dem Feuer die Zeitung las. Er konnte sich den gesprächigen, Gesellschaft liebenden Mann unter diesem Bild nicht vorstellen. Er bewegte es ein wenig. Das Bild paßte nicht zu der anheimelnden Umgebung des Kamins. Offenbar hing dort sonst ein anderes Bild. Das Skelett hielt mit irrem Grinsen eine Sense und preßte die Schenkel gegen die Flanken des schimmernden Pferdes; es war ganz offensichtlich seinetwegen hier aufgehängt worden. Es könnte ein Teil der Falle sein, die Fortsetzung der Kugel vorhin auf der Zufahrt und der Begegnung in Robert's Markt.

Er rückte das Bild zurecht, nahm sein Glas und setzte sich. Wie nett. Was kommt jetzt? Gift im Steaksandwich? Würde sie ihn in eine feuchte Zelle im Keller schleppen und seine schlafende oder sterbende Gestalt an eine Kanonenkugel ketten?

Cannonball. Er hörte wieder ihre Stimme, wie sie ihm im dunklen Laden durch Mark und Bein ging.

Sie kam zurück mit zwei Tellern auf einem Tablett.

«Ich habe auch Hunger. Lassen Sie mich nachschenken. Wie fühlen Sie sich jetzt?»

«Besser, danke. Wer hat nach Ihrer Ansicht den Schuß abgefeuert? Einer Ihrer Freunde, denen ich in Robert's Markt begegnet bin?»

Sie setzte sich auf den Teppich in die Nähe seiner Beine.

«Könnte sein, aber das glaube ich nicht. Wir hatten unseren Spaß heute abend. Wozu weitermachen? Sie haben sich sehr gut gehalten, Sergeant. Wir waren beeindruckt. Und ich mag Ihre Flöte. Ich habe nicht gewußt, daß unser Jazz in Europa noch geschätzt wird. Sie kannten die Melodie, nicht wahr?»

«Ja.»

Sie aß, er beobachtete sie. Er fragte sich, ob sie abends immer durchsichtige Blusen trug. Ihre Brüste waren fest und aufgerichtet. Er schaute auf ihre Füße, sehr klein unter den dünnen schwarzen Riemchen der hochhackigen Sandalen. Und das Gesicht der Prinzessin, des Mädchens vom Drachen. Er war sicher, daß es das gleiche Gesicht war, klein, dreiekkig und beherrscht von den dunklen und feuchten Augen.

«Essen Sie Ihr Sandwich, Sergeant. Es wird sonst kalt.»

Er aß das Sandwich, einen Salat und einige Mixed Pickles. Er begann mit seinem zweiten Drink und betrachtete das orangefarbene Etikett auf der Bourbonflasche. Eine gute Situation, aber unwirklich wie die ganzseitigen Anzeigen in Zeitschriften. Er fragte sich, was sie jetzt inserierten. Den Bourbon? Selbstverständlich. Das orangefarbene Etikett war der auffälligste Fleck in dem dämmerigen Zimmer, da das Bild im Schatten hing. Zwei Modelle auf einem Stück Papier. Das männliche hübsch und ausländisch, das weibliche einheimisch, aber exotisch. Eine schlau ausgedachte Anzeige, die ein im Süden destilliertes Getränk vor einer nördlichen Szenerie demonstriert.

Wer in der Zeitschrift blätterte, würde einen Augenblick lang innehalten und sich vorstellen, was das Paar nachher tun würde, sagen wir nach dem dritten Drink. Ins Bett gehen. Aber die Vorstellung war verschwommen, angedeutet, eingeflößt. Vielleicht würde das Foto nicht sehr scharf sein. Die Modelle würden in einem diesigen Licht erscheinen, traumhaft. Trinke diese Marke Bourbon und sieh, was dann mit dir passiert. Und er war auf dem Foto. Agierend. Und das würde er auch weiterhin tun. Es war seine einzige Chance, an die Prinzessin heranzukommen. Aber der Drache könnte noch in der Nähe herumschleichen, ein Jagdgewehr in der Hand.

Er nahm die Flasche und las das Etikett: *Die einzigartige Verbindung der wesentlichen Bestandteile mit dem Geschmack ist der Standard, nach dem alle anderen Bourbon-Whiskeys beurteilt werden.* Die Worte inspirierten ihn nicht, er stellte die Flasche wieder hin.

«Noch einen Drink? Nur zu.»

«Nein, danke.»

Er stand auf, setzte die Lesebrille auf und betrachtete das Bild. Sie lachte.

«Ist da was komisch?»

«Ja, Sie. Wie alt sind Sie, Sergeant?»

«Einundvierzig.»

«Sie sehen albern aus mit der Brille. Sie zerstört Ihr Image.»

«Ich brauche sie nicht oft, nur wenn ich viel lese, aber meine Augen werden schwächer. Ich glaube, die meisten Menschen über vierzig brauchen eine Lesebrille.»

Sie lächelte. «Sie sind offen, Sergeant. Das gefällt mir. Der Fuchs nennt offene Menschen klug. Warum sind Sie nicht offen zu mir? Was tun Sie hier in diesem gottverlassenen Nest?»

«Ich werde Ihnen die Wahrheit sagen, aber Sie werden mir nicht glauben. Der Commissaris, der alte Mann, der bei Suzanne Opdijk wohnt, ist gekommen, um ihr, seiner Schwester, zu helfen. Suzanne möchte Amerika verlassen, und ihr Bruder will ihr helfen, den Besitz zu verkaufen. Er ist eine Art Polizeioffizier, Chef der Mordkommission bei der Amsterdamer Stadtpolizei. Ich bin Sergeant in seiner Abteilung. Er ist sehr krank gewesen, und ich bin hergekommen, damit ich mich um ihn kümmern kann. Er hat schweres Rheuma in den Beinen, manchmal ist er fast gelähmt. Er wollte nicht, daß ich mitkomme, deshalb haben meine Kollegen eingegriffen und mich offiziell herschicken lassen, wobei sie ein Austauschprogramm ausnutzten, das es seit Jahren gibt. Nachdem wir hier waren, sind wir wegen einer Reihe von Todesfällen auf Cape Orca mißtrauisch geworden und haben festgestellt, daß Ihr Sheriff unseren Verdacht teilt. Da ich in einer mehr oder weniger offiziellen Position hier bin, hat der Sheriff mich um Zusammenarbeit gebeten.»

«Die Wahrheit, so wahr mir . . .?»

«Ich sagte ja, Sie würden mir nicht glauben.»

«Ich denke doch, Sergeant.»

«Haben Sie mich heute abend eingeladen, um das herauszufinden?»

«Vielleicht.»

«Warum haben Sie das Bild aufgehängt?»

Sie stand auf, nahm seinen und ihren Teller und stellte sie auf den Eßtisch. Als sie sich wieder auf den Teppich setzte, war sie etwas näher zu ihm herangerückt, und er wollte sich hinunterbeugen, um sie zu küssen. Er tat es nicht, weil er sich hätte anstrengen müssen. Es wäre besser, wenn sie sich in seine Arme warf oder sich vor dem Sofa auszog.

«Ich hänge das Bild immer auf, wenn Vater nicht in der Stadt ist. Der Fuchs und ich haben es in New York in einem Trödelladen gekauft. Mir gefällt das Bild. Vater haßt es.»

«Gut, also ist es nicht für mich bestimmt.»

Sie nickte ernst. «Vielleicht aber doch, Sergeant. Der Tod ist ein faszinierendes Thema. Vielleicht ist er die Grundlage allen Denkens. Die Todesfälle auf Cape Orca faszinieren mich auch. Ich experimentiere gern, um zu sehen, was geschieht, wenn bestimmte Schritte unternommen werden. Ich habe das Bild absichtlich aufgehängt.»

«Sie experimentieren mit anderen Menschen?»

«Ja, und mit mir.»

«Waren Sie in irgendeinen der Morde auf Cape Orca verwickelt?»

«Nur in einen. Ich habe den Whiskey gekauft, den der Fuchs Paul Rance gegeben hat. Paul hat früher getrunken, aber es auf Anordnung des Arztes aufgegeben. Der Arzt wollte das Leben des alten Mannes verlängern, aber Paul ging es elend, er siechte langsam dahin, und er war immer ein so zauberhafter Mensch gewesen. Er lebte von Almosen und haßte es, sie anzunehmen. Und er war zu krank, um seinen Dank abzustatten. Der Fuchs hielt es für eine gute Idee, wenn Paul sich ein letztesmal amüsieren und glücklich sterben könnte. Ich stimmte ihm zu. Der Fuchs verbrachte einige Tage bei Paul. Sie betranken sich, bis Paul starb.»

«Waren Sie dabei?»

«Nein, ich betrinke mich nicht gern. Der Fuchs wohl. Ich wäre für sie eine schlechte Gesellschafterin gewesen.»

«Sie haben die anderen nicht umgebracht oder dabei geholfen?»

«Nein. Einmal habe ich mir Opdijk vorgenommen. Ich habe ihn mit meiner Maschine im Tiefflug angeflogen, als er fischte, aber ich kam von See her. Er war vollkommen sicher. Wenn ich von der Kapseite aus gekommen wäre, würde er auf die Felsen gefallen sein, wie es ihm später zugestoßen ist. Ich glaube nicht, daß er sich verletzt hat, aber er hat einen bösen Schrecken bekommen.»

«Warum haben Sie ihn angegriffen?»

Sie lachte. «Weil der Kerl so mies war. Vater möchte gern, daß ich manchmal zum Club der Blue Crustaceans gehe, und ich kann mich nicht immer weigern. Ich war immer sicher, Opdijk dort zu sehen, und er hat sich jedesmal an mich rangemacht. Er markierte das freundliche Tätscheln eines Onkels . . . aber das Schwein hat mich begrapscht. Ich lasse mich nicht gern von Mieslingen begrapschen. Es tat mir gut zu sehen, wie er aufsprang, loslief und über Bord fiel. Aber ich habe es ein bißchen übertrieben. Ich wäre mit der Maschine beinahe in Opdijks Haus geflogen.»

«Haben Sie eine Ahnung, wer Opdijk und Mary Brewer und die beiden anderen umgebracht hat, den Jones und den Davidson?»

«Ich habe eine Ahnung.»

«Würden Sie sie mir mitteilen?»

«Sollten Sie das nicht selbst herausfinden? Es muß interessant sein, hier und da kleine Hinweise zu finden, die man versucht zusammenzufügen. Warum sollte ich Ihnen helfen?»

De Gier griff nach seinem leeren Glas, das sie wieder füllte. Er klapperte wieder mit den Zähnen und hielt sich den Kiefer.

«Wenn Sie mit uns zusammenarbeiten, könnten Sie sich entlasten. Jetzt sind Sie verdächtig. Bis jetzt stümpern wir nur herum, aber der Sheriff ruft vielleicht die Staatspolizei herbei, die andere Methoden anwendet. Sie würde keine Rücksicht auf örtliche Gegebenheiten nehmen.»

Sie lächelte, und er sah ihre Zungenspitze und die feuchten Lippen. «Warum sollte ich mich entlasten wollen, Sergeant? Ich bin sicher, daß weder ich noch andere festgenommen werden können. Ich spiele mein Spiel, was bedeutet, daß ich Sie beobachte und wie Sie ihr Spiel spielen, Sie, der Sheriff und Ihr Chef. Und Sie können wiederum unser Spiel beobachten. Sie haben daran teilgenommen. Es ist alles sehr verzwickt und ziemlich aufregend, finden Sie nicht?»

Man beobachtet den Bären im Zirkus, dachte er, während der Bär die Zuschauer beobachtet.

Ihr Kopf war in der Nähe seiner Hand, er streichelte ihr Haar.

«Ja», sagte er. «Das Spiel ist aufregend. Mein Chef meint das auch. Er war so aufgeregt, daß er fast im Schnee getanzt hätte. Er sah sehr komisch aus. Er hat versucht, Ihre Bande zu verstehen. Ihm gefiel der Name, vor allem das vorangestellte *bad*. Sie sagen, Sie experimentieren gern. Ihre Mitgliedschaft in der Bande muß ein Experiment sein. Sie studieren Philosophie, nicht wahr?»

«Ja, aber die Bücher und Vorlesungen sind nur Worte. Wenn ich alle Vorlesungen besuche und mich unheimlich anstrenge, werde ich meinem Namen die Buchstaben eines akademischen Grades hinzufügen können, und vielleicht schreibe ich eines Tages etwas Kluges und mein Genie wird anerkannt. Aber *der* Teil ist einfach blöde. Die wahren Philosophen haben immer experimentiert. Ich hatte das Glück, daß ich mit anderen aufgewachsen bin, die ähnlich wie ich dachten. Es ist modern zu rebellieren, wenn man jung ist. Die meisten amerikanischen Jugendlichen haben eine rebellische Periode, aber der Fuchs wollte immer darüber hinausgehen und hat es weiterhin abgelehnt, Werte zu akzeptieren, die er nicht erprobt hat. Wir wurden eine Bande und zerstörten eine Zeitlang Sachen, materielle Dinge, aber das brachte uns nicht weiter. Es war langweilig. Dann sagte der Fuchs, wir sollten Banden in einer Großstadt kennenlernen. Er entschied sich für die größte, für New York, und wir zogen für einige Wochen dorthin.

Wir waren damals zwischen achtzehn und zweiundzwanzig. Wir fanden eine Gegend, die wir für unsere Zwecke als am geeignetsten ansahen, die Lower East Side. Dort gab es viele Banden, die meisten irgendwie uniformiert. Sie rührten uns nicht an, nicht einmal, wenn wir sie provozierten. Der Fuchs probierte mehrere Methoden aus. Er benutzte mich als Lockvogel, aber die hielten mich nur für eine Prostituierte.

Schließlich brachte Tom uns in die gewünschten Schwierigkeiten. Er war angetrunken und allein, als er von einigen Puertoricanern überfallen wurde. Wir machten mit bei der Schlägerei, und die Puertoricaner bekamen ebenfalls Verstärkung. Es war ein richtiger Kampf mit einer Leiche auf ihrer Seite und einer auf unserer. Der Fuchs erstach einen Jungen, einen hübschen Burschen in Arbeitszeug und schwarzer Lederjacke. Gérard, ein Frankokanadier aus Jameson, wurde von einem Messer in die

Brust getroffen, das man nach ihm geworfen hatte. Er hatte es nicht kommen sehen. Wir ließen Gérards Leiche zurück. Er hatte keine Ausweispapiere bei sich, und seine Leiche war nicht mehr da, als wir zurückkamen. Die Polizei hat sie vermutlich weggebracht. Damals steckten wir alle in einer Krise, denke ich. Wir hätten fast aufgegeben, und der Fuchs zog sich zurück, damit wir es uns überlegen konnten. Wir waren noch sechs. Zwei gaben später auf – sie verließen die Stadt und den Bundesstaat. Ich habe den Kontakt zu ihnen verloren. Sie haben wahrscheinlich geheiratet und ein Haus in einem Vorort irgendeiner Stadt. Sie tun das Normale. Nur der Fuchs, Albert, Tom und ich haben weitergemacht.»

«Hat man Gérard nicht vermißt, als Sie nach Jameson zurückkehrten?»

«Nein. Seine Eltern waren geschieden und weggezogen. Er hatte nicht bei ihnen gelebt. Niemand hat sich darum gekümmert, glaube ich, und wir haben keinem erzählt, was passiert ist. Wir haben gesagt, er sei in New York geblieben.»

«Aber Sie sagen es mir.»

«Klar, warum auch nicht?»

«Tun Sie alles, was der Fuchs Ihnen sagt?»

Sie lachte. «Nein, Sergeant. Als wir in New York waren, ging uns das Geld aus, und er schlug vor, daß ich in einem Pornostudio arbeiten sollte. Ein alter Mann mit Toupet und polierten Fingernägeln bot mir zweihundert Dollar pro Tag. Der Fuchs hielt das für eine glänzende Idee, aber ich lehnte ab.»

«Und das Geld?»

«Ich rief meinen Vater an, bekam einen Scheck und flog heim. Die anderen kamen erst viel später zurück. Vielleicht haben sie gearbeitet oder eine Bank ausgeraubt. Ich habe nie gefragt, wie sie an das Geld gekommen sind. Wir sind sehr verschwiegen, sogar untereinander. Es gehört zum Spiel. Vielleicht sind wir keine richtige Bande, sondern nur Individuen, die irgendwie eine sonderbare Verbindung eingegangen sind. Falls ich einem Experiment nicht zustimme, beteilige ich mich nicht daran. ‹Bande› ist ein kindisches Wort, aber wir haben es verwendet.»

«Was steht auf dem Zulassungsschild Ihres Wagens?»

«BMF NULL.»

De Gier lachte, als sie aufstand und neue Scheite auf das Feuer legte. Sie kam zurück und zog sich aus. De Gier fror immer noch. Sie zog ihn hoch und half ihm beim Auskleiden.

«Magst du mich, Sergeant?»

«Ja.»

«Die meisten Männer mögen mich.»

«Das muß deine Experimente erleichtern.»

«Küß mich.»

Das Liebesspiel dauerte eine ganze Weile. Er beherrschte sich, um es hinauszuzögern, aber er fühlte sich immer noch wie ein Teil der Zeitungswerbung und behielt das orangefarbene Etikett auf der Whiskeyflasche im Bewußtsein. Der Drache hatte die Prinzessin nicht freigelassen. Er hatte sie zur Verfügung gestellt, und das nicht zum erstenmal.

De Gier wurde zu verschiedenen Stellungen verführt, und die ganze Zeit über war Madelin ergeben, einladend und anscheinend passiv. Aber er wußte, daß sie ihm keine Initiativen gestattete und er ein vorgeplantes Programm mitmachte. Ein gutes Programm mit einem guten Ende.

«Ich zeige dir das Bad. Wir könnten duschen.»

Sie ließ ihn zuerst gehen, und er kam wieder nach unten, zog sich an, setzte sich ans Feuer und beobachtete, wie die Glut die Birkenscheite aushöhlte. Madelin kam kurz darauf im Morgenrock wieder. Sie machte Kaffee, den sie auf dem Sofa tranken.

«Der Sheriff sagt, daß deinem Vater jetzt der Küstenstreifen auf Cape Orca gehört.»

«Hat er das beim Stadtsekretär geprüft?»

«Ja.»

«Die Unterlagen sind vielleicht nicht auf dem neuesten Stand. Wenn man Land verkauft, wird der Besitztitel offiziell übertragen, aber nur, wenn die neue Eigentumsurkunde registriert wird. Die Grunderwerbsteuern sind vor kurzem erhöht worden. Ein neuer Name auf einer Eigentumsurkunde alarmiert gewöhnlich den Steuereinschätzer. Es kann besser sein, die Registrierung für eine Weile hinauszuzögern.»

«Aber wenn der frühere Besitzer das Land noch einmal verkauft?»

«Das ist ein Risiko, aber nicht, wenn der frühere und der neue Besitzer befreundet sind oder einander vertrauen.»

«Dein Vater könnte also das Land weiterverkauft haben, ohne daß der Stadtsekretär weiß, wer der neue Besitzer ist.»

«Das könnte geschehen sein.»

«Ist es geschehen?»

Sie legte ihm einen Finger auf die Nase. «Möglich ist es, vielleicht hat er es mir nicht mitgeteilt. Ich bin nur der Juniorpartner. Er ist Anführer einer rivalisierenden Bande, der Blue Crustaceans. Seine Ideen sind anders als meine.»

«Magst du ihn?»

«Ich habe ihn mein Leben lang bekämpft.»

«Noch ein Experiment», sagte de Gier. «Ich verstehe.»

Sie rückte von ihm ab. «Spotte nicht über Experimente, Sergeant. Sie sind die einzige Möglichkeit, die wir haben, um etwas festzustellen. Du bist heute abend hier, weil ich in dir etwas gesehen habe, zum Beispiel in der Art, wie du die Flöte gespielt hast. Der Fuchs hat es auch gesehen. Er betrachtet dich als Ehrenmitglied.»

De Gier stand auf. «Ist das ernstgemeint?»

Sie lächelte. «Ja. Gehst du jetzt? Sei lieber vorsichtig, draußen ist es unsicher. Du kannst über Nacht bleiben, wenn du willst.»

«Ich werde vorsichtig sein.»

Sie streichelte seinen Arm, er wartete geduldig.

«Warum bist du Sergeant? Müßtest du nicht Offizier sein?»

«Ich hatte nicht die Qualifikation, um die Akademie zu besuchen. Ich habe die Polizeischule besucht. Ich werde wahrscheinlich zum richtigen Zeitpunkt zum Adjudant befördert.»

«Ist ein Adjudant ein Offizier?»

«Nein.»

«Macht es dir etwas aus?»

«Nein. Offiziere verbringen die meiste Zeit hinter dem Schreibtisch. Ich ziehe es vor, draußen zu experimentieren; vielleicht sind wir beide uns irgendwie ähnlich. Auf Wiedersehen, Madelin. Ich danke dir.»

Sie lachte. «Danke mir nicht. Ich bin ein Mädchen vom Lande. Mir laufen nicht oft ausländische Männer über den Weg. Ich glaube, ich sollte dir danken. Du warst sehr gut.»

Sie begleitete ihn zur Tür und schmiegte sich in seine Arme, als er nach dem Mantel griff. Er küßte sie, hatte aber immer noch das Gefühl, daß er ihr nicht nahegekommen war.

«Komm mal wieder, Sergeant.»

«Ja, gern.»

Als er im Dodge auf den Sprechknopf am Mikrofon drückte, antwortete der Sheriff sofort.

«Zehn drei, Sergeant.»

«Bin auf dem Heimweg.»

«Ich hatte soeben einen Anruf. Ich verlasse das Gefängnis jetzt und fahre in Ihre Richtung. Sie sollten meine Sirene bald hören. Auf der Straße liegen ein Mann und ein umgestürzter Wagen. Ich bin allein. Bernie paßt im Gefängnis auf das Funkgerät auf. Sie können mitkommen, wenn Sie wollen, oder sind Sie erschöpft?»

Der Brigadier schaute das Mikrofon an.

«Zehn drei, Sergeant.»

«Ich komme mit.»

«Zehn vier, Sergeant.»

10

De Gier hörte die Sirenen noch nicht, als er das Mikrofon wieder in die Halterung steckte, aber er hörte sie, als er mit dem Dodge Astrinskys Auffahrt verließ. Das lange, klagende Heulen wurde durch das Kläffen der Bellvorrichtung verstärkt, das sich in seine Trommelfelle mit einem ungeduldigen, aggressiven Ton bohrte. De Gier lächelte. Ihm gefiel das Kläffen. Er dachte daran, eine dieser Vorrichtungen zu kaufen, die so unheimliche Laute ausstoßen. Ein hübsches Geschenk für Grijpstra zum nächsten Geburtstag. Sie könnten den Apparat auf den VW-Streifenwagen schrauben und den Frieden Amsterdams zerbellen, etwa früh am Sonntagmorgen. Er winkte, als die Reihe der blitzenden Blaulichter des Streifenwagens in Sicht kam. Der Streifenwagen wurde langsamer, die Beifahrertür öffnete sich. De Gier sprang hinein und fiel gegen das Rückenpolster, als der Sheriff beschleunigte. De Gier beugte sich hinüber und beobachtete den Tacho. Die Nadel bewegte sich, bis sie bei achtzig stehenblieb. Achtzig Meilen, dachte de Gier, und wir fahren auf einer Eisfläche.»

«Der Wagen hat Winterreifen», sagte der Sheriff. «Mit Spikes. Die greifen. Eigentlich sollten Schneeketten darauf sein, aber bei einer Verfolgungsjagd sind sie ziemlich hinderlich.»

«Aber wir sind nicht auf Verfolgungsjagd. Sie sagten, auf der Straße liege ein Mann, nicht wahr? Und ein umgestürzter Wagen. Die werden auf uns warten.»

Die Augen des Sheriffs glänzten. «Gewiß. Aber ein bißchen Tempo schadet nichts, und der Wagen gehört dem Staat. Wir verkörpern das Gesetz, Sergeant. Wir können uns frei bewegen. Kein anderer kann das heutzutage. Warum sind wir nach Ihrer Meinung wohl Polizisten geworden?»

De Gier hielt sich fest, als der Wagen durch eine Kurve rutschte, langsamer wurde und dann wieder weiterraste.

«Wir sind fast da. Wir erhielten den Anruf von einem Mann, der in einem Wohnwagen haust. In einem entlegenen Teil vom County. Außer ihm wohnt niemand dort. Ein alter Bursche, der von Fürsorgegeld in einem gebrauchten Wohnwagen lebt. Das Vehikel sieht aus wie eine Keksdose, die von einem Bulldozer angefahren worden ist, aber der Wohnwagen wird jetzt unsichtbar sein, eingeschneit. Der Alte schaufelt nicht gern.»

«Was ist nach Ihrer Meinung geschehen?»

«Der Fahrer war betrunken, was sonst? Er hat den Wagen umgekippt, ist herausgekrochen, hat sich hingesetzt, um nachzudenken, und ist eingeschlafen. Der Alte muß ihn gesehen haben und hat uns angerufen. Ein einfacher Job. Wir brauchen den Mann auf der Straße nur zu wecken, dann stecken wir ihn in den Streifenwagen und behalten ihn über Nacht im Gefängnis. Ein Abschleppwagen kann sich um das Wrack kümmern. Da ist nichts dabei, aber ich dachte, Sie könnten nach Ihrem Liebesgeplänkel eine kleine Abwechslung brauchen. Wie ist es gelaufen?»

«Gut.»

«Hat sie etwas gesagt?2

«Vielleicht. Sie hat vielleicht auch nur Konversation gemacht. Aber es könnte sein, daß ihrem Vater die Grundstücke an der Küste von Cape Orca nicht gehören. Er könnte als Mittelsmann aufgetreten sein, weil der wirkliche Besitzer nicht will, daß sein Name bekannt wird, und er deshalb die Eigentumsrechte nicht hat registrieren lassen. Der Besitztitel lautet auf den Namen Astrinsky, aber nur für die Unterlagen.»

«He», sagte der Sheriff. «Das ist prima. Gut. Sie hat also etwas gesagt.»

De Gier lauschte.

«Jim?»

«Ja?»

«Würden Sie die Sirene mal abstellen? Ich möchte mal nur die Bellvorrichtung hören.»

Der Sheriff drückte auf einen Knopf. De Gier öffnete sein Fenster. Nachdem das Heulen aufgehört hatte, war das Bellen sehr klar. De Gier grinste.

«Gefällt Ihnen das, Sergeant?» Der Sheriff grinste auch.

«Ich habe noch ein Geräusch für Sie. Warten Sie. Ich werde dort in den Seitenweg abbiegen. Er verläuft parallel zur Straße und mündet später in sie wieder ein.»

Der Streifenwagen bog von der Straße ab und schoß in den Wald hinein. Ein dumpfes Vibrieren erfüllte den Wagen von hinten. Es war ein Geräusch, als würde eine Pauke mit der Handkante geschlagen.

De Gier lauschte. Sein Rückgrat wurde zu einem glühenden Stab, das Glühen breitete sich langsam im ganzen Körper aus. Das Grinsen verschwand aus seinem Gesicht.

«Wie ist das?»

De Gier nickte. «Ja. Was ist das?»

«Die Funkantenne, die überhängende Äste streift. Festhalten, wir kommen wieder auf die Straße. Gleich bumst es.»

Es bumste. De Gier wurde von seinem Sitz gerissen und stieß mit dem Kopf an das Dach, aber die Polsterung und sein dichtes Haar milderten den Anprall. Er fiel wieder auf den Sitz.

«Dort!»

Der Streifenwagen hielt an. Ein zerbeultes Auto lag auf dem Dach, unbeweglich in dumpfer Hilflosigkeit. Ein anderer Wagen stand hinter dem Wrack. Der Sheriff stellte Sirene und Bellvorrichtung ab, aber der Schein der winkenden Blaulichter strich weiterhin über die Bäume, die glänzende Straße und die beiden bewegungslosen Wagen.

«Öffnen Sie Ihr Fenster. Ich schalte das Funkgerät ein, so daß man uns erreichen kann, selbst wenn wir nicht im Wagen sind. Zwei Autos, wie? Der Alte hätte das in seiner Nachricht erwähnen sollen. Da könnten jetzt mehrere sein, und wir sind nur zwei. Nehmen Sie die Flinte, Sergeant, und bleiben Sie in der Nähe. Lassen Sie sich nicht verleiten, übereilt zu handeln.»

Die Flinte sprang aus der Halterung, der Sheriff klappte die Läufe nach unten und schob Patronen hinein. «Hier. Falls Sie sie benutzen müssen, schießen Sie die erste Patrone in die Bäume und die zweite jemand in die Beine. Gehen Sie sanft damit um. Ich habe entsichert, der Abzug geht leicht los.»

De Gier nahm die Flinte und glitt von seinem Sitz. Der Sheriff lief zum umgestürzten Wagen, bückte sich und suchte mit seinem Scheinwerfer das Wageninnere ab. Niemand war drinnen. De Gier wartete, wobei er die Schrotflinte hielt, den ausgestreckten Zeigefinger parallel zum Lauf. Der Scheinwerfer erhellte das Innere des zweiten Wagens.

«Raus! Raus mit euch! Raus sage ich!»

Vier Männer kletterten heraus, rieben sich, geblendet vom starken Scheinwerfer, die Augen und stolperten. De Gier erkannte den letzten Mann. Leroux mit seinen dreihundertzwanzig Pfund. Er war anscheinend ziemlich nüchtern. Die anderen wankten und hielten sich aneinander fest wie verschreckte Affen.

«Wer hat das Wrack gefahren?»

Nur ein Mann antwortete. «Ich weiß nicht, Sheriff.»

«Was habt ihr denn in dem anderen Wagen gemacht? Ich hatte einen Anruf, daß jemand auf der Straße liege, der vielleicht verwundet sei. Ist er in die Büsche gekrochen? Wo ist er?»

«Ich weiß nicht, Sheriff.»

Die Stimme des Sheriffs flehte. «Sagt mir, wo er ist, sonst müssen wir den Wald absuchen. Vielleicht ist er bewußtlos. Falls er es ist, kann er erfrieren. Ist er verletzt?»

«Nein, Sheriff. Niemand ist verletzt. Nur wir vier waren hier, in zwei Wagen, haben einen Besuch gemacht, sind auf dem Heimweg. Im Wald ist niemand.»

«Okay, danke. Also bewegt euch! *Bewegt* euch, habt ihr mich verstanden! Bringt den Wagen in Gang und verschwindet. Ich will nicht, daß Autos am Rand einer dunklen Straße stehen. Das Wrack muß auch weg.»

Drei Männer zögerten, aber Leroux trat vor. Er machte noch einen kleinen Schritt, senkte den schweren bärtigen Kopf und blickte dem Sheriff in die Augen.

«Wir gehen nicht. Falls wir abfahren, werden Sie uns verfolgen wegen Trunkenheit am Steuer. Wir verlieren, was wir auch tun. Wir werden bleiben und unseren Rausch ausschlafen.»

«Das werdet ihr nicht. Ab in den Wagen, Leroux!» Die Stimme des Sheriffs war ein eisiges Flüstern.

«Keiner von uns kann den Wagen fahren. Wir haben getrunken.»

«Das ist euer Problem. Ihr habt es bis hierher geschafft. Jetzt verschwindet ihr hier wieder.»

«Nein», sagte Leroux. «Und *Sie* haben auch ein Problem, Sheriff. Ich verpasse Ihnen einen Schlag ins Gesicht und spaziere auf Ihnen herum, wenn Sie unten sind. Ich gehe solange auf Ihnen spazieren, bis Sie nicht mehr wissen, was hier passiert ist. Sie haben Ihren Beifahrer wieder dabei, aber diesmal schlage ich mich nicht mit ihm. Ich schlage mich mit *Ihnen*, Sheriff.»

«Er wird seine Kanone gegen dich ziehen, Leroux.» Der junge Mann, der vorher gesprochen hatte, stand neben Leroux, die Hand auf dem Ärmel des Riesen. Leroux stieß den Mann an, der stolperte und fiel. Sein breitrandiger Lederhut rollte über die Straße.

Der Sheriff grinste. «Ich werde meine Kanone nicht ziehen, Leroux, aber danach werden Sie wirklich in Schwierigkeiten sein. Angriff auf einen Polizisten. Dem Richter wird das gar nicht gefallen.»

Leroux senkte den Bullennacken, seine langen Arme baumelten. Er machte noch einen kleinen Schritt. Der Sheriff richtete sich auf.

«Sheriff», dröhnte das Funkgerät im Streifenwagen. «Bist du da, Sheriff?» Die Worte donnerten in den Wald und hallten wider.

«Entschuldigung!»

Der Sheriff ging rückwärts zum Streifenwagen. De Gier hob die Flinte um einige Zentimeter und ließ sie wieder sinken. Der Sheriff streckte die Hand durch das offene Wagenfenster aus und kam mit dem Mikrofon wieder heraus. «Ich bin hier, Bert, zehn drei.»

«Ich habe die Eier, Sheriff. Fünf Dutzend in einem Korb, aber ich bin auf der anderen Seite vom County, und hier verschneien die Straßen. Kann ich sie morgen bringen?»

«Nein, bringe sie jetzt.»

«Jim! Bitte. Es schneit so heftig, daß ich keinen halben Meter weit sehen kann, selbst wenn die Scheibenwischer mit doppelter Geschwindigkeit arbeiten. Laß mich sie morgen bringen.»

«Nein, Bert, jetzt sofort. Wir brauchen sie zum Frühstück. Zehn vier, Bert.»

Er warf das Mikrofon wieder in den Wagen und ging einige Schritte vor. De Giers Flinte bewegte sich wieder, aber sie war noch auf die Straße gerichtet.

«Ihre letzte Chance, Leroux. Ich bleibe hier stehen. Überlegen Sie, bevor Sie kommen.»

Leroux knurrte. De Gier dachte daran, sich einzumischen. Ein guter Schlag von Leroux' doppeltgroßer Faust könnte dem Sheriff den Kopf abreißen. In einer Amsterdamer Gasse hätte er sich eingemischt. Mit Amsterdamer Verdächtigen kann man reden, sie sind durch sanfte Worte, durch eine freundliche Berührung zu manipulieren. Sogar mit den Leichenfledderern in Lederjacken kann man reden, die in Gassenwinkeln auf die Schwachen lauern. Aber Leichenfledderer wollen sich nicht schlagen. Vielleicht war die Situation hier anders. Aber Leroux war keine böse Macht, sondern ein Individuum, ein Arbeiter, ein Bürger, erpicht darauf, den Staat zu bekämpfen, der versucht, seine Freiheit, seine Rechte zu beschränken. Der Brigadier betrachtete den massigen Leroux, die schwellenden Beinmuskeln unter den engen Jeans, die unter der offenen Jacke entblößte Brust, die breiten Schultern des Mannes. Vielleicht sollte man ihm seinen Kampf lassen.

«Okay», sagte der Sheriff leise.

Leroux schwankte vorwärts und holte zum Schlag aus. Der Sheriff duckte sich, sprang zur Seite und trat seinem Gegner direkt über dem Stiefelrand ans Bein. Der Mann drehte sich um und taumelte, aber der Sheriff war wieder vor ihm und trat gegen das andere Bein. Der Riese reagierte langsam und wich zu spät aus, als ihn der lange Scheinwerfer in der Gummihülle seitlich am Hals traf. Beim Aufschlag gab es ein dumpfes Geräusch. Die drei anderen Männer kamen näher. De Gier bewegte die Flinte, aber sie wollten sich an der Schlägerei nicht beteiligen. Sie wollten ihren Freund wegziehen. Das war nicht mehr nötig. Leroux knickte in den Knien ein und fiel langsam. Der Sheriff ließ ihn fallen.

«Gut», sagte der Sheriff, zog an einem Arm und legte ihn Leroux auf den Rücken. Der andere Arm folgte. Das glänzende Metall der Handschellen schimmerte rötlich in den rotierenden Lichtern des Streifenwagens. Ein leichtes Knacken, das Schloß rastete ein.

Leroux versuchte, sich auf den Rücken zu rollen, aber de Giers Stiefel hielt ihn auf. Der Brigadier trat über ihn hinweg.

«Ich kann es nicht glauben.»

«Was nicht?»

«Helft mir hoch.»

De Gier streckte eine Hand aus. Der Mann war zu schwer, der Sheriff stellte sich hinter sein Opfer und schob.

«Ich hätte dich kleinen Bastard in Stücke brechen sollen», sagte Leroux mit noch immer erstaunter Stimme.

«Aber das haben Sie nicht. Seid ihr Burschen alle betrunken?»

«Ja, Sheriff.»

«Habt ihr Geld?»

«Etwas.»

«Genug für ein Taxi? Wer von euch wohnt am nächsten?»

Der junge Mann mit dem Lederhut antwortete. «Ich, Sheriff. Ich komme aus Jameson.»

«Können Sie Ihre Freunde über Nacht unterbringen?»

«Ja.»

«Okay, ab mit euch hinten in den Streifenwagen. Sergeant, Sie fahren den Wagen auf die andere Straßenseite. Stellen Sie ihn in die Lücke vor dem Wohnwagen. Es macht nichts, wenn er dort im Schnee stecken bleibt. Ich will ihn von der Straße weg haben.»

De Gier nahm die Flinte, entriegelte die Sperrklinke und ließ die Patronen in seine Hand fallen.

«Gut, Leute, wem gehört das Wrack?»

Ein anderer Mann trat vor. «Mir, Sheriff.»

«Haben Sie vierzig Dollar?»

«Ich habe einen Scheck, Sheriff.»

«Schreiben Sie ihn aus. Ich fordere über Funk einen Abschleppwagen an. Stellen Sie den Scheck auf das Amt des Sheriffs aus, dann bezahlen wir die Abschleppkosten. Hoffentlich ist der Scheck gedeckt.»

«Er ist gedeckt.»

Der Mann stellte den Scheck aus, den der Sheriff einsteckte. Der Brigadier kam zurück.

«Fahren wir.»

Sie fuhren in einem angemessenen Tempo zurück.

«Gut gemacht, Jim.»

«Ich habe ihn hübsch erwischt, wie? Aber das war kein fairer Kampf. Der Mann hatte zuviel Bier geladen. Und ich war ganz da, ich brauchte die anderen nicht zu beachten. Es war gut, daß Sie mitgekommen sind. Ich hätte mich nicht mit allen anlegen können, und Bernie hätte zu lange gebraucht, um zu kommen, Bob ist zu Hause, und Bert muß sich um die Eier kümmern. Er war sowieso dreißig Meilen entfernt. Erzählen Sie mal, was sonst noch bei Madelin geschehen ist.»

De Gier zog den Waschbärenschwanz aus der Manteltasche und zeigte ihn. Er erzählte die Geschichte, die zum Schwanz gehörte.

«Scheiße», sagte der Sheriff. «Deshalb hing Ihnen der Schwanz also nicht ins Gesicht. Ich hatte mich schon gefragt, was damit passiert ist. Aber das ist Mordversuch, Sergeant. Sie hätten mich rufen können. Sie sagen, Sie hätten gesehen, wie er weggegangen ist?»

«Ja, auf Schneeschuhen. Das Gewehr war auf dem Rücken festgeschnallt. Er hat sich Zeit gelassen. Er hat gewußt, daß niemand ihn verfolgen würde.»

«Ein guter Schuß», sagte der Sheriff. «Falls er absichtlich vorbeigegangen ist. Das könnte der Fuchs gewesen sein. Er hat einem Mann aus ziemlicher Entfernung mal durch das Haar geschossen und dessen Kopfhaut nicht einmal gezwickt. Wir konnten nicht beweisen, daß der Fuchs es war, aber er war es. Vielleicht war er es diesmal auch. Erinnern Sie sich an den Zeitpunkt?»

«Zwanzig vor neun.»

«Wir können sein Alibi überprüfen. Und Alberts Alibi und Toms. Madelin könnte es nicht gewesen sein, oder? Sie ist ebenfalls eine gute Schützin.»

«Nein. Ich habe sie gesehen, als der Schütze sich in den Wald davonmachte.»

Der Streifenwagen hielt vor Robert's Markt. Der Sheriff stieg aus, öffnete die hintere Tür und ließ die drei Männer heraus. Leroux stöhnte.

«Sind die Handschellen wieder zu eng, Leroux?»

«Ja.»

«Sie werden Ihnen bald abgenommen. Ich sperre Sie über Nacht ein. Sie sind verwarnt worden. Jetzt sind Sie in Schwierigkeiten.»

Der Streifenwagen schoß davon, ein bißchen zu schnell, die Hinterräder drehten durch.

«Na», sagte der Sheriff leise. «Diese Sache gerät außer Kontrolle, Sergeant. Die machen sich über uns lustig. Zuerst der Trick mit der Tür. Dann schießt man auf Sie. Aber Sie sind mir – Sie gehören jetzt zu meinem Amt. Ich muß mich jetzt etwas ranhalten, sonst werde ich nie mehr hier etwas erreichen. Machen Sie noch mit?»

«Ja.»

«Sie müssen nicht. Sie wohnen nicht hier. Sie leben in einem anderen Land. Es gibt keinen Grund für Sie, sich hier umbringen zu lassen.»

«Schon gut», sagte de Gier. «Mir gefällt es, denke ich.»

«Bis jetzt. Sie war gut im Bett, wie?»

«Ja.»

«Ich habe das Vergnügen nicht gehabt, aber ich glaube Ihnen. Vielleicht komme ich später mal dazu, aber ich muß ihr erst über den Weg laufen. Sie haben ihren Weg ja ganz schön gekreuzt.»

Sie trafen am Gefängnis ein. Bernie kam heraus und übernahm den Gefangenen. Der Sheriff bereitete Kaffee zu, während de Gier die Flinte reinigte und mit einem Tuch polierte, das er im Streifenwagen gefunden hatte.

Bernie kam von den Zellen zurück und hielt seinen Becher unter die Kaffeemaschine.

«Wir haben gegenwärtig ganz schön zu tun, Jim.»

«Und ob, Bernie.»

«Ich habe heute nachgedacht. Willst du es hören, Jim?»

«Ja.»

«Es geht um Cape Orca, Jim. Fünf Menschen sind gestorben und einer ist weggelaufen, stimmt's?»

«Stimmt, Bernie.»

«Ich weiß, wer einen von denen umgebracht hat. Der Fuchs. Der alte Paul Rance hat sich zu Tode getrunken und gesungen und sich schlimm aufgeführt, als er abkratzte, und der Fuchs war bei ihm. Ich weiß das mit Sicherheit. Schnaps war Gift für den alten Paul, und der Fuchs hat ihm den literweise eingeflößt. Ja, das ist ein Mord, bei dem wir nichts tun können. Captain Schwartz ist weggelaufen, weil der Fuchs ihm einen freundlichen Besuch abgestattet hat. Das ist kein Mord, aber Unrecht ist es doch. Terrorismus oder so was. Der junge Albert hat dafür gesorgt, daß ich meinen Wagen in Stücke gerissen habe. Das ist wiederum Terrorismus, stimmt's?»

«Sagen wir mal, du hast recht. Und dann?»

«Vielleicht sollten wir deshalb etwas unternehmen, Jim. Wir vertreten das Gesetz, wir haben Macht. Sorgen wir dafür, daß wir sie lahmlegen, bevor sie uns etwas antun, wie etwa auf uns schießen.»

Der Sheriff hielt seinen Becher hoch. «Ich möchte auch Kaffee, Bernie, und der Sergeant vielleicht ebenfalls. Jemand hat ihm heute abend den Schwanz von der Mütze abgeschossen.»

Bernie ließ seinen Becher fallen. Er zerbrach.

«Laß mal hören, Jim.»

«Es war die Mütze vom Sergeant, Bernie.»

«Sergeant?»

De Gier hob den Blick vom Flintenreinigen. «Stimmt, Bernie, ich stand auf Madelin Astrinskys Auffahrt, auf halbem Wege zwischen dem Dodge und der Haustür, und *rums*. Der Schwanz ist im Streifenwagen. Die Mütze hängt dort am Haken.»

«Haben Sie gesehen, wer es war?»

«Jemand im Wald. Eine Silhouette, schwarz, vielleicht eins achtzig groß, auf Schneeschuhen. Er hat sich davongemacht.»

Bernie starrte auf die Scherben zu seinen Füßen. Er schaute wieder auf. «Stimmt ja, auch Sie sind Polizist. Sie sagen nur, was Sie gesehen haben, und nicht, was Sie glauben gesehen zu haben. Aber ich sage Ihnen, was Sie gesehen haben, nämlich die BMF-Bande. Die wußten, daß Sie auf dem Weg zu Madelin waren, weil Sie es über Funk mitgeteilt hatten. Der Fuchs, der junge Albert und Tom haben in Robert's Markt mitgehört. Das Funksprechgerät ist unter dem Ladentisch. Oder vielleicht hat man Sie von Anfang an hintergangen. Auch Madelin ist schlecht. Einer oder alle von den Kerlen sind mit dem Wagen zu Madelin gerast, während Sie mit uns unter den Ulmen geredet haben. Der Fuchs hat Schneeschuhe in seinem Jeep. Wir müssen sie lahmlegen, Jim. Sonst sind wir als nächste dran. Ich weiß nicht, was Sie davon halten, aber ich möchte nicht, daß man auf mich schießt.»

Bernies Stimme war schrill geworden.

«Kaffee, Bernie.»

«Ja, Kaffee.» Er nahm dem Sheriff den Becher ab und holte noch zwei vom Regal.

«Hier, Jim. Hier, Sergeant. Wann ist es passiert, Sergeant?»

«Um zwanzig vor neun.»

«Okay, kann ich herumgehen und die Alibis überprüfen, Jim?»

«Klar, Bernie.»

Und kann ich sie festnehmen?»

«Aus welchem Grund?»

Bernie setzte sich. «Diebstahl. Mir liegen Anzeigen gegen den Fuchs und Albert vor, daß sie Holz von fremden Grundstücken gestohlen haben. Die Anzeigen sind vage, aber ich kann mir die Anzeigeerstatter vorknüpfen, damit sie sie erhärten. Diebstahl ist ein Verbrechen, und mehr haben wir gegen sie nicht vorzubringen. Alles andere ist nichts. Du wirst auch das Boot nicht finden, Jim. Ich hatte vorhin die Küstenwache am Telefon. Dein Freund ist auf Urlaub und wird für eine Weile nicht wiederkommen. Ich kann auch die Wildhüter nicht zur Zusammenarbeit veranlassen, weil sie sauer sind wegen des Hundes vom alten Bill Thompson und wegen der zehn vierundsechzig.»

«Ich werde das Boot finden, Bernie, oder der Sergeant. Madelin hat eine kleine Cessna in ausgezeichnetem Zustand. Wie wäre es, wenn Sie Ihre Freundin anrufen und bitten, daß sie morgen mit Ihnen die Bucht überfliegt, Sergeant? Die Nummer steht im Telefonbuch. Ich werde für Sie nachsehen.»

Der Brigadier rief an. Das Gespräch dauerte nicht lange. Er legte den Hörer auf. «Klar, Jim. Ich habe vorgeschlagen, daß der Commissaris mitkommt. Vielleicht freut er sich über die Möglichkeit, seiner Schwester mal zu entkommen. Madelin sagt, morgen früh um zehn passe es ihr gut. Das Wetter werde klar sein.»

Bernie hatte die Scherben seines Bechers mit dem Fuß zur Seite geschoben. «Ich werde die Alibis morgen vormittag überprüfen, Jim. Was wirst du jetzt unternehmen? Vielleicht sollten wir sie von allen Seiten zugleich fassen.»

Der Sheriff stand auf. «Ich gehe jetzt in mein Zimmer, um nachzudenken. Manchmal kommt etwas dabei heraus, wenn ich lange genug nachdenke. Da ist der Tod von Carl Davidson, der Mann, der im Wald erfroren ist. Vor einiger Zeit habe ich einen Indianer getroffen, der mir von Carl erzählt hat. Sie haben zusammen Wanderungen unternommen. Ich könnte morgen den Indianer suchen. Er wird im Reservat sein. Sergeant?»

De Gier erwachte. Er war eingenickt. Das Pferd des Todes war durch seinen Traum geschwebt und hatte mit den Hufen kaum den Schnee berührt. Und auf dem Pferd ritt Madelin in ihrem langen purpurnen Rock. «Ja», sagte er. «Ja, Jim.»

«Gehen Sie zu Bett, Sergeant. Sie hatten einen langen Tag. Ich wecke Sie zum Frühstück. Dann haben wir Eier. Ich werde ein Omelett machen. Wie wäre es, wenn wir Ihren Chef bitten, zum Frühstück zu kommen?» Er schaute auf seine Uhr. «Es ist fast Mitternacht. Meinen Sie, daß ich ihn noch anrufen kann?»

De Gier war auf dem Weg zur Tür. «Ja. Ich bin sicher, er würde gern kommen.»

«Okay. Wir werden gut und lange frühstücken und den Fall mit ihm durchsprechen. Mir scheint, ich kann einen Rat gebrauchen.»

Bernie wandte den runden roten Kopf vom Ausgußbecken ab, wo er die Becher spülte. «Haben Sie Terroristen in Amsterdam, Sergeant?»

«Ja.»

«Was tun Sie mit denen?»

«Wir sperren Sie ein, wenn wir für die Festnahme ausreichende Gründe haben.»

«Ich finde, man sollte sie erschießen, ganz zufällig. Viele Menschen werden in den Wäldern erschossen, vor allem jetzt in der Jagdsaison. Der alte Jones wurde vor zwei Jahren in den Kopf getroffen. Das war auch in der Jagdsaison. Wenn man sie zuerst erschießt, können sie einen hinterher nicht mehr erschießen, stimmt's?»

«Wir haben keine Wälder in Amsterdam, Bernie.»

«Europa ist zu verweichlicht», sagte Bernie. «Deshalb mußten wir zweimal kommen und euch helfen.»

«Immer mit der Ruhe, Bernie», sagte der Sheriff gelassen. «Immer mit der Ruhe. Wir brauchen Beweise und werden sie bekommen. Und wenn wir welche haben, werden wie sie festnehmen und dem Richter übergeben.»

«Vielleicht bist du ebenfalls zu weich, Jim», sagte Bernie und wandte sich wieder dem Ausgußbecken zu.

11

«Sehr freundlich von Ihnen, Sheriff», sagte der Commissaris und weidete seine Augen an dem Tisch, der eine reichhaltige Auswahl an einer seltsamen Zusammenstellung von Näpfen und zugedeckten Schüsseln bot. «Darf ich hineinschauen?»

«Nur zu, Sir.»

Der Commissaris hob die Deckel. «Würstchen, mmm! Speck, aaah! Ein Omelett, großartig! Der Sergeant hat mir von Ihrem selbstgebackenen Brot erzählt. Ist es dies?»

«Ja, Sir.»

«Es ist sehr gut geworden, nicht wahr? Es sieht aus wie das Brot, das ich sonntags beim jüdischen Bäcker kaufe. Noch warm, genau wie dieses hier. Wissen Sie, Sheriff, die Niederländer haben es nie gelernt, daß das Frühstück die einzige wichtige Mahlzeit am Tag ist. Wir versuchen uns mit altbackenem Brot durchzuschlagen, das von Anfang an keinen Geschmack hatte, und vielleicht mit etwas Marmelade und einer Tasse dünnem Tee. Und manchmal Haferbrei, bah! Absolut abscheulich. Meine Schwester hat diese Gewohnheit selbstverständlich beibehalten.»

«Langen Sie zu, Sir. Es wird sonst kalt.»

Der Brigadier schnitt Brot, der Sheriff reichte es weiter. Der Commissaris begann zu essen.

«Erstaunlich», sagte der Commissaris nach einer Weile. «Ich habe nicht gewußt, daß ich soviel essen kann. Das Schmorfleisch war köstlich. Lamm, nicht wahr?»

«Ja, Sir. Ein Hund hat das Lamm erwischt und wir den Hund. Das Lamm war unsere Belohnung. Der Mann hat es uns geschenkt. Ich habe es schlachten lassen und in die Tiefkühltruhe gesteckt. Es ist fast alle, aber dann haben wir einen Hirsch. Das Gehalt ist schlecht, aber wir können dennoch gut leben, vor allem dank der Gefangenen. Sie betreuen das Treibhaus, und wir haben Muscheln vom Strand sowie einen Gemüsegarten. Der alte Sheriff hat das alles sehr gut organisiert, und ich habe vor, diese Tradition fortzusetzen. Die Deputies sind verheiratet und haben ihr eigenes Haus, aber ich muß im Gefängnis hausen.»

Sie hatten das Essen beendet. Ein alter Mann kam vom Gefängnis herein, um den Tisch abzuräumen. Er schenkte Kaffee nach.

«Soll ich jetzt spülen, Sheriff?»

«Nein, später. Ich werde Sie rufen, Mac.»

Der alte Mann nickte und ging wieder ins Gefängnis. Die schwere Tür schloß sich hinter ihm.

«Weswegen sitzt er, Sheriff?»

«Aus keinem besonderen Grund. Wir haben ihn aufgegriffen, weil er betrunken war und herumlief. Er wollte nicht nach Hause gehen. Mac lebt allein und hat kein Feuerholz mehr. Ich habe im Augenblick nicht viele Gefangene. Wenn ich welche bekomme, werde ich sie dazu bringen, daß sie einige Klafter für Mac kleinmachen. Dann wird er wieder nach Hause wollen. Er ist einer von den Trinkern hier, die in den beiden ersten Wochen des Monats in Ordnung sind, aber wenn sie ihren Scheck vom Fürsorgeamt vertrunken haben, werden sie zur Plage.»

«Und Mac macht sich hier nützlich?»

«Oh, ja, er läßt sich gern sagen, was er tun soll, wie die meisten von uns. Aus dem Grund sind Sie ja wohl hier, Sir. Um mir zu sagen, was ich tun soll. Der Sergeant hat Ihnen vielleicht gesagt, daß Mord eigentlich nicht Sache des Sheriffs ist, aber anscheinend sind wir jetzt in eine Situation geraten, daß ich weitermachen muß.»

«Aber Sie machen das sehr gut, Sheriff. Wir nicht, fürchte ich. Wir werden Ihnen zur Last fallen mit unserer Unerfahrenheit und Unbeholfenheit. Der Dodge ist wieder mal liegengeblieben. Wir mußten zurückgehen und den Kombi holen, obwohl es nicht einmal schneite.»

«So gut mache ich das gar nicht, Sir, und fühle mich wirklich schuldig, weil ich den Sergeant so wenig geschützt habe. Leider bin ich hier ebenfalls neu und meine Deputies sind für diese Art von Ermittlungen nicht ausgebildet. Mein Chief Deputy läßt bereits Anzeichen von Panik erkennen, und die beiden anderen sind zu jung, bekehrte Raufbolde, die eingestellt wurden, weil sie verfügbar waren. Sie sind gut bei Schlägereien und beim Herumrasen mit heulender Sirene, aber diese Sache hier liegt außerhalb ihrer Fähigkeiten.»

Der Commissaris wischte den Mund mit seinem Taschentuch ab und steckte sich einen Zigarillo an. «Für eine Mordermittlung gelten einfache Regeln, Sheriff, und ich bin sicher, daß Sie alle kennen. Zähle die Verdächtigen auf, verhöre sie und schnüffle herum nach Informationen. Folge jeder Spur und versuche, sie mit einer Theorie in Einklang zu bringen. Falls eine Spur nicht hineinpaßt, laß die Theorie fallen. Da ich nun mal hier bin, habe ich die Gelegenheit ergriffen, mit einigen Leuten zu sprechen, die anscheinend mit Cape Orca verbunden sind. Die Gegend dort ist das Zentrum, nicht wahr?»

«Ja, Sir.»

«Wen haben wir da also? Meine Schwester Suzanne, die nur immerzu schwatzt, die jedoch nie wirklich hier gelebt hat und von nichts weiß. Dennoch konnte sie mir gestern abend etwas mitteilen. Ich komme noch darauf zurück. Dann ist da Mrs. Wash mit ihrem Diener Reggie. Und dann haben wir Michael Astrinsky und zuletzt, aber nicht weniger wichtig, Jeremy, den freundlichen Einsiedler. In dieser unglückseligen Sache steckt irgendwie auch die BMF-Bande, aber sie stellt mich vor gewisse

Probleme. Ich kann sie nicht alle in Einklang bringen. Sie, Sheriff?»

«Die Bande betrachtet Cape Orca als ihr Privateigentum, Sir.»

Der Commissaris hob einen mageren Finger. «Stimmt. Das kann ich völlig verstehen. Ich bin als Junge in einer Kleinstadt in der Nähe eines Waldes aufgewachsen. Der Wald war in Privatbesitz, aber der Eigentümer wohnte woanders und ließ sich nie blicken. Ich kannte jeden Baum in dem Wald. Einigen gab ich sogar Namen. Da war zum Beispiel das Kamel, ein Baum mit einem gewaltigen Ast, der sich kurz über dem Boden abzweigte. Ich saß oft stundenlang auf dem Ast und erlebte alle möglichen Abenteuer. Und dann war da ein anderer Baum, eigentlich ein Stamm, ganz abgestorben, das war das Nashorn. Das Nashorn war jahrelang mein bester Freund. Es war ein seltsam geformter Baumstamm, der sehr dick war und auf abgebrochenen Zweigen lag und einen dicken Kopf hatte. Er sah wirklich wie ein Nashorn aus. Es brachte mich in den Dschungel. Ich kämpfte mit schwarzen Kriegern, die von allen Seiten angriffen. Es war großartig, Sheriff, absolut großartig!»

Der Sheriff grinste.

«Können Sie das verstehen?»

«Ja, Sir.»

«Gut. Aber dann wurde der Wald verkauft und abgeholzt, und ich haßte die Männer, die dort arbeiteten. Ich sah, wie das Kamel und das Nashorn starben und verschwanden. Das Nashorn wurde einfach verbrannt. Das Holz war zu morsch, um es noch nutzbringend verwenden zu können. Ich war sehr traurig. Damals war ich zehn Jahre alt, aber ich hätte am liebsten die Arbeiter umgebracht. Vielleicht empfand die BMF-Bande ähnlich wegen ihres Cape, und als die Pensionäre kamen und ihre Häuser bauten und die Landschaft verunzierten . . .»

«Wir wissen, daß die Bande sich zweier Bewohner entledigt hat, Sir.»

«Ja, aber es könnte andere Gründe gegeben haben. Der Sergeant hat mir alles berichtet. Captain Schwartz war Nazi, und nazistische Ideen provozieren in manchen Köpfen heftige Reaktionen. Paul Rance war ein sterbender Mensch, nur noch kümmerlich am Leben gehalten durch ärztliche Pflege. Einige Leute meinen, man hätte dem Alten gestatten sollen zu sterben, glücklich, falls möglich. Ich bin dem Fuchs einmal begegnet und muß sagen, er hat mich ziemlich beeindruckt.»

Der Sheriff nickte. «Er ist sehr gut beisammen, Sir.»

Der Commissaris machte ein erstauntes Gesicht. «Beisammen?»

Der Sheriff gestikulierte. «Gut beschaffen, Sir, praktisch, ein gefestigter Mensch, undurchdringlich.»

«Ah, ich verstehe. Beisammen, wie? Ein gutes Wort.»

«Und unmoralisch», sagte de Gier. «Er hat seiner Freundin vorgeschlagen, für zweihundert Dollar täglich in einem Porno-Studio zu arbeiten. Er hat in einer provozierten Bandenschlägerei einen Mann umgebracht. Er hat die Leiche seines Freundes in einem New Yorker Slum auf der Straße liegenlassen. Er experimentiert gern, wie sie es nennen.»

«Was?» fragte der Sheriff. «Hat Madelin Ihnen das alles erzählt? Ist sie das Mädchen, das bei den Pornos mitmachen sollte?»

«Ja.»

Der Sheriff schüttelte den Kopf. «Madelin ist nicht die Freundin vom Fuchs. Ich habe sie schon zusammen gesehen, aber nicht so. Ich weiß, daß sie Liebhaber hat, Unistudenten, die übers Wochenende kommen. Ihr Vater hat sich deswegen beklagt. Aber Madelin geht ihre eigenen Wege.»

«Ihr Wagen hat die Zulassungsnummer BMF-NULL», sagte de Gier.

Der Commissaris wedelte aufgeregt mit dem Zigarillo. Der Sheriff lächelte. Der Commissaris sah sehr adrett aus in seinem altmodischen dreiteiligen Anzug mit der sorgfältig gebundenen Krawatte und der goldenen Uhrkette.

«Da haben wir's!» sagte der Commissaris. «Die Ungereimtheit, die mich verwirrt hat. Oder fasziniert hat. Zuerst war es der Name der Bande, die beharrlich dem anderen Wort den Begriff *bad* voranstellte. Und jetzt betont Madelin das Geheimnis noch, indem sie ‹Null› hinzufügt. Null bedeutet das Nichts. Wir haben immer vermutet, und zwar sollten wir das vielleicht auch, daß hinter den Morden als Motiv Habsucht steckte. Ich glaube, es war Konfuzius, der einmal gesagt hat, daß der einfache Mensch handelt, weil er glaubt, seine Tat wird einträglich sein; der überlegene Mensch handelt jedoch, weil er annimmt, seine Tat ist richtig. Aber was, in aller Welt, ist richtig? Ich war oft versucht zu denken, daß das Richtige dem Nichts gleichkommt. Vielleicht ist das ‹Nichts› die allerletzte Weisheit. Nun bedeutet Null das absolute Nichts und symbolisiert eine Leere, eine absolute Leere.» Er hob den Blick. «Verzeihung, rede ich Blödsinn?»

«Nein, Sir», sagte der Sheriff. «Ich bin zwar nicht qualifiziert, das zu beurteilen, aber ich glaube nicht, daß Sie Blödsinn reden. Ich erinnere mich, daß bei Gleichungen eine Null seltsame Veränderungen bewirkte. Ich wollte früher mal mir in Mathematik einige Verdienste erwerben. Sprechen Sie bitte weiter, Sir.»

«Genau. Also vielleicht, aber das ist wahrscheinlich ganz abwegig – abwegig, diesen Ausdruck habe ich hier aufgeschnappt – könnte es sein, daß die BMF-Bande auf die Idee gekommen ist, das ‹Nichts› sei ein interessantes Konzept. Sie könnten motiviert worden sein, Experimente auszuführen, und zwar ohne jeden akzeptablen Grund, sicherlich nicht wegen eines Profits. Der Sergeant hat mir heute morgen erzählt, welche Informationen er von Madelin erhalten hat. Die Sache mit der urkundlichen Überschreibung und so weiter. Aber ich habe auch noch etwas anderes erkannt. Es geht um die Art und Weise, wie man den Sergeant manipuliert hat – der Ausdruck ist korrekt, nicht wahr? –, manipuliert für das Rendezvous mit ihr und vielleicht auch für den Warnschuß auf der Auffahrt. Dann ist da das Bild vom Tod in dem Zimmer, in dem sie ihn verführt hat. Alle diese Einzelheiten. Sehr schlau und vielleicht unmoralisch, wie der Sergeant angedeutet hat. Vielleicht amoralisch, ohne jede Moral. Ja?»

«Ja, Sir. Vielleicht.»

«Selbstverständlich ist das nur eine Theorie, hier gibt es keine Sicherheit. Aber vielleicht können wir uns vorstellen, daß die Bande alle diese Leute ermordet hat, als weiteres Experiment, als makabren Scherz, um sich oder uns – der Autorität – zu beweisen, unmoralisches Verhalten sei ebenso gültig oder akzeptabel wie moralisches Verhalten.»

«Ja», sagte der Sheriff. «Das ist möglich, und es ist wohl eine Fügung des Schicksals, daß ausgerechnet ich auf so etwas im County Woodcock, Maine, stoße. Eine intellektuelle Bande. Der Fuchs und Albert haben akademische Prüfungen abgelegt, Madelin hat ihren Magister gemacht und studiert noch. Und Tom ist ein Original und einfallsreich, wie man hier sagt. Ich habe ihn vor kurzem in der öffentlichen Bücherei gesehen. Er hat die gesammelten Werke von Edgar Allan Poe und ein Handbuch über Dschungelkriegsführung ausgeliehen.»

«Einfallsreiche Intellektuelle, Sheriff. Na, Sie werden sich nicht langweilen. Die Bande wird sich ebenfalls nicht langweilen. Was vielleicht ganz gut ist. Ein geordnetes Leben in Ländern, die wir zivilisiert nennen, kann sehr langweilig sein. Jedes Abenteuer fehlt, sogar die Ferien sind ohne jede Überraschung, vorprogrammiert bis in jede mögliche Einzelheit. Also werden die Abenteurer, die Ungewöhnlichen, die Kreativen, die Originale versuchen, Ereignisse in Gang zu setzen, und erwartungsgemäß werden sie dabei möglicherweise das Gesetz brechen.»

Der Sheriff grinste. Der Commissaris sah plötzlich traurig aus. «Wie ich also sagte, diese Bande wird vor nichts haltmachen oder versuchen, über das Nichts hinauszugehen. Das wäre ein fast mystisches Unterfangen. Aber vielleicht lasse ich mich von meinen abschweifenden Gedanken mitreißen. Die Bande ist auch freundlich, sogar hilfreich. Der Fuchs hat unsere Wagen freigeschleppt. In Robert's Markt gab es Gesang und Flötenspiel. Und Liebe in Astrinskys Salon. Tatsachen, die sich schwerlich zusammenreimen mit einer Kugel, die von der Mütze des Sergeant den Schwanz abreißt.»

«Also könnten sie am Ende frei ausgehen, Sir?»

«Möglicherweise.»

Der Sheriff räusperte sich. «Als Sie vorhin die Verdächtigen nannten, schlossen Sie den Namen Ihrer Schwester mit ein, Sir. Suzanne Opdijk.»

«Richtig, ich nannte sie als erste. Ich würde sie im Todesfall ihres Mannes als hinreichend verdächtig ansehen. Ich habe ihr stundenlang zugehört, und es ist ganz offensichtlich, daß sie Opdijk nicht ausstehen konnte. Er war stärker als Suzanne. Er beherrschte sie, frustrierte sie. Er kontrollierte das Geld, fuhr den Wagen, kam herum, war gesellig und auf seine Weise glücklich, während sie zu Hause bleiben und versuchen mußte, ihre Traumwelt zu leben. Sie wollte die Traumwelt nicht, sondern die Wirklichkeit, die von ihrem Traum überschattet wurde. Sie wollte nur zurück nach Holland. Opdijk wollte über diese Möglichkeit nicht einmal reden. Eines Tages steht er also auf dem Eis, ganz nahe an der Klippe, und sie geht hin und versetzt ihm einen Stoß. Das ist durchaus nicht unwahrscheinlich. Ich bin sicher, sie kann boshaft sein, wenn sie in die Ecke gedrängt wird, und sie muß das starke Gefühl gehabt haben, in die Ecke gedrängt worden zu sein. Aber falls sie ihm den Stoß versetzt hat, wird sie es nie zugeben, und wir müßten dafür Zeugen beibringen. Zeugen haben sich aber nicht gemeldet.»

«Aber sie ist Ihre Schwester, Sir.»

«Wenn wir Gerechtigkeit wollen, muß sie für alle gelten. Ausnahmen darf es nicht geben. Sie ist meine Schwester, aber dennoch eine Hauptverdächtige, wenn auch nur im Todesfall Opdijk. Ich kann mir nicht vorstellen, wie sie um die anderen Häuser schleicht oder Plastikschaum aus einem Boot entfernt oder ein Gewehr abfeuert oder einen Mann verführt, mit ihr in den Wald zu gehen. Aber sie hatte ein Motiv, ihren Mann umzubringen, ein sehr starkes Motiv, würde ich sagen.»

«Ja, Sir, und Janet Wash?»

Der Commissaris betrachtete die Spitze seines Zigarillos. «Nun, warum nicht? Sie besitzt den Rest von Cape Orca und wollte vielleicht alles haben, wenn sie mir auch nicht wie ein habgieriger Typ vorkommt. Sie klagte, daß ihr die Instandhaltung des Hauses und das Land zuviel Arbeit machten. Sie ist, trotz ihrer Schönheit, eine alte Frau. Ich könnte sie leichter verdächtigen, wenn sie jung wäre, in der Blüte ihrer Jahre.»

«Reggie?»

Der Commissaris nickte. «Da gibt es auch Ungereimtheiten. Ein junger Mann, der seine Zeit im Dienst einer alten Frau verbringt. Wird er nach Ihrer Meinung gut bezahlt, Sheriff?»

Der Sheriff schüttelte den Kopf. «Ich weiß es nicht. Bei der Bank kann ich es nicht prüfen, obwohl ich es versuchen könnte. Ich kenne den Direktor, allerdings nicht sehr gut. Aber Reggie kommt mir nicht wie jemand vor, der sehr an Geld interessiert ist. Die paar Male, bei denen ich ihm begegnet bin, hat er nur über Bäume und Sträucher gesprochen. Er ist leidenschaftlich Gärtner. Die Azaleengärten, die er angelegt hat, sind wunderschön. Das sehe sogar ich. Und ich kenne auch einige Männer, die im Sommer bei Janet Wash arbeiten, beispielsweise Leroux, der ja nun hier im Gefängnis sitzt. Die sagen alle, daß Reggie auf dem Cape gute Arbeit geleistet hat.»

«Aber er war Guerillakämpfer in Vietnam. Vielleicht liebt er Gewalt. Hat Reggie auf dich diesen Eindruck gemacht, Sergeant?»

«Nein, Sir. Mir kam er sehr ruhig und gesittet vor.»

«Und wie steht's mit Jeremy», sagte der Sheriff.

«Jeremy ist Einsiedler und hat nicht gern lärmende Leute um sich. Er hat seine Hütte zur anderen Seite der Insel verlegt. Er könnte auch gewalttätig sein, da er einen Revolver trägt und ein Gewehr in der Hütte hat. Kein gewöhnliches Gewehr, ich habe gesehen, daß es ein großes Patronenmagazin hat.»

«Die Insel ist eine richtige Festung, Sir. Ich habe sie umsegelt. Die Hunde sind meinem Boot gefolgt, sie rannten den Strand der Insel entlang. Der Kolkrabe war draußen, und sogar die Seehunde schienen sich für mich zu interessieren.»

«Paranoid?» fragte de Gier.

«Ja, aber vielleicht hat er einen Grund, paranoid zu sein.»

«Der Mann ist nicht wahnsinnig», sagte der Commissaris ruhig. «Ich würde ihn nicht einmal als Träumer bezeichnen. Er ist ein praktischer Mensch, der Gründe hat für alles, was er tut. Gute Gründe.»

«Dann bleibt uns noch Michael Astrinsky, Sir.»

«Auch ein Hauptverdächtiger, Sheriff. Und er ist auf die Bahamas geflogen in dem Augenblick, als er den Sergeant und mich herumschnüffeln sah.»

Der Sheriff stand auf. «Ich habe gestern abend ein wenig nachgedacht, Sir. Unter anderem über Astrinsky.» Er sah auf seine Uhr. «Ich werde mit Beth sprechen. Sie hat ein kleines Reisebüro und verkauft in ihrem Restaurant Flugscheine für die Enterprise Airlines. Ich werde sie anrufen.»

Er wählte. «Beth?»

«Hier ist der Sheriff. Hör mal, Beth, du hast vor kurzem Astrinsky einen Flugschein verkauft. Wohin ging es?»

«Boston? Der Rückflug blieb offen? Gut. Wie war das?»

Der Sheriff fand Notizblock und Bleistift. «Ja. Danke, Beth.»

«Michael Astrinsky ist nicht auf die Bahamas geflogen. Er ist in Boston. Beth hat für ihn im Hotel Fosterhouse gebucht.»

«Eine Lüge», sagte der Commissaris. «Nach Lügen haben wir gesucht. Darf ich Sie um noch eine Tasse Kaffee bitten, Sheriff?»

Der Sheriff schenkte ein. Der Commissaris rührte triumphierend in seiner Tasse. «Ihr Nachdenken gestern abend war von Erfolg gekrönt, Sheriff. Kennen Sie einen Grund, warum Astrinsky wegen seines Reiseziels gelogen hat?»

«Ja, Sir. Astrinsky hält das Land der Ermordeten, das er gekauft hat, für einen Dritten fest. Madelin hat es dem Sergeant gesagt, obwohl ihre Information nicht definitiv war. Aber Sie und der Sergeant sind in sein Büro marschiert und haben sich als Polizeibeamte vorgestellt. Ich würde aus seinem Verhalten und der Information von seiner Tochter plus den Tatsachen, die das Cape uns liefert, schließen, daß Astrinsky nicht mehr daran interessiert ist, den tatsächlichen Besitzer des Landes zu schützen. Er weiß, daß wir feststellen können, auf wessen Namen die Besitztitel registriert sind. Ich bekam diese Information gestern vom Stadtsekretär. Der Name auf den Besitztiteln ist der von Astrinsky. Aber falls er den tatsächlichen Eigentümer zwingt, die Besitztitel registrieren zu lassen, dann ist Astrinsky frei von Verdacht, nicht ganz, aber zum Teil. Sein Verhalten ist dennoch verdächtig. Er ist vielleicht nicht der Mörder, aber er könnte mit ihm zusammenarbeiten.»

«Wir wissen, wo Astrinsky ist, Sheriff. Wenn Sie wollen, kann ich oder der Sergeant nach Boston reisen. Der Sergeant hat einige Erfahrungen beim Beschatten von Leuten. Er kann den Schnurrbart abrasieren und andere Kleidung tragen.»

«Meinen Schnurrbart?» fragte de Gier.

«Warum nicht, Sergeant? Deine Reise ist vom Austauschfonds finanziert worden. Den Schnurrbart abzurasieren, wäre eine Möglichkeit zu zeigen, wie sehr du den Fonds schätzt.»

Der Sheriff starrte die Wand an. Er stand auf und betastete einen Ast in der Täfelung.

«Was halten Sie davon, Sheriff?»

«Es wäre ein ungewisser Versuch. Astrinsky hat den unbekannten Dritten vermutlich schon aufgesucht. Aber vielleicht besucht er ihn noch einmal. Ich möchte nicht, daß Sie oder der Sergeant die Zeit verschwenden.»

Der Commissaris stand ebenfalls auf. «Sie können es sich überlegen, Sheriff. Ich muß gestehen, daß ich mich zuerst nicht mit diesem Fall befassen wollte, aber seine vielen Aspekte haben mich bewogen, es mir anders zu überlegen. Jetzt bin ich wirklich sehr daran interessiert. Und der Sergeant hat seine Pflicht und den Polizeifonds zu berücksichtigen, der mit dem Geld der Steuerzahler finanziert wird. Ihrer Steuerzahler und unserer. Gehen wir, Sergeant. Madelin wird schon auf uns warten. Vielleicht können wir das Boot der unglücklichen Frau finden.»

Der Sheriff hatte nicht zugehört. «Sie erwähnten, daß Ihre Schwester Ihnen eine Information gegeben hätte, Sir.»

«Ah, ja. Es ist vielleicht unwichtig, aber dadurch ist eine Lüge aufgedeckt worden und könnte deshalb von Interesse sein. Als der Sergeant und ich zu einem Drink bei Mrs. Wash waren, erzählte sie uns, daß Reggie vor einiger Zeit mit ihrem Kombi umgekippt sei. Aber meine Schwester erzählt eine ganz andere Geschichte. Sie behauptet, sie sei im Garten gewesen und habe gesehen, wie Jeremy an Land gekommen sei, begleitet von einem Hund. Ungefähr zur gleichen Zeit sei der Kombi vorbeigefahren mit Janet Wash am Steuer. Sie habe sonst niemand im Wagen gesehen. Die Bäume hätten ihr die Sicht verdeckt, aber sie habe Lärm gehört und sei zum Ende des Gartens gegangen, um besser sehen zu können. Es habe einen Unfall gegeben. Ich habe Suzanne gebeten, mich genau zu der Stelle zu bringen, von wo aus sie den Unfall gesehen hatte, und sie ging auch mit mir zu der Stelle, wo er sich ereignet hat. Es liegt eine beträchtliche Entfernung dazwischen, so daß sie nichts Genaues erkennen konnte, und wie ich schon sagte, es stehen eine Menge Bäume im Wege. Folgendes war passiert: der Wagen war ins Rutschen geraten und von der Straße abgekommen. Er hatte sich mehrmals überschlagen und war von einigen Erlen aufgehalten worden. Suzanne hat gesehen, daß Jeremy zum Wagen gelaufen ist und Janet geholfen hat, sich zu befreien. Janet schien nichts passiert zu sein. Und wie Suzanne nun einmal ist, hat sie sich daran erinnert, daß sie einen Braten im Backofen hat, und ist ins Haus zurückgegangen.»

Der Sheriff überlegte. «Ich verstehe, Sir. Reggie war also nicht an dem Unfall beteiligt. Gut. Aber ich weiß nicht, wie die Lüge zu einer unserer möglichen Theorien paßt. Vielleicht wollte Janet nicht zugeben, daß sie eine schlechte Fahrerin ist, und hat Reggie die Schuld gegeben. War Reggie dabei, als Janet Ihnen erzählte, daß *er* den Wagen ruiniert hat?»

«Ja, Sheriff.»

Der Sheriff kratzte sich das Kinn. «Wirklich eine seltsame Beziehung.»

«Eine sehr seltsame», sagte der Commissaris munter. «Ich danke Ihnen für ein wahrhaft wunderbares Frühstück, Sheriff. Das geschmorte Lamm werde ich nicht vergessen.»

Der Sheriff lächelte. «Nichts zu danken, Sir. Kommen Sie mal wieder. Jederzeit.»

12

Das kleine Flugzeug sackte über einen Meter ab und stabilisierte sich nach kurzem Wackeln. Der Commissaris rauchte seinen Zigarillo und beobachtete die Möwen, weiße Punkte über dem offenen Meer. De Gier betrachtete die Spitze von Cape Orca, das rasch näherkam.

«Noch einmal», sagte Madelin. «Monoton, nicht wahr? Als ob man ein Feld pflügt. Hin und zurück und wieder hin und zurück.»

«Macht nichts», sagte der Commissaris. «Mir gefällt es.» Er schaute nach hinten zum Schwanz der Maschine, auf das dünne Seitenruder, vermutlich aus Kunststoff. Eine Spielzeugmaschine, aber sie flog gut.

De Gier zeigte nach unten. «Das müssen der Fuchs und seine Freunde sein. Sie sahen drei schwarze Punkte, die sich auf einer weißen Lichtung mit einem Baum beschäftigten. Das flache Motorboot war am Eis vor dem Cape verankert.

«Und dort ist Janet», sagte Madelin und schob die beiden Steuerknüppel nach vorn. «Hinter der Garage. Und Reggie spaltet Holz. Sie überwacht ihn, vermute ich. Schauen wir mal, was Jeremy macht.» Das Flugzeug drehte ab und erreichte die Bucht.

«Wunderbar», sagte der Commissaris. Madelin hatte das Gas weggenommen und kreiste. Sie sahen Jeremys Haus. Es sah aus wie ein Futterhäuschen für Vögel. Der Vogel war auch da. Er flog dreißig Meter unter der Cessna.

«Jeremy spielt mit seinen Hunden», sagte de Gier. «Da sind sie, alle drei.»

Die Maschine flog in Richtung Meer. «Wir können nicht mehr sehr lange weitermachen, meine Herren. Wir bekommen noch mehr Schnee. Wir fliegen seit fast zwei Stunden. Ich fürchte, die Suche ist nutzlos. Hast du gesagt, es sind drei Hunde?»

«Ja, drei.»

«Es sollten vier sein.»

«Drei», sagte der Commissaris. «Wir haben nur drei gesehen, als wir auf der Insel waren.»

«Es sind vier. Die Eltern Osiris und Isis und ihre Jungen Seth und Ra. Aber Sie haben recht. Als ich das letzte Mal auf der Insel war, habe ich Osiris nicht gesehen. Osiris ist der beste von allen. Jeremy nimmt ihn immer mit, wenn er in die Stadt geht. Sollen wir die Suche fortsetzen?»

Der Commissaris schüttelte den Kopf. «Nein, wir können nicht ewig weitermachen. Schauen Sie, Suzannes Garten. Ich habe Suzanne auch gesehen, aber sie ist eben wieder ins Haus gegangen. Würden Sir mir einen Gefallen erweisen, Madelin?»

«Gewiß!»

«Der Sergeant sagt, Sie seien einmal im Tiefflug über Opdijk hinweggebraust, als er vor seinem Strand fischte. Hätten Sie etwas dagegen, das zu wiederholen?»

«Sie müssen Ihren Sicherheitsgurt anlegen. Du auch, Sergeant.»

Die Schlösser klinkten ein.

«Fertig?»

Der Commissaris rieb sich die Hände. Er biß auf seinen Zigarillo.

«Fertig.»

Das Flugzeug verlor rasch an Höhe. Opdijks Haus und Grundstück wurden größer. De Gier zwang sich, die Augen offenzuhalten. Das kleine Flugzeug raste auf die Bäume hinter den Klippen zu. Er sah den weißen Rumpf von Opdijks Boot umgekehrt hinter den Klippen liegen. Dann brüllte der Motor auf, und es gab nur noch blaßblauen Himmel und Wolken.

Der Commissaris lachte. «Ausgezeichnet. Sie müssen ihm den Schrekken seines Lebens eingejagt haben. Danke.» Er drehte sich um. «Wie hat dir das gefallen, Sergeant?»

«Prima», sagte de Gier und versuchte zu lächeln. Er hatte weggeschaut, als das Flugzeug in die Höhe schoß, überzeugt, sie würden gleich in die Kiefern auf Opdijks Grundstück rasen. Aber gerade, als er den Kopf vor Angst abgewendet hatte, da hatte er etwas entdeckt.

«Ich glaube, ich habe einen orangefarbenen Fleck gesehen, Sir. Dort drüben bei den Felsen im aufgebrochenen Packeis.»

«Gut», sagte Madelin. Sie hatte die Felsen gefunden. Dort war eindeutig ein orangefarbener Fleck. «Das könnte das Boot sein», sagte sie. «Es könnte auch etwas anderes sein. Hier schwimmen viele leere Plastikbehälter herum. Ich nehme an, sie stammen von den großen Fabrikschiffen japanischer und russischer Fischereiflotten, die unsere Gewässer ausrauben. Es sind Seifenbehälter, glaube ich, und einige Schwimmkörper an den Reusen von Hummerfischern sind ebenfalls orange. Prüfen wir es nach. Ich werde so niedrig und langsam wie möglich fliegen.»

Der Commissaris und de Gier spähten hinab. Der orangefarbene Fleck, hochgeschoben vom Eis, war klar zu sehen, Madelin ließ das Flugzeug um die Felsen kreisen. «Ja, ich kenne Marys Boot. Elf Fuß lang, leuchtendorange. Die Strömung muß es zurückgebracht haben, aber das hat eine Weile gedauert. Es ist jedoch vom Eis eingeschlossen. Der Sheriff wird eine Picke nehmen müssen. Sollen wir jetzt umkehren?»

«Noch einen Gefallen, Madelin. Bitte umkreisen Sie Jeremy's Insel, bevor Sie zum Flugplatz der Stadt zurückkehren. Würden Sie das tun?»

Der Commissaris kicherte, als sie sahen, wie der Kolkrabe aufflog und sich in Kreisen trotzig höherschwang und die Hunde auf dem Weg zwischen Jeremys Hütte und dem Strand hin und her rannten. «Gott muß sich so fühlen, hoch und bequem, seine Zigarre paffend, während die von ihm geschaffenen mickerigen Wesen umherlaufen und ihr Leben fristen. Ja, eine göttliche Erfahrung. Ich muß wirklich versuchen, ein niederländisches Polizeiflugzeug zu bekommen, wenn wir zurück sind, Sergeant. Wir werden die Gesetzesbrecher von oben beobachten und ihnen mit dem Finger drohen. Tss, tss, tu dies nicht, tu das nicht!»

«Das wird nicht viel nützen, Sir.»

«Nein, aber es wird uns ein Gefühl der Macht geben. Wir schweben, während sie am Boden kriechen. Was trägt Jeremy da, ein Schild?»

«Ja, Sir, ein Brett an einem Stock. Das könnte ein Schild sein.»

«Er stellt es zwischen den Felsen auf.»

«Vermutlich ein Verbotsschild», sagte Madelin. «Wenn ich es tief anfliege, können wir sehen, was darauf steht.»

«Warten Sie, bis er weg ist.»

Sie schaute auf die Wolken. Sie waren näher und niedriger, aber der größte Teil des Himmels war noch klar. «Gut, wir überfliegen noch einmal das Cape und kommen dann zurück. Wir wollen ihm einige Minuten Zeit lassen.» Der Fuchs und seine Helfer rollten Baumstämme zu ihrem Boot. Reggie spaltete immer noch Holz. Janet kam mit einem Tablett aus dem Haus.

«Zeit zum Kaffeetrinken. Dabei fällt mir ein, ich habe eine Thermosflasche mitgebracht. Würdest du einschenken, Sergeant?»

De Gier goß den dampfenden Kaffee in drei Plastikbecher, während das Flugzeug der Küstenlinie folgte, Gruppen kleiner Inseln tauchten auf, lange schmale Halbinseln mit Nadelwäldern und stellenweise anscheinend trockenen Stöcken, vor allem Birken, und überall das weiße Eis, manchmal durch Strömungen und Gezeiten aufgebrochen zu bizarren Mustern. Sie tranken den Kaffee und starrten auf die öde, aber majestätische Szenerie.

«Becher festhalten. Ich muß die Hügel überfliegen, wo es Lufttaschen geben könnte.» Aber die Maschine flog ruhig weiter, kontrolliert von der leichten, korrigierenden Berührung der Finger Madelins. Der Commissaris betrachtete ihre Hände und das kleine dreieckige Gesicht mit den dunklen Augen, die ihn anlächelten. Er fragte sich, wie sie gewesen sein mochte, als der Brigadier bei ihr gewesen war, und er war erstaunt, daß er nicht das leichteste Stechen von Eifersucht spürte. Er wurde wirklich alt. Er fragte sich, ob das mangelnde Verlangen nur auf das allmähliche Schwinden seiner Lebenskraft zurückzuführen war oder ob er eine andere Ebene erreicht hatte, auf der sich der Verstand eher in Abstraktionen ergeht als in tatsächlicher Aktivität. Er schüttelte traurig den Kopf. Die Möglichkeit war nicht ermutigend.

Die Maschine flog aufs Meer hinaus, setzte den Bogen fort und kam langsam wieder in die waagerechte Lage. Das Cape war wieder in Sicht gekommen und dahinter Jeremy's Insel. Sie sahen das Schild, das auf einer kahlen Felsplatte stand. Jeremy, begleitet von den drei Dobermännern, befand sich auf halbem Wege zwischen seiner Hütte und dem Schild.

«Abwärts.» Der Commissaris warf einen Blick auf den Geschwindigkeitsmesser. Hundert Meilen in der Stunde und steigend. Dann schaute er auf das Schild, große weiße Buchstaben auf dunklem Untergrund: BEWARE THE BEAR.

Madelin lachte. «Vorsicht Bär! Jeremy hat keinen Bären.»

«Bär?» fragte der Commissaris. «Es gibt Bären hier, nicht wahr?»

«Gewiß, aber die halten jetzt alle Winterschlaf in ihren Höhlen. Sicherlich haben wir Bären, große Schwarzbären bis zu einer halben Tonne, manche noch schwerer.»

«Und Jeremy hatte nie einen Bären?»

«Nein. Es ist schwierig, auf der Insel einen Bären zu halten. Er würde an Land schwimmen. Und Bären sind geil. Sie kriegen schlechte Laune, wenn sie keinen Paarungspartner haben. Zwei Bären und ihre Jungen zu halten, wäre ein schwieriges Unterfangen.»

«Vielleicht hat er nur Spaß gemacht», sagte der Commissaris. «Richtig nett. Ein Schild machen, es weit vor sich hertragen, zwischen Felsen aufstellen und wieder nach Hause gehen. Das ist die Art zu leben, Zeit zum Spiel zu haben.»

«Er ist ein Spaßvogel», sagte Madelin. «Im vergangenen Jahr hat er monatelang Feuerholz aufgetürmt. Er hatte viele krumme Stämme aufgestapelt und umgestapelt zu allen möglichen unheimlichen Gestalten. Und dann kriegte er von einem Bauern ein paar Kuhschädel und setzte sie darauf. Und oben auf den Stapel legte er Treibholz. Es wurde ein gigantisches Gebilde. Zum Schluß mußte er auf eine Leiter steigen. Ich bin extra hingeflogen, um zu verfolgen, wie sich der Stapel veränderte. Einmal hat er ihn sogar mal ganz abgebaut und neu errichtet, weil er sich in den Kopf gesetzt hat, daß der Mond von einem bestimmten Winkel darauf scheint. Ich habe den Schlußeffekt bei Nacht gesehen. Es war grausig. Die drei Schädel starrten mit leeren Augen ins Mondlicht, und das Treibholz glich der Mähne eines Löwen, eines prähistorischen, dreiköpfigen Löwen.»

«Wir haben es nicht gesehen», sagte de Gier.

«Nein, es war Feuerholz. Als der Winter kam, riß er alles auseinander und zersägte es zu Kloben für seinen Herd.»

«Aha», sagte der Commissaris. «Hat er keine Fotos davon gemacht?»

«Nein. Er spielt einfach nur gern. Aber es liegt viel Sinn in dem, was er tut. Man braucht nur Zeit, um zu verstehen, was er meint, und er erklärt nicht gern etwas.»

Das Flugzeug landete. Der Wagen des Sheriffs stand neben dem Wellblechhangar.

Der Sheriff half dem Commissaris beim Aussteigen. «Hatten Sie einen guten Flug, Sir?»

«Es war ein wunderbarer Flug. Das Land und das Meer sind schön, Sheriff.»

«Haben Sie das Boot gefunden?»

«Ja, der Sergeant hat es entdeckt, als wir schon aufgeben wollten.»

«Bei den Felsen auf der Südostseite der Spitze des Cape, Sheriff», sagte Madelin. «Hier.» Sie zeigte es ihm auf einer Karte.

«Ich werde heute nachmittag hingehen. Kann ich Sie mal kurz sprechen, Sir?»

Er führte den Commissaris am Ellbogen in Richtung Flugplatzbüro, während Madelin und der Brigadier die Maschine in den Hangar schoben.

«Ich wollte nicht in Madelins Gegenwart sprechen. Dies hat etwas mit ihrem Vater zu tun. Ich weiß, sie mag ihn anscheinend nicht sehr, aber dennoch . . . Ich habe heute morgen den Stadtsekretär getroffen, der mir sagte, er habe einen Eilbrief aus Boston bekommen. Absender sei das Unternehmen Boston Better Holdings. Der Umschlag enthielt die Besitztitel über das Grundeigentum der Toten, selbstverständlich bis auf Opdijks, und der Sekretär wurde gebeten, sie zu registrieren. Ich habe die Verkaufsdaten geprüft. Michael hat das jeweilige Grundeigentum in jedem Einzelfall etwa eine Woche nach dem Ankauf an die Boston Better Holdings verkauft. Astrinsky machte bei den Geschäften keinen Gewinn, deshalb nehme ich an, daß er auf der Basis eines prozentuellen Anteils tätig war, den die Verkäufer ihm zahlten.»

«Haben Sie die Adresse des Bostoner Unternehmens, Sheriff?»

«Ja, Sir. Varsity Street 73. Ich habe in Boston gewohnt. Varsity Street ist eine verkommene Gasse, nicht sehr weit von der Gegend um Beacon Hill. Ich habe für Sie eine Karte gezeichnet. Vielleicht möchten Sie und der Sergeant hinfliegen und mit dem Direktor sprechen. Er hat den Brief unterzeichnet. Sein Name ist James D. Symons.»

«Sehr gut, Sheriff. Ich nehme an, wir sollten so schnell wie möglich abreisen.»

«Ja, Sir. Deshalb bin ich zum Flugplatz gekommen. Ich habe Sie beide für die Nachmittagsmaschine der Enterprise Airlines gebucht. Ich habe über Funk mit ihrem Piloten gesprochen. Das Wetter wird schlechter, aber er will trotzdem kommen. Er wird in etwa eineinhalb Stunden hier sein. Ich dachte, wir könnten zurückfahren und Ihr Gepäck und das vom Sergeant holen. Ich habe für Sie im Hotel *Fosterhouse* gebucht, in dem auch Astrinsky wohnt. Aber ich kann die Buchungen rückgängig machen, falls Sie später oder überhaupt nicht fliegen wollen. Es wäre eigentlich meine Aufgabe gewesen, aber ich kann Jameson jetzt nicht verlassen. Oder der Sergeant könnte allein fliegen, wenn Sie das vorziehen.»

«Nein, nein, Sheriff, wir fliegen. Holen wir den Sergeant.»

Der Sheriff schaute zum Hangar. «Er wird schon kommen, Sir. Wir können im Streifenwagen warten.»

Madelin hatte de Giers Mantel geöffnet und sich an ihn gedrückt. «Küß mich, Sergeant.»

Ja, dachte de Gier und beugte sich etwas herunter. Er hatte die Arme um das Mädchen geschlungen. Er bemühte sich, so leidenschaftlich wie Madelin zu sein, aber er sah sich wieder auf der großen Anzeige, die im ganzen Land für Bourbon warb.

Sie schlüpfte aus seinem Mantel heraus.

«Ich turn dich nicht an, wie?»

«Doch», sagte er, «aber ich bin soeben geflogen. Ich fliege nicht sehr oft. Es war durchaus ein Erlebnis.»

«Das Fliegen hat damit nichts zu tun, Sergeant. Aber es macht nichts. Ich werde dich nicht mehr belästigen. Wirst du bald abreisen?»

«Sobald der Commissaris abreist.»

Sie stampfte mit dem Fuß auf. «Und ich habe dir geholfen, das verdammte Boot zu finden. Weißt du, daß ich dir *geholfen* habe, Sergeant? Und ich stehe nicht auf deiner Seite. Du gehörst zu einer anderen Bande, zur Schweinebande.»

«Vorsicht Schwein», sagte de Gier. «Vorsicht *Bär*. Was könnte Jeremy mit *Bär* gemeint haben?»

«Ich weiß nicht.»

«Aber du hilfst mir.»

«Mir ist es einerlei, was Jeremy mit *Bär* meint.»

«Du hast gesagt, daß alles einen Sinn hat, was er tut.»

Sie schlug ihm ins Gesicht. Er rieb sich die Wange. Sie ging weg, ihre Gestalt wirkte sehr klein in den offenen Hangartoren.

«Bär», sagte de Gier. Der Streifenwagen begann zu kläffen und schwieg dann abrupt. Als er aus dem Hangar kam, drehte Madelins Wagen sich im Kreis. Er hörte auf zu kreisen und kam auf ihn zu. De Gier blieb stehen. Sie verfehlte ihn um knapp einen halben Meter. Er drehte sich um und sah, wie sie in Richtung Jameson raste. Er schüttelte den Kopf. Madelins Wagen schwankte von der einen Straßenseite zur anderen und stieß gegen die Schneebänke.

«Bär», sagte er. «Zum Teufel damit. Und die Bären schlafen jetzt alle. Welcher Bär hält keinen Winterschlaf?»

13

«Wolken», sagte der Commissaris. Er räkelte sich auf einem Doppelsitz und sprach mit niemand im besonderen. De Gier war auf einem anderen Doppelsitz, zwei Reihen davor. Sie hatten das Flugzeug ganz für sich. Der Commissaris betrachtete draußen vor seinem Fenster das Grau, das von einem dumpfen Gelb durchzogen war. De Gier hörte den Commissaris murmeln und ging zu ihm.

«Mijnheer?»

«Schau dir das an, Brigadier. Baumwolle, schmutzige Baumwolle, genau so was habe ich jetzt auch in meinem Gehirn. Wir bewegen uns zwar, aber wie es scheint, haben wir bei unseren Ermittlungen bis jetzt noch keinen bestimmten Punkt erreicht.»

«Der Sheriff dürfte jetzt bei dem Boot im Eis sein, Mijnheer. Falls kein Plastikschaum drin ist, wissen wir, daß wir es mit Mord zu tun haben.»

Der Commissaris lächelte müde. «Ja, unser einziger möglicher Hinweis, daß vermutlich der Plastikschaum fehlt. Ich denke, jeder Mathematiker kann mir unbesonnene Vermutungen vorwerfen. Nur weil die Sonne an vier aufeinanderfolgenden Tagen aufgeht, sage ich, sie geht immer auf. Die Bande hat den Nazi-Captain verscheucht und dafür gesorgt, daß sich der alte Mr. Rance zu Tode trank. Ich habe diese Tatsachen ignoriert, weil sie mir im Wege sind, und sie stehen mir im Wege, weil ich den Fuchs und deine Freundin Madelin nicht verdächtigen will. Aber Suzanne verdächtige ich wirklich gern, nur weil mir ihre Küche zuwider ist. Was meinst du, Brigadier, bin ich subjektiv, weil ich es immer bin, oder ist der Szenenwechsel eine mögliche Ursache?»

«Die Sonne, Mijnheer. Sie sagten, die Sonne sei viermal aufgegangen. Vier Menschen sind durch Unfälle gestorben, und wir nehmen Mord an, aber bis jetzt sehen wir nur die Möglichkeit, einen zu beweisen.»

«Stimmt, Brigadier.» Der Commissaris seufzte. «Wenn sich im Boot kein Plastikschaum befindet, ist die Sonne einmal aufgegangen. Ich kann nicht folgern, daß der Tod der drei anderen auf Mord zurückzuführen ist, weil es für den vierten zutrifft.» Er richtete sich auf. «Du hast die Todesdaten geprüft, nicht wahr, Brigadier?»

De Gier nahm sein Notizbuch heraus. «Jones ist zuerst gestorben, dann Mary Brewer, dann ist Schwartz abgehauen, dann ist Davidson gestorben, dann Paul Rance, dann Opdijk. Die Abstände sind unregelmäßig. Alle Todesfälle ereigneten sich in einem Zeitraum von drei Jahren.»

Das Flugzeug bohrte sich durch die Wolkendecke, die Sonne schien durch die Fenster an der Seite des Commissaris.

«Licht! Endlich. Das Licht ist objektiv. Es leuchtet uns allen. Und wie subjektiv bin ich oder wie unlogisch? Weißt du, Brigadier, ich glaube eigentlich nicht, daß meine Gedankengänge unlogisch waren. Mein Denken mag verschwommen sein, aber ich habe mich schon sehr oft in Verbrechenssituationen befunden und bin deshalb sicher, daß mein Unterbewußtsein richtig reagiert. Irgendwie will ich die BMF-Bande nicht verdächtigen. Jedesmal wenn ich über sie nachdenke, wird mein Verstand blockiert.»

«Dem Fuchs war es ernst, als er vorschlug, das Madelin einige Zeit in einem Pornostudio in New York arbeitet, Mijnheer. Nur weil der Bande das Geld ausgegangen war.»

«Und du hast keine Sympathie für Zuhälter, ich weiß. Ich habe schon mal gesehen, wie du auf sie reagierst. Erinnerst du dich an den Pförtner des eleganten Bordells, in dem wir versuchten, dem Araber eine Falle zu stellen? Der Mann hat dich nur aufgezogen, aber du hattest Schaum vor dem Mund.»

De Gier stand neben dem Sitz des Commissaris. Er kratzte sich am Hintern.

«Und Madelin hat nicht in dem Pornostudio gearbeitet. Hast du jemals Pornofilme gesehen, Brigadier?»

«Ja, Mijnheer.»

«Hat man dich ins Kino gedrängt? Gehörte dein Besuch zu einer Ermittlung?»

«Nein, Mijnheer.»

«Aha.»

«Ja, Mijnheer. Haben *Sie* jemals Pornofilme gesehen, Mijnheer?»

Der Commissaris setzte sich aufrecht hin und fischte in seinen Taschen nach Zigarillos. «Nein, Brigadier. Ich gebe es nicht gern zu, aber die Wahrheit ist, daß ich schüchtern war. Alte Männer schleichen sich immer in Pornokinos, und ich wollte mich der zittrigen Menge nicht anschließen. Es kann auch sein, daß ich befürchtete, enttäuscht zu werden. Ich glaube nicht, daß diese Art von Kunst die richtigen Regisseure anzieht. Ich wollte nicht sehen, wie gutes Material schlecht verwendet wird. Aber ich habe schon gute Szenen in anerkannten Filmen gesehen. Ich erinnere mich, daß ich mal gesehen habe, wie sich ein Mädchen oder vielmehr eine erwachsene Frau, eine wirklich schöne Frau, auf einer dieser großen rotierenden Scheiben im Schaufenster eines Autohauses auszog. Im Schaufenster war nur ein Scheinwerfer, und die Scheibe drehte sich langsam, so daß man die Frau im Schatten erkennen konnte. Dann blitzte eine direkte Beleuchtung auf, aber zu kurz, um alles erfassen zu können, dann bewegte sie sich wieder im Halbdunkel, das immer dunkler wurde, bis es fast völlig finster war, dann wieder ein blasses Licht, das stärker wurde. Na, *das* hat ein guter Regisseur gemacht. Hervorragend, Brigadier. An die Szene erinnere ich mich oft, vor allem wenn ich Schmerzen habe. Ich sehe, wie die Frau sich dreht, manchmal minutenlang, und da sich mein Verstand jeweils immer nur auf ein Thema konzentrieren kann, sind die Schmerzen ganz weg.»

De Gier grinste. Der Commissaris schaute zum Fenster hinaus. Das Flugzeug schien auf Wolken zu ruhen, die sich endlos in alle Richtungen erstreckten. «Ich hoffe, der Pilot weiß, wie er aus diesem Mischmasch wieder herauskommt. Wie du schon sagtest, falls der Sheriff keinen Plastikschaum findet, haben wir es mit Mord zu tun. Dem Mord an Mary

Brewer. Aber wir kennen den Täter noch nicht. Unsere Verdächtigen treiben ihr Spielchen mit uns. Die BMF-Bande haben wir nicht erschüttert. Im Gegenteil, Madelin ist von ihrer Gewohnheit abgewichen, um uns zu helfen. Und Jeremy – ha! Er hat uns den Tip mit dem Boot gegeben und sich dann auf seine Insel gesetzt und geschmunzelt. Weißt du, warum er uns nach meiner Meinung den Tip gegeben hat? Keineswegs, um uns zu helfen, sondern um zu sehen, was wir tun werden. Etwa wie er auch seine Seehunde in der Brandung um seine Insel beobachtet. Er wollte nicht, daß wir aufgeben, denn dann wäre die Vorstellung aus. Die BMF-Bande tut vielleicht das gleiche. Und Suzanne muffelt nur durch ihr Haus und wikkelt ihre Porzellanpüppchen in Seidenpapier. Sie hat sie jetzt wieder ausgewickelt, weil sie es nicht erträgt, ohne sie zu sein. Die Kisten kommen erst in einigen Tagen. Und Janet Wash spielt Burgdame. Und Reggie spielt – was spielt er, Brigadier?»

«Ich glaube, er spielt den Sohn, Mijnheer. Wenn wir uns mit seiner Vergangenheit befassen, werden wir vermutlich feststellen, daß seine Mutter ihn verlassen hat, als er noch ganz klein war. Oder sie ist vielleicht früh gestorben.»

«Stimmt, vielleicht spielt er den Sohn. Ah, ja, die Vermutung ist nicht schlecht, Brigadier. Wir könnten den Sheriff bitten, das zu prüfen.»

Einer der Piloten kam in die Kabine. «Wir sind fast da, meine Herren. Bitte legen Sie die Sicherheitsgurte an.»

«Aber dennoch müssen wir sie irgendwie erschüttert haben, Brigadier», sagte der Commissaris, als sie durch die Halle des Bostoner Flughafens gingen. «Wir kamen hier an wie zwei Kieselsteine, die man in einen sehr stillen Teich wirft. Ich frage mich, ob der Sheriff etwas unternommen hätte, wenn wir nicht gekommen wären. Aber vielleicht unterschätze ich den Mann. Was hätte er andererseits unternehmen können? Sheriffs werden gewählt und müssen auf ihre Popularität achten. Im Trüben zu fischen, das hat noch keinen populär gemacht. Ich weiß das aus Erfahrung. Man hat mir mal mit einer Versetzung gedroht, weil ich mir eine abgeschlossene Akte wieder vorgenommen habe. Und was für eine Akte. Korruption, bah. Dies hier dürfte interessanter sein.»

Er blieb stehen und stocherte in dem dicken Teppich in der Halle herum. «Mir gefällt dieser Fall irgendwie, vielleicht, weil die Szenerie so gut ist. Magst du den Fall, Brigadier?»

«Ja, Mijnheer, er gefällt mir. Diesmal haben wir keine Menschenmenge um uns herum. Das Gedränge und den Verkehr in Amsterdam habe ich satt. Mir gefiel die Jagd gestern abend, als der Sheriff zu einem Unfall raste. Die haben hier an den Streifenwagen gute Sirenen.»

Der Commissaris ging langsam weiter, dann blieb er stehen und drückte gegen eine Tür mit der Aufschrift NI. Die Tür ließ sich nicht öffnen. «Du bist auch subjektiv. Die Jagd hatte mit Cape Orca nichts zu tun. Was ist mit dieser Tür los, Brigadier?»

«Es steht IN darauf, Mijnheer, Eingang, aber die Buchstaben sind auf der anderen Seite.»

«Das ist richtig. Ich will hinein, in die Stadt hinein.»

«Sie wollen hinaus, Mijnheer, hinaus aus dem Flughafen.»

Der Commissaris trat einen Schritt zurück und betrachtete die beiden Buchstaben noch einmal. «Hinaus? Ach ja.»

Als sie hinaustraten, schlug ihnen ein kalter Wind entgegen. Ein Taxi fuhr vor, dessen Fenster sich öffnete. Sie schauten in das graue Gesicht eines jungen Mannes. Das Gesicht war schmal, halb von langem schmutzigem Haar verdeckt. Die Augen des Fahrers saßen im Gesicht, als hätte man zwei Kleckse rosa Farbe in einen Klumpen aus verfallender Modelliermasse geworfen. De Gier ging zurück.

«In die Stadt?»

Der Commissaris stieg ein. «Komm, Brigadier. Guten Tag, bitte zum Hotel *Fosterhouse*.»

Das Taxi fuhr an, bevor de Gier die Tür geschlossen hatte. Es tauchte in einen langen Tunnel ein und verschmolz mit der Reihe zu schnell fahrender Wagen, fast farblos im trüben Licht. Der Fahrer drehte den Kopf. «Welches Hotel haben Sie gesagt?»

«*Fosterhouse*.»

De Gier schüttelte sich. In den rosa Augen war kein bißchen Leben gewesen. Ein Drogensüchtiger, der in einem Tunnel einen Wagen mit überhöhtem Tempo lenkt. Dies würde der Tod sein. Er dachte an Adjudant Grijpstra, der den Tod oft mit einem Tunnel verglich. Ein langer dunkler Tunnel, endlos, und ein Phantom, das den Weg zeigt. Welchen Weg? Es gab nur einen Weg. Er blickte über seine Schulter nach hinten. Ihnen folgte eine verbeulte Limousine, bedeckt mit Schlamm und nassem, schmutzigem Schnee. Eine alte Frau steuerte den Wagen. Hinter der Limousine ragte die hohe Fahrerkabine eines Lastwagens auf. De Gier konnte das Gesicht des Fahrers nicht sehen, nur die Finger am Steuer. Im Tunnel donnerte es. Vielleicht würde er einstürzen. Er zwang sich, dem Commissaris zuzuhören.

«Was hast du im Hangar gemacht, als der Sheriff und ich auf dich gewartet haben, Brigadier?»

«Madelin wollte, daß ich sie küsse, Mijnheer.»

«Hast du sie geküßt?»

«Ja, Mijnheer.»

«Warum hat sie dich dann beinahe überfahren, als sie uns verließ?»

«Ich weiß nicht, Mijnheer. Ich habe mein Bestes getan.»

«Sie ist attraktiv, Brigadier.»

De Gier erzählte dem Commissaris von der ganzseitigen Anzeige. Der alte Mann hörte zu. «Ja. Ich glaube, ich kenne das Gefühl. Ich habe es hier auch. In der Vorstellung dieser Leute spielen wir Rollen, und das macht uns zu Maschinen. Wir sind nicht daran gewöhnt, manipuliert zu werden, Brigadier. Es wäre der Bande nie in den Sinn gekommen, daß du es ablehnen könntest, in Astrinskys Haus zu gehen. Du hättest es auch nicht können, da hatten sie recht. A, das Mädchen ist attraktiv; B, der Gegner offenbarte sich. Also bist du hingerannt und wurdest beschossen – und verführt. Vielleicht hättest du das Mädchen gern verführt, aber sie haben den Spieß umgedreht, wie Jeremy bei mir. Das Spiel ist einseitig. Die kennen das Land, die verborgenen Tendenzen.» Er gab dem Brigadier einen Rippenstoß. Der Tunnel war noch nicht zu Ende.

«Aber da ist mehr dran, Brigadier. Wo habe ich das Wort ‹Experiment› gehört?»

Der Brigadier starrte in den Tunnel. Kein Licht in Sicht.

«Brigadier?»

«Ja, Mijnheer. Ich habe das gesagt. Madelin hat mir erzählt, daß die Bande experimentiert.»

«Stimmt. Mit uns, aber auch mit sich selbst. Beispielsweise diese Reise nach New York. Ich muß mit dem Fuchs reden – oder ihm eher zuhören. Reden wird nichts nützen. Ah, endlich. Ich dachte schon, der Tunnel würde nie enden. Hast du das Gesicht des Fahrers gesehen?»

«Ja, Mijnheer. Drogen.»

«Er hat geschnieft und gekeucht. Er braucht seinen nächsten Schuß. Hoffen wir, daß es nicht weit bis zum Hotel ist.»

Es war nicht weit. Das Taxi fuhr hupend durch den Verkehr, drängte andere Wagen rücksichtslos zur Seite, zerschrammte einem Mittelklassewagen sogar den Kotflügel. Der Mittelklassewagen hupte, aber der Taxifahrer schaute sich nicht um. Sie hatten einen Park erreicht, der von hohen Gebäuden umgeben war, einige halb beleuchtet, so daß es aussah, als schwankten sie wie verrückt. Das Taxi bog plötzlich ab, der Commissaris fiel gegen de Gier. Der Fahrer bremste hart.

«Hotel *Fosterhouse.*»

De Gier zahlte. Der Fahrer zählte den Betrag nicht nach, sondern warf die zusammengefalteten Scheine in eine offene Blechdose neben sich. Das Hotel war schwarz und blank. Ein bunt kostümierter Pförtner nahm de Gier mit unbeweglichem Gesicht die beiden Reisetaschen ab. Das Kinn des Mannes steckte in einem gekräuselten Kragen, seine hohen Stiefel waren schlammbespritzt. Ein tadellos gekleideter Angestellter wartete hinter einem Empfangstisch mit Plastikplatte.

«Kreditkarte?»
«Nein.»
«Wie wollen Sie zahlen?»
«In bar.»
«Bitte jetzt zahlen.» Der Mund des Mannes war ein Schlitz in einem perfekt rasierten Gesicht. Seine Augen waren kalt.

De Gier schlenderte davon. Die Kostümierung schien das Markenzeichen des Hotels zu sein. Die Pagen liefen herum in Kappe und Reithose, die Kellnerinnen in Häubchen und langem Rock. Er nahm an, daß die Kleidung zur Geschichte der Stadt eine Beziehung hatte. In Amsterdam hatte sich ebenfalls das Dienstpersonal verkleidet, als die Stadt ihren siebenhundertsten Geburtstag feierte. Ihm fiel ein, daß er einen Kellner festgenommen hatte, der eine Fischertracht aus schwarzem Kord trug, ausladende Hose und eine kurze Jacke, auf der Silberknöpfe funkelten. Er war der Vergewaltigung beschuldigt. Der Verdächtige war freigelassen worden. Das Opfer hatte den Staatsanwalt nicht beeindruckt. Sie war in Hot pants, Bikinioberteil und Halstuch in sein Büro gekommen. Zeugen gab es nicht, da sich der Vorfall in der Abgeschlossenheit des eigenen Zimmers der Dame ereignet hatte.

«Gut, Brigadier. Der Empfangsmensch hatte die Güte, mein Geld anzunehmen. Kommst du mit rauf? Unser Zimmer ist in der obersten Etage mit Blick auf den Park.»

De Gier spielte am Fernsehgerät herum, während der Commissaris Bad und Dusche des Zimmers inspizierte. Er schaltete ein. Eine Frau mit vorstehendem Oberkiefer lächelte schmerzlich über einem Stück Seife. Zwei junge Männer in glänzenden Jacken zupften die Saiten ihrer Gitarren, während Applaus vom Tonband in bestimmten Abständen eingeblendet wurde. Ein Schauspieler, den er in Amsterdam in einem Film als rauhbeinigen Polizisten gesehen hatte, warb für eine neue Popcornmarke, wobei er, genau wie in dem Film, aus dem Mundwinkel lächelte. Ein alter Mann spielte Geige. Eine Marionette tanzte.

Er wollte das Gerät gerade ausschalten, als der Commissaris aus dem Badezimmer kam. «Warte, Brigadier.» Zusammen schauten sie der Marionette zu. Sie war sehr gut. Sie zeigte nie ihre Füße. Ihr ganzer Ausdruck lag in den Händen. Aber dann tauchten plötzlich deutsche Soldaten auf, in Schwarzweiß, marschierend und singend. Eine Werbung für ein Buch über den Zweiten Weltkrieg.

«Stell's ab, Brigadier. Das haben wir schon in Farbe gesehen. Das Zimmer ist prächtig, mit viel heißem Wasser. Ich kann später ein langes Bad nehmen. Dem hilfreichen Angestellten im Empfang zufolge, befinden sich die guten Restaurants alle auf der anderen Seite des Parks. Ich lade dich ein, Brigadier.»

Es war noch vor sechs Uhr und der Park trotz der Kälte voller Menschen. Alte Männer saßen auf Bänken und lasen unter Straßenlaternen die Zeitung, gutgekleidete Büroangestellte strebten ungeduldig der heimatlichen Wohnung zu, eine Gruppe von Kindern rannte lachend und schreiend herum. Ihre schrillen Stimmen verbreiteten Heiterkeit auf den gewundenen Pfaden unter dem schützenden Schweigen dunkler Bäume.

Der Commissaris blieb stehen. Ein Weihnachtslied, gesungen von einer reinen Frauenstimme, ertönte aus versteckten Lautsprechern. De Gier streckte eine Hand aus und drängte den alten Mann, weiterzugehen.

«Wunderschön», sagte der Commissaris, aber das Lied wurde zerrissen von Polizeisirenen und dem plötzlichen Lärm des Verkehrs, freigelassen durch eine Ampel. Sie verließen den Park und kamen in dunkle Straßen, durch die eisiger Wind fegte. In Schaufenstern lagen Magazine mit Fotos von Mädchen, wahllos verstreut in Staub und Rattengift. Junge Männer in dicken Mänteln und über die Ohren gezogenen Wollmützen riefen aus offenen Türen: «Entspannen Sie sich, meine Herren. Die Hüllen fallen, alle Hüllen fallen, *drinnen*. Die neue Show beginnt *jetzt*! Nur Mädchen vom College, meine Herren. Jeder Drink eineinhalb Dollar.» Der Commissaris hinkte weiter, klein und hilflos in seinem Marinemantel mit Kapuze. Ein Streifenwagen raste vorbei, blieb mit zwei Rädern auf dem Fußweg stehen, zwei Polizisten rannten in eine Gasse. Sie kamen zurück und zerrten einen Mann an den Händen mit. Der Mann wurde in den Streifenwagen geschoben, der donnernd wegfuhr.

Ein Mädchen klapperte auf hohen Absätzen vorbei. Sie blieb stehen und lächelte. «Die Kampfzone gefällig, heute abend?»

«Wie bitte, Miss?» fragte de Gier.

«Ihr seid nicht von hier, wie? So nennen wir diese Gegend hier. Die Kampfzone. Kann ich etwas für euch tun, Herrschaften? Ich arbeite in einer hübschen Bar, gleich um die Ecke. Wir haben noch die vorteilhafte Stunde. Drinks kosten jetzt die Hälfte.»

«Nein, Miss. Wir suchen ein chinesisches Restaurant.»

«Einen Block weiter. Amüsiert euch gut.»

«Ein liebenswürdiges Mädchen», sagte der Commissaris.

«Sie hätte unseren letzten Cent genommen, Mijnheer. In solchen Bars wird man ausgenommen und in dem Augenblick rausgeworfen, da man pleite ist.»

«Ich weiß, Brigadier, aber sie wurde nicht grob, als wir ablehnten. Das ist schon mal etwas.»

Es gab jetzt andere Geschäfte, chinesische, die Lebensmittel ausgestellt hatten, viel rotes Schlachtgeflügel, das nebeneinander hing über Bergen von Dosen, die aussahen, als würden sie jeden Moment einstürzen. Sie kamen an eine Straßenkreuzung, auf der sich Polizisten in langen orangenen Plastikmänteln bemühten, den Verkehr zu regeln. Eine Frau auf ihrer Straßenseite schrie plötzlich und wandte sich von ihrem Begleiter, einem großen, gutgekleideten Mann, ab.

«Nutte!» rief der Mann und schlug der Frau ins Gesicht. Sie taumelte und drohte zu fallen, aber der Mann ergriff sie am Mantelkragen und riß sie wieder hoch. Er verfluchte sie in einer gutturalen Sprache, die mit englischen Obszönitäten gespickt war. Wieder hob er den Arm. De Gier trat einen Schritt vor, aber der Commissaris hielt ihn am Ärmel fest. Zwei der Polizisten gingen zu dem Mann.

«Mister!»

«Wissen Sie, was sie mir soeben gesagt hat, Officer?»

Der Commissaris schob de Gier auf das nächste Restaurant zu. Der Brigadier blickte über die Schulter. Er konnte nur die Mäntel der Polizisten sehen. Die Frau wimmerte.

«Das ist nicht unsere Angelegenheit, Brigadier.»

«Was könnte die Frau zu dem Mann gesagt haben, Mijnheer?»

Die langen Zähne des Commissaris reflektierten das grelle Licht der Straßenlaternen. «Daß sie seinen besten Freund lieber hat als ihn. Die Liebe, Brigadier, ist die Ursache vieler Gewalttätigkeiten. Gehen wir hinein.»

Als sie wieder durch den Park gingen, hatte sich ihre Stimmung gebessert. Gestärkt von einem Essen mit sechs Gängen, bemerkten sie kaum die aufragenden Bäume, deren Äste bedrohlich nach unten ausgestreckt waren, und sie wichen fast lässig den wankenden Betrunkenen und schlurfenden Rauschgiftsüchtigen aus. Es war jetzt dunkel, und die junge Frau, die Weihnachtslieder sang, kam zum Ende ihres Programms. Die Polizeisirenen noch nicht. Sie zerrten an der singenden Stimme und übertönten fast ganz das Zwitschern einer Schar von Staren, die von Baum zu Baum flogen. Der Commissaris ging schwerfällig weiter, an seiner Seite der Brigadier.

«Kaffee», sagte der Commissaris, «und dann ins Bett, aber wir sollten uns die Mühe machen, Astrinsky aufzulauern, obwohl mir nicht nach Arbeit zumute ist.»

De Gier entdeckte Astrinsky wenige Minuten später im Café des Hotels und machte den Commissaris auf ihn aufmerksam. Der Commissaris setzte sich an den Nebentisch und lächelte seinen Verdächtigen an.

«Guten Abend, Mr. Astrinsky. Wie geht es Ihnen?»

Astrinsky ließ seine Zeitschrift sinken. Es dauerte einige Sekunden, bevor er den Mann erkannte, der ihn gegrüßt hatte. Er ließ die Zeitschrift fallen und stand auf. Als er mit dem Ellbogen an seine Kaffeetasse stieß, fiel sie vom Tisch.

«*Sie!*» Das Wort war sowohl ein Ausruf als auch eine Bestätigung.

«Ja, Sie erinnern sich? Suzanne Opdijks Bruder. Erinnern Sie sich auch an Sergeant de Gier?»

«Ja.»

«Haben Sie in jüngster Zeit Kontakt mit Jameson gehabt, Mr. Astrinsky?»

«Nein. Warum?»

«Vielleicht sollten Sie zurückreisen. Alles mögliche hat sich ereignet. Mary Brewers Boot ist gefunden worden, und der Sheriff ist sehr aktiv. Sie haben Mary Brewer gekannt, nicht wahr?»

«Ja.» Astrinskys Blick war starr. Seine Lesebrille war ihm auf das Ende der fleischigen Nase gerutscht. Er zerknüllte die Zeitschrift.

«Selbstverständlich erinnern Sie sich an sie. Sie haben ihr Haus gekauft. Ah!» Der Commissaris schlug mit der kleinen Faust auf den Tisch. «Stimmt ja, ich wußte, da ist etwas, das ich mit Ihnen besprechen wollte. Suzannes Haus! Sie haben mir dreißigtausend geboten, aber nachdem Sie so plötzlich abgereist sind, habe ich einen anderen Makler gefragt, einen Freund des Sheriffs, nicht wahr, Sergeant?»

Der Brigadier nickte bestätigend.

«Ja. Ich habe diesen Makler gebeten, den Besitz zu schätzen, und er kam mit einer dreimal so großen Zahl heraus. Sind Sie sicher, daß Sie sich nicht verrechnet haben, Mr. Astrinsky? Suzanne hält sehr viel von Ihnen. Sie waren ein guter Freund meines Schwagers, aber ich sehe nicht ein, daß sie ihren Besitz verschenken sollte, nur weil Sie ein Freund sind.»

Astrinsky öffnete kurz den Mund und machte ihn schnappend wieder zu.

«Vielleicht können wir uns irgendwann nochmals mit der Sache befassen. Der Sergeant und ich werden morgen vormittag mit der hübschen Maschine zurückfliegen. Aber wollten Sie nicht auf den Bahamas sein?»

«Wir sprechen uns morgen», sagte Astrinsky. «Ich hatte einen langen Tag. Gute Nacht.»

«Gute Nacht, Mr. Astrinsky.»

«Na, was hältst du jetzt von unseren Ermittlungen?» fragte der Commissaris, als er das Licht ausmachte. Der Brigadier brummte verschlafen. «Da rührt sich was, meinst du nicht auch?» Der Brigadier brummte zweimal. «Wie bitte, Rinus?» Aber der Brigadier war eingenickt und hörte das Knistern der Laken nicht mehr, als sich der Commissaris bewegte und eine bequeme Lage für seine schmerzenden Beine und Hüften fand.

Der Traum war erstaunlich klar. Die Ereignisse liefen schnell ab, und er konnte sich hinterher nicht mehr an alle erinnern, aber anscheinend war der Fall gelöst, und der von anderen Würdenträgern begleitete New Yorker Polizeigeneral gab ihm die Hand. Ihm wurde ein Offiziersrang angeboten, und er nahm an und fand sich in einer Uniform wieder. Die Uniform war frisch und weiß mit sehr langer Hose und enger Jacke. Und eine Mütze gehörte selbstverständlich dazu. Eine Marineuniform – er war jetzt Seemann. Sein Auftrag schien höchst logisch zu sein. Er wurde auf ein Schlachtschiff im Rotterdamer Hafen versetzt, selbstverständlich auf ein amerikanisches. Es war das Flaggschiff einer kombinierten Flotte, und er sollte Verbindungsoffizier sein. Er wurde durch einen Pfiff abgerufen, und überall nahmen Männer Habtachtstellung ein. Und dann zeigte man ihm alles. Er befand sich in einem schnellen Motorboot, das durch das trübe Wasser des Hafens schnitt, wo er verschiedene Kriegsschiffe unterschiedlicher Nationalität sah. Jedes hatte einen bestimmten Zweck und eine Spezialität. Allmählich wurden die Schiffe kleiner. Das letzte war nur noch ein kleines Boot, ein knapp sieben Meter langes Holzschiff, ähnlich denen, die er an der Küste von Maine gesehen hatte. Die erläuternde Stimme an seinem Ohr wurde zu einem Flüstern. «Schwimmhunde», sagte die Stimme. «Eine Geheimwaffe. Sehen Sie?» Er sah die Tiere, aber es waren Robben, die Robben von Jeremy's Insel. Es waren Dutzende, die gemächlich ihre schwimmende Basis umkreisten. Er sah ihre intelligenten Augen und die langen silbernen Barthaare. Die Stimme teilte ihm weitere Einzelheiten mit. Die Tiere seien äußerst gut ausgebildet und mit elektronischen Geräten ausgerüstet.

Aber dann war er wieder auf dem Schlachtschiff, allein in seiner Luxuskabine, wo er rauchte und nachdachte. Irgend etwas beunruhigte ihn. Er konnte nicht in der amerikanischen Kriegsmarine sein, weil er Niederländer war. Er würde eine Erlaubnis benötigen, die Erlaubnis der Königin. Sofortiger Szenenwechsel. Er befand sich jetzt im Jet der Reichspolizei und landete auf dem Rasen vor dem Schloß der Königin. Niederländische Militärpolizisten in Paradeuniform mit Bärenfellmütze und Krummsäbel grüßten ihn schneidig und marschierten mit ihm zum Hauptgebäude. Die Königin erwartete ihn auf einer niedrigen Couch und neigte den Kopf, als er steif dastand und seinen Namen und früheren Dienstgrad nannte. Er nannte auch seinen neuen Dienstgrad und entschuldigte sich, daß er nicht vorher um ihre Genehmigung gebeten hatte. Seine knappen Worte waren treffend. Er starrte zu Boden, hob aber den Blick, als die Königin antwortete.

«Erlaubnis gewährt.»

«Ich danke Ihrer Majestät.»

Er machte auf dem Absatz kehrt und marschierte hinaus. Er hatte das Gesicht der Königin gesehen. Es war Madelins Gesicht, aber gereift und würdevoll. Madelins Schönheit, gemildert durch königliche Anmut.

So weit, so gut, aber der Schrecken des Traums kam zum Schluß. Er war wieder im Rotterdamer Hafen, aber diesmal im Wasser strampelnd, das Gewicht der Uniform und der Stiefel zog ihn nach unten. Die Robben kamen auf ihn zu, aber sie verwandelten sich, als sie sich näherten. Die runden, glatten Köpfe bekamen haarige Auswüchse, die Augen traten zurück und wurden geschlitzt und grausam. Ihre Farbe veränderte sich auch. Sie waren oben schwarz und unten weiß.

Er erwachte, weil der Commissaris ihn an der Schulter rüttelte. Der Commissaris hatte seine Nachttischlampe angemacht.

«Rinus!»

«Mijnheer?»

«Du hast geträumt. Erinnerst du dich an den Traum?»

De Gier erzählte, soweit er sich erinnerte. Der Commissaris nickte, lächelte, steckte sich einen Zigarillo an und paffte ruhig.

«War's das?»

«Ja, Mijnheer. Vielleicht war mehr da, aber es verblaßt jetzt alles. Die Begegnung mit der Königin war sehr wichtig und der Schluß.»

«Weißt du, wie Orcas aussehen, Brigadier?»

«Eigentlich nicht, Mijnheer. Der Sheriff hat sie mir beschrieben, aber ich war nicht sehr aufmerksam. Schwarz und weiß. Groß. Gefährlich.»

«Sie gehören zur Familie der Zahnwale, Brigadier, mit glatten Köpfen. Nicht haarig oder knotig. Aber wir werden ihnen begegnen, denke ich, oder vielmehr ihren menschlichen Gegenstücken.»

«Wir werden sie bekämpfen, Mijnheer.»

«Ja», sagte der Commissaris sanft.

14

«Aber das ist nicht die Firma, die wir suchen», sagte der Commissaris und beugte sich vor, um das unbeholfen beschriftete Schild zu lesen, das schief hinter der Tür zum langen dunklen Korridor hing: SYMONS, SPIELZEUG UND NEUHEITEN, IMPORT UND EXPORT. «Dies ist irgendein Großhandel. Ah, hier.» Er rückte seine Brille zurecht und spähte auf die Visitenkarte, die mit zwei Heftzwecken an einer Ecke des Schildes befestigt war: BOSTON BETTER HOLDINGS, JAMES D. SYMONS, DIREKTOR. «Also sind wir doch bei der richtigen Adresse gelandet.» Er richtete sich auf. «Symons. Derselbe Name, er muß derselbe Mann sein. Ein vielseitiger Geschäftsmann, unser Mr. Symons. Aber nach dem Schild zu urteilen, muß der Großhandel wichtiger sein. Erstaunlich. Gehen wir, um ihn kennenzulernen.»

Eine düstere Birne hinten im Korridor war anscheinend die einzige Beleuchtung in dem baufälligen Haus. Der Commissaris hinkte langsam weiter und pochte mit seinem Stock an die rissige Tür.

Sie stiegen eine Treppe hinauf und standen vor einer Tür, die vor langer Zeit rosa gestrichen worden war. Der Commissaris klopfte.

«Treten Sie ein, meine Herren. Die Tür ist auf.»Die Stimme war rauh, die Worte verloren sich in einem keuchenden Husten.

Sie traten ein. Regale und Tische waren mit Kartons beladen. Auf dem Fußboden war eine elektrische Eisenbahn aufgebaut, zwei Lokomotiven waren kollidiert, und ein unordentlicher Haufen Waggons sammelte Staub an zwischen einem Blechbahnhof und einem Berg, auf dem verblichene Plastiknadelbäume standen. Eine rissige Maske, die über einer Reihe kleinerer Masken hing, starrte sie von der Rückwand an. Sie stellten alle das gleiche alte Frauengesicht dar, zahnlos, pickelig, runzlig. Die Gesichter waren grün, die Bindfadenhaare orange. Sie lächelten mit geifernden, wurmartigen Lippen, und die Augen aus geschliffenem Glas funkelten in wahnsinnigem Entzücken.

De Gier blieb stehen und betrachtete die Reihe.

«Ja, meine Herren? Die Masken interessieren Sie, wie? Ich habe nur noch das eine Modell in verschiedenen Größen, und da ich keine Auswahl anbieten kann, werde ich selbstverständlich Rabatt gewähren. Aber ich glaube, ich sollte Ihnen zunächst meine neuen Posten zeigen. Zum Beispiel diesen Kasten, eine höchst profitable Sache, und für begrenzte Mengen sofortige Lieferung.»

Der Commissaris und de Gier wandten sich Mr. Symons zu. Sie sahen einen ziemlich jungen und ziemlich gutgekleideten Mann mit roten Augenrändern. Er war aufgestanden und stand unter den Masken, die ihm über die Schulter starrten und sein Gesicht zu einem Teil dieser Darstellung einer schwachsinnigen Kreativität werden ließen.

«Schauen Sie sich diesen Kasten an, meine Herren. Hier, ich werde ihn öffnen. Was sehen Sie? Kleine Bauelemente aus Plastik, nichts Neues. Deutschland wirft sie seit Jahren auf den Markt, eine gute, beständige Sache, die von den Kindern geliebt wird. Und immer zu Weihnachten und zum Geburtstag schenkt jeder in der Familie den kleinen Lieblingen einen Ergänzungskasten, damit die Wunderkinder größere Kräne, Traktoren, Lastwagen und was weiß ich bauen können. Eine praktische Sache, stimmt's? Aber teuer und keine große Gewinnspanne. Die Deutschen haben das Zeug patentiert und können ihr Blatt ausreizen. Ja-ha! Aber dieser Kasten kommt nicht aus Deutschland, meine Herren, sondern aus Taiwan, und er kostet nur die Hälfte von dem, was Sie sonst zahlen. Bis jetzt waren Sie glücklich mit den deutschen Preisen, wie glücklich werden Sie erst sein, wenn Sie die taiwanesischen Preise zahlen, die Hälfte von dem, was die Deutschen sonst verlangen? Wie glücklich wird Sie das machen?

Ich frage noch einmal, und die Antwort kommt einem sofort in den Sinn. Es wird Sie *doppelt* glücklich machen. Das ist ein Goldesel, meine Herren, verkaufen Sie es um zehn Prozent billiger als das deutsche Zeug, und es wird nur so über den Ladentisch schießen. Und die Qualität ist ausgezeichnet. Schönes Zeug, meine Herren, ich habe tausend Kästen auf Lager und noch mehr unterwegs, Lieferung im kommenden Frühjahr. Na? Was sagen Sie dazu, meine Herren?»

«Ganz interessant, Mr. Symons», sagte der Commissaris, «aber Sie müssen uns mit jemandem verwechseln.»

Symons lächelte höflich. «So? Sind Sie nicht von der Spielzeug-Ladenkette TOTAL?» Er sah auf seine Uhr. «Zehn Uhr, sie sagten, sie wollten um halb elf hier sein. Ich dachte, Sie wären zu früh gekommen. Macht nichts, meine Herren. Sie können meine Kästen aus Taiwan ebenfalls kaufen. Ich habe sie nicht für jemand speziell reserviert, wer zuerst kommt, mahlt zuerst.»

«Nein, Mr. Symons. Wir sind nicht in der Spielzeugbranche tätig.»

Symons Lächeln verhärtete sich, dann verschwand es. «Nein? Sie wollen doch nicht etwa mir etwas verkaufen, wie? Ich kaufe gegenwärtig nichts. Ich will mein Lager für eine Weile räumen. Die Zeiten sind schwer, meine Herren, und der Wettbewerb ist hart und Kapital – muß ich das erwähnen? – knapp.»

«Die Boston Better Holdings», sagte der Commissaris, «zu dem Unternehmen wollten wir, und Sie sind sein Direktor, nehme ich an.»

Symons ging zur Rückseite des Zimmers und setzte sich unter ein kaputtes Drahtmobile, von dessen rostigen Enden kleine Papphände baumelten. Die Hände hatten lange, gebogene Fingernägel und zeigten in verschiedene Richtungen, wenn die Zugluft das Mobile bewegte. Symons zeigte einladend auf zwei niedrige Sessel. «Nehmen Sie Platz, meine Herren. In dem Unternehmen hat sich schon so lange nichts mehr getan, daß ich seine Existenz fast vergessen hätte, aber es stimmt, ich habe die Ehre, sein Direktor zu sein. Was würde Sie interessieren? Dem Unternehmen gehört dies Gebäude, und es zahlt mir ein dürftiges Gehalt, weil ich als Pförtner diene. Wollen Sie etwa das Gebäude kaufen? Das wäre wirklich eine gute Nachricht. Wollen die Versicherungsgesellschaften noch einen Wolkenkratzer bauen? Kann ich meinen Aktionären sagen, daß ihnen endlich das Glück lächelt?»

«Nein, Sir. Wir suchen keinen Grundbesitz in Boston. Wir sind auf einen Grundbesitz namens Cape Orca an der Küste von Maine aus.»

Symons schüttelte den Kopf. «Das können Sie mir nicht weismachen, Sir. Niemand weiß, wo Cape Orca ist. Ich weiß, wo Cape Orca ist, aber ich bin ein höchst außergewöhnlicher Mensch, sehr belesen und weitgereist. Sie dürften Ausländer sein, Sir, habe ich recht?»

«Aus Amsterdam, aus den Niederlanden.»

«Genau, wie sollten Sie also auf Cape Orca kommen, auf einen kleinen Splitter vom großen, soliden Klotz, der die U, S und A sind?»

«Das werde ich Ihnen erzählen», sagte der Commissaris. «Meiner Schwester gehört ein Haus und etwas Land auf Cape Orca. Ihr Mann ist vor kurzem gestorben, und sie hat mich gebeten zu kommen, um ihren Besitz aufzulösen. Zufällig bin ich selbst an ihrem Eigentum interessiert, sozusagen als Investition. Ich habe etwas überzähliges Kapital in den Niederlanden, das darauf wartet, in einem Land investiert zu werden, in dem die Steuern noch erträglich sind. Mir gefällt Cape Orca – ich denke, es kann gewinnbringend entwickelt werden –, aber ich möchte mehr als die paar Morgen meiner Schwester. Ich bin ein wenig auf dem Cape herumgegangen und habe festgestellt, daß dort Häuser leerstehen, einige ruiniert oder abgebrannt. Falls ich kaufe, dann den ganzen Streifen. Der Stadtsekretär war so gut, mich zu informieren, daß die Grundstücke auf den Namen eines Mr. Astrinsky registriert sind, aber der war nicht da, als ich ihn aufsuchen wollte. Ich glaube, daß er auf Reisen ist. Aber gestern morgen bin ich dem Stadtsekretär wieder begegnet, und er hat gesagt, er habe gerade festgestellt, daß die Grundstücke jetzt Ihrem Unternehmen gehören. Und da ich in Boston sowieso geschäftlich zu tun habe, dachte ich mir, ich suche Sie mal auf. Der Küstenstreifen wäre zu verkaufen, nicht wahr?»

Mr. Symons hatte aufmerksam zugehört, während er mit dem Inhalt des Kastens aus Taiwan spielte. Außerdem hatte er mehrmals seine Schreibtischschublade auf und zu gemacht.

«Ja», sagte er. «Ich verstehe. Na, wie wäre es mit einem kleinen Drink, um den Tag richtig zu beginnen, meine Herren? Sie reden über große Geschäfte, und ich stelle immer fest, daß ein kleiner Drink mein Wahrnehmungsvermögen stärkt. Vielleicht ein guter Whiskey? Ich habe zufällig eine Flasche auf Lager, und wenn Sie auf das Regal rechts von Ihnen langen, werden Sie drei saubere Gläser finden.»

«Gern», sagte der Commissaris. «Das ist wirklich eine großartige Idee, Sir.»

«Aber es muß ein kleiner sein. Jeden Augenblick werden die Gauner von Spielzeug-TOTAL hier sein, und ich muß meinen Schund in Dollars umwandeln. Es wäre ein Wunder, aber Wunder sind mir schon früher über den Weg gelaufen, denn der Herr ist gütig und muß von Zeit zu Zeit gesegnet werden, obwohl ein guter Tritt in seinen göttlichen Arsch manchmal zu empfehlen ist. Das gehört zu einer meiner Lieblingstheorien, aber wir haben jetzt nicht die Zeit, sie ganz zu erörtern. Hier, meine Herren, drei vom besten, auf ihr ganz spezielles Wohl!»

«Und jetzt», sagte Symons nach einigen Sekunden, «und jetzt zu Cape

Orca. Zufällig haben die Aktionäre der Boston Better Holdings vor kurzem über ihr Interesse an Cape Orca gesprochen. Ihnen gehört das Land schon eine Weile, aber ich habe die Besitztitel erst vor einigen Tagen zur Registrierung eingeschickt. Selbstverständlich wurden die Grundstücke gekauft, um sie zu erschließen, aber die Aktionäre sind alt und können kaum angespornt werden, Aktivität zu zeigen. Deshalb ist noch nichts unternommen worden. Wenn Sie nun bereit wären, einen Preis . . .»

«Ja», sagte der Commissaris, «der Preis. Wie hoch würde der sein?»

Symons hielt eine Hand mit drei Ringen hoch, jeder mit einem andersfarbigen Stein. Seine Hand fiel durch ihr eigenes Gewicht herab, ergriff dabei die Flasche und schenkte noch einen kleinen Whiskey in sein Glas.

«Selbstverständlich. Sie müssen den Preis wissen. Aber ich habe keinen Preis, nicht heute. Es gibt mehrere Anteilseigner, und ich muß sie erst zusammentreiben und zur Vernunft bringen. Die Mühe wird Zeit erfordern. Haben Sie Zeit, Sir?»

«Einige Tage.»

«Und wo kann ich Sie erreichen?»

«Auf Cape Orca. Ich werde heute nachmittag zurückfliegen und im Haus meiner Schwester sein. Sie hat Telefon.»

Symons stand auf. «Sehr gut, Sir. Ich werde mir die Nummer und Ihren Namen notieren, und Sie werden dann von mir hören. Innerhalb weniger Tage, daran besteht kein Zweifel.

«Noch eine Fassade, Mijnheer», sagte der Brigadier, als sie zum Hotel zurückgingen.

«Ja, Brigadier. Hätte er nicht getrunken, würde er sich leicht verraten haben, aber der Alkohol beruhigte seinen Verstand und ließ ihn eine Antwort finden, die gut genug war. Er wird jetzt Astrinsky anrufen und feststellen versuchen, wer wir sind. Und Astrinsky wird es ihm sagen. Symons wird nicht sehr besorgt sein. Im Gegenteil, er könnte sich vielleicht freuen. Unser Besuch wird ihm eine Gelegenheit zur Erpressung gegeben haben. Symons weiß, wer der wirkliche Besitzer von Cape Orca ist. Er wird Geld verlangen, um den Namen geheimzuhalten.»

«Wir können das feststellen, Mijnheer. Hier wird es eine Handelskammer geben. Die Boston Better Holdings wird dort registriert sein, der oder die Eigentümer sind namentlich in der Akte aufgeführt.»

Es dauerte eine Weile, bis sie die Handelskammer fanden, und es dauerte noch länger, bis ihnen der Angestellte die gewünschte Akte gab. De Gier und der Commissaris lächelten gleichzeitig. «*Bahama Better Holdings*», las der Commissaris. «Wie wär's, Brigadier? Möchtest du nach den Bahamas fliegen?»

«Und ein anderes Unternehmen hinter *dem* finden, Mijnheer?»

«Sehr wahrscheinlich. Aber der Irrgarten wird ein Ende haben, Brigadier. Wenn wir uns bemühen, werden wir unseren Weg nach draußen finden.»

«Ich glaube, die Bahamas sind britisch, Mijnheer, oder inzwischen unabhängig. Es könnte viel Arbeit machen, die Anteilseigner aufzuspüren. Wir könnten den niederländischen Konsul auf den Inseln anrufen.»

«Nein, Brigadier. Wenn wir das tun, müssen wir über das Amsterdamer Präsidium gehen, und der Hoofdcommissaris hat keine Ahnung, daß wir in Ermittlungen verwickelt sind. Wir sollten auch daran denken, daß unser Chef der Sheriff von County Woodcock, Maine, USA, ist. Die Ermittlungen liegen nicht nur bei uns. Wir sind freiberufliche Detektive, beschäftigt vom Amt des Sheriffs von Jameson.»

De Gier grinste. «Wirklich, Mijnheer?»

«Selbstverständlich.»

«Aber Ihre Schwester will den angemessenen Preis für ihr Haus, Mijnheer.»

Der Commissaris senkte die Stimme zu einem zischenden Flüstern. «Also wirklich, Brigadier. Das ist eine Privatsache. Hätte der Sheriff kein Interesse an Cape Orca gezeigt, würde ich Suzanne geraten haben, ihre dreißigtausend zu nehmen und zu verschwinden, solange die Sache noch so einigermaßen läuft. Aber zufällig *ist* der Sheriff interessiert, und wir können ihm jetzt positive Informationen bringen. Astrinsky ist beunruhigt und die Bosten Better Holdings eine Fassade. Dieser Mr. Symons ist ein faules Ei, wenn auch kein oberfaules. Er ist zu schwach, um böse zu sein. Nur verfault. Ja, ich glaube, wir können dem Sheriff raten, etwas mehr Dampf zu machen.»

«Wo steht Astrinsky nach Ihrer Meinung, Mijnheer?»

Der Commissaris wedelte mit seinem Stock. «Astrinsky? Er ist entweder ein Mittelsmann oder ein echter Verbrecher. Ich halte ihn für einen Mittelsmann. Ich verstehe jedoch nicht, warum Astrinsky überhaupt eingewilligt hat, bei dem Spiel mitzumachen. Er ist keineswegs mutig. Ich frage mich, welche Verbindung es zwischen Astrinsky und dem gesuchten Mörder gibt. Ist es nur Habsucht?»

«Die Hälfte der Leute, die ich festgenommen habe, hat das Gesetz wegen Geld gebrochen, Mijnheer.»

«Ja, Brigadier. Aber das Verlangen, an Geld zu kommen, ist ein Symptom für alle möglichen Gefühlsstörungen – Habgier ist nur eine davon. Mr. Astrinsky, ja, hmm – ich würde gern glauben, daß seine Rolle in dem Spiel etwas komplizierter ist, als es uns jetzt vorkommt. Es ist nicht nur

Habsucht. Ich wäre enttäuscht, wenn wir sonst nichts entdeckten. Die Geschichten, die seine Tochter dir erzählt hat, sind faszinierend. Sie dürfte ein ungewöhnliches Mädchen sein. Und falls diese Vermutung zutrifft, könnte ihr Vater scharfsinniger sein, als wir ihm zugetraut haben.»

Sie mußten wieder durch den Park, um zum Hotel zu gelangen, und der Commissaris ging langsam, blieb hin und wieder stehen und betrachtete die Bäume. Die meisten zierte ein kleines Schild, und der Commissaris murmelte die lateinischen Wörter hinter den englischen Bezeichnungen. Drei Männer mit langem schwarzen Bart hatten unter einer eindrucksvollen Eiche Zuflucht gefunden. Sie musterten den Commissaris würdevoll und grüßten ihn, indem sie drei gleiche, flache Flaschen ohne Etikett hoben.

«Eins, zwei, ex!» sagte der größte Mann, und die drei Flachmänner durchdrangen die Bärte.

Der Brigadier klopfte dem Commissaris leicht auf den Arm. «Gehen wir, Mijnheer. Wenn die das runtergeschluckt haben, werden sie Streit suchen.»

Der Commissaris beschleunigte seine Schritte. «Keine zusätzlichen Schwierigkeiten, Brigadier, nicht mehr als unbedingt nötig. Du hast recht.»

Aber sie erlebten noch eine zusätzliche Unannehmlichkeit, ehe der Tag zu Ende ging. Im Flugzeug nach Jameson befanden sich noch andere Passagiere, mehrere Jäger und Michael Astrinsky. Der hob grüßend die Hand, als er an Bord ging, aber er machte keinen Versuch, ein Gespräch zu beginnen. Der Commissaris nickte ein, de Gier rauchte und schaute zum Fenster hinaus. Nichts als Wolken, nichts passierte, sie gerieten nicht einmal in Lufttaschen.

Als die Maschine landete, wartete der Streifenwagen. Der Sheriff lächelte nicht, als der Commissaris zu ihm hinkte.

«Es ist gut, Sie zu sehen, Sir. Ich habe auf Sie gewartet. Ich komme soeben vom Ort eines Verbrechens. Bob und Bert sind noch dort. Ich muß jetzt mit Sicherheit die Polizei des Bundesstaats rufen. Bernie ist heute morgen erschossen worden, Kopfschuß, nördlich von Cape Orca auf einer Straße, die nirgendwo hinführt. Sein Kopf ist fast weg. Die Tatwaffe war eine Flinte, aus nächster Nähe abgefeuert. Vielleicht möchten Sie einen Blick auf die Leiche werfen, bevor ich Alarm gebe und unsere Superpolizisten rufe. Sie könnten vielleicht etwas entdecken, Sir, das uns entgangen ist.»

15

«Der Schnee», sagte der Sheriff. «Er hilft, alles zu verhüllen.»

Eine über einen halben Meter dicke Schneedecke hatte aus Bernies Streifenwagen eine unbestimmte, strahlendweiße Form in einer Kurve der schmalen Straße gemacht.

Der Commissaris betrachtete eine zertrampelte Stelle am Straßenrand. «Haben Sie die Leiche des Chief Deputy dort gefunden, Sheriff?»

«Ja, Sir. Albert dachte, es gebe noch eine Chance, daß Bernie lebe, der Motor lief noch, und hat deshalb die Leiche bewegt. Und selbstverständlich hat er damit Beweise verwischt.»

«Albert?»

«Er hat von einem Haus aus angerufen, das ein paar Meilen weiter in Richtung Stadt liegt. Ich bin sofort rausgefahren. Albert war hier, als ich eintraf.»

«Hat Albert etwas damit zu tun?»

«Er sagte, er sei mit seinem kleinen Laster gefahren, habe den Streifenwagen gesehen, angehalten und Bernie gefunden.»

«Haben Sie Albert festgenommen?»

«Er ist jetzt im Gefängnis. Ich weiß noch nicht, welche Beschuldigung ich gegen ihn vorbringen soll. Ich halte ihn nur fest. Aber Albert ist echt in Schwierigkeiten. Bernie hat ihn gesucht, nachdem er Toms Alibi überprüft hatte. Tom war in der Stadt, als man auf den Sergeant geschossen hat. Die alte Beth schwört, er sei vorgestern abend um etwa halb neun in ihrem Restaurant gewesen, und ihre Tochter bestätigt es. Aber niemand konnte Albert finden, an dessen Hüttentür ein Schild war: BIN AUF JAGD. Deshalb hat Bernie nach Albert gesucht. Und dann findet Albert Bernie, und zwar tot.»

«Und der Fuchs?»

«Den halte ich auch fest, Sir. Er kann nicht sagen, wo er sich aufgehalten hat. Er ist sehr vage. Bernie muß heute früh erschossen worden sein. Der Fuchs sagt, er sei auf dem Cape herumgewandert und habe nach abgestorbenen Kiefern gesucht. Keiner hat ihn gesehen, und er hat niemand gesehen. Er könnte überall gewesen sein.»

Der Commissaris ging zu Bernies Streifenwagen. Die Beifahrertür war offen, eine Schrotflinte war zwischen Vordersitz und Steuerrad gerutscht.

«Bernies Flinte?»

«Ja, Sir. Wir haben eine leere Patrone gefunden. Bernie hat offensichtlich geschossen.»

«Hatte Albert eine Flinte in seinem Laster?»

«Ja.»

«Hatte er damit vor kurzem geschossen?»

«Ja, Sir, er war auf Jagd. Er hatte eine Gans und einige Enten in seinem Wagen.»

«Können Sie die Munition identifizieren?»

Der Sheriff breitete die Hände aus. «Jeder kauft seine Patronen in Robert's Markt. Tom hat nur eine Marke auf Lager. Dies muß eine BMF-Sache sein, Sir. Bernie war hinter der Bande her, und sie hat ihn erschossen. Daß Albert den Leichenfund gemeldet hat, ist ein Beispiel für ihren Stil. Es würde ihnen ähnlich sehen, ihr eigenes Opfer zu finden!»

Die beiden jungen Deputies, die neben dem Streifenwagen des Toten standen, nickten grimmig.

«Hatten Sie die Möglichkeit, das Boot in der Bucht zu kontrollieren, Sheriff?»

«Ja. Wir konnten es nicht herausbekommen. Es war im Eis eingefroren. Ich habe mit einer Picke etwas Eis aufgehackt. Jeremy hatte recht. Kein Gramm Plastikschaum im Boot und die Schotten säuberlich wieder angebracht. Als Mary Brewer an dem Tag hinaussegelte, dachte sie, ihr Boot könne nicht sinken, aber es ist untergegangen wie ein Ziegelstein. Die Strömung muß es an die Felsen getrieben haben, sehr langsam. Das kann Monate gedauert haben.»

«Hat die Bande gesehen, daß Sie zum Boot gingen? Wie sind Sie hingekommen?»

«Die könnten mich schon gesehen haben. Ich habe mit einem Ruderboot die offene Fahrrinne überquert, es ein Stück über das Eis geschoben, bis ich wieder an offenes Wasser kam, und bin die letzten hundert Meter gerudert. Ein Mann, der ein Boot über das Eis schiebt, ist meilenweit zu sehen. Es wundert mich, daß sie nicht mit dem Gewehr nach mir geschossen haben.»

«Ja», sagte der Commissaris nachdenklich und nahm einen Zigarillo aus der Tasche. Der Sheriff riß ein Streichholz an. Der Commissaris paffte. «Aber hier sind so viele Figuren im Spiel. Die BMF-Bande ist nur eine davon. Das Offensichtliche weist nicht immer auf die Wahrheit hin. Haben Sie im Schnee herumgestochert, Sheriff?»

«Ja, Sir, da ist viel Blut. An zwei Stellen. Selbstverständlich bei Bernies Leiche und an einer anderen Stelle, etwa ein Meter fünfzig weiter unten. Vielleicht ist er noch einige Schritte gegangen, wie ein Huhn, das den Kopf verloren hat, er ist getaumelt, meine ich.»

«Wo ist die Leiche?»

«Hinten im Streifenwagen. Wir haben sie in Decken eingehüllt.»

Der Commissaris stocherte mit seinem Stock im Schnee herum.

«Haben Sie irgendwelche Vermutungen, Sir?»

«Nein, Sheriff, nur Theorien. Ich habe keine Tatsachen, um die Theorien zu konkretisieren. Gibt es etwas, das Sie mir über Bernie erzählen können? Ich kannte ihn nur als freundlichen dicken Mann, und zwar nur vom Hörensagen. Der Sergeant hat ihn mir beschrieben.»

«Bernie war wirklich dick», sagte einer der Deputies. «Es machte ihm Sorgen. Er platzte aus zwei Uniformen und mußte die neuen bezahlen. Er kam nahe an zweihundertdreißig Pfund heran. Das ist schon nicht mehr dick, das ist fett.»

«Hat er sich gesorgt, daß er seine Arbeit verlieren könnte?»

Der Sheriff nickte. «Das könnte sein. Ich habe mit ihm über sein Problem gesprochen. Er war in letzter Zeit etwas schlafmützig geworden. Er nickte oft ein, sogar auf Streifenfahrt. Ich kann neben mir im Streifenwagen keine Schlafmütze gebrauchen.»

«Gab es noch andere Probleme?»

«Der Hund», sagte der Sheriff langsam. «Der verdammte Hund. Bob, sag mal, wo wohnt eigentlich Bill Thompson, der Besitzer des Hundes, der die vielen zehn sechsundvierzig verursacht hat? Wohnt Bill nicht am Ende der Blueberry Neck Road?»

«Das stimmt, Sheriff.»

«*Dies* ist die Blueberry Neck Road!» rief der Sheriff. «Sie führt ans Meer und hört dort auf. Bills Farm liegt drei Meilen von hier entfernt. Sein Hund hat die Hirsche hier in diesem Wald gewildert.»

«Bernie war hinter dem Hund her, Sheriff», sagte der Deputy. «Er hat es uns gesagt.»

Der Sheriff rieb sich wütend das Kinn. «Vielleicht hat er also den Hund erwischt. Das würde das Blut erklären. Und dann hat *ihn* jemand erwischt.»

«Ich kenne Bill Thompson, Sheriff», sagte Deputy Bob. «Bill hat zwei Flinten und zwei Jagdbüchsen und ein paar Holzkästen voller Patronen. Sein Haus und die Scheune stehen auf einem Hügel. Er hat bestimmt auch ein paar Faustfeuerwaffen.»

Bob ging zu seinem Wagen, der neben dem des Sheriffs stand. «Soll ich die Staatspolizei rufen, Sheriff? Wir brauchen mehr Leute, um das Haus zu stürmen. Vielleicht ist es jetzt gar kein Haus mehr. Vielleicht ist es eine Bunkerfestung.»

«Nein. Nein, warte, Bob. Wir werden damit allein fertig. Du und Bert, ihr steigt in eure Streifenwagen. Folgt mir, aber bleibt außer Sichtweite. Sie können mit mir fahren, meine Herren, wenn Sie wollen.»

«Zum Teufel!» sagte der Sheriff wenig später. «Ich glaube, ich sehe jetzt alles vor mir. Der alte Bill muß mit seinem Fordlaster gefahren sein, den Hund neben sich. Ein großer, kurzhaariger brauner Hund, friedlich genug, wenn er nicht die Witterung von Hirsch in der Nase hat. Bills

Freund. Beide fahren ruhig dahin, sind vermutlich auf dem Heimweg, und Bernie saust hinter ihnen her. Bernie schaltet das Blaulicht ein und spielt mit der Sirene. Der alte Bill hält an. Bernie bleibt hinter dem Ford stehen und nimmt seine Flinte. Vielleicht hat er mit Bill geredet, vielleicht auch nicht, aber er muß den Hund aus dem Wagen geholt haben. Vielleicht hat er die Beifahrertür geöffnet und den Hund gerufen. Der Hund springt auf die Straße und kriegt Bernies Schuß direkt in die Augen. Paff! Der Hund ist tot. Bernie war in letzter Zeit übelgelaunt. Zu mir war er zwar höflich, aber er hatte meine Bemerkungen über seinen dicken Bauch und den fetten Hintern nicht vergessen. Und die BMF-Bande jagte ihm Angst ein. Und die Wildhüter waren wegen Bills Hund hinter ihm her. Also wollte er zur Abwechslung mal etwas tun. Aber Bill weiß nichts von Bernies Sorgen, die ihm im übrigen ganz einerlei sind. Bill hört nur einen Knall und sieht seinen Freund tot im Schnee am Straßenrand liegen. Also greift Bill nach der alten sechzehnkalibrigen Flinte, die am Dach der Fahrerkabine befestigt ist, steckt eine Patrone hinein und hält die Waffe durch die offene Tür nach draußen. *Wamm!* Noch eine Leiche auf der Straße, aber diesmal ist es Bernie. Bill hebt seinen Hund auf, trägt ihn in den Laster und fährt weg – und der Schnee fällt und fällt und löscht alles aus. Albert sagt, Bernie sei völlig eingeschneit gewesen, als er zum Tatort kam.»

«Ja», sagte de Gier. «Das hört sich gut an. Was für ein Typ ist Bill Thompson?»

«Alt. Achtzig und älter würde ich meinen. Und ruhig. Er arbeitet noch auf seiner Farm, er fischt und jagt noch. Ein stolzer alter Mann, der die Schecks von seiner Sozialversicherung nicht einlöst. Er würde auch von den Fürsorgehelfern kein Geld annehmen, nicht einmal, wenn sie es ihm auf den Küchentisch legten. Er schiebt es ihnen wieder hin. Im Sommer verkauft er Fisch von seinem Laster aus. Ich habe welchen für das Gefängnis gekauft. Er hat den Fisch auf zerstoßenem Eis ausgebreitet und verlangt etwa die Hälfte des Preises, den wir woanders zahlen, und dann müssen wir noch dreißig Meilen weit fahren.»

«Ein netter alter Mann?»

«Nicht nett. Er ist nicht freundlich. Er sagt, was er zu sagen hat, und geht wieder. Ich glaube, er kann die Leute eigentlich nicht ausstehen, wie es vielen von uns hier geht. Aber er ist ein gütiger Mensch, und ich möchte ihn nicht zusammenschießen. Ich weiß, was meine Deputies tun möchten. Die Staatspolizei und den Sheriff vom angrenzenden County mit seinen Männern rufen und alle um Bills Haus in Stellung bringen. Sie würden einige Male nach Bill schreien und ihm befehlen, mit den Händen über dem Kopf herauszukommen, und falls er das nicht tut, würden sie von allen Seiten auf das Haus ballern.»

«Ich verstehe», sagte der Commissaris. «Ihr Verdächtiger wird nicht zu den Menschen gehören, die sich gern anschreien lassen. Aber er würde vielleicht zuhören, wenn man mit ihm redet.»

«Ich rede mit ihm», sagte der Sheriff. «Und ich gehe allein.» Er hielt in einiger Entfernung vom Haus an und stellte den Wagen hinter zwei gewaltige Ahornbäume. Er drückte auf einen Knopf und nahm das Mikrofon. Haus und Scheune sahen hübsch und friedlich unter der Last glitzernden Schnees aus. Ein schwarzer zerbeulter Lieferwagen stand neben einem Traktor mit anmontiertem Schneepflug. Der Sheriff stellte den Lautsprecher auf dem Wagendach an.

«Bill», sagte der Sheriff ruhig. «Ich weiß, Sie sind dort drin. Hören Sie mir zu.»

Das Echo hallte vom Hügel zurück. Der Sheriff regulierte die Lautstärke des Lautsprechers.

«Hier spricht der Sheriff, Bill. Ich werde gleich aus dem Wagen steigen. Ich habe eine Waffe, werde sie aber nicht benutzen. Ich werde über Ihre Auffahrt kommen. Sie können mich erschießen, wenn Sie wollen, aber ich rate Ihnen, das nicht zu tun. Sie haben meinen Deputy schon umgebracht. Vielleicht waren Sie im Recht, vielleicht aber auch nicht. Ich werde Sie auffordern, mitzukommen, dann wird der Richter Ihren Fall verhandeln.»

Der Sheriff ließ den Knopf am Mikrofon los und schaute zum Haus hinüber. Dort rührte sich nichts. Er drückte wieder auf den Knopf. «Ich komme jetzt, Bill. Ich werde nicht Hand an Sie legen. Ich fordere Sie jedoch auf, mich zu begleiten.»

Der Commissaris schaute sich um. Die Streifenwagen von Bob und Bert hatten in sicherer Entfernung angehalten. Die beiden Deputies standen auf der Straße. Sie konnten vom Haus aus nicht gesehen werden, ihre Wagen auch nicht.

Der Sheriff seufzte und öffnete seine Tür. Der Commissaris und de Gier beobachteten, wie seine kleine gerade Gestalt die Auffahrt hinaufging. Der kurze Weg dauerte lange. Der Sheriff blieb neben dem schwarzen Laster stehen, verschränkte die Hände auf dem Rücken und wartete. De Gier schaute auf seine Uhr. Dreißig Sekunden verstrichen. Dann öffnete sich die Haustür, ein großer Mann mit dunklem Schlapphut und langem grauen Mantel kam heraus und ging zum Sheriff. Er ging gebückt und stützte sich auf einen Stock. Der Sheriff drehte sich um und ging zu seinem Streifenwagen. Die große schweigende Gestalt folgte ihm nach leichtem Zögern.

Der Commissaris berührte de Giers Hand. Sie stiegen aus.

«Alles klar?» fragte Bob.

«Ja», sagte der Commissaris. «Fahren Sie uns zurück?»

16

Der Commissaris, der Sheriff und der Brigadier dankten Beth und sagten, daß sie keinen Kaffee mehr mochten. Sie hatten jeder drei Becher geleert und ihre selbstgemachte Eiscreme gegessen, und diese legte sich noch auf das Schmorfleisch und die vielen frischen Brötchen, die es dazu gegeben hatte.

«Lassen Sie uns einfach hier sitzen und die Wärme von Ihrem Herd genießen, und sagen Sie mir, wieviel Geld Sie zu bekommen haben. Sie sind eine gute Köchin, Beth.»

Der Commissaris und der Brigadier stimmten zu. Beth lächelte. Sie begann den Tisch abzuräumen. Die drei Männer warteten und rauchten.

«Das war also alles», sagte der Sheriff, als Beth wieder mit ihren Töpfen und Pfannen klapperte. «Sie haben ein paar Geschichten erzählt und ich einige von meinen. Der Fuchs und Albert sind frei. Alle sind frei, bis auf den alten Bill. Die Staatspolizisten haben ihn mitgenommen, aber versprochen, daß sie ihn gut behandeln werden. Leroux ist auf Kaution draußen und Astrinsky zu Hause. Ich habe jetzt im Gefängnis nur noch den alten Mann, der nicht nach Hause will, weil er kein Feuerholz hat. Ich könnte es ihm besorgen, aber dann habe ich keinen mehr, der mir die täglich anfallenden Arbeiten macht.»

«Keine Gefangenen», sagte der Commissaris. «Aber an Verdächtigen scheint kein Mangel zu herrschen.»

«Stimmt. Wir wissen jetzt, daß Mary Brewer ermordet worden ist. Wir wissen auch, daß Carl Davidson ermordet worden ist. Als Sie fort waren, habe ich den alten Indianer gesprochen – ich habe Ihnen von ihm erzählt –, der manchmal mit Carl durch die Wälder gewandert ist. Er sagt, daß Carl erfroren ist, weil er keine Streichhölzer hatte. Er sagt auch, daß Carl immer Streichhölzer bei sich hatte. Carl sei ein vorsichtiger Mensch gewesen, der nie etwas vergessen hätte, das notwendig ist. Er glaubt nicht, daß Carl sich verirrt hat, denn dann hätte er einen Baum gesucht und in Brand gesetzt. Der Indianer hat ihm den Trick gezeigt. Indianer machen sich nicht die Mühe, das Holz kleinzumachen, wenn sie eilig ein Lager beziehen müssen. Sie suchen einen abgestorbenen hohlen Baum und stekken ihn an. Ein Baum von der richtigen Größe brennt die ganze Nacht. Sie schlafen in einer Entfernung von fünf Metern und nicht zu fest, weil der Baum umfallen kann. Der Baum gibt ein seltsames Geräusch von sich, wenn er brennt. Die Luft braust nach oben und macht den Baum zu einer Flöte. *Huh, huh,* sagte der Indianer. Aber Carl wurde erfroren im Schnee gefunden. Der Indianer sagt, an dem Tag sei jemand mit Carl zusammen im Wald gewesen. Unser Verdächtiger habe Carls Streichhölzer gestohlen und sei weggelaufen.»

«Wenn der Indianer das Opfer so gut kannte, hat er vielleicht einen Verdacht. Hat er einen Verdächtigen genannt?»

Der Sheriff schüttelte den Kopf. «Indianer nennen keine Namen und die Leute aus dem Ort auch nicht. Jeder für sich. Bis zu einem gewissen Punkt helfen sie. Es ist schon viel, daß der Indianer sagt, er glaube, Carl Davidson sei ermordet worden. Ich habe versucht, ihn noch etwas zu drängen, aber er hat nur gelächelt und sein Bier getrunken. Das sei die Sache der Weißen, nicht seine. Er ist ins Reservat zurückgegangen. Er wollte die Aussage nicht unterschreiben. Er sagt, er kann nicht schreiben.»

«Kann er schreiben?»

«Selbstverständlich kann er schreiben.»

«Gut», sagte der Commissaris. «Aber wir erhalten die gleiche Information. Alles deutet darauf hin, daß wir es mit Verbrechen zu tun haben, wenn auch bisher nichts auf eine bestimmte Person hindeutet.»

Der Sheriff schrieb einen Scheck aus. Er schaute auf. «Aber ich möchte jetzt nicht aufhören. Der Fall ist in Bewegung geraten.»

«Das stimmt, Sheriff. Darf ich einige Vorschläge machen?»

«Bitte.»

«Ich möchte, daß Sie mir gestatten, Jeremy's Insel noch einmal aufzusuchen. Dort ist etwas. Der Sergeant und ich haben drei Hunde gesehen, aber als Madelin mit uns um die Insel geflogen ist, hat sie gesagt, Jeremy habe vier Hunde, von denen er einen mit an Land nehme, wenn er einkaufen gehe.»

«Das stimmt. Osiris, ein großer schwarzer Dobermann. Er ist immer in Jeremys Nähe.»

«Osiris ist verschwunden. Und erinnern Sie sich, daß Janet Wash mich belogen hat wegen des Unfalls mit ihrem Kombi und meine Schwester gesehen hat, wie Jeremy ihr aus dem umgestürzten Wagen geholfen hat? Vielleicht hat das alles nichts zu bedeuten, aber ein zweiter Besuch auf der Insel kann nicht schaden. Er hat uns nicht sehr geholfen, abgesehen davon, daß er Mary Brewers Boot erwähnt hat. Ich kann ihm sagen, daß durch Ihre Untersuchung am Boot sein Verdacht bestätigt worden ist, und ich kann ihn nach dem Unfall und dem verschwundenen Hund fragen.»

«Klar, nur zu. Wollen Sie den Sergeant mitnehmen?»

«Ja.»

«Prima. Möchten Sie sonst noch etwas tun, Sir?»

«Ja, ich möchte den Fuchs besuchen.»

«Gut. Ich habe auch etwas vor. Leroux ist auf Kaution frei, aber er wird beschuldigt, einen Beamten angegriffen zu haben. Noch kann ich diese Beschuldigung zurückziehen. Falls nicht, wird er zu einer hohen Geldstrafe verdonnert, und er hat kein Geld. Er hat eine Frau und zwei Kinder. Er hat immer hier gelebt. Er hat beim Fuchs gearbeitet. Sie haben zusammen Holz gefällt. Er hat auch auf dem Landsitz auf Cape Orca gearbeitet. Reggie beschäftigt ihn im Sommer als Gärtner. Auch die Mitglieder der BMF-Bande haben auf dem Landsitz gearbeitet. Es ist jetzt nicht zu erkennen, aber dort ist es sehr schön. Reggie hat einen Azaleengarten angelegt, an der Nordseite senken sich große Rasenflächen bis ans Meer, es gibt dort auch eine Weißkiefernschonung, die er in Ordnung hält, außerdem eine Anlage mit Feldblumen, kleinen Brücken und Teichen. Er kann sich nicht selbst um alles kümmern und hat deshalb Helfer, gewöhnlich unter der Leitung von Leroux. Dieser hat auch schon für Jeremy gearbeitet, als der Einsiedler seine Hütte auf die andere Inselseite verlegt hat. Und Astrinsky hat Leroux auch schon beschäftigt. Er ist in allem geschickt, aber gegenwärtig ohne Arbeit. Zufällig kenne ich einen Mann im County, der gebrauchte Motorsägen und andere Maschinen, Rasenmäher, kleine Traktoren und so weiter aufkauft und sie für den Weiterverkauf repariert und umbaut. Er hat mich gefragt, ob ich jemanden kenne, der ihm helfen könnte. Leroux ist mit solchen Arbeiten vertraut. Ich kann die beiden zusammenbringen und Leroux für den Rest des Winters einen Job verschaffen. Aber ich werde nichts für ihn tun, wenn er mir keine Informationen gibt. Ich will alles erfahren, was er über unsere Verdächtigen weiß, ganz gleich wie unbedeutend und weit hergeholt es sein mag.»

«Gut», sagte der Commissaris und unterdrückte ein Gähnen. «Morgen?»

«Morgen, Sir. Wie wollen Sie auf die Insel kommen? Die Fahrrinne ist gestern zugefroren. Mit dem Boot kommt man nicht mehr hinüber, und zu Fuß geht es auch nicht, weil die Strömung das Eis aufbricht.»

«Mit dem Flugzeug», sagte der Commissaris und lächelte. «Ich gewöhne mich allmählich daran, mit kleinen Maschinen zu fliegen. Meinst du, Sergeant, daß du Madelin überreden kannst, uns morgen noch einmal rüberzubringen?»

«Auf Jeremys Landebahn wird, wie ich glaube, ebenfalls Schnee liegen, Sir. Ich werde Madelin fragen und Ihnen Bescheid geben.»

«Astrinskys Flugzeug kann mit Schneekufen ausgerüstet werden.»

Der Sheriff gab Beth seinen Scheck. «Das war wirklich ein sehr gutes Essen, Beth.»

Die Frau lächelte.

«Was meinen Sie, Beth?» fragte der Sheriff plötzlich. «Sie haben immer hier gelebt. Meinen Sie, daß wir das Richtige tun? Was ist mit diesen Toten auf Cape Orca? Sollen wir uns einfach damit abfinden, daß sie tot sind?»

Beths Lächeln verging langsam. «Ich weiß nicht, Sheriff. Ich habe mich das auch gefragt. Ich bin mein Leben lang eine freie Frau gewesen. Ich halte nichts von Uniformen und steifen Hüten und den großen Wagen, mit denen Sie und Ihre Deputies auf kreischenden Reifen herumsausen. Aber ich halte auch nichts von der schwarzen Wolke über Cape Orca. Sie hat dort jetzt lange genug gehangen. Vielleicht sollte man sie wegschieben.»

«Was wissen Sie von der Wolke, Beth?»

Die Frau ging wieder an ihren Herd. Sie hob die Herdplatte hoch und warf einen Holzkloben hinein.

«Was wissen Sie, Beth?»

Sie drehte sich um. «Heute abend wird es noch mehr schneien, Sheriff. Ich wollte, es wäre Regen. Den kann man leichter wegschaufeln als Schnee.»

17

Die kurzen, breiten Kufen der Cessna glitten über den lockeren Schnee auf Jeremys Landebahn. Der Flug war störungsfrei gewesen, bis auf die letzten Augenblicke, als ein Seitenwind die Maschine packte, so daß sie auf die Landebahn zuflog wie ein Wischlappen, den eine müde Putzfrau wegwirft. Aber sie schaffte es im allerletzten Moment, wieder ins Gleichgewicht zu kommen. Der Commissaris wußte das nicht – er hatte die Augen geschlossen. Das Flugzeug würde sich überschlagen und die Kabine zerschmettern. Er wartete. Aber da war nur das Donnern des Motors und das scharfe Zischen der Kufen. Er öffnete die Augen und versuchte zu lächeln. Soviel also zu seiner Sehnsucht nach dem Tod. Er hatte sich so oft eingeredet, daß er gern bei einem Unfall sterben würde. Er betrachtete seine Hände, die seine Knie umklammerten, und befahl ihnen, den Sicherheitsgurt zu öffnen. Sie gehorchten, ließen sich jedoch Zeit damit.

«Gut gemacht», sagte der Commissaris. «Gut gemacht, Madelin.»

Der Brigadier atmete scharf aus. De Gier hatte die Augen ebenfalls geschlossen gehabt, und er hatte sich an das Skelett erinnert, das auf seinem schwarzen Roß in Madelins Eßzimmer ritt. Eine andere Szene, aber sie hatte die gleiche Bedeutung.

«Tut mir leid», rief Madelin beim Lärm des Motors. «Habe ich euch einen Schrecken eingejagt? Der Wind kam so plötzlich. Ich war nicht darauf gefaßt.»

«Das hast du», sagte der Brigadier und schob eine Hand unter den Ellbogen des Commissaris. Der kletterte durch die kleine Tür und schaute nach unten auf die langen Schnauzen und in die kalten Augen von Jeremys Dobermännern. Die drei Hunde knurrten leise. Der Kolkrabe erhob sich von einer Kiefer hinter der Hütte und flog auf die Tragfläche.

Jeremy kam auf sie zu.

«Guten Morgen, Madelin. Du bringst unerwartete Gäste. Schäm dich, du verletzt die Regeln.» Aber er lächelte, als er dem Commissaris half, herunterzukommen, und er den Hunden sagte, daß sie weggehen sollten. «Haben wir nicht ein herrliches Klima hier? Die ganze Nacht schneit es, während wir unter unseren Bettdecken stecken, und am Morgen erwartet uns ein strahlender Himmel. Haben Sie schon gefrühstückt? Sie können mit mir Selleriesuppe essen, wenn Sie mögen, und ich glaube, der Kaffee ist auch noch nicht ganz alle. Bringen Sie mir Nachrichten vom Festland oder haben Sie sich weitere Fragen ausgedacht?»

Die Hunde schnüffelten an seinen Stiefeln, und er redete in barschem Ton mit ihnen. Einer nach dem andern drehte sich um und trottete in den Wald. «So ist es richtig. Geht wieder auf Eichhörnchenjagd.» Er zeigte hinüber. «Damit sind sie jetzt immer beschäftigt. Ein großes Eichhörnchen dort drüben sorgt für ihre Unterhaltung. Es kommt herunter auf einen Baumstumpf, keckert und springt erst in Deckung, wenn sie es schon fast erwischt haben. Sobald es in den Kiefern ist, lohnt sich das Zusehen. Ein drei Meter weiter Sprung von Baum zu Baum ist gar nichts. Es ist herrlich, seine Silhouette vor der aufgehenden Sonne zu sehen. Ich bin sicher, es weiß, daß es nur noch ein blutiger Fetzen sein wird, wenn die Teufel es packen. – Wollen Sie mir folgen? In der Hütte ist es schön warm. Hier draußen beißt einem der Wind die Nase ab.»

«Es tut mir leid, daß ich Sie noch einmal störe, Sir», sagte der Commissaris, nachdem er sich in die Nähe des Herds gesetzt hatte und seine Selleriesuppe aß. «Wir nähern uns dem Ende unserer Geschäfte hier und holen letzte Antworten auf einige abschließende Fragen ein.»

Jeremy runzelte die Stirn. Der Commissaris lächelte. Er zeigte mit dem Löffel auf seinen Napf. «Eine ausgezeichnete Suppe, Sir. Das muß ich meiner Frau sagen. Sie kocht sie ebenfalls, vergißt aber das geröstete Brot dabei.»

Jeremy erwiderte das Lächeln. «Sieht aus wie Entengrütze. Schmeckt aber besser, wie ich hoffe. Sie haben Fragen? Nur zu, aber vielleicht werde ich nicht antworten. Eine schlechte Antwort verdirbt eine gute Frage. Manchen Fragen sollte man gestatten, fortzubestehen.»

Der Commissaris setzte seinen Napf ab und warf einen Blick auf Madelin. Ein Stuhl war leer, so daß sie es nicht nötig gehabt hätte, neben dem Brigadier auf der kleinen Bank zu sitzen. Ihr Schenkel war an seinen gepreßt. Der Brigadier rauchte und starrte auf den Fußboden. Er fühlte sich anscheinend unbehaglich.

«Vor kurzem», sagte der Commissaris, «vor einer Woche, glaube ich, ist Janet Wash mit ihrem Kombi von einer Straße auf Cape Orca abgekommen. Der Wagen wäre beinahe über die Klippen gestürzt, wurde aber von einigen Erlen aufgehalten. Wie ich höre, sind Sie dort gewesen und haben der Dame aus dem Wagenwrack geholfen.»

«Das stimmt. Sehr ungeschickt von Janet. Sie sollte allmählich wissen, wie man auf einer vereisten Straße fährt, aber sie ist abgekommen. Glücklicherweise hat sie sich nicht verletzt, und der Wagen war versichert. Also ist nichts Schlimmes passiert.»

«Es ist doch etwas Schlimmes passiert, Sir. Mir scheint, der Kombi hat Ihren Hund Osiris getötet. Sie müssen sehr bestürzt gewesen sein, weil Sie Ihre Tiere lieben. Osiris war Ihr Lieblingshund, nicht wahr? Er hat Sie immer zur Stadt begleitet; den anderen Hunden haben Sie nie gestattet, die Insel zu verlassen. Was haben Sie mit dem Kadaver gemacht?»

«Ah», sagte Jeremy und beschäftigte sich mit seiner Pfeife. «Stimmt. Er war mein Lieblingshund. Aber er ist gestorben, und zwar durch einen Unfall, wie sich herausstellte. Er ist zufällig dem Kombi in die Quere gekommen, und der Wagen war da schon außer Kontrolle geraten. Was ich mit dem Kadaver gemacht habe, fragen Sie. Ich habe ihn zur Insel gebracht und am Ende der Landebahn verbrannt. Ich konnte ihn nicht begraben, der Boden ist gefroren. Aber wir haben ihm einen angemessenen Abschied bereitet. Ich habe ihn bei Sonnenuntergang verbrannt, die anderen Hunde waren dabei. Der Rabe auch. Ich hatte mir gewünscht, daß die Seehunde ebenfalls kommen, aber sie fürchten sich vor den Hunden. Sie haben jedoch von der Ferne aus zugesehen.»

Die blassen, beinahe durchsichtigen Augen des Commissaris ruhten auf Jeremys Gesicht. Der Einsiedler hatte Schwierigkeiten mit seiner Pfeife.

«Mrs. Wash muß wegen des Unfalls beunruhigt gewesen sein, Sir. Wurden Sie in keiner Weise verletzt? Standen Sie neben Osiris, als er angefahren wurde?»

Jeremy stand auf und räumte die leeren Näpfe ab. Er schenkte Kaffee ein und verteilte die Becher. Er setzte sich wieder. Madelins Schenkel war nicht mehr an den de Giers gepreßt. Der Brigadier starrte den Einsiedler an. Seine Augen waren ausdruckslos. Jeremys Schweigen war bedrückend. Madelin schlug ein Bein über das andere und nahm es dann wieder herunter.

«Ja», sagte Jeremy schließlich. «Ich bin vor dem Wagen zur Seite gesprungen. Noch Fragen?»

Der Commissaris lächelte freundlich. «Wie ich schon sagte, es tut mir leid, Sie zu stören. Aber ich bin neugierig, und vielleicht trägt meine Neugier dazu bei, die dunkle Wolke über Cape Orca zu vertreiben. Der Ausdruck stammt nicht von mir. Beth sagte das gestern zu mir, als wir in ihrem Restaurant beim Abendessen saßen.»

«Beth!» sagte Jeremy mürrisch. «Da haben Sie mal eine Frau, die sich in alles einmischt. Ihr gefällt die Idee nicht, daß ich hier allein lebe, und besteht darauf, mir Dinge gratis zu geben. Eiscreme und so was. Gewiß, die Eiscreme ist ausgezeichnet, aber ich bitte Sie nicht um Gefallen. Ich gebe ihr dafür immer andere Sachen. Kartoffeln, Gemüse, wenn ich welches habe. Ich habe nicht gern das Gefühl, dankbar sein zu müssen. Es ist, als fühlte ich mich schuldig.» Er blies plötzlich in seine Pfeife, seine Ecke wurde von Rauch und Funken erfüllt. Ein Funke schwelte auf dem Teppich, aber Jeremy rührte sich nicht. Der Brigadier streckte ein Bein aus und trat ihn aus. Jeremy wandte sich dem Commissaris zu. «Wissen Sie, was ich meine?»

In der Frage lag zuviel Intensität, um sie nicht zu beachten. Der Commissaris beugte sich ein wenig vor, als wolle er den Ernst des Augenblicks bestätigen. «Ja.»

«Gut.»

Der Commissaris lehnte sich zurück und paffte friedlich seinen Zigarillo. «Ein letzter Punkt, Sir. Als wir das erste Mal hier waren, haben Sie gesagt, Sie hätten die Insel über ein Maklerbüro gekauft, das aus Jameson weggezogen ist. Sie sagten, der Eigentümer war ein Spieler und brauchte dringend Geld.»

Jeremy schaute in seine Pfeife. «Ja, das habe ich gesagt. Möchten Sie den Namen des Burschen erfahren?»

«Das möchte ich.»

Der Kolkrabe klopfte ans Fenster. Jeremy stand auf, öffnete das Fenster, wartete, bis der Vogel auf seinen Arm gehüpft war, und schloß es dann wieder. Er drehte sich um. «Mir fällt der Name jetzt nicht ein. Irgendwas mit einem *y*. Es liegt mir auf der Zunge. Auf dem Besitztitel für die Insel steht der Name, aber das Papier zu finden, wäre ein großes Unternehmen.» Er machte eine Handbewegung in Richtung auf einige Kartons, die hinten in der Hütte aufgestapelt waren. «Das könnte einen ganzen Tag dauern. Ah, jetzt fällt es mir wieder ein. Reynolds! Ja, Sir. Das ist oder war der Bursche. Vermutlich hat er sich mit einer Kugel das Gehirn rausgepustet. Bei Spielern ist das meistens so.»

Jeremy begleitete sie zum Flugzeug, seine Hunde folgten in respektabler Entfernung. Als sie am Wald vorbeikamen, zeigte sich kurz das Eichhörnchen, balancierte gefährlich auf einem Astende und keckerte die Hunde wütend an. Die Dobermänner knurrten und sprangen. Das Eichhörnchen stieß einen Schrei aus, einen langen, tiefen Ton wie aus einem Saxophon. Dann änderte sich seine Stimmung, es piepste, drehte sich um und verschwand zwischen den Kiefernadeln.

Madelin lachte. «Es ist dir sehr ähnlich, Jeremy.»

«Noch nicht ganz», sagte Jeremy, «aber es lernt dazu.»

Er gab dem Commissaris die Hand und nickte de Gier zu. «Vielen Dank für Ihren Besuch, meine Herren. Ich hoffe, ich habe Sie nicht enttäuscht.»

18

Opdijks Kombi schlich wimmernd im ersten Gang vorwärts. Der Commissaris fuhr. De Gier war in seinen pelzgefütterten Mantel eingemummelt.

«Du siehst aus wie ein Polarreisender, Brigadier, wie ein unglücklicher Polarreisender. Ziehen die Hunde den Schlitten nicht schnell genug? Die Sägemühle muß am Ende dieser Straße sein. Wir werden gleich dort sein.»

Der Brigadier blies schwachen Rauch aus dem Kragen von Opdijks Kleidungsstück. «Ich bin nicht unglücklich, Mijnheer. Ich überlege, was wir auf Jeremy's Insel gemacht haben. Er hat Ihnen keine Antworten gegeben, sondern nur bestätigt, daß sein Hund gestorben ist. Ihre Vermutung war richtig. Ich hätte an diese Möglichkeit denken sollen, habe ich jedoch nicht. Ich habe kaum an etwas anderes als an die Morde auf Cape Orca gedacht. Der tote Hund schien nichts damit zu tun zu haben. Meinen Sie, daß Janet Wash den Hund absichtlich überfahren hat?»

«Wir sind da, Brigadier. Aus dem großen Schuppen kommt Rauch. Unser Freund ist drinnen.»

«Und er hat Ihnen nicht den richtigen Namen des Spielers genannt. Er hat Ihnen bestimmt nur etwas vorgemacht, dennoch waren Sie anscheinend mit seiner Antwort oder vielmehr Ausrede zufrieden.»

«Raus!» sagte der Commissaris und öffnete seine Tür. «Du bist lange genug mein Schüler gewesen, Brigadier. Warum fragen, wenn du es herausfinden kannst, indem du das Gehirn benutzt, das du in deinem hübschen Kopf hast? Die Antworten sind klar genug. Ich sehe sie. Warum solltest du sie also nicht erkennen? Ich habe keine Information zurückgehalten, die mir über den Weg gelaufen ist, und ich vertraue darauf, daß du mir deine alle mitgeteilt hast. Die Begegnung, die wir auf der Insel hatten, war das Ergebnis eines Angriffs auf der Grundlage unseres kombinierten Wissens. Oh, guten Tag, Sir. Ich hoffe, Sie können einen Teil Ihrer wertvollen Zeit für uns erübrigen.»

Der Fuchs erwartete sie auf dem Weg zu seinem Schuppen. Albert war ebenfalls herausgekommen und legte einige Bretter vorsichtig in den Anhänger, der an dem Jeep vom Fuchs angekuppelt war. Der Fuchs gab ihnen die Hand.

«Wir sind uns schon mal begegnet», sagte der Brigadier. «Sie haben uns aus dem Schnee gezogen.»

Der Fuchs grinste. «Wir sind uns schon mehrmals begegnet, Sergeant, direkt und indirekt. Wir haben Sie so gut wie möglich willkommen geheißen, wobei die Umstände und bestehenden Einschränkungen zu berücksichtigen sind. Werden Sie bald abreisen?»

«Das nehme ich an.»

«Schade. Ich habe daran gedacht, Sie zum Ehrenmitglied meiner Organisation zu ernennen, so wie sie im Augenblick noch besteht. Würden Sie und Ihr Freund hereinkommen. In der Mühle ist es zwar nicht sehr behaglich, aber wärmer als hier draußen. Ich habe zwei Kanonenöfen im Gang, aber eine Wand ist offen, damit wir die Stämme zum Sägen hereinziehen können. Die meiste Wärme geht gleich wieder raus. Albert, kommst du auch rein?»

Albert kam, lächelte de Gier an und gab dem Commissaris die Hand. «Wie ich höre, sind Sie ein Police Commissioner aus Europa.»

«Ich war einer», sagte der Commissaris, «und werde sehr wahrscheinlich wieder einer sein, aber hier versuche ich mein Glück als Privatdetektiv.»

«Halten Sie diese Tätigkeit für lohnenswert?»

«Ja, sehr, danke.»

Der Fuchs nahm seine Wollmütze ab und schenkte Kaffee ein aus einer Kanne, die in der Ecke der Mühle auf einer heißen Platte stand. Den größten Teil des Schuppens nahmen ein alter Lastwagenmotor für den Antrieb der Kreissäge und die Vorrichtungen ein, die benötigt wurden, um die Baumstämme in Position zu halten. Der Motor lief und zwang sie zu schreien. Der Fuchs stellte ihn ab. «Einen Tropfen Weinbrand in den Kaffee? Es ist ein unangenehm kalter Tag. Etwas Weinbrand wird das ändern.»

«Gern, danke.»

Sie hoben die Becher und tranken. Der Fuchs fuhr sich durch die Lokken, die sich unter der Mütze flach an den Kopf gelegt hatten, nur die beiden Büschel bei den Ohren standen hoch. Sein langes Gesicht mit den schrägstehenden Augen sah den Commissaris erwartungsvoll an.

«Sie verdienen Ihren Namen», sagte der Commissaris.

«Das hoffe ich. Ich habe eine ganze Weile beobachtet, wie ein Fuchs lebt. Hier gibt es mehrere, die manchmal in der Nähe der Mühle jagen. Gestern hat einer meinen Hahn erwischt. Ich habe ihn gesehen und gerufen, aber er hat nicht gezögert. Er weiß, daß ich nicht auf ihn schieße, deshalb kommt er am hellichten Tag. Die Hühner meines Nachbarn sind während der Nacht verschwunden. Der Fuchs hat den Riegel an der Scheunentür geöffnet.»

Albert lachte. «Übertreib's nicht. Deine Geschichten werden allmählich zu gut. Ein Fuchs öffnet keinen Riegel, das tun nur Waschbären.»

«Entschuldigen Sie, sind Waschbären richtige Bären?» fragte der Commissaris.

«Sie sehen so aus, aber ich weiß nicht, ob sie zur Familie der Bären gehören. Sie sind klein. Hier, die Mütze vom Sergeant ist aus einem Waschbärenfell.»

«O ja. Das hatte ich vergessen. Machen Sie bitte weiter mit Ihrer Geschichte.»

«Geschichte? Oh, wie der Fuchs mit Hilfe eines Waschbären an die Hühner des Nachbarn gekommen ist, ja. Der Fuchs muß den Waschbären dazu gebracht haben, für ihn den Riegel an der Scheunentür zu öffnen, und anschließend hat er sich mit seinem Freund die Hühner geteilt. Ein Fuchs ist selbstverständlich ein Anführer. Er leitet die Aktion ein, delegiert, was er nicht selbst erledigen kann, und bekommt seinen Anteil.» Der Fuchs lachte. «Einige Tiere sind gerissen. Wissen Sie, wie wir die Polizisten in den Staaten nennen, meine Herren?»

Der Commissaris schüttelte den Kopf.

«*Pigs*, Schweine. Wir alle haben Eigenschaften von Tieren. Polizisten auch. Polizisten wälzen sich gern im Dreck und verschlingen alles, was so abfällt. Sie werden fett und schließlich geschlachtet, aber es gibt immer wieder neue Schweine. Sie sind sehr fruchtbar.»

Der Commissaris trank Kaffee.

«Stimmen Sie dem nicht zu, Sir?»

«Vielleicht. Ihre Aussage ist etwas zu allgemein, meine ich. Sagen Sie, Mr. Fuchs, als Sie Ihre Bande gründeten, ich glaube, man nennt sie die BMF-Bande, wie war sie da? In ihrem Anfangsstadium, meine ich.»

Der Fuchs sah Albert an. «Wie waren wir, Albert?»

«Wie jetzt. Ich glaube nicht, daß wir uns sehr verändert haben. Aber wir waren anders aufgeputzt. Ich erinnere mich, ich hatte eine schwarze Lederjacke mit einem Totenschädel und Knochen auf dem Rücken und eine Kette um den Hals. Ich habe immer eine dunkle Brille getragen und versucht, Motorrad zu fahren, war aber damals nicht besonders geschickt dabei. Ich bin mehrmals damit umgefallen. Du hattest einen Spezialhelm von der Army und Tom und Gérard und die anderen kleine Lederkappen. Wir fuhren mit den Motorrädern in Formation und waren manchmal in Bangor und kanadischen Städten und tranken viel Bier und machten schöne Schlägereien mit.»

«Hell's Angels», sagte der Commissaris und lächelte. «Die haben wir auch in Amsterdam. Eine populäre Erscheinungsform. Die muß es bei uns schon seit zwanzig Jahren geben, vielleicht sogar länger. Die schwarze Lederkleidung und die dunklen Brillen sind typisch für diese Art von Banden. Wissen Sie, woran mich die immer erinnern?»

«Nein.»

«An uns, an die Polizei, an den starken Arm des Gesetzes. Eine dunklere, romantischere Version, aber im wesentlichen gleich. Diese Hypothese hat sich später bestätigt, als ich erfuhr, daß die Beatniks und Hippies und deren Nachfolger von heute bei ihren Zusammenkünften die Hell's Angels als Ordnungshüter anheuern. Ich habe gesehen, wie junge Männer mit nackter Brust und schwarzer Lederjacke und dem üblichen Drum und Dran, den SS-Helmen und so weiter, mit ihren Motorrädern dafür sorgten, daß die Durchgänge frei blieben. Ich habe sogar gesehen, wie sie Übeltäter verprügelten, Jugendliche, die über Zäune kletterten oder betrunken randalierten. Eine sehr interessante Entdeckung. Rebellen haben Regeln und ernennen Ordnungshüter, die für deren Einhaltung sorgen. Es stimmt, daß diese Ordnungshüter terrorisieren und aggressiv sind, aber es stimmt auch, daß sie die Ordnung wahren. Die Menschheit, in welcher Gesellschaft sie auch lebt, hat ein angeborenes Bedürfnis nach Ordnung. Sie kann in der Anarchie nicht funktionieren.»

Der Fuchs hatte aufmerksam zugehört. Er prostete mit seinem Becher dem Commissaris zu.

«Stimmen Sie dem zu, Mr. Fuchs?»

Die schrägstehenden Augen glänzten. «Sie sprechen von der Menschheit.»

«Ja, Sir.»

«Aber vielleicht ist die Menschheit nicht so wichtig», sagte der Fuchs. «Vielleicht heben wir unsere Bedeutung zu sehr hervor. Ich habe eine Weile in den Wäldern verbracht, in den unberührten Wäldern. Dort gab es keine Menschen. Ich habe nur Bäume und Pflanzen, Tiere und Insekten gesehen. Die Wälder sind ruhig und schön, und es gibt dort keine Polizei. Dort gibt es keine Regeln, keine Moral. Ich sehe weder Hasen in Streifenwagen herumfahren noch Eichelhäher mit steifem Hut oder Eichhörnchen in Hubschraubern, damit sie sehen können, ob alles so ist, wie es nach ihrer Meinung sein sollte. Es sollte überhaupt keine Einmischung geben.»

Der Commissaris hielt seinen Becher hoch.

«Noch Kaffee oder Brandy oder beides?»

«Brandy. Danke. Der Brandy ist sehr gut. Haben Sie mal darüber nachgedacht, was geschehen würde, wenn die Menschheit – beispielsweise von morgen an – alle Regeln mißachtete.»

«Ja», sagte der Fuchs. «Das wäre Anarchie, wie Sie soeben sagten. Ein schreckliches Durcheinander. Ebenso wie es in den Wäldern herrschen würde, wenn man in ein Gebiet plötzlich eine Million Tiere triebe. Die Klugen und Starken würden die Dummen und Schwachen fressen. Es wäre eine Mordorgie, aber sie würde nicht lange anhalten. Nach der Katastrophe würde sich ein Gleichgewicht ergeben. Innerhalb weniger Jahre wären die Wälder wieder ruhig und schön.»

Der Fuchs trank aus seinem Emaillebecher. «Und wenn wir uns nicht einmischen, wenn die Superwesen, die Menschen, den Anstand haben, sich zu verdrücken, wird sich die Schönheit ausbreiten. Die Bäume würden die Städte verdrängen, sehr schnell, viel schneller als erwartet. Hinter dieser Mühle ist eine Straße. Ihre Teerdecke war vor zwei Jahren noch erstklassig, aber als sie durch die neue Fernstraße überflüssig und vergessen wurde, rückte der Wald vor und bedeckte sie. Im aufgebrochenen Teer wachsen jetzt Zedern und zwischen ihren Wurzeln Moos und Blumen. Zwei Jahre. In zehn Jahren wäre die Stadt New York überwachsen. Ich wäre gern Zeuge dieses Prozesses.»

«Sie wären unter den Toten, Mr. Fuchs.»

Der Fuchs nickte. «Stimmt. Aber wäre das wichtig?»

Der Commissaris zwinkerte kurz mit den Augen. Er hatte sich an die Landung seines Flugzeugs auf Jeremy's Insel und an seine Angst erinnert. «Für Sie wäre es nicht wichtig, nicht wahr, Mr. Fuchs?»

Der Fuchs lächelte. «Oh, doch, zweifellos. Ich bekomme leicht Angst, aber wir reden über eine Theorie. Der springende Punkt ist, mein Tod, der Bestandteil des Aussterbens unserer Spezies ist, wäre nicht mehr so sehr wichtig.»

Der Commissaris trank seinen Brandy. De Gier war unruhig. Es gab noch keinen Durchbruch. Er wünschte, der Commissaris würde offener vorgehen, und er fragte sich, ob er ihm helfen könne.

Der Fuchs hatte sich ebenfalls bewegt, aber der Commissaris saß ganz ruhig da. Seine ganze Haltung deutete an, daß er sich sehr behaglich fühlte und er nichts im Sinn hatte. Außer vielleicht noch etwas Brandy zu trinken.

Der Fuchs zupfte an seinen Haaren. «Sie sind gekommen, um Fragen zu stellen, nicht wahr? Wie ich höre, haben Sie vorher Jeremy besucht.»

Der Commissaris schaute über den Rand seines Bechers hinweg. «Neuigkeiten verbreiten sich schnell im County Woodcock, Mr. Fuchs.»

Der Fuchs zuckte die Achseln. «Ich habe ein Sprechfunkgerät in meinem Jeep. Ich habe gehört, wie Madelin mit dem Alten sprach, der für den Flugplatz verantwortlich ist. Haben Sie Jeremy Fragen gestellt?»

«Ja.»

«Hat er geantwortet?»

«Irgendwie.»

Der Fuchs sprang auf, klatschte in die Hände, lachte und setzte sich wieder. «Irgendwie!»

Auch de Gier lachte. Seine Spannung war jetzt vorbei. Er stand auf, reckte sich und ging zu Albert, der nach der Brandyflasche griff. Albert grinste ihn an und schenkte ein. Der Fuchs sprach weiter.

«Jeremy ist mein Ortsweiser. Ich bin oft zur Insel gegangen und habe ihm Fragen gestellt, aber er hat nie gantwortet. Er hat statt dessen von völlig anderen Dingen gesprochen. Er erzählte Geschichten, Witze, irgendwas. Aber er schien nie zu hören, was ich fragte. Später, vielleicht am nächsten Tag, dachte ich dann darüber nach, was er gesagt hatte, und stellte fest, er *hatte* geantwortet. Sehr komisch und auch ärgerlich. Er spielt herum und ist sehr ernst, sobald man ein Gefühl dafür bekommt, was er tut. Aber nur zu, jetzt können Sie *mir* Fragen stellen. Vielleicht versuche ich, Jeremys Methode zu imitieren, aber ich werde nicht so gut sein wie er.»

«Wir werden uns beide bemühen», sagte der Commissaris gutgelaunt.

Der Fuchs war wieder auf den Beinen. «Einen Augenblick, bevor Sie weitermachen, möchte ich auch eine Frage stellen. Wie geht Ihre Suche voran? Können Sie bereits auf jemanden zeigen?»

Der Commissaris schüttelte den Kopf. «Ich bin ein ausländischer Besucher Ihres großen Landes, Mr. Fuchs. Ich werde nicht mit dem Finger auf jemanden zeigen, aber ich glaube, Ihr Sheriff wird das tun, und ich kann mir vorstellen, daß wir jetzt nicht mehr lange darauf zu warten brauchen.»

«Hörst du, Albert?» fragte der Fuchs. «*Mein* Sheriff. Auch *dein* Sheriff. Unser Diener der Öffentlichkeit, wenn er sich nur daran erinnern würde.»

«Oh, das tut er, Mr. Fuchs. Ich habe das Vergnügen gehabt, den Sheriff zu beobachten, und auch der Sergeant hier. Wir sind beide beeindruckt. Und das sollten auch Sie sein. Die Autorität als Feind zu betrachten, ist nicht immer klug und vielleicht sogar . . . ja . . . kindisch. Aber egal. Jetzt bin ich dran, und hier ist meine Frage: Wie haben Sie es geschafft, Captain Schwartz zu vertreiben? Ich glaube, Sie haben zu seiner Abreise beigetragen, das hätten Sie zugegeben, aber ich habe nicht gehört, wie Sie ihn gezwungen haben, sich zu verziehen. Das interessiert mich.»

Der Fuchs fuhr mit den Fingern über ein frisch geschnittenes Brett. «Okay, wenn Sie es wissen möchten, werde ich es erzählen, aber Sie bekommen nur meine Darstellung des Experiments. Sie sollten auch den Captain fragen. Aber seine Darstellung könnte konfus sein. Man sagt, er sei verrückt, was leider wahr sein könnte. Falls es stimmt, war mein Experiment für die Katz. Ich hatte gehofft, er würde sich als intelligent erweisen.»

«War er es nicht?»

«Vielleicht nicht. Aber er *war* ein Nazi und ist es noch, dessen bin ich mir sicher. Auf dem College habe ich einiges darüber gelesen, was die Nazis ihre Weltanschauung nennen. In ihrer Literatur ist viel Geschwätz, aber sie sprechen auch vom Recht des Starken, was mich selbstverständlich interessierte. Wie etwa das, was ich in den Wäldern sah – die Klugen und Starken fressen die Dummen und Schwachen. Die Übermenschen. Und wenn es Übermenschen gibt, dann hat man auch Untermenschen. Man kann die Untermenschen entweder vernichten oder ausnutzen. Aber die Nazibücher waren irgendwie zu wenig durchdacht. Da wurde etwas gesagt, aber es war nicht richtig ausgedrückt. Und ich wußte, allein aus ihren Büchern konnte ich nichts erfahren, ich mußte eine direkte Form des Lernens finden, die von Mann zu Mann, und ich mußte experimentieren. Und hier gab es einen lebendigen Nazi, einen Offizier. Ich hatte auch noch einen anderen Gesichtspunkt. Meinen Vater haben die Nazis erschossen. Wie ich gehört habe, wurde er von einer SS-Streife geschnappt, und an dem Tag hatten die Deutschen keine Lust, sich mit Gefangenen abzumühen. Vielleicht waren sie knapp an Leuten oder sie hatten keine Zeit, ich weiß es nicht. Jedenfalls haben sie ihren Fang in einer Reihe aufgestellt und mit Maschinengewehrgarben von hinten umgelegt.»

Der Fuchs war auf den Beinen, beinahe eifrig redend.

«Und?»

«Hier haben wir also Captain Schwartz. Erst später habe ich erfahren, daß er nie zur kämpfenden Truppe gehörte. Er war ein Schreibstubenhengst, der hinter der Front in Korea Papierkram erledigte. Er war ein ziemlich unscheinbarer Mann, aber ich hatte nur ihn. Und er lief in einer amerikanischen Uniform herum, von der er die richtigen Insignien entfernt und durch eine rote Armbinde mit schwarzem Hakenkreuz ersetzt hatte. Er hatte ein Hitlerbild in der Diele und spielte Schallplatten mit deutschen Kriegsliedern ab. Ich habe ihn besucht und eine Faustfeuerwaffe mitgenommen, eine Magnum, eine schwere Kanone. Er wollte mich nicht einlassen, aber ich habe ihm die Tür aus der Hand getreten und bin einfach hineingegangen. Er wollte telefonieren, aber ich war schneller und habe das Telefon durchs Fenster geworfen. Das Fenster war geschlossen. Es herrschte ein ganz schönes Durcheinander. Ich wollte ihm zeigen, daß ich der Stärkere war, wissen Sie.»

«Offenbar.»

Der Fuchs grinste. «Durchaus.»

«Haben Sie den Captain mißhandelt?»

«Nein, das war nicht nötig. Ich setzte mich, ließ ihn gegenüber von mir Platz nehmen und fragte ihn nach seiner Weltanschauung und was er zu tun versuchte. Er antwortete nicht. Dann legte ich meine Kanone auf den Tisch. Ich sagte, daß ich aus dem Zimmer gehen werde und er mich in den Rücken schießen könne. Ich spannte ihm sogar die Waffe, da das Kraft erfordert. Ich sagte auch, wenn er mich nicht erschieße, würde ich zurückkommen und mir die Waffe holen. Ich sagte nicht, daß ich ihn umbringen oder ihm sonst etwas antun würde.»

«Sie weilen noch unter uns, Mr. Fuchs.»

«Klar. Er unternahm nichts. Das Experiment fiel flach. Er wollte nicht einmal die einfachsten Fragen beantworten.»

«Sie wollten sich doch wohl rächen, Mr. Fuchs. Haben Sie ihm gesagt, was mit Ihrem Vater geschehen ist?»

«Nein. Ich hatte keine Rache im Sinn. Aber Sie haben irgendwie recht. Es tat gut zu sehen, wie er zappelte, und zu hören, wie er mit den Zähnen klapperte. Er verließ Cape Orca am folgenden Tag. Sein Sohn oder jemand anders kam und verkaufte das Haus.»

«Ich danke Ihnen», sagte der Commissaris. «Es war sehr nett von Ihnen, mir zu vertrauen.»

«Vertrauen?» fragte der Fuchs. «Ich habe mehr als das getan. Sie arbeiten für den Sheriff, und ich habe soeben ein Geständnis abgelegt. Nach den hier geltenden Regeln war mein Verhalten kriminell. Sie können mich festnehmen lassen.»

Der Commissaris setzte seinen Becher ab und nickte, als Albert die Flasche hob. «Nur ein Tröpfchen bitte. Nein, Mr. Fuchs. Es besteht kein Anlaß für Ihre Äußerung. Wenn Sie nicht gewußt hätten, daß ich Ihre Informationen nicht weitergebe, würden Sie mir nichts gesagt haben. Aber ich möchte noch ein wenig mehr wissen. Madelin hat dem Sergeant erzählt und der wiederum mir, daß Sie mit Ihren Anhängern oder Mitstudenten mal nach New York gereist sind und sich dort in einem Slum mit einer einheimischen Bande geschlagen haben. Einer Ihrer Freunde kriegte ein Messer in die Brust und starb. Sie erstachen ein Mitglied der gegnerischen Bande. Stimmt das?»

«Das stimmt.»

«Warum sind Sie so weit gegangen?»

Der Fuchs ließ sich etwas Zeit und grinste schlau. «Bis ganz nach New York, meinen Sie? Aber was konnte ich sonst tun? Wir leben hier draußen in der Einöde, ganz am Rande des Landes. Kanada beginnt dort hinter den Hügeln, und dort ist für Hunderte von Meilen ebenfalls Einöde. Wir sind rückständige Leute vom Lande. Einige von uns lesen Bücher, ich auch, aber Bücher sind nur Theorie. Ich habe aus Büchern gelernt, wie man Holz sägt, aber ich konnte nicht ein Brett anständig schneiden, bis ein alter Sägemüller kam und es mir zeigte. In New York konnte man uns zeigen, was aus unseren in die Tat umgesetzten Gedanken wurde.»

«Gérard ist gestorben.»

«Er brauchte nicht nach New York mitzukommen. Es war seine Entscheidung. So wie es meine war, dorthin zu gehen. Ich hätte auch sterben können, aber das Messer flog in seine Richtung.»

«Der Vorschlag kam von Ihnen.»

«Ja, oh, ja.»

«Hier ist meine Frage: Haben Sie jetzt noch irgendwelche Gefühle, weil Ihr Freund gestorben ist?»

«Nein.»

«Überhaupt keine Gefühle?»

«Wenn ich welche habe, dann sind es gute Gefühle. Gérard hat sich bemüht. Wir auch. Wir bemühen uns immer noch. Es gibt noch mehr Leute hier, die sich bemühen. Jeremy. Madelin. Tom von Robert's Markt. Und ein paar andere, draußen in den Wäldern oder auf den Inseln. Glücklicherweise nicht zu viele, wir wollen uns nicht gegenseitig auf der Pelle hocken. Seit der Bandenschlägerei bin ich einmal wieder in New York gewesen. Ich habe herumgelungert und Menschen beobachtet. Habe viel Zeit in U-Bahn-Stationen verbracht, tagelang. Ich muß eine Million Menschen gesehen haben. Und nicht einer schien zu leben. Sie waren alle sehr geschäftig, rannten im Kreis herum, wie das Streifenhörnchen, das meine Mutter in einem Käfig hielt. Ich ließ es frei, und es rannte in den Wald, aber es rannte im Kreis. Es war verrückt. Ein Waschbär erwischte es, ein langsamer alter Waschbär. Das Streifenhörnchen war ein gutes Fressen für den Waschbären, sein letztes, denn mein Nachbar schlug ihm mit dem Kolben seiner Kanone den Schädel ein. Der Waschbär war keinen Schuß Pulver wert.»

Der Commissaris nickte ernst. «Ja, Mr. Fuchs. Ich danke Ihnen sehr. Für den Brandy und Ihre guten Worte.» Der Commissaris stand auf. Der Brigadier folgte dem Beispiel.

«Möchten Sie nicht wissen, wen ich auf Cape Orca umgebracht habe?»

«Ich weiß, wen Sie umgebracht haben, Mr. Fuchs.»

«Wen?»

«Einen alten Mann namens Rance. Paul Rance.»

«Ja, das habe ich.»

«Ich glaube, ich kann verstehen, warum Sie ihn umgebracht haben. Und Sie haben Captain Schwartz vertrieben.»

«Von den andern habe ich keinen umgebracht?»

«Nein, Mr. Fuchs.»

Der Fuchs und Albert hatten die Sägemühle wieder in Gang gesetzt, als der Kombi abfuhr.

«Wir sind sehr klug gewesen, Brigadier», sagte der Commissaris und legte den zweiten Gang ein. «Aber wir sind noch immer nicht am Ziel. Die Identität des Schuldigen zu kennen, ist eine Sache, ihn zu belasten, wie der Sheriff sagt, eine andere. Ich muß mir einen neuen Plan ausdenken, und er muß besser sein als der Plan, der mir schon eingefallen ist. Mir gefällt dieser Plan ganz und gar nicht, aber er könnte unsere einzige Möglichkeit sein.»

«Sie könnten mir sagen, was Sie im Sinn haben, Mijnheer.»

Der Commissaris starrte geradeaus.

«Mijnheer?»

Eine magere Hand klopfte dem Brigadier auf das Knie. «Finde deine Antworten selbst, Brigadier. Du hast die Ausbildung und die Intelligenz.»

«Wann wird es soweit sein, Mijnheer?»

«Morgen, glaube ich. Soll ich dich am Gefängnis absetzen?»

«Ja, Mijnheer. Ich glaube, ich werde noch eine Fahrt machen.»

«Das Schnüffeln und Suchen ist vorbei, Brigadier.»

«Nur eine Fahrt, Mijnheer. Die Landschaft ist schön, und wir reisen vielleicht bald ab.»

Der Kombi fuhr an einer Reihe zu voller Höhe gewachsener Zedern vorbei. Ein Schwarm überraschend blauer Vögel kam auf sie zu. Am Horizont glitzerte die Bucht, die Sonne versank hinter einem schneebedeckten Hügel, die letzten tiefen Strahlen leuchtendorange.

«Ja», sagte der Commissaris. «Ich frage mich, wohin der Fuchs von hier aus gehen wird.»

«Wird er noch viel weitergehen müssen, Mijnheer?»

«Das würde ich meinen, Brigadier, aber er ist auf dem richtigen Weg. Wenn dieser Weg auch gefährlich ist. Hoffen wir, daß er nicht zu früh stirbt oder den Verstand verliert.»

«Sind Sie auf diesem Weg, Mijnheer?»

Der Commissaris grinste. «Hast du das nicht gewußt, Rinus? Und du bist auch auf diesem Weg. Du bist seit einiger Zeit darauf. Du solltest es an der Aussicht erkennen. Der Weg führt bergauf. Solche Wege bieten gewöhnlich nach einer Weile eine gute Aussicht.»

19

Der blaue Dodge stand am Rande der Straße nach Cape Orca. De Gier saß hinter dem Steuer. Er murmelte beruhigend vor sich hin. Es war kalt im Wagen, der BMF-Brandy hatte seine Wirkung verloren. Er hatte leichte Kopfschmerzen und ein wenig Durst.

«*Eigentlich* ist es nicht kompliziert», sagte er plötzlich mit lauter Stimme. «Es *scheint* nur kompliziert zu sein. Die haben die Wahrheit gesagt, aber nicht die ganze Wahrheit. *Er* weiß es schon, und ich müßte es auch wissen. Der springende Punkt ist nur, daß ich es nicht weiß, nicht ganz. Nein.»

Er drückte die Zigarette aus, steckte sich eine neue an und putzte mit der freien Hand die Windschutzscheibe. Er hatte einen klaren Blick auf die Bucht, und die weiße Weite half ihm, die Gedanken zu ordnen. Bestimmt hatte der Commissaris die Lösung ausgetüftelt. Aber erst, nachdem er die BMF-Bande gesehen und mit Jeremy gesprochen hatte. De Gier war bereit, die BMF-Bande freizusprechen. Die Hausbesitzer an der Küste von Cape Orca waren aus Habgier beseitigt worden. Jemand wollte ihr Land und die Häuser, aber nur, um letztere zu zerstören. Das Hauptinteresse galt und gilt dem Land. Die Insel eingeschlossen. Jeremy wußte, daß jemand seine Insel wollte, denn er hatte große Mühen auf sich genommen, um sich zu schützen. Die Insel war eine Festung, und ihr Besitzer lief bewaffnet umher, begleitet von grimmigen Hunden und einem Vogel, der alles sah. Jeremy war mit der BMF-Bande befreundet, ein weiterer Punkt, der zu berücksichtigen war. Und die Bande, obwohl durchaus bereit zu töten, würde das nur tun, wenn Gewalttätigkeit zu ihren Experimenten paßte. Der Fuchs hatte sich als neugieriger Mensch erwiesen, nicht als habgieriger. Das Verhalten einer Gruppe wird von dem ihres Anführers bestimmt. Albert, Tom und Madelin waren Individualisten, aber auch aktive Bandenmitglieder. De Gier seufzte. Er war froh, daß Madelin aus einer Reihe von Gründen als Verdächtige ausschied. Aus welchen Gründen? Er schüttelte den Kopf und zwang seine Gedanken, wieder zum ursprünglichen Thema zurückzukehren. Zu den Morden. Madelin schied dabei aus.

Wer steckte also noch drin? Jeremy nicht – der Mann befand sich in der Verteidigung. Aber in seinem Fall könnte es ein Motiv geben. Jeremy sah sich als Einsiedler, und die haben nicht gern Nachbarn, die in der Bucht herumsegeln, die mit Motorsägen hantieren und sich auf vielerlei Art und Weise verhaßt machen. Aber würde Jeremy, der keineswegs unfreundliche Einsiedler, seine Nachbarn ermorden? Nein.

«Stimmt», sagte de Gier froh. Sehr gut. Jeremy nicht. Außerdem war Jeremy selbst ein Opfer. Janet Wash, nicht Reggie, hatte den Kombi so aggressiv gefahren, daß Osiris, der Begleiter des Einsiedlers und sein bissigster Hund, den Wagen angegriffen hatte und dabei ums Leben gekommen war.

De Gier schlug mit der Faust auf das Steuerrad. Aber warum, warum und dreimal warum hatte Jeremy der Dame geholfen, aus ihrem Autowrack zu steigen, und warum hatte er sie nicht beim Sheriff angezeigt? Falls sie einmal versucht hatte, ihn zu ermorden, könnte sie es wieder versuchen, und Jeremy, obwohl ein origineller Mensch, ein negativ origineller Mensch, war anscheinend nicht daran interessiert, ermordet zu werden. Und warum hatte Janet gesagt, Reggie habe den Wagen gefahren?

Moment mal, nicht alles auf einmal. Er hatte Kopfschmerzen, er war müde und nicht besonders scharfsinnig. Nur mit der Ruhe. Hübsch kurze Verbindungslinien, Linien, die er übersehen konnte. Welche Beziehung bestand beispielsweise wirklich zwischen Janet Wash und Reggie? Der Mann war ihr Diener, ihr Abhängiger, aber es könnte mehr dran sein. Falls Janet die Schuldige war, nicht nur am Mordversuch an Jeremy, sondern auch an den vollendeten Ermordungen ihrer Nachbarn, würde sie die Verbrechen nicht selbst verübt haben. Sie war schließlich eine Dame, eine ältere Dame in den Sechzigern. Reggie war besser qualifiziert. Ein ehemaliger Kämpfer in Vietnam, bestens ausgebildet. Hatte sie ihn bezahlt? Nein, bestimmt nicht. Reggie war vielleicht ein Mörder, aber kein bezahlter Killer. Ein Gentleman. Was also dann? War er ihr Geliebter?

De Gier war mehreren Gigolos begegnet. Er erforschte sein Gedächtnis. Gigolos hacken kein Holz klein – sie würden nicht einmal einen Azaleengarten anlegen. Sie würden die Azaleen vielleicht an einem sonnigen Nachmittag begießen, aber mehr nicht. Fünf Minuten mit der Gießkanne und zurück auf die Veranda zu ihrem Cocktail, den sie mit dem Strohhalm tranken.

Die Dame und ihr Ritter in glänzender Rüstung. Das war wahrscheinlicher. Und ein Anflug von Mutter und Sohn. Zweifellos krank, aber nicht sexuell krankhaft. Eine platonische Beziehung, in der der Ritter/Sohn die Dame/Mutter beschützt und ihr dient. Er übernimmt die Schuld am Unfall mit dem Kombi, damit die bösen Menschen der exaltierten Göttin nicht schaden können.

De Gier ließ die Mundwinkel sinken. Übertrieb er? Vielleicht, aber was soll's? Er war kein Psychiater, sondern nur ein Kriminalbeamter. Er konnte solange vereinfachen, wie er nicht von der Spur abkam.

Aber warum hatte Jeremy die Dame geschützt? Weil er ein origineller Mann war? Oder aus Widerborstigkeit? Weil er eine Spielernatur war?

Das Eichhörnchen von der Insel sprang mitten in de Giers Kopfschmerzen, und er zuckte zusammen. Jeremy hatte etwas über das Eichhörnchen gesagt. Es biete Belustigung für die Hunde – freiwillig. Jeremy hatte auch behauptet, er sei über das Eichhörnchen hinausgegangen. Und er sprach oder antwortete gern in Rätseln. Das hatte der Fuchs gesagt.

Sein Gedankengang brach ab. Um Himmels willen, ein Zoo, ein ganzer Zoo, und er mittendrin. Ein Eichhörnchen, Hunde, ein Fuchs, Seehunde, ein Kolkrabe, ein Waschbär.

Geduldig versuchte er es noch einmal. Der Waschbär war auch dabei. Seine Mütze ohne Schwanz. Ein Waschbär, eine kleine Bärenart. Sie waschen ihre Speisen, bevor sie sie fressen. Sie hatten bei ihrem ersten Besuch auf der Insel mit Jeremy über Waschbären gesprochen.

De Gier richtete sich auf und grinste blöde. BEWARE THE BEAR. BEWARE THE WASHBEAR. Jeremy, der Einsiedler, bekannt für sein außergewöhnliches Verhalten, trägt ein Schild herum, und genau das besagt es. Vorsicht Bär, Vorsicht Waschbär, Vorsicht Janet Wash.

Diese Entdeckung blockierte für eine Weile jedes weitere Denken, und er starrte auf die Bucht und die Insel. Aber er versuchte es noch einmal. Jeremy *hatte* die Dame auf dem Landsitz also bei den Behörden angezeigt, und zwar auf seine eigene spektakuläre Art und Weise. Indem er ein Schild trug. Kein Wunder, daß der Commissaris nachher so guter Laune gewesen war, gelächelt und geplaudert hatte und lebhaft gewesen war, trotz seiner Schmerzen, denn in diesen Tagen hinkte er stark, sein Rheuma hatte sich durch die Kälte verschlimmert.

Welche Rätsel blieben also noch zu lösen? Warum sollte Reggie für seine Chefin morden? Gut, da spielte Vernarrtheit mit. Warum aber hat Jeremy der Frau, die ihn gern ermorden möchte, geholfen, aus ihrem umgestürzten Wagen zu klettern?

Liebe ist, dem Commissaris zufolge, die Ursache für die meisten Gewalttaten. De Gier stimmte zu. Erprobtes Wissen der Polizei. Lebende und Geliebte sind Verdächtige erster Klasse. Janet wollte also die Insel – er ging wieder übereilt vor, aber das nächste Rätsel würde er etwas später lösen. Warum wollte Janet all das *Land* haben? Ein anderes Motiv konnte es nicht geben – die Häuser ihrer Nachbarn wollte sie nicht, denn die ließ sie zerstören. Jetzt zurück zu Jeremy.

Jeremy liebt Janet. Nein, Vergangenheitsform: Jeremy liebte Janet. Und umgekehrt. Sie waren im gleichen Alter, und Janets Mann war ein Krüppel im Rollstuhl. Sie könnte sich einen Geliebten genommen haben. Mit sechzig war sie immer noch eine schöne Frau, mit vierzig würde sie also überwältigend gewesen sein. Jeremy lebte seit zwanzig Jahren auf seiner Insel. Sehr gut, ein unerlaubtes Verhältnis, ein kleines Boot, das zwischen Insel und Küste hin und her gerudert wurde. Wirklich romantisch. Er schaute auf die Bucht, ein idealer Platz für ein Liebesverhältnis. Und als der General gestorben war, machte seine Witwe Jeremy einen Heiratsantrag, oder sie erwartete, einen Antrag zu bekommen, aber da tat sich nichts. Jeremy zog es vor, Einsiedler zu bleiben.

Janet hatte also jetzt ein doppeltes Motiv; sie wollte Rache und die Insel. Sie befahl Reggie, Jeremy umzubringen, und der verwandelte seine Insel in eine Festung. Vielleicht genoß Jeremy die Situation, so wie das Eichhörnchen es genoß, von den Hunden gejagt zu werden. Und falls das stimmte, dann war das Schild ‹Vorsicht Bär› eine Warnung für den Commissaris und ihn, den Brigadier, gewesen. Jeremy wollte nicht, daß Unschuldige leiden. Guter alter Jeremy.

De Gier seufzte und kratzte sich in den Locken. Der Kopfschmerz wurde schlimmer, der Durst auch. Na schön, also weiter. Das letzte Rätsel: Wozu wollte Janet alle Grundstücke? Warum kaufte sie sie über den Makler Astrinsky, die Boston Better Holdings und schließlich die Bahama Better Holdings auf? Wie paßte Mr. Symons da hinein?

Er war an einem Ende angelangt, weil ihm die Daten fehlten. Auch Computer können keine Schlüsse ziehen, wenn sie nicht richtig gefüttert worden sind. Aber dem Commissaris war es gelungen, sich aus den Fallen dieser Sache zu befreien, und er behauptete, bereit für das Finale zu sein. An welcher Stelle war also er, Brigadier Rinus de Gier von der Amsterdamer Mordkommission, in die Irre gegangen?

Gab es noch andere offene Hinweise?

Seine Hand berührte den Zündschlüssel, als es ihm endlich einfiel.

Jeremy hatte ihnen *nicht* mit Bestimmtheit gesagt, von wem er seine Insel gekauft hatte. Er hatte einen Namen genannt, Reynolds. Aber er hatte seine Aussage nicht bewiesen. Der Name mußte auf dem Besitztitel für die Insel stehen, und er befand sich angeblich in einem von Jeremys Kartons, und er wollte nicht in ihnen nachsehen. Aber eine Kopie des Besitztitels mußte im Büro des Stadtsekretärs sein.

De Gier startete den Wagen. Er fand das Stadtbüro von Jameson, ein einstöckiges Ziegelgebäude neben dem Gefängnis. Der Stadtsekretär erwies sich als hilfreich und gesprächig.

«Jeremy's Insel?» . . . «Gewiß» . . . «Ich hatte heute vormittag eine Anfrage wegen der Insel» . . . «Ein alter Mann kam, er hatte den gleichen Akzent wie Sie» . . . «Einen niederländischen Akzent, nicht wahr?» Der Sekretär hatte holländische Vorfahren. Er war auch schon in den Niederlanden gewesen. Ein herrliches Land. De Gier wurde rasend und wußte, daß er seine Geistesverfassung nicht zeigen durfte. Er dachte an eine Reihe von Themen, während der Sekretär weiterplapperte. Dieser kam jetzt zum Ende seiner Reise durch die Niederlande und begann, die Mängel an seinem Ofen zu erörtern. «Ebensogut könnte ich ihn rot anmalen, schauen Sie ihn an, strahlend rot, aber dennoch keine Wärme. Wenn ich ihn anmale, könnte ich eine Menge Feuerholz sparen, wie? Hahahaha.»

«Hahahaha», machte de Gier.

«Was war es noch, was Sie wünschten?»

«Den Namen des Mannes, dem die Insel gehörte, bevor Jeremy sie kaufte.»

«Ja, richtig», sagte der Sekretär. «Ein Mann namens Symons. Symons der Spieler, nannten wir ihn. Ein Bruder von Janet Wash. Janet hieß Symons, bevor sie den General heiratete.»

«Ah», sagte de Gier.

«Kennen Sie Janet Wash?»

«Ja.»

«Eine nette Frau. Aber nicht ihr Bruder James. Ihm gehörte der halbe Landsitz, ein Teil vom Cape und die Insel, und er hat alles verkauft und aufgeteilt. Er hat seine Frau und seinen Sohn James den Dritten verlassen. Der ist ebenfalls schlecht geraten. James der Erste war prächtig, ein Yankee-Skipper, er machte sein Glück im Chinahandel zur Zeit der großen Klipper.»

«Was wurde aus James dem Zweiten?» fragte de Gier.

Der Sekretär machte ein trauriges Gesicht. «Er ist umgekommen, wie ich höre, in dem schlechten Staat, dem Bundesstaat, wo man das Glücksspiel betreibt.»

«Und was wurde aus James dem Dritten?»

Der Sekretär hob einen Finger. «Er hatte Ärger hier. Allen möglichen Ärger. Also ist er aus der Stadt weggezogen.» Er hob einen zweiten Finger. «Nach Bangor, noch mehr Ärger.» Dritter Finger. «Nach Portland, wieder das gleiche.» Vierter Finger. «Nach Boston, wiederum Ärger, aber wie ich höre, hält er aus. Ein Freund von mir hat ihn auf der Straße getroffen. Er hat mit ihm ein Glas getrunken. Der junge James trinkt viel.»

«Ich verstehe», sagte de Gier. «Ich danke Ihnen. Sie haben mir sehr geholfen.»

Der Dodge brachte ihn wieder nach Cape Orca. Er pfiff. *«Straight, no Chaser.»* Als er genug gepfiffen hatte, sang er. *«CannonBALL.»*

Er hatte also seine Antworten, die gleichen Antworten, die der Commissaris gefunden hatte. Das Bild war mehr oder weniger vollendet. Er wollte nur noch wissen, warum Jeremy Janet beim Verlassen ihres Wagens geholfen hatte, obwohl er den Grund vermutete. Jeremy hatte gesagt, er sei über das Verhalten des Eichhörnchens hinausgegangen. Das Eichhörnchen würde – wenn es in die Enge getrieben wird – versuchen, die Hunde zu beißen. Aber das Eichhörnchen ist ein Tier, in dessen kleinem Gehirn nur Platz für ein begrenztes Programm ist. Jeremy betrachtete sich als modernen Menschen. Und höchstwahrscheinlich war er das auch. Jeremy war bereit, gegen Reggie zu kämpfen, und trug deshalb Waffen, aber er würde nicht gegen eine Frau kämpfen, die einst seine Geliebte gewesen war. Falls sie versuchen wollte, ihn umzubringen, gut, aber er würde es nicht mit Gewalttätigkeit vergelten. Der Fuchs hatte Jeremy einen Weisen genannt. Vielleicht war er einer. Und der Commissaris war mit Jeremy sehr gut ausgekommen. Der Commissaris war ebenfalls ein Weiser, voller Tricks, aber Tricks von einem Rang, der erhöht und superb war. Etwa die andere Wange hinzuhalten, *ohne dabei zu verlieren.* Das war der superbe Teil des Tricks: der Commissaris verlor nie, jedenfalls bis jetzt nicht, und de Gier hatte jahrelang beobachtet, wie sein Chef sich bewegte, wie er herumschlich. «Aber es gibt schleichen», sagte de Gier laut, «und *schleichen.*»

Und Symons, der junge Symons der Dritte, hatte es immer wieder geschafft, aus Schwierigkeiten herauszukommen, weil ihm seine Tante Janet half. Wie jetzt, denn sie hatte ihn zum Manager ihrer Holdinggesellschaften gemacht und zahlte ihm ein Gehalt.

Selbstverständlich war da noch Astrinsky, aber de Gier weigerte sich, über ihn nachzudenken. Der Makler würde später hineinpassen. Jetzt hatte er Kopfschmerzen und genug nachgedacht. Der Wagen beschleunigte, als er das Gaspedal stärker heruntertrat. Noch ein letzter Blick auf Cape

Orca, dann zurück zum Gefängnis, das Abendessen genießen und früh zu Bett. Der Commissaris wollte morgens kommen und eine große Beratung abhalten. Ein Schild flog vorbei, ein viereckiges gelbes Schild an weißer Stange. Auf dem Schild stand ein Wort: HÜGEL.

«Zu schnell», sagte de Gier und berührte sanft das Bremspedal. Der Wagen rutschte. Er bremste hart, der Wagen schleuderte herum, dann noch einmal. De Gier sang. Das Thema von *«Straight, no Chaser.»* Er summte es immer wieder, während sich der Wagen mehrmals um die eigene Achse drehte. Er sah den Baum kommen und spürte, wie der Wagen umstürzte. Sekundenlang glitt der Dodge auf seiner Dachkante dahin, dann fiel er auf das Wagendach und blieb am Baum liegen. De Gier hörte auf zu summen. Er drehte den Zündschlüssel und schaltete den Motor aus. Es war still auf der Straße. Weiter unten in einer Schlucht schrie ein Vogel. Er hörte das Murmeln eines Bachs unter dem Eis.

«Shit!» sagte de Gier. Er benutzte das englische Wort. Es schien ihm angemessener zu sein als die niederländische Übersetzung. Er saß kopfüber, gehalten vom Sicherheitsgurt. Er bewegte sich vorsichtig und bekam den Sicherheitsgurt auf. Die Fahrertür war zu, vermutlich für immer, aber die Beifahrertür funktionierte noch.

Er ging den Rest des Hügels zu Fuß hinunter, bis er durch die schneebedeckten Nadelbäume ein Licht schimmern sah. Er fand einen Pfad, der zu einer Hütte führte. Er klopfte an die Tür.

«Herein.»

«Ah, Sie sind's», sagte Reggie. «Bei einem Spaziergang?»

«Ich habe soeben den nagelneuen Dodge vom Sheriff zertrümmert», sagte de Gier.

«Tatsächlich?»

«Mmh.»

«Na, kommen Sie herein. Eine offene Tür ist das letzte, was wir uns in dieser Jahreszeit wünschen. Sie machen sich doch nicht etwa Sorgen um den Dodge, wie? Der Wagen ist versichert. Wer kümmert sich schon um einen Wagen der Polizei? Für sie bedeutet ein Wagen nur Räder. Wenn die Räder hin sind, bekommen sie neue. Sie verschwenden das Geld der Steuerzahler. Wir zahlen, damit sie es verschwenden, und alle sind glücklich. Nehmen Sie Platz. Einen Drink?»

«Ja», sagte de Gier. Er wußte, er hätte ablehnen sollen. Der Brandy vom Fuchs steckte ihm noch im Blut. Er hätte den Dodge nicht fahren dürfen. Er dachte an Entschuldigungen. Der Commissaris war auf das Spiel vom Fuchs eingegangen und hatte dessen Brandy akzeptiert, um ihn zum Sprechen zu bringen. De Gier war auf das Spiel des Commissaris eingegangen, aber er trank auch gern. Er hätte den Brandy im Emaillebecher lassen können, er hätte so tun können, als trinke er kleine Schlucke, um dann einen Teil wieder auszuspucken. Aber er hatte alles getrunken. Eigentlich hatte er einen Totalschaden unter Alkoholeinfluß verursacht, wenn man ihn auch nicht anklagen würde. Eigentlich brauchte die Versicherung nicht zu zahlen, aber sie würde zahlen.

Reggie schenkte Bourbon ein, ein großes Glas. «Mit Eis?»

«Ja, bitte.»

«Warum sind Sie auf dem Cape herumgefahren? Es ist dunkel.»

«Ich habe mich verfahren. Ich habe versucht, wieder in die Stadt zu kommen.»

Reggie grinste. Er sah in seiner Tweedjacke und der strapazierfähigen Hose wie der perfekte Landedelmann aus. Die Hütte war rauh, aber dennoch behaglich. Im Kamin aus großen Feldsteinen knisterte das Feuer. Das Holz der Hütte war alt und hatte den matten Schimmer von Kiefern, die hundert Jahre abgelagert waren, tief orange, beinahe rötlich. Auf dem Boden lagen gute, dicke Teppiche. Das niedrige Bett im Hintergrund war mit Schaffellen bedeckt. Die einzigen Dekorationen, die an Haken von den niedrigen Lärchenbalken hingen, waren Werkzeuge und Waffen. Eine Büchse, eine Flinte, ein Bogen mit Pfeilen, eine Armbrust, mehrere Äxte mit fein geschwungenen Stielen, eine Machete in einer graugrünen Segeltuchscheide, ein Blasrohr.

De Gier zeigte auf das Blasrohr. «Eine Trophäe aus dem Dschungel?»

«Klar. Die Bergvölker in Vietnam benutzen sie. Die haben versucht, es mir beizubringen, aber das Gift hat mich beunruhigt. Ich war besser mit Pfeil und Bogen. Die Armbrust ist in Amerika hergestellt worden. Ich habe sie ein paarmal gegen die Waldmurmeltiere benutzt, aber es geht nichts über meine Eichhörnchenbüchse. Kommen Sie. Ich zeige Ihnen meine wirklichen Trophäen.»

De Gier stand auf und schaute durch ein Seitenfenster. Der Blick fiel auf einen kleinen Hof mit einem hohen Zaun herum. Reggie nahm einen Scheinwerfer und hielt ihn an das Glas. «Sehen Sie?»

De Gier sah eine Platte aus Schalbrettern, ordentlich eingerahmt von Dachsparren. Die Platte grinste ihn aus vielen, kleinen dunklen Augen an. Kleine Schädel, weiß im Licht des Scheinwerfers.

«Zählen Sie.»

Zehnerreihen. Fünf Reihen voll und in der sechsten vier Schädel.

«Vierundfünfzig von diesen kleinen Bastarden und noch Platz für sechsundvierzig. Wenn ich es voll habe, fange ich mit einem neuen an.»

De Gier spürte, wie Reggie neben ihm atmete. Es war das kurze und heftige Atmen eines wütenden oder erregten Menschen.

«Es hat einige Jahre gedauert, bis ich die vierundfünfzig hatte, aber ich werde jetzt geschickter. Waldmurmeltiere sind die größte Plage auf dem Landsitz. Sie bauen Tunnel und untergraben alles, schädigen die Wurzeln und fressen die Schößlinge. Ich mußte den Azaleengarten zweimal anlegen. Verstehen Sie? *Zweimal*. Sie haben all die kleinen Pflanzen gefressen. Sie haben sich hingesetzt und mich angepfiffen. Ich schwöre, sie haben sogar mit ihren dreckigen kleinen Pfoten gewinkt. Ich schieße sie immer in die Brust. Die Schädel dürfen nicht beschädigt werden. Ich brauche die Schädel. Aber ich habe nicht sehr viel Zeit, und sie tummeln sich immer dann, wenn ich zu tun habe. Im Frühling, wenn der Garten meine Zeit in Anspruch nimmt. Aber ich schnappe sie dennoch. Jetzt ruhen sie. Sie schlafen fest in ihren Höhlen. Wenn ich weiß, wo ihre Höhlen sind, kann ich sie mit Dynamit heraussprengen, aber das möchte ich nicht. Ich brauche die Schädel. Dynamit bläst sie in Stücke, und die stecken tief im Boden. Noch einen Drink?»

«Klar», sagte de Gier. «Danke.»

Reggie schenkte ein und öffnete die Schublade eines Sekretärs neben seinem Bett. «Hier, dies ist die Karte. Sehen Sie?»

Seine Stimme war zu einem heiseren Flüstern geworden. Er zeigte mit dem Finger auf verschiedene Gebiete. Die Karte zeigte Cape Orca und Jeremy's Insel. Sie war sehr sorgfältig mit der Hand gezeichnet und in verschiedenen Schattierungen von Grün und Braun getönt worden. Reggie erklärte immer noch mit der heiseren Flüsterstimme. «Dies ist kein Garten, dies ist ein *Landsitz*. Nicht so groß wie der Landsitz weiter unten an der Küste, den Rockefeller dem Staat Maine geschenkt hat, aber schöner. Da steckt mehr Liebe drin, mehr Arbeit. *Meine* Arbeit. Hier sind die Azaleengärten. Ich kenne jede Pflanze. Dort sind die Zedern und hier ist die Weißkiefernschonung. Die Schonung habe ich selbst saubergemacht, das tue ich jedes Jahr. Ich harke und harke, und wenn ich die Kiefernnadeln nicht abbrechen will, krieche ich auf Händen und Knien mit einem Plastikeimer herum und fülle ihn mit Zweigen. Die Schonung braucht einen goldenen Teppich, und die Nadeln sind golden, wenn die Sonne sie berührt. Und sie braucht sauberes Moos, damit die goldene Farbe besser zu sehen ist. Ich gehe mit einer Bambusharke und manchmal mit den Fingern über das Moos. Die Weißkiefernschonung nimmt einen Morgen ein. Ich brauche Wochen, um durchzukommen. Einige Wochen, jedes Frühjahr. Die anderen wollen das nicht tun. Es kümmert sie nicht, sie sind ungeschickt. Leroux ist gut, aber nur, wenn er den Rasen mähen und auf einem Traktor sitzen kann. Einige Mädchen aus dem Ort sind gut, um von den Azaleen die abgestorbenen Blätter zu pflücken. Aber sie sehen keine Einzelheiten. Und sie machen sich nichts aus den Waldmurmeltieren, die ihre Arbeit zerstören. Sie halten die Waldmurmeltiere für niedlich. *Niedlich*. Die blöden kleinen Bastarde. Es sind Bastarde, hören Sie? Mit ihren großen Nagezähnen und den scharfen kleinen Augen. Sie lassen keinen Schößling und keine Knospe aus. Es gibt noch andere. Die

Gänse fressen die Rhododendronblüten, sie rupfen sie ab. Einen zweieinhalb Meter hohen Busch plündern sie innerhalb weniger Minuten. Sie springen nach den hochsitzenden Blüten, aber die Gänse habe ich vor langer Zeit abgeschossen, jede einzelne. Gänse sind groß und plump. Waldmurmeltiere sind schnell und in der Farbe der Landschaft angepaßt. Noch sechsundvierzig und dann noch hundert. Ich bringe sie alle um.»

Das heisere Flüstern war zu einem Zischen geworden. «Hören Sie?»

«Ja», sagte de Gier.

Reggies Stimme wurde ruhiger, aber sein Atem ging immer noch in hektischen Stößen. Er hatte den Scheinwerfer ausgemacht und wärmte sich den Rücken am Feuer. «Setzen Sie sich, Sie sind mein Gast. Ja, die Waldmurmeltiere. Ich kann sie nicht ausstehen. Janet haßt sie auch. Sagen Sie, wo ist Ihr Unfall passiert?»

«Nicht weit von hier.»

«Sind Sie von der Straße abgekommen?»

«Nein, ein Baum hat mich aufgehalten.»

«Sie haben den Baum doch nicht etwa beschädigt, oder?» Die Stimme senkte sich wieder. Reggies Augen waren blutunterlaufen und boshaft. Er bewegte nervös die Hände, seine Lippen bebten. De Gier überlegte, wie er sich verteidigen konnte. Er war sich nicht sehr sicher, ob er eine Taktik anwenden konnte. Er hatte zu viel getrunken, um schnell reagieren zu können. Er mußte wachsam sein, um den Zeitpunkt zu bestimmen, da Reggie gewalttätig werden würde. De Gier rückte unter einen Balken, an dem an zwei Holzzapfen eine Axt hing. Er müßte mit der stumpfen Seite der Axt die Schläfe des Mannes treffen, aber die Hütte war klein und eng. Falls er vorbeischlug, würde Reggie ihn umrennen.

«Hallo? Bist du da, Reggie?»

Reggie holte tief Luft, um sich wieder unter Kontrolle zu bekommen. Er ging zur Tür. «Guten Abend, Madelin. Das ist wirklich ein geselliger Abend. Komm rein. Hast du Janet besucht? Sie sagte, sie wolle heute früh zu Bett gehen.»

«Nein, Reggie, ich bin wegen des Sergeant gekommen. Ich habe seinen Wagen gesehen. Alles in Ordnung, Sergeant?»

«Ja, ich fühle mich prächtig. Der Wagen nicht.»

«Nein. Ich habe ihn mir soeben angesehen. Ich bin froh, daß du nicht verletzt bist. Der Sheriff hat versucht, dich über Funk zu erreichen. Ich habe es in meinem Gerät gehört. Aber du hast dich nicht gemeldet.»

De Gier stellte sein Glas hin. «Danke, Reggie, aber ich muß jetzt gehen.»

«Du Narr», sagte Madelin, als sie draußen waren. «Das war der letzte Ort auf der Welt, den du hättest aufsuchen dürfen. Hast du viel getrunken?»

«Ja.»

«Hat er mitgetrunken?»

«Ja.»

«Er spielt immer verrückt, wenn er trinkt, es sei denn, daß Janet dabei ist. Hat er dir seine Schädel gezeigt?»

«Ja.»

«Ist dir etwas aufgefallen?»

«Ja, er begann auf komische Art zu flüstern, und sein Atem wurde schwer und quälend.»

«Ich weiß. So war es auch, als ich mal in seiner Hütte war, aber Albert und Tom waren bei mir, und uns sieht er nicht als Bedrohung an. Er ist ein Psychopath. Vielleicht sind das alle Berufssoldaten, aber Reggie ist *sehr* psychopathisch. Weißt du, auf was er sich spezialisiert hatte, als er in Vietnam war?»

Sie fuhren in Madelins Wagen und hatten den Landsitz fast hinter sich gebracht. De Gier war froh, daß er nicht auf die Straße achten mußte. Es schneite heftig, der Wind wehte die Flocken an die Windschutzscheibe. Der Wagen fuhr äußerst langsam. Als er ins Rutschen geriet, gerade als sie die Fernstraße erreichten, ließ Madelin das Steuer los. «Das hättest du tun sollen, Sergeant. Aber ich nehme an, du bist schnell gefahren. Wenn du das Steuer losläßt, wird sich der Kurs des Wagens von selbst stabilisieren. Bist du auf die Bremsen gestiegen?»

«Ja.»

«Es fällt schwer, nicht auf die Bremsen zu steigen, wenn man ins Rutschen kommt, aber wenn man das tut, wird der Wagen zum Schlitten, über den man jede Kontrolle verliert.»

«Ja», sagte de Gier. «Ich bin ein Idiot. Was hat Reggie in Vietnam gemacht?»

«Er hat es mir mal erzählt, auf einer Cocktailparty bei Janet. Er und seine Kameraden, sie waren zu viert, haben sich Vietcong-Lager ausgesucht. Sie haben sich mit Messern, einem leichten Granatwerfer und leichten Maschinengewehren bewaffnet. Reggie mußte die Wache umbringen. Es war sehr wichtig, die Wache umzubringen. Wenn das nicht möglich war, haben sie sich in den Dschungel zurückgezogen und die ganze Sache abgeblasen. Aber wenn Reggie mit seinem Messer den Wachposten abstechen konnte, verteilten sich die vier Männer und feuerten ihre Maschinengewehre in einer Höhe von etwa dreißig Zentimetern horizontal ab. Sie schossen solange, bis ihnen die Munition ausging. Die Vietcong schliefen dreißig Zentimeter über dem Erdboden. Dann feuerten sie mit dem Granatwerfer in das Lager. Und dann rannten sie weg und trafen sich an einer vorher verabredeten Stelle. Seine Kameraden sind gefallen. Reggie hat neue Leute ausgebildet und weitergemacht. Er überlebte, dann war der Krieg aus. Jetzt sind es Waldmurmeltiere.»

«Und pensionierte alte Menschen an der Küste von Cape Orca.»

«Allerdings, Sergeant.»

«Das hättest du mir sagen können.»

Madelin lachte. «Nein. Das mußtest du herausfinden. Aber du bist hineingestolpert, nicht wahr? Du bist in die Lösung richtig hineingekracht.»

«Ja.»

«Hast du keine schlaue Ausrede? Warum sagst du nicht, daß du es schon immer gewußt hast und der Unfall heute abend ein schlauer Kniff war?»

«Nein, ich bin einfach blindlings hinein getaumelt.»

Sie hielt den Wagen an. «Ich liebe dich, Sergeant. Du bist einundvierzig Jahre alt, brauchst für das Kleingedruckte eine Lesebrille und bist nicht intelligent. Küß mich.»

Sie wartete, daß er sich rührte. Er tat es. Es war ein wenig langsam. Sein Nacken schmerzte.

«Hmmmm», sagte Madelin. «Das war gut. Noch einmal.»

«Nein.»

«Bitte.»

«Nein.»

«Ich möchte deine Zähne spüren.»

Er lehnte sich zurück. «Meine Zähne?»

«Ja», sagte Madelin. «Du hast schöne Zähne, aber sie stehen etwas vor. Darum war ich so beunruhigt, als ich das Wrack des Dodge und das Licht in Reggies Hütte sah.»

«Um Himmels willen», sagte de Gier und betastete sein Zähne. «Du meinst doch nicht etwa, daß ich wie ein Waldmurmeltier aussehe, oder? Ich habe noch nie eins gesehen. Ist es eine Art von Nagetier?»

Sie ließ sich seitwärts fallen, drehte sich dabei und schaute von seinem Schoß aus nach oben. «Ja. Eine Art von Nagetier. Groß und stattlich. Mit breiten Schultern, lockigem braunem Haar und einem wunderschönen Schnurrbart. Nicht sehr klug, aber sehr echt. Ich liebe dich, Sergeant.»

20

«Tut mir leid», sagte der Sheriff, «aber wir müssen ausgehen, um zu frühstücken. Der Alte im Gefängnis fühlt sich nicht sehr wohl, und meine Energie ist auch auf einem Tiefpunkt. Wir brauchen hier wirklich eine Hausmutter. Ich wollte, ich hätte den Mut, das dem Stadtrat zu sagen. Macht es Ihnen etwas aus, zum Frühstück auszugehen?»

De Gier stand vor dem Spiegel und hatte seine Oberlippe hochgezogen. «Ein Nagetier!» murmelte er. «Das Mädchen ist einfach verrückt. *So* lang sind meine Zähne nicht. Und *so* sehr stehen sie nicht vor.»

«Wie bitte?» fragte der Sheriff und machte es sich auf dem Bett des Brigadiers noch etwas bequemer.

«Nichts, ich murmele nur vor mich hin.»

Der Sheriff beobachtete, wie der Brigadier mit seiner Dose Rasiercreme hantierte. «Das machen Sie nicht richtig, wissen Sie. Haben Sie keinen fertigen Rasierschaum in Europa?»

«Doch», sagte de Gier, «aber ich benutze ihn nicht.»

Der Sheriff setzte sich aufrecht hin. «Nehmen Sie nicht nur einen halben Zentimeter davon. Los, langen Sie zu! Seien Sie mal ein Teufelskerl! Sie sind jetzt in Amerika, und wo es Reichtum gibt, da herrscht Verschwendung. Nehmen Sie eine Handvoll, schmieren Sie sich das ganze Gesicht damit ein. Na los!»

Der Brigadier rasierte sich, der Sheriff sah ihm weiter zu. «Wissen Sie, warum ich keine Energie aufbringe? Nein? Das werde ich Ihnen sagen. Ich bin schwach, weil ich die ganze Nacht meinen Verstand gebraucht habe, eine höchst ungewöhnliche Tätigkeit in diesen Tagen. Ich habe meinen Verstand nicht mehr gebraucht, seit ich von der Universität abgegangen bin.»

De Gier rieb sein Gesicht ab und drehte sich um. «Universität?»

«Klar. Ich habe viele Qualifikationen. Ich bin der überqualifizierteste Beamte, den dies County je eingestellt hat. Ich könnte ein richtiger Polizist in einer richtigen Stadt sein, aber ich habe es noch nicht gelernt, ehrgeizig zu werden. Der helle Glanz des Erfolgs schreckt mich ab. Oder vielleicht haben mich die großen Arschlöcher, die sich um Schwerverbrechen kümmern, nicht beeindruckt. Die kümmern sich sowieso nicht um das Verbrechen, sondern die finden nur Möglichkeiten, mit ihm oder von ihm zu leben. Jedenfalls habe ich gestern abend nachgedacht. Mit einigem Erfolg, glaube ich. Ich weiß jetzt alles oder wenigstens das meiste. Was ich nicht weiß, ist unwichtig. Sie haben es ebenfalls ausgetüftelt, nicht wahr?»

De Gier klatschte Rasierwasser auf das Gesicht. «Nein. Ich kann Astrinsky nicht einordnen. Madelin geht frei aus, stimmen Sie mir in diesem Punkt zu?»

Der Sheriff lächelte, dann kicherte er. «Selbstverständlich kann ich nicht die Freundin meines Kollegen einsperren, oder? Sie waren gestern abend mit ihr zusammen?»

«Nicht sehr lange. Sie hat mich im Wagen mitgenommen. Das mit dem Dodge tut mir sehr leid, Jim.»

«Schon gut. Der Abschleppwagen müßte jetzt unterwegs sein, um das

Wrack abzuholen. Ich wollte Sie gestern abend nicht mehr belästigen. Sie sahen ein bißchen müde und abgekämpft aus. Hatte der Unfall etwas mit den Ermittlungen zu tun?»

«Nein, nur mit meinen schlechten Fahrkünsten.»

Der Sheriff zuckte die Achseln. «Der Dodge war ein guter Wagen, aber das Modell ist für die Polizeiarbeit hier draußen zu klein. Es müßte mir gelingen, den Behörden als Ersatz ein besseres abzuknöpfen. Denken Sie nicht mehr daran, Sergeant. Wir brauchen gute Räder. Zum Teufel mit ihrem Geiz. Was haben Sie also gestern abend herausgebracht?»

«Das gleiche wie Sie. Sie haben mit Leroux gesprochen, nicht wahr?»

«Genau. Wir können das alles etwas später erörtern. Ihr Chef wird jeden Augenblick kommen. Warum gehen wir nicht nach unten?»

De Gier rückte sein seidenes Halstuch zurecht. Es saß richtig, aber dann rutschte es zu weit nach unten. Er schnalzte gereizt mit der Zunge und begann von vorn. Der Sheriff sah geduldig zu.

«Sind Sie jetzt fertig? So sieht es sehr elegant aus.»

Der Kombi des Commissaris bog in den Hof ein, als der Sheriff und de Gier aus dem Gefängnisgebäude kamen.

«Guten Morgen», sagte der Commissaris. «Wie nett, daß Sie mich wieder eingeladen haben. Ich habe vergessen, es Suzanne zu sagen; sie hat Haferbrei gekocht, aber ich bin entkommen. Den gleichen Haferbrei hat meine Mutter immer gemacht.»

«Sie haben sich aus dem Haferbrei Ihrer Mutter nichts gemacht, Sir?»

«Nichts gemacht?» fragte der Commissaris mit hoher Stimme. «Pfui, Teufel! Gehen wir nicht hinein, Sheriff?»

«Nein, Sir. Ich dachte mir, daß ich Sie beide zu Beth einlade. Sie weiß, daß wir kommen. Ich habe angerufen.»

Der Commissaris glättete die gerunzelte Stirn. «Zu Beth! Gut!» Er rieb sich die Fäustlinge. «Ha!»

Beth servierte. Die drei Männer aßen. Es gab Bratkartoffeln und Würstchen und für jeden drei Eier.

«Wie finden Sie die Eier?» fragte Beth. «Schmecken sie nicht eigenartig?»

«Die schmecken gut», sagte der Sheriff. «Prächtig», sagte de Gier. «Ausgezeichnet», sagte der Commissaris. «Warum, Beth?»

Beth verzog das Gesicht. «Enteneier. Ich habe sie von Bert gekauft. Er ist vorbeigekommen, um sie zu verhökern. Robert's Markt hat keine Eier mehr, seit der Lastwagen umgekippt ist, deshalb kann Bert seinen Preis diktieren. Ich sagte ihm, er sei zu teuer, und ich fragte ihn, ob er etwas damit zu tun habe, daß der Lieferwagen mit den Eiern von der Straße abgekommen ist. Das gefiel ihm nicht. Er knallte die Tür zu, als er ging: Schauen Sie.»

Der Sheriff warf einen Blick auf die Tür. Das Glas war gesprungen.

«Lassen Sie es reparieren, Beth. Dann bestellen Sie noch mehr Eier und bezahlen nicht. Falls Bert Theater macht, sagen Sie ihm, er soll mit mir reden. Bert hat noch keinen Sinn für Humor. Vielleicht können wir beide ihm ein bißchen davon beibringen.»

Beth lachte, schenkte Kaffee nach und ging wieder an ihren Herd.

«Nun», sagte der Sheriff und wischte sich den Mund ab, «ich habe gestern mit Leroux gesprochen. Oder besser, ich habe ihm zugehört. Er hat zwar nicht wie ein Kanarienvogel gesungen, aber bestimmt wie eine Kohlmeise gezirpt. Selbstverständlich hatte er keine große Wahl. Ich hielt die Axt, sein Kopf lag auf dem Holzblock. Ich habe ihm das erläutert, und am Ende hat er es eingesehen. Und jetzt hat er für den Rest des Winters einen Job, so daß er nichts verliert.»

«Was haben Sie erfahren, Sheriff?»

«Fast alles, was ich erfahren wollte. Leroux stammt aus dem Ort. Er kennt alle Beteiligten und weiß, wie sie miteinander verbunden sind. Er ist keineswegs dumm. Er spürt nicht nur die verborgenen Tendenzen, sondern er kann auch sagen, was sie bewirkt haben und wie sie sich in diesem Augenblick auswirken. Er wich ganz schön aus, als es darum ging, auf jemanden mit dem Finger zu zeigen, aber er deutete an, wer vielleicht mit was etwas zu tun gehabt haben könnte. Und er will nicht als Zeuge auftreten, sonst müßte er dies County verlassen – vielleicht sogar diesen Bundesstaat.»

«Haben Sie Schlüsse gezogen?» fragte de Gier.

«Ja, und zwar die richtigen.»

«Dürfen wir sie hören, Jim?»

«Es ist mir eine Ehre, meine Herren.»

Der Sheriff redete eine ganze Weile, und seine Gäste nickten und sagten im richtigen Augenblick die richtigen Worte.

«Das war's also», sagte der Sheriff zum Schluß. «Alle Tatsachen. Alle Bruchstücke passen zueinander, und das Bild weist in jedem Rechteck eine Leiche auf. Das Bild ist schrecklich, und ich hätte es früher zusammensetzen müssen, aber ich war nicht erfahren genug. Es war das erste Mal, daß ich mir einen Informanten beschafft und ihn benutzt habe. Die Technik ist mir neu. Leroux gab mir die Tatsachen, aber die Zusammenhänge und Folgerungen sind von mir. Wie hört sich das für Sie an, Sir? Stimmt es mit dem überein, was Sie gedacht haben?»

«Wunderbar», sagte der Commissaris. «Wie steht's mit dir, Sergeant?»

«Ja, Sir. Ich habe es mir zusammengereimt, nachdem ich mich gestern nachmittag von Ihnen verabschiedet hatte. Ich habe wie Sie mit dem Stadtsekretär gesprochen und festgestellt, daß der junge Symons mit Janet Wash verwandt ist. Ich würde dem Sheriff zustimmen, daß unser betrunkener Bostoner Freund wahrscheinlich von den Morden nichts gewußt hat. Er ist seit fünf Jahren nicht mehr in der Nähe von Jameson aufgetaucht.»

Die Uniform des Sheriffs raschelte, als er sich streckte. «Und wir wissen auch, warum der Vater vom jungen Symons, nämlich Symons der Zweite, nicht an seine Schwester Janet verkaufen konnte. Sie wollte mit ihm nichts mehr zu tun haben. Wenn er sie anrief, knallte sie den Telefonhörer auf, und wenn er schrieb, ließ sie die Briefe ungeöffnet zurückgehen. Das schwarze Schaf in der Familie, bäh, bäh! Aber das war dumm von ihr. Er versuchte nur, ihr seinen Anteil vom Land auf Cape Orca zu verkaufen, und sie hätte es mit dem Geld des Generals bekommen können. Und viele Leute wären noch am Leben. Symons der Zweite verlor jedoch die Geduld und verkaufte das Land an eine Agentur, und die teilte es in Parzellen auf und verkaufte sie an jeden, der sie haben wollte. Inzwischen spielte Janet die beleidigte Leberwurst. Vielleicht machte ihr es in diesem Stadium noch nicht so viel aus. Erst als Häuser gebaut wurden und sich dort Menschen herumtrieben, wurde ihr bewußt, was sie verloren hatte.»

«Und Astrinsky?» fragte der Commissaris.

Der Sheriff lächelte kühl. «Das ist eine ganz andere Geschichte, Sir. Von der möchte ich die Finger lassen. Grundstücksgeschäfte sind häufig mit Korruption verbunden. In diesem Staat halten sich hartnäckig Gerüchte, daß ein hoher Beamter Astrinsky einen Tip zu einem Grundstücksgeschäft gegeben hat, zum Verkauf einer großen Urwaldfläche. Astrinsky kaufte das Land billig vom Staat und verkaufte es mit einem riesigen Gewinn an ein kommerzielles Unternehmen, an eine Papiermühle oder ein Sägewerk. Ein Teil des Gewinns fand den Weg zum Beamten zurück. Alle Beteiligten waren angeblich glücklich. Aber andere Beamte, die leer ausgingen, erfuhren davon und drohten, Krach zu schlagen. Und sie wurden durch ein Schnauben von sehr hoher Stelle auf Vordermann gebracht. General Wash war ein superhohes Tier mit Freunden und Verwandten in der Regierung. Ich würde sagen, Astrinsky lief zum General und wurde im letzten Augenblick gerettet. Janet wußte, was ihr Mann für Astrinsky getan hatte; eine Hand wäscht die andere. Aber da stecke ich meine Nase nicht hinein, Sir. Ich bin nur ein Minisheriff in einem Minicounty in einem Winkel von Nirgendwo. Dem Sergeant habe ich es vorhin schon erläutert, ich bin weder ehrgeizig noch selbstmörderisch.»

Der Commissaris nickte. «Ich verstehe. Astrinsky hat also Janet geschützt und vermutlich keinen Gewinn gemacht. Er ist verdächtig, aber kein Hauptverdächtiger. Ich bin dem Mann zweimal begegnet und habe ihn studiert, aber ich glaube nicht, daß er Davidson in den Wald gefolgt ist und dessen Streichhölzer gestohlen hat. Ich glaube auch nicht, daß er den Plastikschaum aus Mary Brewers Boot gerissen und die Schotten wieder angebracht hat. Darüber hinaus nehme ich nicht an, daß er sich an seinen Freund und Clubkameraden Opdijk geschlichen und ihn über die Klippen gestoßen hat. Leroux sagt, Astrinsky sei überhaupt kein sportlicher Typ. Hat Astrinsky jemals Wassersport betrieben?»

«Nein, Sir. Er leitete bei Regatten immer nur den Ausschuß für die Preisverleihung und hielt die Ansprache, aber auf dem Wasser wurde er nie gesehen.»

Der Commissaris wedelte mit seinem Teelöffel. «Also weg mit ihm. Ich glaube, jetzt ist der Sergeant an der Reihe. De Gier, was ist geschehen, nachdem du aus dem Büro des Stadtsekretärs gekommen bist?»

«Ich bin zum Cape zurückgefahren, Sir. Ich hätte das eigentlich nicht tun dürfen, weil das Schneetreiben schlimmer wurde, aber ich wollte in der Gegend sein, wo die Verbrechen verübt wurden, während ich mögliche Schlüsse zog. Gelungen ist mir nur, den Dodge des Sheriffs zu zertrümmern und in Reggies Hütte zu stolpern. Reggie bot Bourbon an und trank selbst zuviel. Der Alkohol setzte irgend etwas frei, das ihn quält, und sein Verhalten wurde merklich bizarr. Er war nicht nur betrunken.»

Der Commissaris massierte seine Oberschenkel, während er sich den Rest der Geschichte anhörte. «Ich verstehe. Madelin hat dich also irgendwie gerettet. Bist du sicher, daß er gewalttätig geworden wäre?»

«Ja, Sir. Für ihn war ich nur ein weiteres Waldmurmeltier.»

«Der Mann ist also nicht richtig im Kopf. Selbstverständlich trifft das für alle Mörder zu. Auch Janet muß sehr seltsam sein, sich so immense Mühe zu machen, um etwas Land an sich zu bringen. Das Tabu für Mord ist die strengste Regel, die unsere Rechtssysteme anwenden, und sie hat es so einfach gebrochen. Aber nur, weil sich ihr Wahnsinn mit dem Reggies verbunden hat. Ähnlich wie die Begegnung zwischen Hitler und Himmler. Hitler hat Postkarten gemalt und Himmler Hühner gezüchtet, glaube ich. Zusammen verursachten sie den Holocaust. Janet und Reggie haben ihren Opfern nie eine Chance gegeben. Sie wurden nacheinander erledigt, wie es der Dame gefiel.» Er schaute den Sheriff an. «Vielleicht hatte der Sergeant recht, als er in Boston zu mir sagte, Ihr Milieu, Sheriff, das heißt Ihr Milieu in Friedenszeiten, sei etwas rauher als das, an das wir gewöhnt sind.»

«Milieu», sagte der Sheriff. «Ja, Sir, es ist rauh. Aber es paßt zur Stimmung im Land. Wir sind noch nicht sehr lange zivilisiert und erkennen das Recht des Mannes an, Waffen zu tragen. Und wir haben strikte Vorstellungen vom Eigentum, vielleicht übertriebene Vorstellungen, so daß sie leicht pervertiert werden können. Hier ist es legal, einem Einbrecher in den Kopf zu schießen.»

Der Commissaris betastete sein tadellos rasiertes Kinn. «Ja, es ist vielleicht eine ganz andere Gesellschaftsordnung. Gestern habe ich ein Zulassungsschild an einem Wagen – ich glaube, er kam nicht aus diesem Bundesstaat – gesehen, in das der Wahlspruch LEBE FREI ODER STIRB eingeprägt war. Ich war sehr beeindruckt. Ich hoffe, Sie glauben nicht, daß ich das kritisiere. Auf unserer Seite des Meeres sind wir zu weich geworden. Die großen Kriege sind in Europa ausgebrochen, und als wir an unserer Bosheit erstickten, mußten wir um Hilfe schreien, die Sie gewährten, Gott sei Dank! Dennoch würde ich es verabscheuen, wenn die Menschen in Amsterdam mit einem Revolver am Gürtel herumliefen.»

«Auf *unseren* Zulassungsschildern steht nur FERIENLAND, Sir.» Der Sheriff hatte ein Streichholz angespitzt und stocherte zwischen seinen starken Zähnen herum. Er nahm das Streichholz aus dem Mund und betrachtete es. «Wir sind noch immer nicht weitergekommen, meine Herren. Ich sehe nichts, das wir jetzt unternehmen könnten. Es ist uns vielleicht gelungen, die verschiedenen Ereignisse zu rekonstruieren, aber es gibt keine Beweise. Es gibt keine Zeugen. Jeremy hat gesehen, daß Janet mit ihrem Wagen auf ihn zufuhr, aber er wird das nie vor Gericht aussagen – er wird es nicht einmal uns sagen. Wenn ich mich an meine Lektionen richtig erinnere, dann sollten wir jetzt damit anfangen, unsere verbleibenden Verdächtigen zu bearbeiten – sie verhören, beeinflussen und so weiter. Zu gegebener Zeit brechen sie vielleicht zusammen und gestehen nicht nur, sondern liefern auch ausreichende Indizienbeweise, damit wir vor Gericht nicht dumm aussehen. In diesem Bundesstaat gibt es einige sehr gerissene Anwälte. Zum jetzigen Zeitpunkt würde sich der Staatsanwalt nicht einmal die Mühe machen, mir zuzuhören.»

«Wir könnten uns an Reggie heranmachen», sagte de Gier.

«Das könnten wir, und er würde uns von seinen Waldmurmeltieren und Azaleen und der Weißkiefernschonung erzählen, während er sich in Janets mütterlicher Wärme sonnt. Wir könnten versuchen, Janet von ihm fernzuhalten und ihn mit Bourbon vollzukippen, aber ich bin nicht sicher, ob dem Staatsanwalt das gefallen würde. Und bei Janet würde ich es gar nicht erst versuchen. Sie würde mir die Orden des Generals vor die Nase halten und mit Washington telefonieren. Wir stecken einfach fest, meine Herren. Wir wissen, was passiert ist, und das *war's*.»

«Vielleicht nicht.»

«Haben Sie eine Idee, Sir?»

«Ja», sagte der Commissaris. «Ich habe mich mit Janet verabredet, aber das mache ich rückgängig, wenn Sie nicht einverstanden sind. Die Verabredung ist für heute nachmittag zum Tee mit Keks, nur sie und ich.»

«Meinen Sie, daß sie die Wahrheit sagen wird, Sir?»

«Wenn sie entsprechend provoziert wird, ja. Ich habe vor, mich ihr von einer anderen Seite zu nähern. Ich besitze hier keine Autorität und kann deshalb, äh, unangenehm werden.»

Der Sheriff brachte sein Streichholz zum Herd von Beth und öffnete eine der vielen Herdplatten. Er warf das Streichholz in die Glut und beobachtete, wie es aufflammte und zerfiel. Die Platte fiel klirrend zurück.

«Für das Gespräch müßte es einen Zeugen geben, Sir. Können Sie den Sergeant mitnehmen?»

«Nein, weil sie offen sprechen muß. Ich habe daran gedacht, daß wir vielleicht irgendeinen Apparat benutzen können.»

«Funk», sagte der Sheriff. «Ich habe keine Abhörvorrichtungen, aber die Staatspolizei. Deren nächste Kasernen sind für eine Autofahrt zu weit entfernt, um rechtzeitig wieder hier zu sein, aber es gibt dort eine Landebahn. Ich glaube, diesmal werde ich das Vergnügen von Madelins Gesellschaft haben, selbstverständlich nur, wenn der Sergeant nichts einzuwenden hat.»

Der Sheriff grinste den Brigadier an, der Commissaris lächelte väterlich. De Gier merkte davon nichts; er betrachtete die Tischplatte.

«Und wie funktioniert diese Ausrüstung, Sheriff?»

«Es ist ein kleines Mikrophon, Sir, versteckt unter dem Aufschlag Ihrer Jacke. Der Sender ist ebenfalls sehr klein. Er wird Ihre Tasche nicht ausbeulen. Ich empfange Sie über das Funkgerät meines Streifenwagens, und ich habe ein zweites Gerät für den Sergeant. Er kann es bei sich tragen. Die Staatspolizei muß mir auch ein Tonbandgerät zur Verfügung stellen.»

«Großartig. Ja. Wenn Sie dann Ihren Streifenwagen in der Nähe des Landhauses abstellen könnten und der Sergeant sich irgendwo auf dem Grundstück in der Nähe unauffällig verstecken würde, werde ich mich leidlich sicher fühlen, stelle ich mir vor.»

Der Brigadier war aufgestanden. «Mir gefällt der Plan überhaupt nicht. Reggie läuft frei herum und ist verrückt. Wenn er das Gefühl hat, daß Sie Janet bekämpfen . . .»

«Ein kleines Risiko, Rinus», sagte der Commissaris. «Ich bin auch vorher schon kleine Risiken eingegangen. Du ebenfalls.»

Der Sheriff räusperte sich. «Vielleicht hat der Sergeant recht. Sie sind nicht gerade ein Kämpfer, wenn Sie bitte entschuldigen wollen, daß ich so offen bin.»

«Ich könnte andere Fähigkeiten haben, Sheriff. Und ich danke Ihnen und Beth für ein vorzügliches Frühstück. Sie haben mich vor Suzannes Haferbrei bewahrt.»

21

Janet Wash legte ihre langen graziösen Hände auf den Schoß und setzte sich ein wenig aufrechter hin. Ihre Zunge fand ein kleines Stück von einem Schokoladenkeks, das noch nicht zermalmt war. Sie schob es zwischen die Zähne, kaute und schluckte. Sie ließ ihre Wimpern flattern.

«Nein», sagte sie. «Das glaube ich nicht. Das müssen Sie mir noch einmal sagen, mein kleiner Mann. Versuchen Sie etwa, mich zu *erpressen*?»

Der Commissaris rührte in seinem Tee. Er wollte seine Gastgeberin nicht anschauen. Ihre Pose und Schauspielerei im allgemeinen waren selbstverständlich durchaus gut, aber jede Theatervorstellung, die zu viele Wiederholungen enthält, tendiert dazu, eintönig zu werden. Sein Blick wanderte umher und betrachtete die Umgebung. Die Veranda war riesig, ebenso groß wie die gesamte Grundfläche im Erdgeschoß von Suzannes Haus. Die Möbel bestanden ganz aus Rohr, sie waren alt und anmutig. Einfache Sessel und kunstvoll gearbeitete Couches, die sich zu großen Ovalen und Seitenflügeln ausweiteten, dick gepolstert und mit Leinen bezogen. Das Leinen war reich bestickt, vermutlich von chinesischen Künstlern in den Tagen, da die Teeklipper von James D. Symons in den Häfen von Kanton und Hongkong auf ihre Fracht warteten. Die Veranda war gut geheizt durch hohe Öfen, in denen Holz brannte. Er zählte drei, jeder mit einem eigenen Vorrat an Holzkloben, ordentlich gespalten, peinlich genau aufgeschichtet. Zweifellos Reggies Arbeit. Alles, was Reggie anfaßte, machte er gut.

«So», sagte die eisig zarte Stimme, «gehen wir das alles noch einmal durch. Sie behaupten, Sie wüßten, daß ich alle diese Menschen ermordet habe oder habe ermorden lassen. Nun, wie waren ihre Namen noch? Ich vergesse so leicht, wenn ich nicht interessiert bin. Jones, sagten Sie? Und Davidson? Und die lächerliche Brewer, die sich so sehr anstrengte, ein künstlerischer, sportlicher Typ zu sein? Und der gute alte Pete Opdijk? An *seinen* Namen erinnere ich mich. Er versuchte immer, zum Abendessen zu bleiben, wenn er nur auf einen Drink eingeladen war. Und so bedrükkend langweilig war er. Nun, Sie sagen also, ich hätte all diese Leute ermordet, nicht wahr?»

«Das stimmt, Madam.»

«Also *wirklich*! War das nicht schlau von Ihnen, daß Sie das herausgefunden haben? Und war das nicht schlau von Ihnen, daß Sie es keinem anderen als mir erzählen wollten? Nun, welchen Grund hatten Sie noch dafür?»

Der Commissaris verschränkte die Hände auf dem silbernen Griff seines Stocks und legte sein Kinn darauf.

«O ja. Wie überaus intelligent! Sie sind bis nach Boston gereist, um mit meinem Neffen, dem jungen Jimmy, zu reden. Und Jimmy leitet meine Holdinggesellschaften. Nun, soviel ist wahr. Mir gehört das Land der Familie wieder. Aber ich habe das Land ganz legal gekauft, wissen Sie.»

Der Commissaris schüttelte geduldig den Kopf.

«Sie meinen, ich habe es nicht gekauft?»

«Zu lächerlichen Preisen, Madam.»

Sie schnaubte. «Welch ein Unsinn. Das haben Sie schon mal gesagt. Sie haben angedeutet, ich hätte Tricks angewendet und intrigiert und Michael Astrinsky dazu gebracht, die verlassenen Grundstücke mit den elenden Hütten für mich zu erwerben, und zwar praktisch für umsonst.»

«Das ist richtig, Madam.»

«Noch etwas Tee?»

«Ja, bitte.»

«Sie bekommen Ihren Tee. Ich gieße ihn in Ihre Tasse, nicht in Ihr Gesicht, wie Sie es verdienen würden. Wir müssen an unsere Manieren denken. Hier.»

Janet schenkte ein. Der Commissaris trank.

«Ein sehr delikater Geschmack», sagte er freundlich. «Ganz und gar nicht wie Suzannes Tee.»

Sie klatschte in die Hände. «Geschmack? Sie wagen es, das Wort zu benutzen? Mein Gott! Und Sie haben den schlechten Geschmack, mir zu sagen, ich sei eine Verbrecherin, würden diese Tatsache aber vergessen, wenn ich für Suzannes kleinbürgerliche Monstrosität hunderttausend Dollar zahle!»

«Das wäre der angemessene Marktwert für Suzannes sehr behagliches Haus, Madam. Wenn Sie ihr Grundstück wollen, müssen Sie den Preis zahlen. Und ich verspreche Ihnen, sobald ich den Scheck habe, werden Suzanne, der Sergeant und ich abreisen, und ich werde meine Informationen nicht an den Sheriff weitergeben. Der Sheriff ist ein ehrgeiziger junger Mann, aber er hat sich noch keinen Namen gemacht. Mit meiner Hilfe und der des Sergeant kann er Sie vor Gericht bringen und Ihre Verurteilung erreichen. Das wird ein guter Start für seine Karriere.»

Janet steckte ihre Beine unter den langen Rock. Sie zündete eine Zigarette an und blies den Rauch in die gespaltenen Blätter einer großen Topfpalme. «Welch ein Dreck. Ich werde Ihren Bluff auf die Probe stellen. Astrinsky, mein kleiner Sklave, immer zuverlässig, weil er an alles denkt, ehe ich ihn erinnere, wird sein Angebot von dreißigtausend wiederholen, und Sie werden froh sein, es zu akzeptieren. Was können Sie sonst tun. Es gibt keine anderen Käufer.»

Der Commissaris neigte seinen kleinen Kopf. «Nun gut, Madam. Sie lassen mir keine andere Wahl. Ich kann beweisen, was Reggie mit Mary Brewers Boot gemacht hat. Er wurde von mehreren jungen Männern aus dem Ort gesehen, und ich hatte das Glück, sie zu finden. Ich kann auch einen Zeugen bringen, der gesehen hat, was Reggie Mr. Davidson angetan hat. Wenn man Reggie richtig verhört, wird er Sie mit hineinziehen. Sie werden Ihr Haus, Ihr ganzes Land und Ihre Freiheit verlieren. Aber Sie sollten nicht mir die Schuld geben. Ich habe einen Ausweg angeboten.»

Janet lachte. Es war ein grelles, nicht ganz gekünsteltes Klingeln hoher Töne. «Bluff, mein Lieber. Aber Sie wissen noch nicht wirklich, wie und was ich bin. Ich kann meine Vorfahren über vier Generationen zurückverfolgen und habe Freunde in hohen Stellungen, und ich bin ein Yankee. Die Yankees sind auch schon früher mit den Holländern fertig geworden, hier und im Fernen Osten, wo meine Vorfahren ihr Glück machten. Jedesmal, wenn wir mit den Holländern konkurrieren, gewinnen wir, weil wir ihren Bluff durchschauen und uns weigern, ein Abkommen zu treffen.»

«Wirklich?» fragte der Commissaris höflich.

Der Sheriff grinste. Er startete den Streifenwagen und setzte ihn etwas zurück, damit ihm die Sonne nicht mehr in die Augen schien. Er stellte den Motor ab. Der Streifenwagen stand in der Senke eines Weges, der zum Landhaus führte. Er war vom Haus aus nicht zu sehen, stand aber nahe genug. Knapp siebenhundert Meter von der vorderen Veranda entfernt. Der Sheriff lehnte sich zurück und regulierte die Lautstärke an seinem Funkgerät.

«So?» fragte Janet. «Sie haben gehört, was ich zu sagen habe. Wäre es nicht an der Zeit, daß Sie gehen?»

«Sie haben auch versucht, Jeremy umzubringen», sagte der Commissaris. «Und dabei haben Sie sich selbst bemüht. War Reggie an dem Tag nicht verfügbar?»

De Gier befand sich ebenfalls in der Sonne, aber er konnte sich nicht aus ihrem blendenden Licht entfernen. Der Sergeant hockte auf einem Felsen hinter der rückwärtigen Veranda des Landhauses. Er mußte vorsichtig sein, damit er außerhalb des Blickfeldes von Janet – und des von Reggie – blieb. Er hatte Reggie nicht gesehen, nachdem er aus dem Streifenwagen des Sheriffs gestiegen war und sich auf den Weg durch die Zedern entlang der Küste gemacht hatte. Er hatte Reggie gehört. Der Mann zerkleinerte irgendwo in der Nähe Holz. Jetzt hörte er ihn nicht mehr.

«Reggie», sagte Janet. «Gewiß war er verfügbar.»

«Hat er es nicht versucht, Mrs. Wash?»

Sie richtete sich noch etwas mehr auf. «Doch, einmal. Er hatte es bis zur Insel geschafft, wurde aber von den Hunden aufgehalten. Jeremy ließ ihn laufen. Unser Einsiedler kann manchmal ein perfekter Idiot sein. Er hat noch nicht einmal von seinen Tieren gelernt. Tiere töten, was sie fangen.»

«Ich verstehe. Aber warum haben Sie gesagt, Reggie habe ihren Wagen gefahren, als der Unfall passierte? Sie saßen am Steuer, nicht wahr? Suzanne hat Sie gesehen.»

«Suzanne!» Janet wischte den Namen weg, als wäre er ein totes Insekt. «Ich habe gesagt, Reggie habe am Steuer gesessen, weil er dort hätte sitzen sollen. Aber Reggie denkt sich immer noch jedesmal Ausreden aus, wenn ich Jeremy erwähne. Ich glaube, Reggie mag den Mann.» Sie lachte kurz. «Aber Reggie wird auf mich hören. Ich gebe nicht auf. Auch Ihnen gegenüber nicht. Das wissen Sie, nicht wahr?»

Der Commissaris murmelte seine Bestätigung. «Ja, gewiß. Wie ist es Ihnen gelungen, einen so tüchtigen Mann zu finden, Mrs. Wash?»

Janet kicherte. «Durch eine Zeitschrift. Einer von den Tagelöhnern hat mal eine Zeitschrift zurückgelassen, und ich habe darin geblättert. Sie hieß *Der Söldner* und war voller Geschichten über harte Männer, was sie in den Kriegen gemacht hatten und was sie jetzt in Privatarmeen machten, im Dienste von Scheichs und Prinzen in fernen Ländern. Es standen auch einige Anzeigen drin, von denen eine meine Aufmerksamkeit weckte. Der Text war etwa wie folgt: *Kriegsteilnehmer in Vietnam. Leichte Waffen und unbewaffneter Kampf. Spezialist für Guerillaoperationen. Offiziersrang. Interessiert an Arbeit jeder Art auf dem Lande. Nur ernsthafte Angebote. Nähere Einzelheiten erwünscht. Reggie.* Und eine Telefonnummer. Ich habe angerufen, wir haben uns nett unterhalten, am nächsten Tag ist er hergeflogen. Er ist geblieben.

Der Sheriff lauschte noch. De Gier nicht. Er war an den Rand seines Felsens gegangen, wo er ein Knirschen im Schnee gehört hatte. Er kauerte sich nieder neben sein Funkgerät, obwohl es kaum noch Sinn hatte, heimlich zu tun. Reggie war nur wenige Schritte entfernt, auf dem nächsten Felsen.

«Hallo», sagte Reggie.

«Hallo.»

«Sie hören über Funk mit, wie? Mit wem redet sie? Mit Ihrem Freund, dem Commissioner?»

«Ja.»

«Sie redet viel, nicht wahr? Ihr Freund ist sehr clever. Aber Sie nicht. Sie stehen mir im Weg, Sergeant.»

De Gier stand auf und schlüpfte aus seinem schweren Mantel. «Kann ich mir meinen Unfall selbst aussuchen?»

«Nein. Das konnten die anderen auch nicht. Ihre Leiche kommt in die Bucht und wird dort bleiben.»

De Gier machte seine Muskeln geschmeidig und kontrollierte die Atmung. Reggie war nicht bewaffnet. «Leisten Sie diesmal gute Arbeit, Reggie. Mary Brewers Leiche wurde gefunden. Ihr Boot auch. Sie sind nachlässig mit den Beweisen gewesen.»

Reggie grinste. «Du bist ein Narr, Sergeant. Ich habe dir eine faire Warnung gegeben, als ich den Schwanz von deiner Mütze schoß. Ich hätte dir in die Brust schießen sollen, aber Janet sagte, ich solle zartfühlend sein. Sie hätte auf mich hören sollen. Es zahlt sich nicht aus, zu Waldmurmeltieren zartfühlend zu sein.»

Reggie sprang, de Gier ließ sich zur Seite fallen und streckte ein Bein aus, damit der große Mann darüber stolperte. Reggie fiel, aber er rollte sich um die eigene Achse und kam erneut.

«Madam», plädierte der Commissaris, «ich rate Ihnen sehr, meinen Vorschlag ernstzunehmen. Sie können sich immer noch eine Menge wirklich böser Schwierigkeiten ersparen.»

Er beugte sich etwas weiter vor, wobei sein Stock auf dem Teppich ausrutschte. Der Griff kam hoch und schlug gegen das Mikrophon unter dem Aufschlag. Das Mikrophon fiel herunter und baumelte an seiner Schnur. Janet starrte es an. Dann hörte sie auf zu starren, stand langsam auf und schnappte zu. Der Commissaris dachte, sie ziele auf das Mikrofon und hob schützend eine Hand. Aber Janet hatte seinen Stock ergriffen und erhoben.

«Hilfe!» sagte der Commissaris ruhig.

«Scheiße!» sagte der Sheriff. Er startete den Streifenwagen und rastete den Automatikhebel ein. Die Hinterräder drehten auf dem Eis in der Wegsenke durch. «SCHEISSE!» rief der Sheriff, stieg aus und rannte auf das Haus zu.

Als Reggie das zweite Mal kam, war de Gier vorsichtiger. Er war vom Felsen herab auf den schmalen Streifen des Strandes geprungen. Reggie stürzte direkt auf den Brigadier zu und gab vor, auf die Brust zu zielen, aber im letzten Augenblick hob er die Hand mit zwei steifen Fingern, die auf de Giers Augen gerichtet waren. De Gier wich mit dem Kopf aus, ergriff Reggie bei den Ärmeln, stieß ihn zur Seite und ließ ihn über sein Bein rollen. Der Brigadier schlug mit der flachen Hand zu, als Reggie von seinem Knie rutschte. Die Hand zerschmetterte Reggies Nase. De Gier trat einen Schritt zurück. Reggie fiel, aber er sprang auf und kam erneut. Seine Faust traf, aber der Brigadier drehte mit ihr ab und ergriff das Handgelenk. De Gier wendete nicht die Zurückhaltung an, die ihn seine Ausbilder gelehrt hatten. Seine Finger drückten weiter zu, Reggies Handgelenk bog sich zurück und brach. Reggie taumelte rückwärts, bis er mit den Absätzen am Felsen stand. Er stieß sich mit dem heilen Arm vom Felsen ab und trat zu. De Gier schwang leicht zur Seite, wartete, bis Reggies Fuß den höchsten Punkt erreichte, griff zu und stieß ihn nach oben. Reggie glitt mit dem anderen Fuß auf dem Eis aus und krachte rücklings gegen den Felsen, auf den sein Hinterkopf aufschlug. Er klappte zusammen und glitt zu Boden. Reggies Augen wurden starr, als de Gier sich niederbeugte, um ihm ins Gesicht zu schauen.

Auch de Gier rannte. Er erreichte die Veranda, als der Sheriff an der Eingangstür war. Sie fanden den Commissaris hinter einem der Öfen, die Beine gegrätscht, bereit, zur einen oder anderen Seite zu springen. Janet befand sich auf der anderen Seite des Ofens und schwang seinen Stock. Der Commissaris hatte seine Brille verloren und blutete aus einem Schnitt an der Wange.

Der Brigadier ergriff den Stock und wand ihn Janet aus der Hand. Sie schrie und schrie, bis der Sheriff ihr ins Gesicht schlug. Der Sheriff schob sie grob in einen Sessel. De Gier hob die Brille des Commissaris auf und gab sie ihm. «Tut mir leid, Sir. Reggie hat mich am Strand gefunden und sich mit mir geschlagen. Ich habe ihn getötet.»

«Sie haben ihn umgebracht?» schrie Janet. Der Sheriff hob die Hand. «Maul halten.»

Janets Augen wurden groß und schlossen sich. «Kleinliche Menschen», murmelte sie. «Kleinliche Menschen. Reggie hatte recht. Sie sind wie Waldmurmeltiere, sie bauen Tunnel und stecken in alles ihre Nase. Sie zerstören, was andere aufzubauen versuchen. Wie können wir sie alle umbringen, wenn es so viele gibt? Reggie hat einige erwischt, aber es sind zu viele übriggeblieben. Und nur ich bin auf seiner Seite. Nur ich.»

Sie begann zu weinen.

«Ich habe ihn umgebracht», sagte de Gier leise zu einer Topfpalme. «Ich habe vorher noch nie einen Menschen getötet.»

Der Commissaris hinkte zum Brigadier, wobei er sich auf den Stock stützte. Er legte eine Hand auf de Giers Ärmel.

«Rinus.»

De Gier hatte die Augen geschlossen. Er wandte sich dem Commissaris zu, aber die Beine sackten ihm weg. Seine Hände griffen nach der Palme und rissen sie zu Boden. Seine Knie knickten ein, er fiel mit der Palme.

22

De Gier hatte geschlafen, aber ein Eichhörnchen, das vom steilen Dach glitt, hatte ihn geweckt, und jetzt kämpfte er, um wachzubleiben. Ein fast unnatürlich weißes Licht strömte durch eine Glasscheibe in der weißgestrichenen Zimmerdecke, und scharfe Schatten spielten an der Wand am Fuß des Betts. Ein Kiefernzweig tanzte langsam auf dem Putz, jede Nadel ein deutlicher Schattenriß. Das Eichhörnchen kam zurück und trippelte und kratzte mit den winzigen Füßen auf dem gefrorenen Schnee. Die Nacht war so ruhig, daß er die Stille hören konnte. Der Magen des Brigadiers glühte, seine Haut war angenehm warm und lebendig.

«Ah . . .» Dies war wirklich sehr gut. Sein geflüsterter Ausruf verfloß im großen Zimmer.

«Was?»

«Nichts, ein Eichhörnchen.»

Das Mädchen schmiegte sich in seinen Arm. «Schlaf ein, Rinus. Du hast eine lange Reise vor dir.»

«Ja. Ich schlafe schon.»

Sie setzte sich hin. «Stimmt ja gar nicht. Okay, ich bleibe auch wach. Möchtest du einen Tee?»

«Nein, danke.»

Ihr Finger fuhr über seinen Schnurrbart. «Du möchtest immer noch nicht, daß ich etwas für dich tue, nicht wahr? Du bist jetzt nicht allein. Ich gehe nach unten, brühe den Tee auf und bringe ihn rauf. Ich habe in der Stadt holländischen Käse und Cracker gekauft. Wir können einen Mitternachtsimbiß zu uns nehmen.»

Er schaute auf seine Uhr. «Es ist nicht Mitternacht.»

«Oh, sei nicht so kompliziert. Bist du froh, daß du zurückreist?»

«Ein wenig.»

«Werde ich dir fehlen?»

Er streichelte ihr Haar. Er wollte, sie würde wieder einschlafen. Er wollte sich die wiegenden Kiefernnadeln an der Wand betrachten.

«Ich kann nach Amsterdam kommen. Möchtest du, daß ich eine Weile bei dir bleibe?»

Eine Wolke zog am Mond vorbei, die Nadeln wurden undeutlich, dann verschwanden sie. Er setzte sich und steckte sich eine Zigarette an. Sie nahm sie ihm weg, er zündete sich eine andere an.

«Madelin», sagte er geduldig. «Komme nicht nach Amsterdam. Und falls doch, komme nicht, um mich zu besuchen. Vielleicht bin ich für dich hier eine romantische Gestalt, aber dort drüben ist es anders. Ich wohne in einer Wohnung von der Größe dieses Schlafzimmers, und sie ist aufgeteilt in zwei Zimmer, eine Diele, eine Küche und eine Dusche. Mein Balkon ist winzig und hat als einzige Dekoration jetzt einen Blumenkasten aus Beton, so groß wie ein Eimer, gefüllt mit grauem Schlamm.»

«Im Frühling», sagte sie. «Ich werde im Frühling kommen.»

«Im Frühling ist die Wohnung immer noch zu klein. Ich habe keine Möbel, bis auf ein Bett und einen Sessel. Mein Tisch besteht aus einem Brett, das mit Scharnieren an der Wand befestigt ist. Wenn Täbris in der Küche ist, muß ich warten, bis sie wieder herauskommt, damit ich hinein kann.»

Ihre Brust berührte seinen Arm. «Wer ist Täbris?»

«Eine neunpfündige Katze, die aussieht, als ob sie zwanzig Pfund wiegt, aber das kommt vom Fell. Sie hat sieben Hauptfarben und dazwischen tausend Schattierungen. Die Farben passen nicht zueinander, und mit dem einen Auge schielt sie. Sie ist die häßlichste Katze, die du dir vorstellen kannst.»

«Ich mag Katzen.»

De Gier drehte sich auf die Seite und legte eine Fingerspitze auf die kleine gerade Nase des Mädchens. Er drückte leicht, und sie wurde ein wenig platt. «Madelin. Ich bin Sergeant bei der Amsterdamer städtischen Polizei. Ich arbeite für einen Hungerlohn, und davon behält die Polizei noch was ein für einen Fonds. Ich habe keinen Wagen, sondern nur ein Fahrrad, das so klapprig ist, daß es einen Mitfahrer nicht trägt. Ich benutze öffentliche Verkehrsmittel und verbringe jeden Tag eine Stunde mit Warten auf den Bus und die Straßenbahn. Sogar der Streifenwagen, den ich fahre, ist alt und zerbeult. Ich bin Kriminalpolizist, und wenn ich durch die Stadt gehe, bin ich nur ein weiterer Schatten.»

«Macht dir das etwas aus?»

«Nein, es macht mir nichts aus.»

«Falls doch, kannst du hierbleiben. Ich möchte gern, daß du bleibst. Vater will sich zurückziehen, und ich habe nicht vor, das Geschäft zu führen. Der Grundstückshandel ist einfach.»

«Nein.»

«Du könntest den ganzen Tag über hier sein. Wir stellen einen Angestellten ein, der sich um den Papierkram kümmert. Das Saisongeschäft dauert nur wenige Monate. Für den Rest des Jahres steht es dir frei, zu wandern und zu lesen und zu tun, was dir gefällt. Der Fuchs hat nicht gescherzt, als er sagte, er wolle dich zum Ehrenmitglied ernennen. Du könntest dich an einigen unserer Experimente beteiligen oder dir selbst welche ausdenken, bei denen wir mitmachen. Und der Sheriff mag dich auch.»

De Gier lachte. «Wollt ihr den auch zum Mitglied machen?»

«Warum nicht?»

«Nein.»

Sie kicherte. «Du willst den Job nicht, weil du meinen Vater nicht magst. Aber er hat euch geholfen. Er hat deinem Chef gestern einen Scheck über fünfundsechzigtausend Dollar gegeben. Vielleicht magst du ihn nicht, aber das Geschäft ist lohnend, ein kleines, aber gewinnbringendes Gewerbe. Das sagt er immer, und er hat recht.»

De Gier brummte. «Das Haus wurde auf neunzigtausend geschätzt, und der Commissaris hat den Wagen dazugegeben.»

Sie zuckte die Achseln. «Ja, unter idealen Zuständen, aber das Cape hat jetzt einen schlechten Ruf. Es wird nicht so einfach sein, jemanden zu überreden, hier zu leben.»

Sie legte sich und zog die Decke bis ans Kinn. «Fünfundsechzig war kein schlechter Preis. Dein Commissaris hat ganz schön gefeilscht, und wenn Vater sich nicht schuldig gefühlt hätte, dann hätte er nicht nachgegeben. Er hat Glück, wenn er es zu diesem Preis verkaufen kann. Habe ich schon gesagt, daß ich Nachricht von Janet habe?»

«Nein.»

«Ich habe einen Psychiater gesprochen, der in der staatlichen Nervenklinik arbeitet. Natürlich dürfen Psychiater nicht über ihre Patienten sprechen, aber er ist ein guter Freund. Janet benimmt sich völlig verrückt, und es gibt keinen Zweifel, daß sie für unheilbar geisteskrank erklärt und in eine Privatklinik in Massachusetts verlegt wird. Es ist eine Schande.»

«Schande? Diese schreckliche Frau?»

«Ich dachte an deinen Commissaris. Der Schnitt an seiner Wange ist noch zu sehen. Es muß eine entsetzliche Szene gewesen sein, als sie ihn in der Veranda gejagt hat. Nur gut, daß du in der Nähe warst.»

«Er wäre entkommen. Er ist schon mal gejagt worden. Sogar mit einem Bulldozer. Es ist ihm immer gelungen, den Gegner zu überlisten.»

«Hat er den Bulldozer überlistet?»

«Er hatte etwas Hilfe», räumte de Gier ein.

«Dich?»

«Nein. Einen anderen Bulldozer.»

«Erzähl.»

«Jetzt nicht, Madelin. Ich schlafe schon fast. Laß uns so bleiben.»

Sie biß in sein Ohr, er quiekte vor Schmerzen.

«Es tut dir also weh, wie? Trotz deiner verdammten Kühle. Gibt es nichts, was ich für dich tun kann? Hast du keinen geheimen Wunsch, den ich dir erfüllen kann?»

Er schaute auf das Telefon, das auf dem Fußboden neben dem Bett stand. «Ja, ich habe einen Wunsch.»

«Ich tu's.» Sie setzte sich wieder hin, ihr Haar berührte sein Gesicht.

«Ich möchte in Amsterdam anrufen.»

Sie seufzte. «Nur zu. Die Holländer sind ein schwerfälliger, bornierter Menschenschlag. Hat Janet das nicht zu deinem Commissaris gesagt?»

De Gier hatte zu Ende gewählt.

«Polizeipräsidium.»

«Hallo, Schatz.»

«Bist du's, Brigadier?» fragte der weibliche Konstabel. «Ich habe deine Stimme seit Wochen nicht gehört. Bist du hier im Haus?»

«Nein, draußen. Kannst du mich bitte mit Adjudant Grijpstra verbinden?»

«Klar. Bring mir eine Tafel Schokolade mit, wenn du kommst. Halbbitter. Ich gebe dir das Geld wieder.»

«Morgen. Heute kann ich nicht kommen.»

«Vergiß es nicht. Ich verbinde dich jetzt.»

«Grijpstra», sagte mürrisch eine tiefe Stimme.

«Guten Morgen. Hast du schon Kaffee getrunken?»

«De Gier! Wo bist du?»

«Jameson, Maine, USA.»

«Immer noch drüben? Wann kommt ihr zurück? Wie geht es dem Commissaris? Ihr seid volle zwei Wochen weg, weißt du. Was hält euch auf?»

«Wir kommen morgen zurück. Dem Commissaris geht es leidlich. Er hat schlimm gehinkt, aber er hat die letzten Tage in der Badewanne seiner Schwester verbracht.»

«Und was hast *du* gemacht?»

«Hauptsächlich gewartet. Er hat eine Weile gebraucht, um das Haus seiner Schwester zu verkaufen. Er konnte nicht den richtigen Preis bekommen, aber jetzt ist alles erledigt. Gestern habe ich beim Einpacken des Porzellans geholfen. Mevrouw Opdijk hat eine Sammlung, darunter einige wirklich wunderbare Stücke. Du hättest hier sein sollen: es war eine Arbeit, die du geschätzt hättest. Da gab es einen rosa Hahn und einige Meerschweinchen mit Hüten und eine Schnupftabaksdose mit einem Engel oben drauf, der eine Flagge hält, und zwei Porzellanfrösche, die sich auf einer grünen Muschel ansingen, und . . .»

«Wer bezahlt dies Gespräch?»

Madelin griff nach dem Telefon. «Hallo?»

«Ja?»

«Sprechen Sie englisch?»

«Ein bißchen», sagte Grijpstra und seufzte. «Ein bißchen, Miss. Was kann ich für Sie tun? Sind Sie beim Sergeant?»

«Und ob ich das bin. Wer sind Sie, Sir?»

«Adjudant Grijpstra, Amsterdamer Polizeipräsidium. Sind Sie in Schwierigkeiten?»

«Das will ich nicht hoffen.» Madelin kicherte. Grijpstra betrachtete seinen Telefonhörer und lauschte dem Kichern. Es war leise, selbstbewußt und irgendwie verführerisch.

«Ich übergebe Sie jetzt wieder dem Sergeant.»

«Grijpstra?» fragte de Gier nervös.

«Ich bin noch hier. Und wer war das, bitte? *Das* war kein Porzellanfrosch, nicht wahr?»

«Nein, eine Freundin.»

«Warte!» rief Grijpstra und schaute auf seine Uhr. «Hier ist es ein Viertel nach neun. Bei euch muß es etwa drei Uhr sein. Drei Uhr morgens. Du liegst im Bett.»

«Irgendwie.»

«Irgendwie», wiederholte Grijpstra. «Das machst du also. Weißt du eigentlich, daß wir hier umkommen vor Arbeit? Ich habe eine ganze Woche am Fall eines Professors für atomare Kriegsführung gearbeitet. Ein Mann aus Polen. Er ist zu einem Kongreß gekommen und, paff, plötzlich verschwunden. Ein fürchterlicher Skandal. Selbstverständlich Entführung. Jeder gibt jedem die Schuld. Sogar unser eigener Geheimdienst wachte auf und begann herumzuschnüffeln.»

«Habt ihr ihn gefunden?»

«Zu guter Letzt. Wir verfolgten seine Spur bis zu einem Nachtclub. Er hatte sich dort betrunken und war gegangen. Dann verfolgten wir seine Spur zu einem illegalen, nach Polizeistunde geöffneten Pornoschuppen. Dort betrank er sich noch mehr und ging.»

«Die übliche Sache?»

«Sicher, aber versuche das mal einem Vizeadmiral vom Geheimdienst oder einem Botschafter aus dem Ostblock zu erzählen. Wir haben die Grachten abgesucht und ihn gefunden. Der Professor wollte offenbar in eine Gracht pissen und ist direkt hineingetorkelt. Er ist ertrunken, untergegangen und saß an mindestens drei weggeworfenen Fahrrädern fest. Er wäre wieder aufgetaucht, aber es dauert ein paar Tage, bis sich das Gas in den Eingeweiden bildet. Jeder Kriminalbeamte hat daran gearbeitet, plus alle möglichen Helfer. Wenn du hier gewesen wärst, hättest du dich nützlich machen können. Aber du warst nicht hier. Und jetzt erzähle mal, Rinus, was hast du gemacht?»

«Ich habe einen Mann getötet.»

Das Telefon war still.

«Bist du da, Grijpstra?»

«Ja. So wie ich dich kenne, würdest du keine Witze darüber machen. Was ist passiert? Bist du entlastet?»

«Ja. Notwehr. Der Mann war verrückt. Ein geistesgestörter Gärtner mit Kampferfahrung im Dschungel von Vietnam. Ich glaube, er hat mich für ein Waldmurmeltier gehalten.»

«Was ist ein Waldmurmeltier?»

«Ich weiß es nicht genau. Ich nehme an, es ist ein kleines Nagetier, frißt Schößlinge und Knospen. Hat große Zähne, die leicht vorstehen.»

«Du *hast* also gearbeitet», sagte Grijpstra. «Tut mir leid. Das hätte ich wissen müssen. Du warst bei der Ortspolizei, nicht wahr?»

«Ja. Was machen Täbris und die Wohnung?»

«Alles in Ordnung. Cardozo ist bei dir eingezogen. Ich hatte keine Zeit, jeden Tag hinzugehen und Täbris zu füttern, und Cardozo hat es manchmal satt, bei seinen Eltern zu wohnen.»

«Er hat kein Durcheinander angerichtet?»

«Nein, ich habe nachgesehen. Er hat alles sehr gut gemacht. Schon gut, Cardozo, mach nicht solche Fratzen. Ich werde dem Brigadier nichts sagen von dem Tee an der Tapete, dem Feuer in der Küche und den Löchern im Teppich.»

«Grüß Cardozo von mir. Bis morgen.»

«Holländisch ist eine schreckliche Sprache», sagte Madelin und tätschelte ihm die Brust. «Du hörtest dich an, als ob du dich übergibst. Das einzige Wort, das ich aufgeschnappt habe, war Vietnam.»

«Ich habe ihm kurz die Sache mit Reggie erzählt.»

«Küß mich, Rinus.»

«Na gut.»

Sie setzte sich hin und rüttelte ihn an den Schultern. «Laß das, Sergeant. Ich weiß, daß ich dich hochbringe. Hör auf, so zu tun, als wärst du eine selbstgenügsame Eisscholle, die in der Arktis glücklich ist. Ich werde dich auf dem Flugplatz verabschieden und weinen, und ich werde dich in Amsterdam besuchen.»

«Das wäre schön.»

«Ich werde nicht lange bleiben.»

«Bleib eine Woche. Ich kann Urlaub nehmen und einen Wagen mieten. Wenn wir bei Tagesanbruch aufstehen und dafür sorgen, daß wir zum

Frühstück zurück sind, finden wir vielleicht eine einsame Stelle, wo wir uns bewegen können. Ich kann dir einen Polder zeigen und Vögel und ein Schloß. Vielleicht finden wir sogar ein paar Windmühlen.»

«Noch mehr?»

«Das wird für eine Woche reichen. Die Vögel sind am besten. Die Reiher kommen bis in die Innenstadt, große Vögel, aber von sehr schöner Gestalt mit langem Hals und einer Federkrone auf dem Kopf. In Amsterdam gibt es so viele Reiher, daß in einigen Straßen Schilder sind, auf denen man vor ihrer Scheiße gewarnt wird. Wenn du sie auf deine Kleider kriegst, sind sie verdorben. Du mußt einen Schirm mitbringen.»

«Nein.»

«Bestimmt.»

«Niemals.»

«Es ist wahr. Ich werde dir eine Jacke zeigen. Ich habe sie noch. Vielleicht kann ich sie ausbessern lassen. Sie hat Löcher an beiden Schultern. Und du hättest sehen sollen, was mit meinem Haar passiert war. Ich hätte es fast abrasieren lassen.»

«Ich glaube dir, wenn du mich endlich mit mehr Inbrunst küßt.»

«Okay», sagte er langsam. «Okay. Aber komm dabei nicht auf Ideen. Ich bin wie Jeremy, und je älter ich werde, desto ähnlicher werde ich ihm. Ich werde auf einer Insel enden, weit fort von hier, auch weit von Amsterdam entfernt. Und ich werde dort allein leben.»

«Ja, Sergeant», flüsterte sie. «Ich glaube dir. Auch das mit den Reihern. Komm jetzt her.»

670/8

«Chester Himes ist ein äußerst geschickter Autor, der sich diese Geschicklichkeit zu keiner Zeit und in keiner Zeile anmerken läßt. Er schreibt scheinbar naiv alles so auf, wie es der Reihe nach kommt, wie das Farbigen-Leben so spielt. In Wahrheit aber liegt eine raffinierte Komposition zugrunde, die einzelnen Töne wie Spannung, Humor, Milieu, Lakonismus, Sentiment, Sex, Brutalität sind mit Berechnung gesetzt.»

Die Welt der Literatur, Hamburg

Chester Himes

Blind, mit einer Pistole [2310]

Die Geldmacher von Harlem [2398]

Lauf, Nigger lauf! [2490]

erschienen in der Reihe rororo thriller

405/11